Issue d'une famille dont les origines remontent aux passagers du *Mayflower*, **Lara Adrian** vit avec son époux sur le littoral de la Nouvelle-Angleterre, où elle profite des charmes de cimetières centenaires, du confort moderne et des embruns de l'océan Atlantique.

Du même auteur, chez Milady :

Minuit :
1. *Le Baiser de minuit*
2. *Minuit écarlate*
3. *L'Alliance de minuit*

www.milady.fr

Lara Adrian

Minuit écarlate

Minuit – 2

Traduit de l'anglais (États-Unis) par Laurence Richard

Milady

Milady est un label des éditions Bragelonne

Titre original : *Kiss of Crimson*
Copyright © 2007 by Lara Adrian

Suivi d'un extrait de : *Midnight Awakening*
Copyright © 2007 by Lara Adrian

Publié en accord avec Dell Books, une maison d'édition
de The Random House Publishing Group,
une division de Random House, Inc.

© Bragelonne 2011, pour la présente traduction

ISBN : 978-2-8112-0502-7

Bragelonne – Milady
60-62, rue d'Hauteville – 75010 Paris

E-mail : info@milady.fr
Site Internet : www.milady.fr

Pour Cappy et Sue Pratt,
mes chargées de relations publiques et pom-pom girls préférées.
Merci pour votre affection, votre soutien,
et ces innombrables bons moments que nous avons passés ensemble.
Je crois déjà entendre l'appel des Caraïbes...

REMERCIEMENTS

Un grand merci à toute l'équipe de Bantam Dell pour m'avoir aidée à mettre sur papier et dans les mains de mes lecteurs le monde de la Lignée, et plus particulièrement à : Shauna Summers, Kristin Doyle, Nita Taublib, Kathleen Baldonado, Theresa Zoro, Anna Crowe, le fantastique service artistique, ainsi que les formidables équipes commerciale et juridique. Je suis très heureuse de travailler avec vous tous.

Toute ma reconnaissance à mon agent, Karen Solem, et à mon agent de publicité, Patricia Rouse, pour leur constante attention et leurs contributions qui m'aident à rester sur la bonne voie.

Enfin, toute ma gratitude et mon adoration sans bornes à mon mari – mon arme secrète – qui a toujours des idées géniales que je lui pique volontiers et qui prend joyeusement (le terme est peut-être un peu fort) le relais à la maison quand je suis trop absorbée par l'un de mes livres (ce qui est à peu près toujours le cas). Je n'y arriverais pas sans toi, HB !

Chapitre premier

Dante effleura du pouce la chair douce de la fille et s'attarda sur la carotide, là où le pouls humain bat le plus fort. Le sien s'accéléra aussi, comme en réponse à l'afflux de sang sous la délicate peau diaphane. Il pencha la tête et déposa un baiser à cet endroit exquis, puis fit courir sa langue sur la veine qui palpitait dans le cou de la fille.

— Dis-moi…, susurra-t-il contre elle, un grondement sourd dans la musique assourdissante du club, tu es une bonne ou une méchante sorcière ?

La fille se trémoussa sur les genoux de Dante et l'enserra de ses jambes gainées de résille en lui faisant l'offrande de sa poitrine mise en valeur par un bustier de dentelle noire. Elle entortilla un doigt dans sa perruque rose vif avant de le laisser glisser d'un geste suggestif le long de la croix celtique tatouée sur sa peau, jusqu'à la naissance de ses seins.

— Oh, je suis une très, très méchante sorcière.

Dante grogna.

— Ce sont celles que je préfère…

Elle avait le regard embrumé par l'alcool, et Dante lui adressa un sourire sans même se soucier de dissimuler ses canines. En cette soirée d'Halloween, il n'était qu'un vampire parmi d'autres dans ce club de Boston, même si la plupart n'étaient que des caricatures : des humains affublés de canines en plastique, de faux sang et de déguisements ridicules. Seuls lui et quelques autres – une poignée de mâles en provenance de l'un des sanctuaires Havrobscurs de la nation vampire qui traînaient près de la piste de danse – étaient bien réels.

Dante et les autres appartenaient à la Lignée et n'avaient rien à voir avec ces pâles imitations gothiques issues du folklore humain. Ni morts-vivants ni fils du diable, Dante et les siens représentaient une espèce à sang chaud, hybrides d'*Homo sapiens* et d'extraterrestres implacables. Les ancêtres de la Lignée, une poignée de conquérants extraterrestres depuis longtemps défunts qui avait atterri en catastrophe sur Terre des millénaires auparavant, s'étaient accouplés à des humaines et avaient transmis à leur progéniture une soif de sang primitive et impérieuse.

Ces gènes extraterrestres avaient conféré à la Lignée des aptitudes spectaculaires, mais aussi de funestes faiblesses. Seul le patrimoine humain de la Lignée – transmis par le côté maternel et mortel – maintenait dans l'espèce un semblant de civilisation et une certaine adhésion à l'Ordre. Ce qui n'empêchait pas certains de ses membres de succomber à leur sauvagerie et de se métamorphoser en Renégats, voie sans issue pavée de sang et de folie.

Dante n'éprouvait que du mépris pour ces Renégats et, en tant que membre de la classe des guerriers, son devoir était d'éradiquer tous ceux qu'il débusquait. En mâle qui ne boudait pas les plaisirs, Dante n'aurait su dire à quoi allait sa préférence : la veine chaude et juteuse d'une femme sous ses canines ou la sensation dans sa main d'une lame d'acier au fil de titane qu'il plongeait dans le corps de ses ennemis pour les renvoyer à la poussière.

— Je peux toucher ? (Sur ses genoux, la sorcière aux cheveux roses observait la bouche de Dante avec une intense fascination.) Putain, ils ont l'air drôlement vrai, tes crocs ! Il faut que je sente ce que ça fait.

— Attention ! gronda-t-il tandis qu'elle approchait son doigt des lèvres de Dante. Je mords.

— Ah ouais ? (Elle gloussa, les yeux écarquillés.) Ça ne m'étonne pas, mon chou.

Dante attira dans sa bouche le doigt qu'elle lui tendait et, tandis qu'il le suçait, se demandait comment amener le plus rapidement possible cette fille à se mettre en position horizontale. Il avait besoin de se nourrir, mais n'avait rien contre un peu de sexe aussi – en guise d'apéritif ou de digestif, peu importait. En la matière, tout lui allait.

Digestif, décida-t-il sous l'impulsion du moment. Ses canines percèrent la chair au bout du doigt à l'instant même où la fille esquissait un mouvement pour le retirer. Elle haleta tandis qu'il suçait la fine blessure, refusant de la laisser déjà s'écarter de lui. Le léger goût de sang l'embrasa, et ses pupilles se réduisirent à deux fentes verticales au centre de ses yeux aux reflets dorés.

Un désir ardent le gagna, et son sexe se tendit contre le cuir noir de son pantalon.

La fille ferma les yeux et se cambra comme un chat avec un petit gémissement. Dante la laissa retirer son doigt, posa sa main sur sa nuque et l'attira plus près de lui. Il n'était pas du genre à prendre une Amphitryonne dans un endroit public, mais il s'ennuyait comme un rat mort et le changement serait le bienvenu. En outre, il doutait que quiconque s'en aperçoive, ce soir, dans l'atmosphère de faux danger et de sensualité débridée qui régnait dans le club. Quant à la fille assise sur ses genoux, elle ne ressentirait que du plaisir quand il prendrait ce qu'il voulait d'elle. Après, elle ne se rappellerait rien, le moindre souvenir de lui serait effacé.

Dante s'avança et inclina la tête de la fille ; la faim le faisait saliver. Il regarda derrière son Amphitryonne et aperçut deux vampires du Havrobscur, des membres de la population civile de la Lignée, qui l'observaient à quelques mètres. On aurait dit des gosses – la génération actuelle, sans le moindre doute. Ils avaient vraisemblablement reconnu le guerrier en lui, et échangèrent quelques mots, comme s'ils hésitaient à l'approcher.

Barrez-vous, pensa Dante à leur intention tandis qu'il entrouvrait les lèvres et se préparait à ouvrir la veine de son Amphitryonne.

Mais les deux jeunes vampires passèrent outre à son regard noir. Le plus grand des deux, un blond vêtu d'un treillis, de bottes de motard et d'un tee-shirt noir, s'avança. Son compagnon, affublé d'un jean trop large, de baskets hautes et d'un maillot des Lakers lui emboîta le pas.

— Merde.

Dante n'avait rien contre un peu d'indiscrétion, mais il n'avait vraiment pas besoin d'un public aux premières loges quand il se nourrissait.

— Qu'est-ce qui ne va pas ? se lamenta sa future Amphitryonne lorsqu'il s'écarta d'elle.

— Rien du tout, mon chou. (Il posa sa paume contre le front de la fille et effaça de son esprit la dernière demi-heure.) Va rejoindre tes copines.

Obéissante, elle se leva de ses genoux et s'éloigna, se mêlant à la foule des corps sur la piste de danse. Les deux vampires du Havrobscur ne lui jetèrent qu'un vague regard tandis qu'ils s'approchaient de la table de Dante.

— Bonsoir, les gars, lança Dante avec un regard qui indiquait clairement qu'il n'était pas d'humeur à papoter.

— Salut !

Le blond en treillis acquiesça et se campa devant lui, ses bras musclés croisés sur la poitrine. Pas un seul dermoglyphe sur cette jeune peau : il faisait effectivement partie de la jeune génération de la Lignée, et avait probablement moins de la trentaine.

— Désolés de t'interrompre, mec, mais on voulait te dire : c'est une sacrée raclée que vous leur avez collée, à ces Renégats, il y a quelques mois. On ne parle que de ça : comment l'Ordre a dégommé en une nuit toute une bande de sangsues, comment vous avez démoli ces fils de pute. Sérieux, c'était trop impressionnant.

— Ouais, ajouta son pote. Alors on se demandait…
En fait, on a entendu que l'Ordre recrutait.

— Vraiment ?

Dante se cala dans son siège et laissa échapper un soupir d'ennui. Ce n'était pas la première fois qu'il était approché par des vampires du Havrobscur désireux de rejoindre les guerriers, loin de là. La descente sur le repère des Renégats installé dans l'ancien asile, l'été précédent, avait apporté à l'organisation des guerriers de la Lignée, jusque-là secrète, beaucoup de publicité non désirée. Voire une certaine célébrité.

Franchement, tout cela était plus qu'agaçant.

Dante repoussa sa chaise de la table et se leva.

— Ce n'est pas à moi qu'il faut vous adresser, répondit-il aux deux jeunots pleins d'espoir. En plus, le recrutement dans l'Ordre se fait exclusivement sur invitation. Désolé.

Il s'éloigna d'eux, soulagé de sentir la vibration de son portable dans la poche de sa veste. Il sortit le téléphone et accepta l'appel en provenance du complexe des guerriers de la Lignée.

— Allô ?

— Comment ça va ? (C'était Gideon, génie attitré de la Lignée.) Ça bouge à la surface ?

— Pas vraiment. C'est assez mort dans le coin pour le moment.

Du regard, Dante balaya le club bondé et remarqua que les deux vampires s'étaient décidés à partir. Ils se dirigeaient vers la sortie, deux humaines costumées à leurs côtés.

— Pas de Renégats dans les parages pour le moment. Et, si tu veux tout savoir, ça craint. Je ne dirais pas non à un peu d'action, moi.

— Allez, arrête de te plaindre, répondit Gideon d'un ton plaisant. La nuit est encore jeune.

Dante eut un petit rire.

— Dis à Lucan que je lui ai encore évité de se coltiner deux postulants. Tu sais quoi ? Je préférais de loin quand les gens nous craignaient. Maintenant qu'ils nous vénèrent, c'est l'enfer. D'ailleurs, il avance sur le recrutement, ou il est trop occupé avec sa belle Compagne de sang ?

— Les deux, répondit Gideon. Pour le recrutement, on a un candidat qui devrait arriver de New York et Nikolaï tâte le terrain avec certains de ses contacts à Detroit. On va devoir organiser des missions test pour les nouveaux – histoire de savoir ce qu'ils ont dans le ventre avant de nous engager.

— En gros, les laisser se faire botter le cul et voir qui en redemande ?

— T'as une meilleure idée ?

— Je suis ton homme, répliqua Dante d'un ton traînant tandis qu'il se frayait un chemin dans le club jusqu'à la sortie.

Il s'éloigna dans la nuit, évitant un groupe de clubbers humains déguisés en morts-vivants, affublés de vêtements en loques et le visage recouvert de maquillage zombie. Son ouïe fine capta des centaines de sons, du bruit de la circulation aux cris aux rires de fêtards ivres encombrant les rues et les trottoirs en cette soirée d'Halloween.

Il entendit aussi autre chose, qui éveilla ses sens de guerrier et les fit grimper à un niveau d'alerte élevé.

— Faut que j'y aille, dit-il à Gideon. J'ai repéré une sangsue. Qui sait, peut-être que la nuit ne sera pas une totale perte de temps, après tout.

— Rappelle après l'avoir descendue.

— OK. À plus.

Dante coupa la communication et remit son portable dans sa poche.

D'un pas furtif, il emprunta une ruelle latérale et suivit les grognements faibles et l'odeur fétide d'un Renégat rôdant autour de sa proie. Comme les autres guerriers de l'Ordre, Dante n'éprouvait qu'un profond mépris pour les membres de la Lignée qui avaient rejoint les Renégats. Tous les vampires ressentaient la soif, tous devaient se nourrir – et parfois tuer – afin de survivre. Mais chacun d'eux savait aussi que la frontière entre nécessité et gloutonnerie était ténue, s'évaluant tout au plus à quelques malheureux grammes de sang. Si un vampire prenait trop de sang ou cédait trop souvent à son besoin, il risquait d'en devenir dépendant et de basculer dans un état de faim permanente connue sous le nom de « Soif sanguinaire ». Une fois touché par cette maladie, le vampire se métamorphosait en Renégat, junkie violent prêt à tout pour se procurer sa prochaine dose.

La sauvagerie et l'absence de discrétion des Renégats faisaient courir à la Lignée tout entière le risque de se faire repérer par les humains, menace que Dante et le reste de l'Ordre ne pouvaient accepter. Mais une autre menace les guettait, plus dangereuse encore : depuis quelques mois déjà, il était devenu manifeste que les Renégats s'organisaient, que leur nombre augmentait et qu'une stratégie était mise en œuvre dont l'objectif semblait être ni plus ni moins la guerre. Si on ne les arrêtait pas très vite, l'espèce humaine et la Lignée se retrouveraient au cœur d'un combat cauchemardesque et sanglant, susceptible de rivaliser avec les pires scénarios d'Armageddon.

À l'heure actuelle, tandis que l'Ordre s'efforçait de localiser le nouveau poste de commandement des Renégats, la mission des guerriers était simple : traquer et éliminer le plus grand nombre d'entre eux, les exterminer comme la vermine qu'ils étaient. Cette mission, Dante la prisait particulièrement, jamais tant à son aise que quand il arpentait les rues, armes au poing, prêt à se battre. Cet objectif le maintenait en vie, il en était persuadé ; plus encore, il lui permettait de tenir à distance ses propres démons.

Dante tourna au coin d'une rue puis se faufila dans une autre ruelle étroite entre deux vieux immeubles en brique. Il entendit une femme crier devant lui dans le noir. Il passa à la vitesse supérieure et fonça dans la direction d'où provenait le cri.

Il arriva juste à temps.

Le Renégat avait traqué les deux vampires du Havrobscur et leurs compagnes. Il paraissait jeune et portait une tenue de gothique sous un long trench-coat noir. Mais, jeune ou pas, il était grand et fort, et la faim l'avait rendu violent. Le vampire pris de Soif sanguinaire avait empoigné l'une des femmes dans une prise mortelle et s'affairait déjà sur sa gorge, sous les yeux des deux apprentis guerriers, sidérés par le choc et paralysés d'effroi.

Dante sortit une dague du fourreau fixé à sa hanche et la lança. La lame se ficha entre les épaules du Renégat. C'était une arme de facture spéciale, en acier recouvert de titane, ce dernier se révélant extrêmement toxique pour le système sanguin et les organes altérés des Renégats. Un baiser de cette lame mortelle suffisait à les envoyer en décomposition accélérée.

Mais pas cette fois.

Le Renégat décocha un regard assassin à Dante, les pupilles étincelant d'un ambre lumineux, et dévoila ses canines ensanglantées dans un sifflement d'avertissement haineux. Mais le Renégat avait survécu au coup de dague et s'accrochait fermement à sa proie, tête inclinée pour s'en nourrir avec plus d'avidité encore.

Putain de…?

Dante se lança sur le vampire, une nouvelle dague à la main. Sans perdre une seconde, il visa le cou, avec l'intention de le trancher net. La lame s'enfonça, entaillant profondément la chair. Mais la sangsue se dégagea avant que Dante puisse l'achever. Dans un hurlement de douleur, il lâcha la femme et concentra toute sa rage sur Dante.

—Emmenez les humaines loin d'ici! hurla Dante à l'intention des deux vampires du Havrobscur tandis qu'il arrachait la femme aux griffes du Renégat et la poussait vers les autres. Allez, bougez-vous ! Nettoyez-la, effacez leurs souvenirs à toutes les deux et faites-les déguerpir !

Tirés de leur paralysie, les deux jeunes vampires obtempérèrent. Ils empoignèrent les femmes dont les hurlements n'avaient pas cessé et les entraînèrent au loin tandis que Dante réfléchissait à l'étrangeté de ce qu'il lui avait été donné de voir.

Le vampire ne s'était pas désintégré comme il l'aurait dû avec la double dose de titane que Dante lui avait administrée. Ce n'était pas un Renégat, même s'il traquait des humains et se nourrissait comme le pire des vampires touchés par la Soif sanguinaire.

Dante observait les traits transfigurés, les crocs étirés et les pupilles en ellipse irradiant au centre des iris flamboyants. Un écoulement rose nauséabond s'était solidifié aux commissures de ses lèvres, et la puanteur retournait l'estomac de Dante.

Indisposé par l'odeur, il recula, tout en calculant que le vampire devait avoir à peu près le même âge que les deux jeunes du Havrobscur. Ce n'était qu'un gamin, putain ! Sans tenir compte de l'entaille sanglante à son cou, le vampire passa une main dans son dos et retira la dague de Dante. Il grogna, les narines dilatées comme s'il s'apprêtait à se jeter sur Dante.

C'est alors qu'il prit la fuite.

La sangsue partit en trombe, l'ourlet de son trench claquant comme une voile tandis que le vampire s'enfonçait plus profondément dans la ville avec force détours.

Dante ne perdit pas une seconde. Il se lança à ses trousses et le suivit dans chaque ruelle, chaque quartier, jusqu'aux docks qui bordaient la ville de Boston, là où les usines abandonnées et les anciennes zones industrielles se dressaient comme des sentinelles menaçantes le long du fleuve. De la musique parvenait de l'un des bâtiments, où des basses sourdes et des lumières stroboscopiques rythmaient sans doute une rave battant son plein non loin de là.

À quelques centaines de mètres devant lui, le vampire accéléra sur un quai en direction d'un hangar à bateaux délabré. Impasse. Crachant furieusement de ses mâchoires béantes, la sangsue fit volte-face et passa à l'offensive, se jetant sur Dante en hurlant comme un fou. Du sang frais imprégnait le devant de ses vêtements après la brutale agression perpétrée sur la jeune femme. Le vampire essaya de mordre et d'agripper Dante, sa gueule béante dégoulinant de cette écume rosâtre et fétide. Dans ses yeux couleur d'ambre brillait le mal absolu.

Dante sentit le changement s'opérer en lui aussi, gagné par une rage belliqueuse qui le métamorphosa en une créature pas si différente de celle qu'il combattait. Avec un grondement féroce, il projeta la sangsue contre les planches en bois du quai. Un genou enfoncé dans la poitrine nue de son adversaire, Dante tira ses malebranches. Les lames incurvées, d'une beauté fatale, étincelaient au clair de lune. Même si le titane se révélait inefficace, il y avait plus d'une façon de tuer un vampire, Renégat ou non. Dante abattit ses dagues l'une après l'autre, taillada profondément la gorge charnue du vampire dément et, d'un geste précis, lui trancha la tête.

Dante balança le cadavre dans l'eau. Les eaux sombres du fleuve le dissimuleraient jusqu'au petit matin, puis les rayons du soleil feraient leur office.

Un vent s'éleva sur le fleuve, qui charriait la puanteur de la pollution industrielle ainsi qu'une odeur… différente. Dante perçut un mouvement tout proche, mais ce n'est qu'après avoir senti une brûlure déchirante à la jambe qu'il prit conscience d'être une nouvelle fois attaqué. Il fut de nouveau touché, cette fois à la poitrine.

Nom de Dieu!

Quelque part derrière lui, près de l'usine désaffectée, quelqu'un lui tirait dessus. La détonation de l'arme était étouffée par un silencieux, mais il s'agissait sans le moindre doute possible d'un fusil automatique.

Sa nuit barbante devenait soudain un peu trop intéressante à son goût.

Dante se jeta au sol lorsqu'une autre balle siffla près de lui avant de finir dans le fleuve. Il roula pour se mettre à couvert pendant que le sniper tirait une autre salve. Une balle atterrit dans l'angle de la structure du hangar, faisant voler en éclats le vieux bois comme des confettis. Dante avait un pistolet sur lui, un lourd 9 mm qui servait de renfort aux lames qu'il préférait utiliser en situation de combat. Il le sortit, tout en sachant qu'il serait inutile contre le sniper à cette distance.

D'autres balles trouèrent le hangar à bateaux, l'une d'elles effleurant la joue de Dante alors qu'il passait la tête pour voir où se trouvait son assaillant.

Mauvaise nouvelle.

Quatre silhouettes noires descendaient le remblai qui entourait l'usine, tous lourdement équipés. Bien que les vampires de la Lignée puissent vivre des centaines d'années et se remettre de blessures graves et multiples, ils n'en restaient pas moins des êtres de chair et d'os. Qu'on les crible de plomb ou qu'on leur tranche les artères principales – ou pire, la tête – et ils mouraient, comme tout autre être vivant.

Mais pas sans avoir combattu comme des diables.

Dante resta accroupi et attendit que les nouveaux venus se trouvent dans sa ligne de mire. Puis il ouvrit le feu et en toucha un au genou et un autre à la tête. Il fut vaguement soulagé de constater que ces adversaires-là étaient des Renégats : le titane des balles de facture spéciale les envoya immédiatement au sol, déclenchant une fusion quasi instantanée de leurs cellules.

Les deux autres Renégats ripostèrent ; Dante évita la salve de justesse et adopta une position encore plus en repli le long du hangar à bateaux. Il n'aimait pas devoir se mettre à couvert ainsi : cela impliquait de renoncer à mener l'offensive. Sans compter que cela l'empêchait de suivre l'avancée de ses ennemis. Il les entendit se rapprocher tandis qu'il engageait un nouveau chargeur dans son arme.

Puis le silence se fit.

Il attendit une seconde, évaluant les alentours.

Quelque chose de plus gros qu'une balle déchira l'air en direction du hangar à bateaux avant de tomber lourdement sur les planches du quai et de s'immobiliser.

Nom de Dieu.

Les salauds venaient de lui balancer une grenade.

Dante prit une profonde inspiration et se jeta dans le fleuve une fraction de seconde avant la déflagration, qui fit voler en éclats le hangar à bateaux et la moitié du quai dans une explosion gigantesque de fumée, de flammes et de fragments de métal. La détonation se répercuta comme un «bang» supersonique sous les eaux saumâtres. La tête de Dante fut rejetée en arrière, son corps tout entier en proie à une pression insupportable. Au-dessus de lui, les débris pleuvaient à la surface, éclairés par un jet aveuglant de flammes orange.

Sa vue se troubla tandis que le choc l'entraînait sous l'eau. Il commença à couler, attiré par la force du courant.

Incapable de bouger alors que le fleuve l'emportait, inconscient et blessé.

CHAPITRE 2

— L ivraison spéciale pour le docteur Tess Culver !
Tess leva les yeux du dossier d'un patient et
sourit, malgré l'heure tardive et son immense fatigue.

— Un de ces quatre, j'apprendrai à te dire non.

— Tu crois manquer de pratique ? Et si je te
redemandais de m'épouser ?

Elle soupira et secoua la tête devant les yeux bleus
lumineux et le sourire éblouissant cent pour cent
américains soudain rivés sur elle.

— Je ne parle pas de nous, Ben. Je croyais que tu
devais passer à 20 heures. Il est minuit moins le quart,
bon sang !

— Tu as prévu de te transformer en citrouille ou
quoi ?

Il poussa le montant de la porte et, d'un pas nonchalant, entra dans son bureau. Il se pencha vers elle et
l'embrassa sur la joue.

— Je suis désolé d'être autant en retard. Ces choses-
là ne sont pas réglées comme du papier à musique.

— Sans blague. Alors, il est où ?

— Derrière, dans la fourgonnette.

Tess se leva, retira un élastique de son poignet et s'attacha les cheveux. Ses boucles châtain blond restaient réfractaires au coiffage, même juste après le brushing. Les seize heures de garde qu'elle venait d'effectuer à la clinique les avaient laissées dans un état de totale anarchie. Elle souffla sur une mèche qui lui tombait dans les yeux et passa devant son ex-petit ami pour gagner le couloir.

—Nora, tu pourrais me préparer une seringue de kétamine-xylazine, s'il te plaît? Et prépare-moi aussi la salle d'examen, la grande.

—Pas de problème, acquiesça son assistante d'une voix enjouée. Bonsoir Ben. Joyeux Halloween.

Il lui décocha un clin d'œil et un sourire en coin qui auraient suffi à faire fondre n'importe quelle femme normalement constituée.

—Joli déguisement, Nora. Les tresses de Miss Helvétie et les *Lederhosen* te vont à ravir.

—*Danke schön*, répondit-elle, rayonnante devant tant d'attention, et longea la réception en direction de la pharmacie de la clinique.

—Où est ton costume, Tess?

—Je l'ai sur moi, voyons.

Le précédant dans le chenil, devant une demi-douzaine de chiens endormis et de chats nerveux qui les observaient à travers les barreaux de leur cage, Tess fronça les sourcils.

—C'est le déguisement du Super-véto-qui-va-probablement-se-faire-arrêter-un-jour-pour-ça.

— Jamais je ne te causerai de problèmes. Jusqu'ici, tu n'en as jamais eu, pas vrai ?

— Et toi ? (Elle ouvrit la porte de la réserve située à l'arrière de la petite clinique et ils traversèrent la pièce.) Tu trempes dans une affaire dangereuse, Ben. Tu prends trop de risques.

— Tu t'inquiètes pour moi, Doc ?

— Bien sûr que je m'inquiète. Je t'aime, tu le sais.

— C'est ça, répondit-il d'un ton un peu boudeur. Comme un frère.

La porte du fond donnait sur une ruelle étroite généralement déserte, à l'exception des sans-abri qui venaient s'adosser occasionnellement contre le mur de sa modeste clinique vétérinaire en bord de fleuve. Ce soir-là, la fourgonnette Volkswagen noire de Ben y était garée. Des grognements sourds et des reniflements provenaient du véhicule, qui se balançait doucement sur ses amortisseurs, comme si quelque chose d'imposant tournait en rond à l'intérieur.

Ce qui était bien entendu le cas.

— Il est à l'intérieur, c'est ça ?

— Oui. Mais ne t'inquiète pas ! Il est aussi docile qu'un chaton, je t'assure.

Tess lui jeta un regard sceptique tandis qu'elle descendait les marches en béton et se dirigeait vers l'arrière de la fourgonnette.

— Est-ce que je tiens à savoir où tu l'as récupéré ?

— Probablement pas.

Depuis cinq ans environ, Ben Sullivan menait une croisade personnelle pour le bien-être et la protection des animaux exotiques maltraités. Il concoctait ses missions les unes après les autres, comme un espion des plus habiles. Puis, telle une équipe d'intervention à lui tout seul, il agissait et libérait de leur geôlier abusif les animaux maltraités, mal nourris, souvent en voie de disparition et importés illégalement et les confiait à des refuges légaux et correctement équipés. Parfois, il s'arrêtait en urgence à la clinique de Tess si des blessures nécessitaient des soins immédiats.

C'est ainsi qu'ils s'étaient rencontrés, deux ans auparavant. Ben était arrivé avec un serval victime d'abus et souffrant d'occlusion intestinale. Le félin exotique avait été récupéré au domicile d'un trafiquant de drogues, où il avait avalé un os en caoutchouc ; une intervention chirurgicale s'était révélée nécessaire. L'opération avait été longue et laborieuse, mais Ben était resté présent tout le temps. Et, sans que Tess sache trop comment, ils avaient commencé à sortir ensemble.

Tess n'aurait pu dire comment ils en étaient passés d'une relation sans conséquence au grand amour, mais cela s'était produit. En tout cas pour Ben. Tess lui rendait son amour – vraiment, elle l'adorait –, mais elle ne les voyait pas dépasser le stade de bons amis à qui il arrivait parfois de coucher ensemble. Et encore, cela s'était fait plus rare dernièrement, de sa propre initiative.

—À toi l'honneur ? lui demanda-t-elle.

Il saisit la poignée de la double portière arrière et ouvrit prudemment.

—Mon Dieu ! s'exclama Tess, bouche bée.

Le tigre du Bengale, émacié et galeux, avait une plaie suintante à la patte avant, sans doute causée par ses chaînes, mais même dans cet état déplorable, c'était l'animal le plus majestueux qu'il lui ait été donné de voir. Il les observait, gueule ouverte, langue pendante et haletante, la peur dilatant ses pupilles au point de rendre ses yeux presque totalement noirs. Le tigre gronda et se frappa la tête contre les barreaux de la cage de Ben.

Avec précaution, Tess s'approcha.

— Je sais, je sais, mon pauvre. Tu as connu des jours meilleurs, pas vrai?

Elle fronça les sourcils en apercevant la forme étrange de ses pattes avant.

— On lui a retiré les griffes? demanda-t-elle à Ben, incapable de dissimuler le mépris dans sa voix.

— Ouais. Ses crocs aussi.

— Mon Dieu! S'ils voulaient un si bel animal, pourquoi le mutiler de la sorte?

— Impossible de laisser leur mascotte publicitaire déchiqueter les clients et leurs marmots. Bon, tu t'en occupes?

Tess le regarda.

— Une mascotte publicitaire? Tu ne parles quand même pas de l'armurerie sur… (Elle s'interrompit et secoua la tête.) Peu importe. Je ne veux pas savoir. Portons ce gros chat à l'intérieur, que je puisse l'examiner.

Ben tira une rampe d'accès de l'arrière de la fourgonnette.

— Monte et prends l'arrière de la cage. Je m'occupe de l'avant, il sera plus lourd à la descente.

Tess obtempéra et l'aida à décharger la cage à roulettes et à la poser au sol. Lorsqu'ils atteignirent la porte de la clinique, Nora les y attendait. Le souffle coupé, elle jeta un coup d'œil au félin puis lança un regard d'adoration à Ben.

— Nom d'un chien ! C'est Shiva, n'est-ce pas ? Depuis des années, j'espérais qu'il arriverait à s'enfuir de cet endroit. Tu as volé Shiva !

Ben sourit.

— Je ne sais pas de quoi tu parles, *liebchen*. C'est juste un gros chat égaré qui s'est pointé devant chez moi ce soir. J'ai pensé que notre docteur miracle pourrait le remettre sur pied avant que je lui trouve un bon foyer.

— Oh, tu es un vrai rebelle, Ben Sullivan ! Et mon héros du jour !

Tess fit un signe à son assistante énamourée.

— Nora, tu veux bien m'aider à porter ce côté de la cage, s'il te plaît ? Il faut la monter sur le perron.

Nora rejoignit Tess et ils soulevèrent la cage pour la porter dans la pièce du fond de la clinique. Ils la firent rouler jusque dans la salle d'examen, nouvellement équipée d'une gigantesque table à système d'élévation hydraulique, offerte par Ben. C'était un luxe que Tess n'aurait pu se permettre seule. En dépit d'une clientèle dévouée, elle n'était pas franchement installée dans les beaux quartiers de la ville. Elle facturait ses prestations bien en deçà de leur valeur, même pour le quartier, car elle considérait qu'il était plus important de faire une bonne action qu'un gros profit.

Malheureusement, son propriétaire et ses fournisseurs n'étaient pas de cet avis. Son bureau croulait sous une pile de factures dont elle ne pourrait plus repousser le paiement bien longtemps encore. Elle devrait piocher dans ses maigres économies pour les honorer, et après cela…

— Le tranquillisant est prêt, annonça Nora, interrompant le cours de ses pensées.

— Merci.

Tess glissa la seringue capuchonnée dans la poche de sa blouse blanche : elle n'en aurait probablement pas besoin, à en juger par la docilité et la léthargie de son patient. En outre, ce soir, elle voulait se limiter à un examen visuel, prendre quelques notes sur l'état général de l'animal et se faire une idée des soins à apporter pour faciliter le transport, dans de bonnes conditions, vers son nouveau foyer.

— Tu crois que Shiva – ou quel que soit son nom – peut monter sur la table seul ou est-ce qu'il faut utiliser l'élévateur ? demanda Tess tandis que Ben s'affairait sur les verrous de la cage.

— Ça se tente. Viens, mon grand.

Le tigre hésita un petit moment, tête baissée tandis qu'il jetait des coups d'œil dans la salle d'examen inondée de lumière. Puis, grâce aux encouragements de Ben, il sortit de la cage et bondit avec souplesse sur la table métallique. Tandis que Tess lui parlait doucement et caressait sa grosse tête, l'animal s'assit, à la manière d'un sphinx, plus patient que le mieux élevé des chats domestiques.

— Bon, déclara Nora, vous avez besoin d'autre chose, ou est-ce que je peux partir ?

Tess fit « non » de la tête.

— Vas-y. Merci d'être restée si tard ce soir. Je t'en suis très reconnaissante.

— Pas de souci. La fête à laquelle je vais ce soir ne commence pas avant minuit passé de toute façon. (Elle replaça ses longues tresses blondes sur ses épaules.) Bon, j'y vais, dans ce cas. Je verrouille en sortant. Bonne nuit.

— Bonne nuit, répondirent-ils à l'unisson.

— Elle est géniale, cette gamine, déclara Ben, une fois Nora partie.

— C'est la meilleure, acquiesça Tess. (Elle auscultait Shiva et recherchait des lésions cutanées, des bosses ou d'autres blessures sous son épaisse fourrure.) Et ce n'est pas une gamine, Ben. Elle a vingt et un ans, et s'apprête à commencer son doctorat de médecine vétérinaire une fois qu'elle aura bouclé son dernier semestre à l'université. Je suis sûre qu'elle deviendra un grand vétérinaire.

— Personne ne t'arrive à la cheville. C'est la touche magique du docteur Tess.

Tess balaya le compliment, même si elle savait qu'il comportait une part de vérité. Dans quelle proportion, elle doutait que Ben le sache réellement. Tess le comprenait à peine elle-même et, ce qu'elle comprenait, elle aurait souhaité pouvoir en faire totalement abstraction. D'un geste délibéré, elle croisa les bras et cacha ses mains.

— Tu n'es pas obligé de rester, Ben. J'aimerais garder Shi… (Elle s'éclaircit la voix, sourcils levés.), je veux dire, mon patient, en observation pour la nuit. Je ne ferai pas d'examen avant demain et je te ferai part de mes observations avant de démarrer quoi que ce soit.

— Tu me renvoies déjà ? J'avais pensé que je pourrais te convaincre de venir dîner avec moi.

— Ça fait des heures que j'ai dîné.

— Un petit déjeuner alors. Chez toi ou chez moi, comme tu veux.

— Ben, dit-elle, tentant de s'esquiver alors qu'il s'était approché d'elle et lui caressait la joue. (Son contact était chaud et tendre, confortable et familier.) On est déjà passés par là, plus d'une fois. Je ne crois pas que ce soit une bonne idée…

Il émit un râle, un son des plus sensuels, grave et rauque. Il y eut un temps où ce son faisait fondre toute volonté en elle, mais pas ce soir. Et ce ne serait plus jamais le cas, si elle avait quelque espoir de préserver son intégrité personnelle. Cela ne lui semblait pas juste de se retrouver au lit avec Ben, sachant qu'il voulait quelque chose qu'elle ne pouvait pas lui donner.

— Je pourrais rester jusqu'à ce que tu boucles, suggéra-t-il. (Il recula d'un pas.) Je n'aime pas te savoir ici toute seule. Ce quartier n'est pas très sûr.

— Tout ira bien. Je vais simplement terminer mon examen ici puis faire un peu de paperasse avant de fermer boutique. Rien de bien méchant.

Ben fronça les sourcils, prêt à protester, mais Tess soupira et lui lança son fameux regard. Elle savait qu'il le recevait cinq sur cinq, étant donné qu'il y avait eu droit à plus d'une reprise pendant les deux ans qu'avait duré leur relation.

—Comme tu voudras, finit-il par concéder. Mais ne reste pas trop longtemps. Et tu m'appelles dès que tu arrives demain, promis ?

—C'est promis.

—Tu es sûre que tu peux t'occuper seule de Shiva ?

Tess jeta un coup d'œil au félin, hagard, qui se mit à lui lécher la main dès qu'elle l'approcha.

—Je crois que je suis en sécurité avec lui.

—Tu vois ce que je disais, Doc ? La touche magique. On dirait que lui aussi est tombé amoureux de toi. (Ben laissa courir ses doigts dans les boucles dorées de Tess, la regardant d'un air vaincu.) J'imagine que, pour gagner ton cœur, il va falloir que je me laisse pousser de la fourrure et des crocs.

Tess esquissa un sourire.

—Rentre chez toi, Ben. Je t'appelle demain.

CHAPITRE 3

Tess se réveilla en sursaut.

Merde. Depuis combien de temps s'était-elle assoupie ? Elle était dans son bureau, le dossier de Shiva ouvert sous sa joue sur sa table de travail. La dernière chose dont elle se souvenait, c'était d'avoir nourri le tigre famélique, avant de le faire rentrer dans sa cage et de commencer son compte rendu. Il y avait de cela – elle regarda sa montre – deux heures et demie. Il était déjà près de 3 heures du matin. Il fallait qu'elle soit revenue à la clinique à 7 heures.

Son bâillement se mua en grognement et elle étira ses bras engourdis.

Encore heureux qu'elle se soit réveillée avant l'arrivée de Nora ; sinon, celle-ci lui aurait rebattu les oreilles…

Un bruit sourd se fit entendre quelque part dans le fond de la clinique.

Qu'est-ce que c'est que ça ?

Était-ce le même bruit qui l'avait réveillée à l'instant ?

Ah, mais oui. Bien sûr. Ben avait dû repasser devant la clinique et voir les lumières allumées. Il était coutumier du fait et passait souvent vérifier que tout allait bien. Mais elle n'était pas vraiment d'humeur à écouter son laïus sur son rythme de dingue ou sur son indépendance obstinée.

Le bruit se reproduisit, sorte de choc lourd, suivi d'un brusque fracas de métal, comme quelque chose qu'on faisait tomber d'une étagère.

Ce qui signifiait que quelqu'un se trouvait dans la réserve du fond.

Tess se leva et se dirigea d'un pas hésitant vers la porte du bureau, à l'affût du moindre bruit étrange. Dans les chenils de l'accueil, les quelques chats et chiens en suivi postopératoire semblaient nerveux. Certains gémissaient, d'autres grognaient.

—Il y a quelqu'un? lança-t-elle dans le vide. Ben, c'est toi? Nora?

Personne ne répondit. Et les bruits qu'elle avait entendus avaient eux aussi cessé.

Génial. Elle venait de signaler sa présence à un intrus.

Très malin, Culver, vraiment très malin.

Elle essaya de trouver quelque réconfort dans un raisonnement logique. Peut-être s'agissait-il d'un sans-abri en quête de refuge qui avait réussi à entrer dans la clinique par la ruelle, pas d'un intrus. Rien de dangereux du tout.

Ah ouais? Alors pourquoi ses cheveux s'étaient-ils hérissés d'effroi sur sa nuque?

Tess enfonça les mains dans les poches de sa blouse. Elle se sentit soudain très vulnérable. Au bout de ses doigts, elle sentit son stylo-bille. Ainsi que quelque chose d'autre.

Ah oui. La seringue de tranquillisant, dont le volume d'anesthésiant suffisait à terrasser sur-le-champ un animal de près de deux cents kilos.

— Il y a quelqu'un ? demanda-t-elle en essayant de prendre une voix assurée.

Elle s'arrêta à l'accueil et tendit la main vers le téléphone. Ce n'était pas un sans-fil – elle avait eu ce foutu machin pour trois francs six sous dans une vente de liquidation – et le combiné arrivait à grand-peine jusqu'à son oreille par-dessus le comptoir de l'accueil. Tess fit le tour du grand bureau en forme de « U » et, tout en jetant des coups d'œil nerveux par-dessus son épaule, elle composa le numéro des services d'urgence.

— Vous feriez bien de partir sur-le-champ, car j'appelle les flics, lança-t-elle

— Non… je vous en prie… n'ayez pas peur.

La voix était grave, et si faible qu'elle n'aurait pas même dû parvenir jusqu'à ses oreilles. Mais Tess l'entendit. Elle l'entendit aussi sûrement que si les mots lui avaient été murmurés au creux de l'oreille. À l'intérieur de sa tête, en fait, aussi étrange que cela puisse paraître.

De la réserve lui parvint un grognement sec et une quinte de toux déchirante. Celui à qui appartenait la voix semblait en proie à d'atroces souffrances. Du genre dont on ne réchappe pas.

— Et merde.

Tess retint son souffle et raccrocha le combiné avant que son appel aboutisse. Elle se dirigea lentement vers le fond de la clinique, incertaine de ce qu'elle allait y découvrir mais regrettant déjà de devoir regarder.

— Vous êtes là ? Que faites-vous ici ? Vous êtes blessé ?

S'adressant à l'intrus, elle poussa la porte et entra. Elle entendit une respiration difficile, sentit de la fumée et l'odeur fétide du fleuve. Elle sentit aussi l'odeur du sang. Beaucoup de sang.

Tess appuya sur l'interrupteur.

Au-dessus de sa tête, les néons fluorescents s'allumèrent dans un bourdonnement caractéristique et éclairèrent la masse imposante de l'homme trempé jusqu'aux os et grièvement blessé qui était effondré au sol près d'un rayonnage. Il était entièrement vêtu de noir, sorte de matérialisation d'un cauchemar gothique – veste en cuir, tee-shirt, pantalon en cuir et bottes de combat du même noir de jais. Même ses cheveux étaient noirs et des mèches mouillées plaquées sur son front dissimulaient son visage. Une traînée de sang et d'eau saumâtre peu ragoûtante allait de la porte donnant sur la ruelle, à demi ouverte, jusqu'à l'endroit où l'homme gisait dans la réserve. Il s'était manifestement traîné à l'intérieur, sans doute dans l'incapacité de marcher.

Si elle n'avait pas été habituée à voir, chez les animaux qu'elle soignait, les conséquences horribles d'accidents de voiture, de coups et autres traumatismes corporels, elle aurait eu l'estomac retourné à la vue des blessures de l'inconnu.

Au lieu de quoi, elle abandonna l'état d'alerte qui lui dictait jusque-là de fuir ou de se battre, et retrouva immédiatement les réflexes du médecin qu'elle était. Professionnelle, calme et attentive.

— Que vous est-il arrivé ?

L'homme émit un grognement et secoua faiblement la tête comme pour lui indiquer qu'il ne dirait rien. Peut-être ne le pouvait-il pas.

— Vous avez des brûlures et des blessures sur tout le corps.

Mon Dieu, il doit bien en avoir des centaines.

— Vous avez eu un accident ?

Elle baissa les yeux vers l'endroit où la main de l'intrus gisait sur son ventre. Du sang coulait entre ses doigts, provenant d'une blessure profonde et récente.

— Vous saignez à l'abdomen. À la jambe aussi. Mon Dieu, est-ce qu'on vous a tiré dessus ?

— Besoin… sang.

Il avait probablement raison. Sous lui, le sol était poisseux, maculé de sang. Il en avait vraisemblablement perdu déjà beaucoup avant d'arriver à la clinique. La quasi-totalité des zones où sa peau était exposée comportait de multiples lacérations : visage et cou, mains, partout où Tess posait le regard, elle ne voyait qu'entailles, sang et contusions. Ses joues et sa bouche étaient blafardes, spectrales.

— Il vous faut une ambulance, lui dit-elle. (Elle ne voulait pas l'alarmer, mais il était vraiment dans un sale état.) Je vais appeler les urgences.

— Non ! (Il s'agita au sol et tendit les mains vers elle, paniqué.) Pas d'hôpitaux ! Je peux pas… y aller. Ils peuvent rien… Peuvent pas m'aider.

En dépit de ses protestations, Tess partit en courant attraper le téléphone dans l'autre pièce. Puis elle se souvint de la présence du tigre volé dans l'une de ses salles d'examen. Difficile à expliquer aux urgentistes ou, pire encore, à la police. L'armurerie avait probablement déjà signalé le vol de l'animal ou le ferait avant l'ouverture du magasin ce matin, d'ici à quelques heures.

— S'il vous plaît, haleta l'homme qui saignait dans sa clinique. Pas de médecin.

Tess s'arrêta et le regarda en silence. Il avait vraiment besoin d'aide, et d'urgence, qui plus est. Malheureusement, elle était sa meilleure chance pour le moment. Elle ne savait pas bien ce qu'elle pouvait faire pour lui ici, mais peut-être qu'elle pourrait stopper temporairement les hémorragies, le remettre sur pied et le renvoyer d'où il venait.

— D'accord, répondit-elle. Pas d'ambulance pour le moment. Écoutez, je suis… euh… je suis médecin. Plus ou moins. Vous êtes dans ma clinique vétérinaire. Vous voulez bien que je m'approche et que je vous examine ?

Elle interpréta la torsion de sa bouche et son soupir rauque comme un « oui ».

Tess s'accroupit près de lui. Il semblait déjà grand depuis l'autre bout de la pièce, mais une fois à côté de lui, elle prit conscience qu'il était immense : facilement deux mètres et plus de cent dix kilos d'os et de muscles puissants. Avait-elle affaire à une sorte de bodybuilder, ces machos à la cervelle de la taille d'un petit pois qui passaient leur vie dans les salles de sport ? Quelque chose en lui ne correspondait pas vraiment à ce stéréotype. Avec les traits burinés de son visage, il avait l'air du genre de type à pouvoir mettre en pièces les M. Muscles de tout poil.

Tess tâta doucement son visage, à la recherche de traumatismes. Son crâne était intact, mais elle sentit les séquelles d'une légère forme de commotion. Il était probablement encore en état de choc.

— Je vais examiner vos yeux, lui indiqua-t-elle d'une voix douce, avant de soulever l'une de ses paupières.

Bordel de merde.

La pupille elliptique au centre d'un grand iris de couleur ambrée la prit au dépourvu. Elle recula, paniquée par cette vision inattendue.

— Bon sang, qu'est-ce que c'est… ?

Puis l'explication s'imposa à elle, et elle se sentit stupide d'avoir ainsi perdu son sang-froid.

Des lentilles de contact, sans aucun doute.

On garde son calme, se dit-elle. Un rien la rendait nerveuse, décidément. Le type était sûrement allé à une fête d'Halloween qui avait dégénéré. Avec ces lentilles ridicules, tout examen des yeux était impossible.

Peut-être avait-il fait la fête avec une bande de sauvages ; il avait l'air suffisamment baraqué et dangereux pour appartenir à un gang. Quant à la drogue, elle n'en détecta aucune trace. Il ne sentait pas l'alcool non plus. Juste une très forte odeur de fumée, mais qui ne provenait pas de cigarettes.

Son odeur laissait penser qu'il avait été pris dans un incendie, juste avant de piquer une tête dans la Mystic River.

—Vous pouvez bouger les bras ou les jambes? lui demanda-t-elle. (Elle se déplaça pour examiner ses membres.) Vous avez quelque chose de cassé?

Elle effleura ses bras puissants, sans sentir de fractures. Ses jambes étaient intactes aussi; pas de gros problème excepté la blessure par balle au mollet gauche. La balle semblait être ressortie, tout comme celle qui l'avait touché à la poitrine. Heureusement pour lui.

—J'aimerais vous emmener dans l'une de mes salles d'examen. Vous pensez pouvoir marcher si vous vous appuyez sur moi?

—Du sang, répéta-t-il dans un souffle de voix. Il m'en faut… tout de suite.

—Je suis désolée, mais je crains de ne pouvoir vous aider pour cela. Vous devrez aller à l'hôpital. Pour le moment, vous devez vous mettre debout et enlever ces vêtements irrécupérables. Dieu sait quel genre de bactéries vous avez ramassé dans l'eau.

Elle glissa les mains sous les aisselles de l'homme et entreprit de le soulever, l'encourageant à se mettre debout. Il grogna, un son profond et animal, et Tess aperçut ses dents derrière sa lèvre supérieure retroussée.

Oh putain, ça, c'est bizarre.

Ces canines monstrueuses étaient-elles en fait… des crocs?

Il ouvrit les yeux comme s'il avait senti son regard, son malaise. Immédiatement, Tess fut saisie par l'éclat perçant de ses yeux ambrés et sentit dans sa poitrine un mouvement de panique devant ces iris étincelants qui la dévisageaient. Des lentilles de contact, tu parles!

Mon Dieu. Il y avait vraiment quelque chose qui clochait chez ce type.

Il la saisit par les bras. Tess poussa un cri de frayeur. Elle tenta de se dégager, mais il était trop fort. Des mains comme des étaux se resserrèrent autour d'elle et l'attirèrent vers lui. Tess hurla, les yeux écarquillés d'effroi, paralysée, tandis qu'il la serrait tout contre lui.

—Oh, mon Dieu! Non!

Il tourna son visage meurtri et ensanglanté vers sa gorge et prit une profonde inspiration tout en se rapprochant, effleurant sa peau du bout des lèvres.

—Chuuut. (Tess sentit un souffle chaud dans le cou lorsqu'il murmura d'une voix râpeuse et grave.) Je ne vous ferai aucun mal… Je vous le jure…

Tess faillit le croire.

Jusqu'à cette fraction de seconde de terreur pure où il entrouvrit les lèvres et planta ses dents profondément dans sa chair.

Chapitre 4

L e sang déferla dans la bouche de Dante, s'écoulant
des deux plaies ouvertes dans le cou de la femme.
Dante l'aspira par succions profondes et irrépressibles,
incapable d'endiguer cette part sauvage de lui qui ne
connaissait que besoin et désespoir. C'était la vie, suave
et chaude, avec une saveur de cannelle, qui coulait à
présent sur sa langue et dans sa gorge desséchée.

Peut-être était-ce l'intensité de son besoin qui lui
conférait ce goût si incroyable, parfait, indescriptible.
Quoi que ce soit, il s'en fichait. Il s'abreuvait de sa
chaleur, lui qui était transi jusqu'aux os.

— Oh, mon Dieu ! Non ! (La femme n'avait plus
qu'un filet de voix sous l'effet du choc.) Je vous en prie,
lâchez-moi !

D'un mouvement réflexe, elle agrippa ses épaules
et planta ses doigts dans ses muscles. Mais le reste de
son corps commençait à s'immobiliser doucement
dans ses bras, cédant à une sorte de transe induite par
le pouvoir hypnotique de la morsure de Dante. Elle
poussa un long soupir et s'affaissa mollement lorsqu'il
l'allongea au sol pour prendre la nourriture dont il avait
si cruellement besoin.

Elle ne souffrait plus, pas depuis la pénétration initiale, aiguë mais fugace, de ses crocs. La seule souffrance ici était celle de Dante. Son corps était secoué de tremblements provoqués par la gravité de ses blessures, sa tête le lançait sous l'effet de la commotion, sa poitrine et ses membres étaient lacérés en d'innombrables endroits.

Tout va bien. N'aie pas peur.

Tu es en sécurité. Je te le promets.

Mentalement, il lui transmit ces paroles de réconfort, alors qu'il la serrait toujours plus fort contre lui, dans la prison de ses bras, et que sa bouche continuait à boire avec avidité à la blessure de son cou.

En dépit de l'intensité de sa soif, amplifiée par la gravité de ses blessures, Dante était sincère. Au-delà de la morsure qu'il lui avait infligée par surprise, il ne lui ferait aucun mal.

Je ne prendrai que ce dont j'ai besoin. Puis je partirai, et tu oublieras tout de moi.

Déjà, il sentait ses forces lui revenir. Ses chairs meurtries cicatrisaient de l'intérieur, et les plaies causées par les balles et les éclats se refermaient.

Les brûlures s'atténuaient.

La douleur s'estompait.

Il desserra un peu son étreinte sur la femme, et se força à ralentir, même si son goût était des plus ensorcelants. Il avait perçu la note exotique de son sang dès la première gorgée, mais à présent que son corps se restaurait, qu'il reprenait pleinement possession de ses sens, Dante ne pouvait s'empêcher de savourer la douceur de son Amphitryonne malgré elle.

Et de son corps.

Sous la blouse blanche informe, elle était robuste, mince et élancée, avec des membres gracieux, et des formes là où il le fallait. Dante sentait ses seins pulpeux contre son torse, allongé contre elle à même le sol, leurs jambes entremêlées. Les mains de la femme étaient toujours crispées sur ses épaules, sans plus le repousser mais simplement pour se tenir à lui tandis qu'il prenait une dernière gorgée de son sang salvateur.

Mon Dieu, elle était si exquise qu'il pourrait s'abreuver à elle toute la nuit.

Il pourrait aussi faire bien plus, pensa-t-il tandis qu'il prenait conscience de son érection qui pesait contre le bassin de la jeune femme. C'était si bon de la sentir au-dessous de lui, cet ange de miséricorde, même si elle ne s'était nullement portée volontaire pour ce rôle.

Dante respira son parfum doux et épicé et posa délicatement un baiser sur la blessure qui lui avait offert une seconde chance.

— Merci, murmura-t-il tout contre sa peau chaude et veloutée. Je crois que tu m'as sauvé la vie, ce soir.

Du bout de la langue, il effleura les petites blessures dans son cou, les referma et effaça toute trace de morsure. La femme gémit ; elle sortait de sa transe temporaire. Elle remua sous lui et son mouvement subtil ne fit qu'accroître le désir de Dante de se trouver en elle.

Mais il lui avait suffisamment pris pour ce soir. En dépit du fait qu'elle n'aurait aucun souvenir des événements de la nuit, il ne lui semblait pas très élégant de la posséder dans une mare d'eau saumâtre et de sang. Surtout après s'être jeté à sa gorge comme un animal.

Il s'écarta légèrement et leva sa main droite au-dessus du visage de son Amphitryonne. Elle tressaillit, méfiante. Elle avait rouvert les yeux, des yeux envoûtants, de la couleur d'une aigue-marine pure.

— Dieu que tu es belle, murmura-t-il, des mots qu'il avait déjà susurrés à nombre de femmes dans le passé, mais qui, étonnamment, prenaient à présent tout leur sens.

— Je vous en prie, articula-t-elle. Je vous en prie, ne me faites pas de mal.

— Non, répondit Dante d'une voix douce. Je ne vais pas te faire de mal. Ferme les yeux maintenant, mon ange. C'est presque fini.

Une légère pression de sa paume contre le front de la jeune femme, et elle oublierait tout de lui.

— Tout va bien, lui répéta-t-il tandis qu'elle se recroquevillait pour s'éloigner de lui.

Elle ne le quittait pas des yeux, comme si elle s'attendait à ce qu'il la frappe et qu'elle le défiait. Avec la tendresse d'un amant, Dante repoussa les mèches de cheveux sur sa joue. Il la sentit se tendre un peu plus.

— Détends-toi, maintenant. Fais-moi confia…

Une douleur lui déchira la cuisse.

Dans un grognement féroce, Dante roula sur le dos.

— Putain, c'est quoi, ça ?

Une chaleur insoutenable se propageait de l'endroit où il avait été touché et le brûlait comme de l'acide.

Il sentit un goût amer au fond de sa gorge, juste avant que sa vue commence à vaciller. Dante tenta de se mettre debout, mais en vain : son corps était aussi coopératif qu'une dalle de plomb.

Le souffle court et les yeux écarquillés par la panique, l'ange de miséricorde le surveillait. Son joli visage devenait flou. Elle avait posé une main fine contre son cou, à l'endroit où il l'avait mordue. L'autre était levée, à hauteur des épaules, une seringue vide serrée si fort dans son poing que les jointures de ses doigts avaient blanchi.

Dieu du ciel.

Elle l'avait drogué.

Mais, pour mauvaise que fût cette nouvelle, Dante remarqua bien pire tandis qu'il luttait pour garder son regard trouble sur la petite main qui avait réussi à le terrasser d'un seul coup. Entre le pouce et l'index, à l'articulation charnue de la peau fine, la femme avait une petite tache de naissance.

D'un cramoisi profond, plus petite qu'une pièce de dix cents, l'image d'une goutte d'eau tombant dans l'arrondi d'un croissant de lune se figea dans l'esprit de Dante.

Ce marquage génétique très rare proclamait que cette femme était sacrée pour ceux de l'espèce de Dante.

C'était une Compagne de sang.

Et par ce sang qui désormais coulait dans ses veines, Dante venait de sceller la première phase d'un lien solennel.

Selon la loi vampire, elle était à lui.

Irrévocablement.

Pour l'éternité.

La dernière chose qu'il souhaitait ou dont il avait besoin.

Dante eut l'impression de rugir, mais n'entendit qu'un faible grognement à peine articulé. Il cligna des yeux, tendit la main en direction de la femme, et la manqua de plus de trente centimètres. Son bras retomba comme s'il avait été lesté de plomb, et ses paupières étaient si lourdes qu'il parvenait à peine à les soulever. Il gémit tandis que les traits de celle à qui il avait cru devoir son salut se brouillaient devant ses yeux.

Elle lui lança un regard haineux tandis qu'elle articulait, d'un ton de défi :

— Bonne nuit, espèce de connard psychotique.

D'un bond, Tess s'écarta de son agresseur, le souffle court et rauque. Elle avait peine à croire ce qui venait de lui arriver, et surtout qu'elle ait réussi à échapper à ce dingue qui s'était introduit dans sa clinique.

Heureusement qu'elle avait encore le tranquillisant dans la poche, pensa-t-elle, soulagée d'avoir eu la présence d'esprit de s'en souvenir et de l'utiliser. Elle regarda l'aiguille usagée qu'elle tenait toujours fermement dans sa main et grimaça.

Merde. Elle lui avait administré la dose entière.

Pas étonnant qu'il se soit effondré comme une masse. Il n'était pas près de se réveiller non plus. Dix-huit cents milligrammes de tranquillisant vétérinaire représentaient l'assurance d'une longue nuit dans les bras de Morphée, même pour un type aussi costaud que lui.

Elle fut saisie d'une soudaine inquiétude.

Et si elle l'avait tué ?

Sans trop savoir pourquoi elle devrait se préoccuper de quelqu'un qui s'apprêtait, quelques minutes plus tôt, à lui déchiqueter la gorge, Tess se rapprocha de l'endroit où l'homme gisait.

Il ne bougeait pas.

Mais elle fut soulagée de constater qu'il respirait.

Il était étendu sur le dos. Ses mains – ces grosses pattes brutales qui l'avaient maintenue dans un étau tandis qu'il l'attaquait – étaient relâchées et immobiles. Son visage, dissimulé par ses cheveux noirs, était presque beau au repos.

Non, pas beau, car même alors qu'il était inconscient ses traits étaient anguleux, comme taillés à la serpe. Des sourcils noirs et droits formaient des barres sombres au-dessus de ses paupières closes. Ses pommettes saillantes conféraient à son visage un air cruel. Son nez avait peut-être été parfait autrefois, mais la ligne marquée de son arête présentait une légère déviation due à une cassure ancienne, peut-être plusieurs.

Il y avait un je-ne-sais-quoi d'étrangement fascinant chez lui, même si elle était certaine de ne pas le connaître. Il n'était pas franchement le genre de type qu'elle côtoyait ; qui plus est, il semblait absurde de l'imaginer venant à la clinique pour faire soigner un animal de compagnie.

Non, elle ne l'avait jamais vu avant ce soir. Et elle ne pouvait que prier pour ne plus jamais le revoir, une fois que les flics seraient venus l'embarquer.

Tess baissa la tête et son regard fut attiré par un reflet métallique dissimulé sous sa veste détrempée. Elle écarta le cuir et eut le souffle coupé lorsqu'elle aperçut une lame en acier recourbée dans un fourreau sous son bras. De l'autre côté, un holster vide semblait avoir été dépossédé de son pistolet. D'autres armes destinées au corps à corps garnissaient une large ceinture noire fixée sur ses hanches minces.

Cet homme était une menace, nul doute à ce sujet. Un genre de psychopathe fou dangereux qui reléguait les caïds sévissant au bord du fleuve au rang de petits branleurs. Cet homme était dur et cruel ; tout en lui respirait la violence.

Seule sa bouche lui conférait un peu de douceur. Charnue et sensuelle, les lèvres entrouvertes dans ce sommeil artificiel, elle était d'une beauté insolente, presque indécente. Le genre de bouche capable de rendre une femme folle, quel que soit l'angle de vision.

Non que Tess s'en souciât.

Elle n'était pas près non plus d'oublier ses cruelles canines.

Avec précaution, en dépit de la forte dose de tranquillisant qui inondait le corps de l'intrus, Tess le contourna et souleva sa lèvre supérieure pour mieux voir.

Pas de crocs pointus.

Juste une rangée parfaite de dents blanches et nacrées. Si les dents avec lesquelles il l'avait attaquée n'étaient qu'un accessoire de déguisement, elles étaient drôlement convaincantes. Et voilà que ces énormes canines semblaient s'être volatilisées.

Cela n'avait aucun sens.

Un rapide coup d'œil alentour se révéla infructueux. Il ne les avait pas crachées dans un coin. Et, elle en aurait mis sa main au feu, elle ne les avait pas imaginées.

Comment aurait-il pu lui ouvrir la gorge comme une canette de soda, sinon ? Tess porta la main à la morsure dans son cou. La peau était lisse sous ses doigts. Ni sang ni consistance poisseuse ; aucune trace des trous qu'il avait faits dans sa jugulaire. De ses doigts, elle tâta son cou sur toute sa longueur.

L'endroit n'était pas même sensible.

—C'est impossible.

Tess se leva et se précipita dans la salle d'examen la plus proche, allumant toutes les lumières. Relevant ses cheveux, elle se dirigea vers un distributeur de serviettes en papier et regarda son reflet dans l'acier poli inoxydable. La peau de son cou était lisse, intacte.

Comme si la terrible attaque n'avait jamais eu lieu.

—Je n'y crois pas, répéta-t-elle à son reflet affligé. Comment c'est possible ?

Stupéfaite, Tess s'écarta du miroir de fortune, en proie à la plus vive confusion.

Moins d'une demi-heure auparavant, elle craignait pour sa vie et avait l'impression d'être vidée de son sang par cet inconnu vêtu de noir et armé jusqu'aux dents qu'elle avait découvert inconscient dans le fond de sa clinique.

Cela avait bel et bien eu lieu.

Alors comment diable se faisait-il que sa peau ne porte aucune trace de l'agression ?

Tess avait l'impression que ses pieds la portaient comme un automate lorsqu'elle sortit de la salle d'examen et se dirigea vers la réserve. Elle ne savait pas très bien ce qu'il lui avait fait ni comment il s'y était pris pour dissimuler les blessures qu'il lui avait infligées, mais Tess avait bien l'intention de le faire arrêter et inculper.

Elle passa la porte de la réserve et s'arrêta net.

La mare d'eau et de sang que son agresseur avait laissée au sol maculait une grande partie du linoléum. L'estomac de Tess se retourna un peu à cette vue, mais la terreur glacée qu'elle ressentit avait une autre cause.

La réserve était vide.

Son assaillant était parti.

Une dose de cheval d'anesthésiant et pourtant il avait réussi à mettre les voiles.

—C'est moi que tu cherches, mon ange ?

Tess fit volte-face et se mit à hurler.

CHAPITRE 5

Une décharge d'adrénaline l'électrisa de la tête aux pieds et la mit en mouvement. Tess esquiva l'homme et traversa le couloir comme une flèche, les idées en surchauffe.

Elle devait sortir d'ici : prendre son sac, son argent, son portable, et déguerpir.

— Il faut qu'on parle.

Il était de nouveau là, campé devant elle, et bloquait l'entrée de son bureau.

Comme s'il s'était tout simplement évanoui de là où il se trouvait et qu'il s'était matérialisé dans l'embrasure de la porte par laquelle elle voulait passer.

Avec un cri, Tess fit volte-face et se précipita vers l'accueil. Elle empoigna le téléphone et appuya sur une des touches de raccourci.

— Ce n'est pas possible. Ce n'est pas possible, murmura-t-elle dans un souffle, comme si ce mantra avait le pouvoir de tout faire disparaître si elle y croyait assez fort.

À l'autre bout de la ligne, la sonnerie retentit.

Allez, allez, réponds.

—Raccroche le combiné, femme.

Tess se retourna. Elle tremblait de peur. Son agresseur se déplaçait lentement, avec la grâce mesurée d'un prédateur accompli. Il s'approcha et dévoila ses dents en un sourire cruel.

—S'il te plaît. Raccroche. Maintenant.

Tess secoua la tête.

—Va te faire voir.

Le combiné s'échappa de ses mains comme mû par sa propre volonté. Il tomba contre le bureau à côté d'elle, et Tess entendit la voix de Ben à l'autre bout du fil.

—Tess, c'est toi, ma puce ? Bon sang, il est plus de 3 heures du matin. Qu'est-ce que tu fiches encore à la… ?

Il y eut un bruit sourd dans son dos, comme si le fil avait été arraché de la prise murale par des mains invisibles. Tess sursauta et, dans le silence qui suivit, sentit la peur lui nouer l'estomac.

—On a un sérieux problème. Tess.

Oh, mon Dieu.

Il était énervé et, en plus, il connaissait son nom.

Dans un coin de sa tête, Tess enregistra que son agresseur, outre le fait qu'il était conscient en dépit de toute logique médicale, semblait miraculeusement guéri de ses blessures. Sous la crasse et la cendre qui maculaient sa peau, toutes les éraflures et les lacérations avaient disparu. Son treillis noir était toujours déchiré et taché de sang à l'endroit où il avait été blessé à la jambe, mais l'entaille ne saignait plus. Pas plus que celle, probablement causée par une balle, qu'il avait à la poitrine. À travers le tissu en lambeaux de son tee-shirt noir, Tess ne vit qu'une peau mate, lisse et intacte, tendue par les muscles.

Tout cela n'était-il qu'une blague d'Halloween complètement tordue?

Elle ne le pensait pas, et savait qu'il valait mieux ne pas baisser la garde face à ce type, ne serait-ce qu'une seconde.

— Mon copain sait que je suis ici. Il est probablement déjà en route. Il aura peut-être même alerté les flics…

— Tu as une marque sur la main.

— Qu… quoi?

Son ton semblait accusateur, et il avait le doigt pointé vers elle, désignant sa main droite qu'elle avait portée, tremblante, à sa gorge.

— Tu es une Compagne de sang. Et, à partir de ce soir, tu es à moi.

Ses lèvres se retroussèrent aux commissures, comme si cette idée n'était guère à son goût. Tess n'aimait pas cela non plus. Elle recula de plusieurs pas, le sang battant contre ses tempes tandis qu'il suivait des yeux le moindre de ses mouvements.

— Écoutez, je ne sais pas ce qui se passe ici. Je ne sais pas ce qu'il vous est arrivé cette nuit ou comment vous avez atterri dans ma clinique. Et surtout, je ne sais pas comment vous pouvez être là devant moi, après avoir reçu une dose de tranquillisant qui aurait suffi à terrasser une dizaine d'hommes…

— Je ne suis pas un homme, Tess. Je suis… autre chose.

Elle aurait pu éclater de rire s'il n'avait pas semblé aussi sérieux. Aussi calme.

Il était fou.

Évidemment. Bien sûr qu'il était fou.

Un fou en cavale, un dangereux psychotique.

C'était la seule explication qui venait à l'esprit de Tess, les yeux écarquillés d'effroi tandis qu'il s'approchait d'elle dans toute sa puissance et qu'elle reculait contre le mur dans son dos.

—Tu m'as sauvé, Tess. Je ne t'en ai pas laissé le choix, mais ton sang m'a guéri.

Tess secoua la tête.

—Je ne vous ai pas guéri. Je ne suis même pas sûre que vos blessures aient été réelles. Vous pensez peut-être qu'elles l'étaient, mais…

—Elles l'étaient, affirma-t-il de sa voix grave où pointait un léger accent chantant. Et elles auraient pu me tuer, sans ton aide. Mais en buvant ton sang, je t'ai fait quelque chose. Quelque chose que je ne peux annuler.

Oh, mon Dieu.

Tess fut prise d'un malaise, submergée par une soudaine vague de nausée.

—Vous parlez du VIH ? S'il vous plaît, ne me dites pas que vous avez le SIDA…

—Ce sont des maladies humaines, répondit-il avec dédain. Je suis immunisé contre elles. Tout comme toi, Tess.

Bizarrement, les propos de ce dingue ne la rassurèrent pas beaucoup.

—Arrêtez de m'appeler par mon prénom. Arrêtez de faire comme si vous saviez tout de moi…

—Je conçois que cela soit difficile à comprendre pour toi. J'essaie d'expliquer les choses aussi délicatement que possible. Je te le dois, maintenant, car tu es une Compagne de sang, Tess. Ce qui est très spécial pour ceux de mon espèce.

—Votre espèce ? demanda-t-elle, lasse de ce petit jeu. OK, j'abandonne. C'est quoi, votre espèce ?

—Je suis un guerrier. Un guerrier de la Lignée.

—OK, un guerrier. Et lignée, comme dans… quelle sorte de lignée ?

Il la regarda un long moment, comme s'il soupesait sa réponse.

—Une lignée de vampires, Tess.

Par la barbe de Moïse en roller sur l'autoroute !

À ce stade, ce n'était plus de la folie !

Les personnes saines d'esprit ne se baladaient pas dans les rues, à prétendre être des suceurs de sang ou, pire, à mettre en acte leurs fantasmes pervers, comme ce type l'avait fait avec elle.

À ceci près que le cou de Tess ne portait pas de trace de blessure, même si elle était certaine – et cette certitude lui glaçait les os – qu'il avait planté dans sa gorge ses canines acérées et bu une certaine quantité de son sang.

Et pourtant, le fait est qu'il se tenait devant elle, à marcher et parler, sans ressentir le moindre effet du tranquillisant qui aurait dû le mettre KO pendant un sacré moment.

Comment expliquer tout cela ?

Au loin, on entendait des sirènes de police, dont la plainte monocorde semblait se rapprocher du quartier de la ville où était située la clinique. Tess les entendit, tout comme l'échappé de l'asile qui la retenait en otage. Il inclina légèrement la tête, sans que ses yeux couleur whisky ne la quittent une seule seconde. Il eut un sourire ironique, à peine esquissé sur sa bouche pulpeuse, puis jura tout bas.

— On dirait que ton copain a appelé la cavalerie.

Tess était bien trop terrifiée pour répondre et préférait éviter de le provoquer à présent que les autorités étaient en chemin.

— Génial pour foutre en l'air une soirée, grommela-t-il dans sa barbe. On ne devrait pas en rester là tous les deux, mais pour le moment, on dirait que je n'ai pas trop le choix.

Il approcha la main du visage de Tess. Elle tenta d'esquiver son contact, craignant un coup de poing ou un geste brutal. Mais elle sentit seulement la pression chaude de sa large paume contre son front. Il se pencha vers elle et elle sentit la douceur de ses lèvres contre sa joue.

— Ferme les yeux, murmura-t-il.

Et le monde de Tess s'obscurcit.

— Aucun signe d'activité suspecte. On a vérifié tous les points d'accès du bâtiment, et tout semble en ordre.

— Merci, monsieur l'agent, répondit Tess.

Elle se sentait ridicule d'avoir créé une telle agitation à une heure aussi tardive – ou plutôt, aussi matinale.

Ben était à côté d'elle dans le bureau, un bras passé autour de ses épaules dans un geste protecteur et quelque peu possessif. Il était arrivé peu de temps auparavant, quelques minutes après que les sirènes de police avaient tiré Tess d'un sommeil inhabituellement profond. Manifestement, elle avait travaillé trop tard et s'était assoupie à son bureau. Elle avait dû renverser le téléphone et activer involontairement la touche correspondant au portable de Ben, qui avait dû voir l'identifiant de la clinique et s'inquiéter.

Il avait donc appelé la police à 3 heures du matin, et deux agents avaient été dépêchés sur les lieux.

Alors qu'ils n'avaient remarqué aucun signe d'effraction, ils avaient bel et bien découvert Shiva. L'un des officiers de police les avait questionnés sur la provenance de l'animal et avait semblé sceptique quand Ben lui avait expliqué qu'il l'avait trouvé et non volé. Il avait fait remarquer qu'en cette nuit de Halloween les mascottes publicitaires constituaient des cibles de prédilection pour les adolescents en mal de sensations fortes et que c'était ce qui avait dû se passer avec Shiva.

Ben avait eu de la chance de ne pas se retrouver menotté. Pour l'heure, il s'en était tiré avec un avertissement et la consigne ferme de retourner Shiva à l'armurerie à la première heure le lendemain pour éviter tout malentendu et des poursuites inutiles.

Tess se dégagea de l'étreinte de Ben et tendit la main à l'officier.

—Merci encore d'être venu. Je peux vous offrir du café ou du thé chaud ? J'ai les deux ; il n'y en a que pour quelques minutes.

—Non, merci, madame.

Le récepteur du policier crépita avant de transmettre un nouveau code d'intervention du central. L'agent parla dans un micro fixé à son col et signifia que tout était en ordre.

—Bon, on dirait que tout est en règle ici. Je vous souhaite une bonne nuit. Quant à vous, M. Sullivan, vous seriez bien inspiré de ramener le tigre à son propriétaire.

—Oui, monsieur, acquiesça Ben avec un sourire crispé tandis qu'il acceptait la poignée de main du policier.

Ils raccompagnèrent les agents à la porte et regardèrent le véhicule disparaître dans la rue calme.

Lorsqu'ils furent partis, Ben referma la porte de la clinique et se retourna vers Tess.

—Tu es sûre que ça va ?

Elle acquiesça et poussa un long soupir.

—Oui, je vais très bien. Je suis désolée de t'avoir inquiété, Ben. J'ai dû m'endormir sur mon bureau et renverser le téléphone.

—Je t'ai toujours dit que ce n'était pas bon pour toi de travailler aussi tard. Tu sais bien que le quartier n'est pas sûr.

—Il ne m'est jamais rien arrivé.

—Il y a toujours une première fois, déclara Ben, l'air sinistre. Viens, je te raccompagne chez toi.

— Jusque dans le nord de la ville ? Ce n'est pas la peine. Je vais appeler un taxi.

— Non, pas ce soir. (Ben prit le sac de Tess et le lui tendit.) Je suis réveillé et ma fourgonnette est garée juste devant. En route, la Belle au bois dormant.

CHAPITRE 6

D ante sortit de l'ascenseur du complexe des
guerriers de la Lignée ; son humeur était au moins
aussi infecte que son apparence et son odeur. Il avait
fulminé – surtout contre lui-même – pendant toute
la descente au sous-sol, une centaine de mètres sous
l'une des adresses les plus cossues de Boston, une grande
demeure entourée d'un parc hautement sécurisé qui était
la propriété de l'Ordre. Il y était entré juste quelques
minutes avant que l'aube pointe sur la ville et vienne
griller sa peau allergique aux rayons du soleil.

Ce qui aurait été la cerise sur le gâteau d'une
nuit qu'il aurait qualifiée, en argot militaire, de
« foutue-pourrie-d'avance ».

Dante s'engagea dans le long couloir d'un blanc
éclatant qui slalomait dans les entrailles labyrinthiques
du complexe. Il avait besoin d'une douche chaude et de
repos, et se réjouissait à l'idée de passer les heures du
jour à dormir seul dans ses quartiers privés. Qui sait, il
dormirait peut-être même pendant les vingt prochaines
années, histoire d'éviter les conséquences du glorieux
foutoir qu'il avait provoqué cette nuit.

— Salut, D.

Dante laissa échapper un juron tout bas quand il entendit la voix qui l'appelait de l'autre bout du couloir. C'était Gideon, génie de l'informatique et bras droit de Lucan, le vénérable chef de file de l'Ordre. Gideon avait fait installer des systèmes de surveillance dans l'enceinte et à l'extérieur du complexe, de sorte qu'il avait probablement été informé de l'arrivée de Dante à la seconde même où celui-ci avait posé le pied dans la propriété.

— T'étais passé où, mec ? Tu étais censé me faire un rapport sur ta situation il y a des heures.

Lentement, Dante se retourna.

— Ma situation est vite devenue trop foireuse pour que je t'appelle.

— Sans blague, répondit l'autre vampire.

Il lui jeta un regard perspicace par-dessus ses lunettes de soleil carrées bleu pâle. Il eut un petit rire et secoua sa tignasse de cheveux blonds hérissés.

— Bon sang, t'as vu ta tête ? Et tu pues la mort. Qu'est-ce qui t'est arrivé ?

— Longue histoire. (Dante indiqua ses vêtements en loques, ensanglantés et détrempés, qui puaient l'eau du fleuve, la vase et Dieu sait ce qui flottait d'autre dans la Mystic River.) Je mettrai tout le monde au courant plus tard. Pour le moment, j'ai besoin d'une douche.

— Au Kärcher, oui, acquiesça Gideon. Mais l'opération nettoyage devra attendre un peu. On a de la visite au labo.

La contrariété se lut sur le visage de Dante.

— Quel genre de visite ?

— Oh, tu vas adorer. (Gideon fit un signe de tête.) Viens. Lucan veut que tu sois présent pour donner ton avis.

Avec un long soupir, Dante emboîta le pas à Gideon. Ils parcoururent encore une bonne longueur de couloir sinueux en direction du labo, le centre de surveillance et d'information où les guerriers tenaient la plupart de leurs réunions. Quand la paroi de verre du laboratoire fut en vue, Dante aperçut les trois autres guerriers vampires qui étaient comme sa famille : Lucan le chef de file de l'Ordre, Nikolaï, l'impitoyable expert en armement de la bande et Tegan, l'aîné après Lucan, et l'individu le plus cruel que Dante ait jamais connu.

Ces derniers temps, deux autres membres de l'Ordre manquaient à l'appel. Rio, qui avait été grièvement blessé dans une embuscade quelques mois auparavant et qui était encore hospitalisé dans l'infirmerie du complexe, et Conlan, qui avait été tué par les Renégats à peu près à la même période, dans l'explosion d'une rame du métro de Boston.

Tandis que Dante observait les guerriers assemblés, son regard s'arrêta sur un visage qui ne lui était pas familier. Manifestement, il s'agissait du visiteur dont Gideon avait parlé. Le vampire mâle avait l'allure soignée d'un comptable, en costume sombre, chemise blanche, cravate grise impeccable et chaussures Richelieu vernies noires. Ses cheveux blond foncé étaient coupés court et impeccablement coiffés, sans une mèche de travers. Bien qu'il soit assez grand sous sa panoplie de gravure de mode, il rappelait ces petits minets qui, dans les magazines humains, faisaient de la pub pour des vêtements de créateurs ou des parfums de luxe.

L'air renfrogné, Dante secoua la tête.

— Dis-moi que ce n'est pas l'un des nouveaux candidats.

— C'est l'agent Sterling Chase, du Havrobscur de Boston, répondit Gideon.

Un agent du maintien de l'ordre venu d'un Havrobscur. Logique, dans un certain sens. Cela expliquait en tout cas son allure de bureaucrate tiré à quatre épingles.

— Qu'est-ce qu'il nous veut ?

— Des informations. Une sorte d'alliance, si j'ai bien suivi. Le Havrobscur l'a envoyé dans l'espoir d'obtenir l'aide de l'Ordre.

— Notre aide, ironisa Dante, sceptique. Tu te fous de moi, là ? Il n'y a pas si longtemps, les Havrobscurs dans leur ensemble nous traitaient comme des miliciens sans foi ni loi.

À ses côtés, Gideon lui décocha un sourire.

— « Des dinosaures ayant fait leur temps et qu'on devrait contraindre à l'extinction » était, si je me souviens bien, l'une de leurs suggestions les plus polies.

Plutôt ironique, dans la mesure où les habitants de ces sanctuaires ne devaient leur survie qu'aux efforts continus des guerriers contre les Renégats. Dans les temps reculés de l'humanité, bien avant la naissance de Dante dans l'Italie du XVIIIe siècle, l'Ordre s'était imposé comme seul protecteur de la race des vampires. À l'époque, ils étaient vénérés comme des héros. Depuis, tandis que les guerriers pourchassaient et exécutaient les Renégats dans le monde entier, étouffant dans l'œuf la moindre velléité de soulèvement, les Havrobscurs adoptaient une attitude de confiance arrogante. Les Renégats étaient peu nombreux aujourd'hui, mais leur nombre avait recommencé à augmenter. Entre-temps, les Havrobscurs avaient adopté des lois et des procédures qui traitaient les Renégats comme de vulgaires criminels, avec la croyance stupide que l'incarcération et la réhabilitation constituaient des solutions viables au problème.

Mais les guerriers n'étaient pas dupes. Ils étaient aux premières loges des massacres, tandis que le reste de la population se terrait dans ses sanctuaires et se complaisait dans une illusion de sécurité. Dante et les membres de l'Ordre constituaient la seule véritable défense de la Lignée et ils avaient fait le choix d'agir indépendamment – d'aucuns diraient par défi – des lois vaines promulguées par les Havrobscurs.

— Et maintenant, ils nous demandent notre aide ? (Dante sera les poings ; il n'était pas d'humeur à gérer les subtilités politiques des Havrobscurs ni leurs politiciens imbéciles.) J'espère que Lucan a organisé cette réunion pour qu'on leur prouve qu'on est bien des sauvages et qu'on massacre leur putain de messager.

Gideon ricana tandis que les portes en verre du laboratoire s'ouvraient devant eux.

— Essaie de ne pas faire fuir l'agent Chase avant qu'il ait une chance d'expliquer les raisons de sa venue, OK, D. ?

Gideon entra dans le labo. Dante lui emboîta le pas et adressa un signe de tête respectueux à Lucan et à ses frères en pénétrant dans la vaste salle de commandement. Il se tourna vers l'agent du Havrobscur et riva son regard sur lui alors que le civil se levait de sa chaise à la table de conférence et regardait les vêtements en lambeaux et ensanglantés de Dante avec un dégoût à peine voilé.

Dante était finalement bien content de ne pas s'être changé avant de venir. En espérant offusquer encore davantage l'agent, Dante s'avança et lui tendit sa main crasseuse.

— Vous devez être le guerrier du nom de Dante, déclara le représentant des Havrobscurs de sa voix grave et cultivée.

Il accepta la main tendue de Dante et la serra brièvement. Il renifla presque imperceptiblement et ses narines fines se dilatèrent lorsqu'il sentit l'odeur nauséabonde de Dante.

— C'est un privilège de vous rencontrer. Je suis l'agent spécial d'investigation Sterling Chase, du Havrobscur de Boston. Agent spécial senior, ajouta-t-il avec un sourire. Mais je ne souhaite pas m'attarder sur le protocole ; je vous en prie, adressez-vous à moi comme il vous plaira.

Dante répondit par un simple grognement et garda pour lui la formulation qu'il avait sur le bout de la langue. Il se laissa tomber sur le siège placé à côté de l'agent et continua à le dévisager sans ciller.

Lucan s'éclaircit la voix – intervention minime qui lui suffit à reprendre le contrôle de la réunion.

— Maintenant que nous sommes tous là, mettons-nous au travail. L'agent Chase nous apporte des nouvelles préoccupantes du Havrobscur de Boston. Il y a eu dernièrement une vague de disparitions parmi les jeunes vampires, et il souhaiterait l'aide de l'Ordre pour les retrouver. Je lui ai dit qu'il pouvait compter sur nous.

— On ne fait pas vraiment dans les recherches et le sauvetage, déclara Dante, les yeux rivés sur le civil tandis qu'un grondement d'approbations s'éleva autour de la table.

— C'est vrai, ajouta Nikolaï. (Le vampire d'origine russe sourit sous ses longs cheveux blond cendré qui ne parvenaient pas tout à fait à dissimuler l'éclat glacial de ses yeux bleus.) Nous, on fait plutôt dans la viande froide.

— Cela dépasse de loin une poignée de vampires qui traînent dehors passé le couvre-feu et qui ont besoin qu'on leur remonte les bretelles, déclara Lucan. (Son ton grave fit immédiatement baisser le niveau de provocation de l'assemblée.) Je vais laisser l'agent Chase vous expliquer de quoi il retourne.

— Le mois dernier, trois jeunes du Havrobscur sont allés à une rave dont ils ne sont jamais revenus. Une semaine plus tard, deux autres ont disparu. Depuis, des disparitions sont signalées toutes les nuits dans le Havrobscur de Boston.

L'agent Chase fouilla dans sa sacoche posée à terre près de lui et en tira un épais dossier. Il le lança au centre de la table, et il en sortit une dizaine de photos, des visages souriants de jeunes vampires mâles.

— Il s'agit uniquement des disparitions signalées à ce jour. Mais vous pouvez êtres sûrs que d'autres s'y sont ajoutées depuis le début de notre réunion.

Dante parcourut rapidement la pile de photos et fit passer le dossier autour de la table. Il se disait que ces jeunes ne pouvaient pas tous être des fugueurs. La vie dans un Havrobscur pouvait paraître fade à de jeunes hommes désireux de faire leurs preuves, mais pas au point de pousser des groupes entiers à partir en même temps.

— Est-ce qu'on en a retrouvé certains ? On les a vus ? Autant de disparitions en si peu de temps : quelqu'un doit bien savoir quelque chose.

— Seuls quelques-uns ont été retrouvés.

De sa sacoche, Chase sortit un autre dossier, bien plus mince que le premier. Il en retira quelques photographies qu'il posa en éventail devant lui sur la table. Il s'agissait de clichés de morgue. Trois civils, de jeunes hommes, dont pas un ne devait avoir plus de trente-cinq ans. Sur chaque cliché, des yeux éteints faisaient face à l'objectif, les pupilles étirées en fentes verticales, la couleur naturelle de l'iris saturée par l'éclat jaune ambré de la Soif sanguinaire.

— Des Renégats, déclara Niko dans un sifflement.

— Non, répondit l'agent Chase. Ils sont morts en proie aux affres de la Soif sanguinaire, mais ils ne s'étaient pas encore transformés. Ce n'étaient pas des Renégats.

Dante se leva de sa chaise et se pencha sur la table pour mieux voir les photos. Son regard fut immédiatement attiré par la croûte de bave rosâtre qui avait séché autour de la bouche des victimes. Le même genre de résidu de salive qu'il avait aperçu sur son agresseur devant le club plus tôt cette nuit.

— Une idée de ce qui les a tués ?

Chase fit « oui » de la tête.

— Overdose.

— L'un de vous a-t-il entendu des rumeurs à propos d'une nouvelle drogue baptisée « Écarlate » et qui sévit dans les clubs ? demanda Lucan au groupe de guerriers. (Ils secouèrent la tête.) D'après ce que m'en a dit l'agent Chase, c'est une drogue particulièrement toxique qui s'est propagée dernièrement parmi les jeunes de la Lignée. C'est un stimulant et un hallucinogène léger qui génère aussi un surcroît considérable de force et d'endurance. Mais ce n'est qu'un préliminaire. Les véritables réjouissances commencent une quinzaine de minutes après l'ingestion.

— C'est exact, confirma l'agent Chase. Les usagers qui avalent ou inhalent cette poudre rouge expérimentent bientôt une soif extrême et des frissons fiévreux. Ils convulsent dans une sorte d'absence, d'état animal, présentant toutes les caractéristiques de la Soif sanguinaire, des pupilles elliptiques fixes aux crocs déployés en permanence, et jusqu'au besoin insatiable de sang. Si l'individu s'y adonne, il se métamorphose presque toujours en Renégat. S'il continue à prendre

73

de l'Écarlate, ajouta Chase en désignant les clichés de la morgue, voici ce qui l'attend.

Dante laissa échapper un juron en imaginant l'hystérie qui ne demandait qu'à se propager parmi la population des Havrobscurs. Il comprenait à présent que le jeune vampire victime de Soif sanguinaire qu'il avait tué cette nuit-là appartenait à la Lignée, comme ceux sur les photos, et était accro à cette merde que Chase venait de décrire. En même temps, il avait du mal à éprouver des remords de l'avoir descendu alors que le gosse s'était jeté sur lui comme un semi-remorque.

—Cette drogue, l'Écarlate, demanda Dante. On sait d'où elle vient, qui la fabrique ou la revend ?

—Je vous ai dit tout ce qu'on savait.

Dante remarqua l'expression grave de Lucan et comprit la tournure qu'allaient prendre les choses.

—Ah, et c'est ici qu'on intervient, c'est ça ?

—Le Havrobscur a demandé notre assistance pour localiser et, si possible, ramener les civils disparus sur lesquels nous serions susceptibles de tomber lors de nos patrouilles nocturnes. De toute évidence, il est de notre intérêt commun de stopper cette drogue et ceux qui sont impliqués dans son commerce. Je crois que nous pouvons tous convenir que la dernière chose dont la Lignée ait besoin est d'une augmentation du nombre de vampires se transformant en Renégats.

Dante et les autres acquiescèrent.

—Le concours de l'Ordre à la résolution de ce problème est grandement apprécié. Merci à vous tous, déclara Chase en regardant tour à tour les guerriers. Encore une chose, si vous le permettez.

D'un léger signe de tête, Lucan indiqua à l'agent de poursuivre.

Chase s'éclaircit la voix.

— Je souhaiterais prendre une part active à cette opération.

Un long silence pesant s'installa tandis que Lucan fronçait les sourcils et se calait dans son siège en bout de table.

— « Active » dans quel sens ?

— Je souhaiterais patrouiller avec un ou plusieurs des membres de l'Ordre afin de surveiller personnellement les opérations et d'offrir mon assistance pour secourir les disparus.

Dans le siège à côté de Dante, Nikolaï éclata de rire.

Gideon se passa une main dans ses cheveux courts puis jeta ses lunettes de soleil bleu pâle sur la table.

— On n'emmène pas de civils en mission. Ça n'a jamais été le cas et ça ne le sera jamais.

Même Tegan, le stoïque de la bande, qui n'avait pas prononcé un seul mot de toute la réunion, sortit de son mutisme pour exprimer son désaccord.

— Vous ne survivriez pas à votre première nuit sur le terrain, agent Chase, déclara-t-il d'un ton égal, se bornant à faire état de la simple vérité.

Dante garda pour lui son incrédulité, certain que Lucan allait couper court aux prétentions de l'agent d'un simple regard. Or Lucan ne rejeta pas cette idée sur-le-champ. Il se leva, les poings appuyés sur le bord de la table.

— Laissez-nous, dit-il à Chase. Mes frères et moi allons discuter en privé de votre demande. Nous en avons fini pour l'instant, agent Chase. Vous pouvez retourner au Havrobscur et y attendre notre décision. Je vous contacterai.

Dante et le reste des guerriers se levèrent, suivis, après un long moment, de l'agent du Havrobscur qui s'empara de sa sacoche en cuir verni posée au sol à côté de lui. Dante s'écarta de la table et, lorsque Chase tenta de passer devant lui, il fut bloqué par son épaule massive. N'ayant pas le choix, il s'arrêta.

— Les gens comme vous nous traitent de sauvages, déclara Dante d'un ton dur, et, pourtant vous êtes ici, tiré à quatre épingles dans votre costume chic, à demander notre aide. Lucan parle au nom de l'Ordre et s'il dit qu'on va vous sauver les miches sur ce coup-là, alors ça me va. Mais ça ne veut pas dire que ça me plaît. Ni que je dois vous aimer.

— Je ne cherche pas à gagner un concours de popularité. Et si vous avez des inquiétudes quant au rôle que j'aimerais jouer dans cette enquête, surtout énoncez-les.

Dante, surpris par ce défi, eut un petit rire. Il n'aurait pas cru que ce type avait autant de cran.

— Ce n'est pas que je veuille m'attarder sur le protocole, agent spécial d'investigation Chase – pardon, agent spécial d'investigation senior –, mais ce que chacun de nous fait toutes les nuits, c'est un sale boulot, putain. On se bat. On tue. Et on ne fait pas dans le circuit touristique pour des agents du Havrobscur qui comptent sur notre sang et notre sueur pour faire avancer leur carrière politique.

— Et ce n'est pas mon intention, je vous l'assure. Tout ce qui compte pour moi, c'est la mission qui m'a été confiée : localiser et ramener les personnes disparues de ma communauté. Si l'Ordre peut en même temps arrêter la prolifération de l'Écarlate, c'est encore mieux. Pour toute la Lignée.

— Et comment se fait-il que vous vous sentiez ne serait-ce qu'un peu qualifié pour envisager de patrouiller avec nous ?

L'agent Chase jeta un coup d'œil autour de la pièce, recherchant peut-être du soutien parmi les autres guerriers debout autour de la table. La pièce était silencieuse. Pas même Lucan n'intervint en sa faveur. Dante plissa les yeux et sourit, espérant à moitié que le silence pousserait l'agent à partir et le renverrait en courant dans son petit sanctuaire tranquille, la queue entre les jambes.

Ensuite, Dante et les guerriers de l'Ordre pourraient reprendre le cours de leurs affaires, à savoir tuer les Renégats, de préférence sans spectateur ni feuille de route à deux balles.

— J'ai un master en sciences politiques de l'université Columbia, finit par répondre l'agent Chase. Et, comme mon frère et mon père avant moi, je suis diplômé d'Harvard, premier de ma promotion. En outre, j'ai reçu un entraînement dans trois arts martiaux et je suis tireur d'élite, jusqu'à une portée de 350 mètres sans viseur.

—Vraiment? (Le CV était impressionnant, mais Dante broncha à peine.) Alors dites-moi, Harvard, combien de fois avez-vous utilisé votre entraînement – arts martiaux ou tirs – en dehors d'une salle de cours? Combien de votre sang avez-vous versé? Combien en avez-vous pris chez vos ennemis au combat?

L'agent soutint le regard assuré de Dante et releva son menton carré rasé de près.

—Je n'ai pas peur d'être testé en situation.

—Parfait, répliqua Dante d'une voix traînante, c'est parfait. Car si vous envisagez d'entrer dans la danse avec n'importe lequel d'entre nous, vous pouvez être sûr qu'on va vous tester.

Chase esquissa un sourire crispé qui dévoila ses dents.

—Merci pour l'avertissement.

Il passa devant Dante, murmura un «au revoir» à Lucan et aux autres puis sortit lentement du labo, son attaché-case serré dans la main.

Quand les portes de verre se refermèrent derrière l'agent, Niko laissa échapper un juron dans sa langue maternelle.

—Tu parles d'un merdier; ce gratte-papier du Havrobscur pense qu'il a les couilles de patrouiller avec nous.

Dante secoua la tête. Il partageait cette opinion, mais ressassait d'autres pensées tout aussi troublantes. Peut-être même plus.

—Je me suis fait attaquer cette nuit dans le centre, déclara-t-il en regardant le visage tendu de ces frères.

Je pensais avoir affaire à un Renégat qui cherchait une proie à proximité d'un club. Je me suis battu avec ce fils de pute, mais il n'a pas été facile à descendre. J'ai dû le traquer jusqu'au bord du fleuve, mais là les choses se sont compliquées. J'ai été accueilli par un groupe de sangsues méchamment armées.

Gideon lui jeta un regard oblique.

— Bon sang, D. Pourquoi tu n'as appelé de renfort ?

— Tout ce que j'ai pu faire, c'est essayer de sauver mes fesses, répliqua Dante en se remémorant la brutalité de l'attaque. Le truc, c'est que la sangsue que je poursuivais se battait comme un démon. Presque impossible à arrêter, comme un Renégat Gen-1, peut-être pire encore. Et le titane n'avait aucun effet sur lui.

— Si c'était un Renégat, déclara Lucan, le titane aurait dû le cramer sur place.

— En effet, acquiesça Dante. Il avait tous les symptômes de la Soif sanguinaire à un stade avancé, mais il ne s'était pas transformé en Renégat. Et il y a autre chose. Vous vous souvenez de cette écume rose séchée sur les photos de Chase ? La sangsue avait la même chose au coin des lèvres.

— Merde, dit Gideon. (Il saisit les photos et les montra aux autres guerriers.) En plus du problème des Renégats, on a maintenant celui des vampires de la Lignée accros à l'Écarlate. En plein combat, comment savoir qui se trouve vraiment dans le viseur ?

— Impossible à dire, répondit Dante.

Gideon haussa les épaules.

— Tout à coup, tout n'est plus si noir ou blanc.

Tegan, l'air détaché, eut un rire ironique.

— Depuis quelques mois, notre « problème » avec les Renégats est devenu une guerre. Je ne vois pas beaucoup de nuances de gris dans ce tableau.

Niko acquiesça.

— Si une sangsue me cherche des noises – qu'il soit accro à l'Écarlate ou renégat – une seule chose l'attend : la mort. On laissera le Havrobscur faire le tri après.

Lucan tourna son attention vers Dante.

— Et toi, D ? Qu'est-ce que tu penses de ça ? On devrait intervenir ?

Dante croisa les bras sur sa poitrine, plus que jamais désireux de prendre une douche et de voir enfin le bout de cette nuit, qui n'avait fait qu'empirer depuis qu'il s'était levé.

— D'après le peu qu'on sait sur l'Écarlate, les choses ne s'annoncent pas bien. Avec tous ces civils portés disparus et leur nombre qui ne cesse d'augmenter, on peut s'attendre à une sorte de panique dans la population du Havrobscur. C'est déjà compliqué avec cette nouvelle drogue, l'Écarlate, mais vous imaginez le merdier si des agents du Havrobscur se mêlent de retrouver et d'appréhender seuls les disparus ?

Lucan acquiesça.

— Ce qui nous ramène à l'agent Chase et à sa demande de participer à cette opération. C'est pour ça qu'il est venu nous voir, pour éviter une panique généralisée, retrouver les disparus et trouver une solution rapide au problème que l'Écarlate semble causer à la Lignée. Je crois qu'il pourrait être un atout pour nous, pas seulement pour l'opération proprement dite mais à long terme. Ce pourrait être une bonne chose pour l'Ordre d'avoir un allié au sein des Havrobscurs.

Dante ne put contenir son incrédulité.

— On n'a jamais eu besoin d'eux. C'est des planqués, à qui on sauve les miches depuis des siècles, Lucan. Ne me dis pas qu'on va commencer à faire ami-ami avec eux, putain ! Si on les laisse se mêler de nos affaires, bientôt on devra leur demander la permission d'aller pisser.

Il avait dépassé les bornes. Lucan ne dit rien, mais un regard aux autres guerriers puis à la porte suffit pour qu'ils comprennent qu'ils devaient sortir. Dante, les yeux rivés sur le sol de marbre sous ses bottes détrempées, se disait qu'il venait de plonger dans un puits de misère.

Personne ne perdait son calme devant Lucan.

Chef de l'Ordre, il occupait cette fonction depuis la constitution de cette élite de guerriers, ce qui remontait à près de sept cents ans, bien avant la naissance de Dante ou de la plupart des membres actuels. Lucan appartenait à la première génération de la Lignée, et son sang portait les gènes des Anciens, ces extraterrestres cruels qui s'étaient implantés sur la planète plusieurs millénaires auparavant, s'étaient accouplés à des femelles humaines et avaient donné naissance à la première lignée de la race vampire. Les Gen-1 comme Lucan étaient peu nombreux aujourd'hui et restaient les vampires les plus puissants – et les plus versatiles – de la Lignée.

Lucan était le mentor de Dante, un véritable ami, si Dante pouvait se targuer de considérer comme tel ce formidable guerrier.

Ce qui ne signifiait pas que Lucan hésiterait à lui passer un savon s'il sentait que Dante en avait besoin.

— Comme toi, je n'en ai rien à foutre de la politique du Havrobscur, déclara Lucan d'une voix calme et mesurée. Mais cette drogue me préoccupe. On doit découvrir qui la fait circuler et rompre cette chaîne. C'est trop important pour laisser le Havrobscur s'en charger. Si, pour garder le contrôle de cette opération le temps de résoudre le problème selon nos propres termes, nous devons laisser l'agent Chase jouer au guerrier pendant quelques nuits, alors c'est le prix à payer.

Quand Dante ouvrit la bouche pour exprimer un argument supplémentaire contre cette idée, Lucan leva un sourcil noir et l'interrompit avant même qu'il ait pu dire un mot.

— J'ai décidé que tu serais l'équipier de l'agent Chase pendant les patrouilles. (Dante se mordit la langue, conscient que Lucan ne tolérerait aucune discussion.) Je t'ai choisi parce que tu es le meilleur pour ce boulot, Dante. Tegan tuerait probablement l'agent sur-le-champ, simplement parce qu'il lui taperait sur les nerfs. Quant à Niko, bien qu'il soit un guerrier tout à fait capable, il n'a pas tes années d'expérience dans la rue. Évite à l'agent du Havrobscur de rencontrer des problèmes, mais ne perds jamais de vue notre véritable objectif : exterminer nos ennemis. Je sais que tu ne me décevras pas. Tu ne l'as encore jamais fait. Je vais reprendre contact avec Chase et lui faire savoir qu'il commencera à patrouiller demain soir.

Dante acquiesça légèrement en signe d'acceptation, peu enclin à parler alors qu'il bouillait d'indignation. Lucan lui donna une tape sur l'épaule comme pour lui signifier qu'il comprenait sa colère, puis sortit du labo. Dante resta planté dans la salle pendant un moment, incapable de bouger, les mâchoires si contractées que la pression rendait ses gencives douloureuses.

Avait-il réellement pénétré dans le complexe de la Lignée en pensant que, pour cette nuit, le pire était derrière lui ?

Il s'était planté sur toute la ligne.

Après tout ce qu'il avait vécu ces douze dernières heures, et qui se terminait par une mission de baby-sitting dont il se serait bien passé, il allait devoir revoir sérieusement ses critères de ce qui était «foutu-pourri-d'avance».

Chapitre 7

— Tenez, madame Corelli. (Tess leva un panier à chat en plastique par-dessus le comptoir de l'accueil et tendit à sa propriétaire le persan blanc qui feulait.) Angel n'est pas très en forme pour le moment, mais tout devrait rentrer dans l'ordre dans les prochains jours. Ne le laissez pas sortir tant que les sutures ne se sont pas résorbées, bien que je doute qu'il se sente l'âme d'un Roméo désormais.

La vieille femme eut un petit gloussement.

— Depuis des mois, qu'est-ce que je vois dans ma rue ? Des petits Angel, partout. Je ne m'étais doutée de rien, moi ! Et mon pauvre minou adoré, qui rentre tous les soirs avec une allure de boxeur, son joli minois tout blessé et ensanglanté.

— Quoi qu'il en soit, il ne devrait plus avoir envie de se battre, ni de s'adonner à son autre passe-temps. Vous avez bien fait de le faire stériliser, madame Corelli.

— Mon mari aimerait savoir si vous feriez la même chose pour le copain de notre petite-fille. Celui-là, c'est un drôle de numéro. Toujours à chercher les ennuis. Pensez, il a seulement quinze ans !

Tess éclata de rire.

— Je ne m'occupe que d'animaux, désolée.

— Quel dommage ! Maintenant, dites-moi, combien je vous dois ?

Tess regarda la vieille femme sortir son carnet de chèques de ses mains gercées et percluses d'arthrose. Alors qu'elle avait depuis longtemps dépassé l'âge de la retraite, Mme Corelli faisait des ménages cinq jours par semaine, Tess le savait. C'était un travail difficile et le salaire était maigre, mais comme l'indemnité d'adulte handicapé de son mari s'était tarie quelques années auparavant, Mme Corelli assumait seule les charges du couple. Toutes les fois que Tess était tentée de ruminer parce qu'elle était à court d'argent et se débattait avec ses factures, elle pensait à cette femme et à la façon dont elle faisait face, avec dignité et grâce.

— Nous avons un tarif spécial en ce moment, madame Corelli. Le montant à régler pour aujourd'hui est de 20 dollars.

— Vous êtes sûre ? (Devant le geste insistant de Tess, la vieille dame régla la facture et, le panier à chat sous le bras, se dirigea vers la sortie.) Merci, docteur Tess.

— Je vous en prie.

Tandis que la porte se refermait sur sa cliente, Tess jeta un coup d'œil à la pendule sur le mur de la salle d'attente. Un peu plus de 16 heures. La journée semblait s'éterniser, sans doute en raison de la nuit étrange qu'elle avait passée. Elle avait songé à annuler ses rendez-vous et à rester chez elle, mais elle s'était fait violence et avait travaillé toute la journée. Un dernier rendez-vous, et elle pourrait rentrer.

Pourquoi était-elle si impatiente de rentrer dans son appartement vide ? Elle n'en avait aucune idée. Elle se sentait nerveuse et épuisée à la fois, tout son corps en proie à une sorte de malaise diffus.

— Tu as un message de Ben, annonça Nora comme Tess sortait d'une des salles de toilettage pour chien. J'ai laissé le message sur un Post-it près du téléphone. Un truc à propos d'une soirée d'art contemporain, demain. Il a dit que tu lui avais promis de l'accompagner, il y a de cela quelques semaines, mais il voulait s'assurer que tu n'avais pas oublié.

— Oh, merde. Le dîner de l'exposition du master des beaux-arts est demain soir ?

Nora lui jeta un regard en coin.

— Je me doutais que tu avais oublié. En tout cas, ça a l'air sympa. Ah oui, et ta vaccination de 16 h 30 vient d'annuler. L'une de ses collègues est malade, alors elle doit faire un service double. Elle voulait reporter le rendez-vous à la semaine prochaine.

Tess remonta ses longs cheveux et frotta les muscles tendus de sa nuque.

— C'est parfait. Tu peux la rappeler et confirmer le rendez-vous ?

— C'est déjà fait. Tu vas bien ?

— Ouais. La nuit a été rude, c'est tout.

— C'est ce que j'ai entendu dire. Ben m'a raconté ce qui s'est passé. Tu t'es encore endormie à ton bureau, c'est ça ? (Nora riait, secouant la tête.) Et Ben s'est inquiété et a appelé les flics pour vérifier que tout allait bien ? Je suis heureuse qu'il n'ait pas eu d'ennuis avec eux à propos du « chat errant » qu'il avait recueilli.

— Moi aussi.

Lorsqu'il l'avait raccompagnée chez elle, Ben lui avait promis de retourner sur-le-champ à la clinique prendre Shiva pour le ramener à ses propriétaires, comme la police le lui avait ordonné. Mais il n'avait pas voulu promettre de s'abstenir d'organiser une autre tentative de sauvetage. Une fois de plus, Tess se demanda si son zèle tenace, pour bien intentionné qu'il fût, ne causerait pas un jour sa perte.

— Tu sais, dit-elle à son assistante, je ne comprends toujours pas comment j'ai pu accidentellement appuyer sur la touche de son numéro pendant mon sommeil…

— Oui. Peut-être qu'inconsciemment tu voulais l'appeler. Eh, peut-être que je devrais essayer, une nuit. Tu penses qu'il viendrait à mon secours ? (Devant le regard surpris de Tess, Nora écarta les bras en signe de reddition.) C'est une blague ! Il a l'air d'être un type vraiment génial. Beau, intelligent, charmant et, cerise sur le gâteau, totalement fou de toi. Je ne comprends pas que tu ne lui donnes pas une vraie chance.

Tess lui en avait donné une. Plusieurs, en fait. Et même si les problèmes qu'elle avait eus avec lui semblaient appartenir au passé – à maintes reprises, il avait juré que c'était le cas –, elle était réticente à s'impliquer au-delà de l'amitié. En fait, elle commençait à penser que les relations amoureuses n'étaient vraiment pas son truc.

—Ben est un chic type, concéda-t-elle. (Elle ramassa le message et le fourra dans la poche de son treillis sous sa longue blouse blanche.) Mais les gens ne sont pas toujours ce qu'ils semblent être.

Le chèque de Mme Corelli clôturant les recettes de la journée, Tess le tamponna et prépara un bordereau de dépôt pour la banque.

—Tu veux que je dépose ça en rentrant chez moi ? demanda Nora.

—Non, je vais le faire. Puisque nous en avons terminé avec les rendez-vous aujourd'hui, je crois que je vais en rester là.

Tess plaça le bordereau de dépôt dans l'enveloppe en cuir des recettes et la ferma. Lorsqu'elle releva la tête, Nora la dévisageait.

—Quoi ? Qu'est-ce qui se passe ?

—Je ne sais pas. Qui êtes-vous ? Et qu'avez-vous fait de mon bourreau de travail de patronne ?

Tess hésita ; une culpabilité soudaine vis-à-vis du classement à faire sur le travail des jours précédents la fit douter de la pertinence de partir tôt – enfin, à l'heure.

—Je plaisante ! s'exclama Nora. (Elle s'était déjà précipitée derrière le bureau pour la pousser dans le petit couloir.) Rentre chez toi. Détends-toi. Amuse-toi, bon sang !

Tess acquiesça, tellement reconnaissante d'avoir quelqu'un comme Nora auprès d'elle.

—Merci. Je ne sais pas ce que je ferais sans toi.

—Souviens-t'en pour ma prochaine augmentation.

Il ne fallut que quelques minutes à Tess pour retirer sa blouse, prendre son sac et éteindre l'ordinateur du bureau. Elle quitta la clinique et s'éloigna dans la lumière de l'après-midi, incapable de se rappeler la dernière fois où elle avait quitté le travail et marché jusqu'à la station de métro avant la nuit tombée. Goûtant cette liberté soudaine – tous ses sens lui paraissaient plus vivants et affûtés que jamais – Tess prit tout son temps, arriva à la banque juste avant la fermeture et prit le métro pour rentrer chez elle dans le nord de la ville.

Son appartement était un studio soigné mais quelconque, suffisamment proche de la voie rapide pour qu'elle ait appris à considérer le sifflement constant de la circulation à vive allure comme sa marque personnelle de bruit blanc. Même les fréquents coups de Klaxon des automobilistes impatients ou le crissement des freins dans la rue en bas ne la dérangeaient plus vraiment.

Sauf ce soir-là.

Tess monta quatre à quatre les marches menant à son appartement, la tête pleine du vacarme des bruits de la rue. Elle s'enferma à l'intérieur et s'adossa contre la porte, laissant tomber son sac et ses clés sur une ancienne table de machine à coudre qu'elle avait achetée pour une bouchée de pain et reconvertie en console. Elle retira ses mocassins en cuir brun puis se dirigea à pas feutrés vers le salon pour écouter son répondeur et réfléchir à son dîner.

Ben avait laissé un message ici aussi. Il disait qu'il serait dans le quartier ce soir-là et qu'il espérait qu'elle accepterait qu'il passe chez elle pour vérifier que tout allait bien et, le cas échéant, prendre une bière ensemble dans l'un des pubs du quartier.

Il avait l'air si plein d'espoir, si amical et inoffensif, que Tess garda son doigt au-dessus de la touche de rappel pendant un long moment. Elle ne voulait pas l'encourager, et c'était déjà suffisant qu'elle lui ait promis de l'accompagner à l'exposition d'art contemporain organisée par l'école des beaux-arts de Boston.

L'exposition qui avait lieu le lendemain soir, se rappela-t-elle une fois de plus, en se demandant s'il y avait un moyen d'y échapper. Elle en mourait d'envie, mais ne le ferait pas. Ben avait pris les billets spécialement parce qu'il savait qu'elle adorait la sculpture et que les œuvres de certains de ses artistes préférés seraient exposées pour une durée limitée.

C'était un cadeau extrêmement attentionné, et lui faire faux bond au dernier moment ne ferait que le blesser. Elle assisterait à l'exposition avec lui, mais ce serait leur dernière sortie en couple, même entre amis.

Cette résolution prise, Tess alluma le téléviseur, tomba sur une rediffusion de *Friends* puis passa dans sa cuisine américaine pour trouver quelque chose à manger. Elle se dirigea directement vers le congélateur, sa source habituelle d'approvisionnement.

Quelle boîte d'ennui surgelé allait-elle se préparer ce soir ?

Sans réfléchir, Tess attrapa la première qui venait et l'ouvrit. Elle fronça les sourcils quand la barquette recouverte de cellophane claqua sur le comptoir. Mon

Dieu, elle était pitoyable. Était-ce vraiment ainsi qu'elle voulait passer l'une de ses rares soirées hors du bureau ?

« *Amuse-toi* », lui avait martelé Nora.

Tess était quasiment sûre que rien de ce qu'elle avait prévu à son emploi du temps personnel ne relevait de l'amusement. Pas pour Nora en tout cas, et pour Tess non plus.

À près de vingt-six ans, était-ce là tout ce qu'elle avait fait de sa vie ?

Son amertume ne provenait pas uniquement de la perspective d'avaler du riz insipide et du poulet caoutchouteux, mais Tess jeta un coup d'œil méprisant à la barquette congelée. À quand remontait la dernière fois qu'elle avait préparé elle-même un bon repas ?

À quand remontait la dernière fois qu'elle avait fait quelque chose de bon, juste pour elle ?

À bien trop longtemps, décida-t-elle. D'un geste de la main, elle envoya la barquette dans la poubelle.

L'agent spécial d'investigation senior Sterling Chase s'était présenté au complexe des guerriers sans délai à la tombée de la nuit. À son crédit, il avait abandonné le costume cravate au profit d'un polo anthracite, d'un jean noir et de bottes noires à crampons. Il avait même couvert ses cheveux blonds d'un bonnet noir. À le voir ainsi vêtu, Dante aurait presque pu oublier que le type était un civil.

Dommage qu'aucun camouflage ne puisse dissimuler le fait qu'Harvard était, à partir de cet instant même, l'emmerdeur patenté de Dante.

— Si on doit braquer une banque un jour, au moins je saurai à qui m'adresser pour des conseils vestimentaires, déclara-t-il à l'agent du Havrobscur tandis qu'il passait un trench en cuir doublé de toutes sortes d'armes pour le combat au corps à corps. Puis les deux vampires se dirigèrent vers l'un des véhicules de l'Ordre dans le garage du complexe.

— Je ne compterais pas trop là-dessus, répliqua Chase avec une pointe de sarcasme en regardant l'artillerie lourde. On dirait que tu t'en sors assez bien sans recourir au vol qualifié.

Le hangar contenait des dizaines de véhicules de luxe, de 4 × 4 et de motos, des modèles anciens ou très récents, mais tous aussi performants que fastueux. Dante le précéda vers une Porsche Cayman S noir basalte flambant neuve et actionna le système d'ouverture à distance. Ils montèrent dans le coupé, et Chase remarqua l'intérieur élégant avec un air d'appréciation manifeste tandis que Dante démarrait, composait le code d'ouverture du garage et laissait la voluptueuse bête noire avaler la route nocturne.

— L'Ordre vit très bien, dit Chase, dans la lumière tamisée de l'habitacle. (Il eut un rire amusé.) Tu sais, une grande partie de la population du Havrobscur croit que vous êtes de cruels mercenaires vivant comme des brutes sans foi ni loi dans des cavernes souterraines.

— Tu m'en diras tant, murmura Dante, les yeux rivés sur la portion de route éclairée devant lui.

De sa main droite, il ouvrit la console du milieu et en sortit une sacoche de cuir contenant une petite cache d'armes. Il vida l'ensemble – couteaux gainés et pistolet semi-automatique dans son holster – sur les genoux de l'agent Chase.

— Fais ton choix, Harvard. J'imagine que tu sais quel bout de ce Beretta 92FS customisé pointer sur les méchants. On ne sait jamais, comme tu viens de l'univers hyperselect des Havrobscurs…

Chase secoua la tête et laissa échapper un juron.

— Écoute, ce n'est pas ce que je voulais dire…

— Je me fous de ce que tu voulais dire, répliqua Dante. (Il prit un brusque virage à gauche après un entrepôt et s'engagea dans une ruelle vide.) Je me fous de ce que tu penses de moi ou de mes frères. Soyons clairs là-dessus, *capisce*? Tu es du voyage simplement parce que Lucan en a décidé ainsi. Le mieux pour toi, c'est de rester tranquille, de la boucler et de ne pas traîner dans mes pattes.

Un éclair de colère passa dans le regard de l'agent, sa chaleur l'inondant par vagues. Dante se doutait que Chase n'était pas habitué à recevoir des ordres – surtout de quelqu'un qu'il pouvait considérer comme inférieur de plusieurs rangs dans l'ordre social ; pourtant l'agent du Havrobscur garda pour lui son agacement. Il dirigea son attention sur les armes que Dante lui avait données, vérifia le cran de sécurité du pistolet puis enfila le holster de poitrine en cuir.

Dante conduisit jusqu'au nord de la ville, pour suivre un tuyau dont Gideon lui avait fait part sur une rave susceptible de se dérouler dans l'un des vieux immeubles du quartier. À 19 h 30, ils avaient encore à peu près cinq heures à tuer avant que l'animation alentour vienne confirmer ou infirmer l'information. Mais Dante n'avait jamais eu de patience. Il n'était pas du genre à rester assis sagement, considérant que la mort avait plus de mal à rattraper une cible mobile.

Il éteignit les phares et gara la Porsche en bas de la rue, le long de l'immeuble. Une brise se leva et fit voltiger un petit amas de feuilles mortes et de poussière urbaine par-dessus le capot du véhicule. Quand le nuage fut passé, Dante descendit la vitre et laissa entrer la fraîcheur extérieure dans l'habitacle. Il inspira profondément l'air vif de cette fin d'automne.

Un effluve doux et épicé vint chatouiller ses narines et plongea chaque cellule de son corps en état d'alerte immédiate. Lointain et diffus, le parfum ne correspondait à rien de ce qui pouvait être fabriqué par l'homme, la Lignée, ni aucune de leurs sciences. Il était cendré et chaud, comme la cannelle et la vanille, même si ces qualificatifs suffisaient à peine à capturer la plus petite composante de son mystère. Ce parfum exquis et singulier, Dante le reconnut immédiatement. C'était celui de la femme à la veine de qui il s'était nourri – la Compagne de sang qu'il avait si négligemment revendiquée comme sienne il y avait moins de vingt-quatre heures.

Tess.

Dante ouvrit la portière et sortit.

— Qu'est-ce qu'on fait ?

— Toi, tu restes ici, ordonna-t-il à Chase.

Inexorablement, il était attiré vers elle, ses pieds déjà en mouvement sur le trottoir.

— Qu'est-ce qui se passe ? (L'agent sortit son pistolet et entreprit de s'extraire de la Porsche, comme s'il voulait emboîter le pas à Dante.) Bordel, dis-moi ce qui se passe ! Tu as vu quelque chose ?

— Reste dans cette putain de bagnole, Harvard. Et garde tes yeux et tes oreilles rivés sur cet immeuble. Je dois vérifier quelque chose.

Dante était presque sûr qu'il ne se passerait rien à l'endroit où ils planquaient dans les prochaines minutes, mais même s'il se trompait, il s'en fichait comme d'une guigne. Tout ce qu'il avait en tête à cet instant, c'était le parfum de la jeune femme dans la brise nocturne et le fait qu'elle était tout près.

Sa compagne, lui rappela une petite voix sourde à l'intérieur de lui.

Dante la traqua comme un prédateur. Comme tous ceux de la Lignée, il disposait d'une acuité sensorielle exceptionnelle, d'une rapidité prodigieuse et d'une agilité animale. Quand ils le souhaitaient, les vampires pouvaient passer inaperçus parmi les humains et ne laisser derrière eux qu'un léger souffle sur leur nuque. Dante utilisait cette aptitude surnaturelle pour évoluer dans les rues bondées et les ruelles obscures, les sens focalisés sur sa proie.

Il tourna à l'angle d'une rue et se retrouva dans l'artère principale animée, où il l'aperçut, sur le trottoir d'en face.

Dante s'immobilisa et regarda Tess faire ses courses au marché et choisir avec soin des légumes frais. Elle plaça une courge jaune dans son sac à provisions en toile puis se pencha sur un étalage de fruits et soupesa un melon pour vérifier s'il était mûr.

Dès la première fois qu'il l'avait vue dans sa clinique, même dans l'état second où l'avaient plongé ses blessures, Dante avait remarqué qu'elle était belle. Mais ce soir, sous l'éclat des lumières blanches illuminant les cageots de produits, elle était radieuse. Elle avait les joues roses et ses yeux bleus étincelaient tandis qu'elle souriait à la vieille marchande et la complimentait sur la qualité de ses produits.

Dante remonta le trottoir de son côté, à couvert, incapable de détacher son regard d'elle. Si près, son odeur était riche et enivrante. Il inspira bouche ouverte, laissa la douceur épicée passer entre ses dents et en savoura toutes les déclinaisons sur sa langue.

Mon Dieu, il voulait la goûter de nouveau.

Il voulait boire à sa veine.

Il voulait la prendre.

Avant même de savoir ce qu'il faisait, Dante descendit du trottoir et traversa la rue. Il aurait pu être près d'elle en une demi-seconde, mais quelque chose d'étrange attira son attention.

Il n'était pas le seul mâle à observer Tess avec un intérêt manifeste.

Un humain, à l'abri d'une entrée d'immeuble à quelques portes de là, observait le marché d'un regard furtif et regardait Tess finir ses courses. Il n'avait pas l'allure d'un désaxé, avec sa haute stature élancée et ses allures d'étudiant. Mais le serial killer Ted Bundy non plus.

Tess régla ses achats et souhaita une bonne soirée à la vieille femme. Alors qu'elle s'écartait de l'auvent éclairé de l'étalage, l'humain sortit de sa cachette avec précaution.

Dante bouillait à l'idée que Tess puisse avoir des ennuis. En un éclair, il traversa la rue et s'approcha de l'humain par-derrière, à quelques mètres, prêt à lui arracher les bras s'il ne faisait même que poser un souffle sur elle.

— Salut, Doc! s'exclama l'homme sur un ton familier. Quoi de neuf?

Tess se retourna et lui adressa un petit sourire surpris.

— Ben! Qu'est-ce que tu fais ici?

Elle le connaissait. Dante s'écarta immédiatement et se mêla à la foule des piétons qui fourmillaient autour des boutiques et des restaurants.

— Tu n'as pas eu le message que j'ai laissé sur ton répondeur? J'avais à faire dans le quartier et je m'étais dit qu'on pourrait peut-être dîner ensemble.

Dante observa l'homme s'approcher et se pencher pour lui poser un baiser affectueux sur la joue. Son adoration pour Tess était manifeste. Plus que de l'adoration en fait : Dante détecta l'odeur forte de la possessivité qui irradiait du mâle humain.

— Ça tient toujours, pour l'exposition dînatoire au musée demain soir? lui demanda-t-il.

— Oui, bien sûr, acquiesça Tess. (Elle le laissa prendre son sac lorsqu'il tendit la main pour la décharger.) Au fait, comment je dois m'habiller pour l'occasion?

—Comme tu veux. Tu seras superbe, Doc, je le sais.

Bien sûr. Dante venait de comprendre. C'était le petit ami que Tess avait appelé la nuit précédente à la clinique.

Celui vers qui elle s'était tournée, terrifiée par ce que Dante lui avait fait.

La jalousie lui nouait les entrailles – une jalousie qu'il n'était pas vraiment en droit de sentir.

Mais son sang était d'un tout autre avis. Ses veines brûlaient d'un feu ardent. La part non humaine en lui le poussait à foncer à travers la foule et à dire à la femme qu'elle lui appartenait, à lui et à lui seul. Qu'elle le sache ou non. Que Dante et elle le veuillent ou non.

Mais une part plus saine passa une laisse au cou de la bête en lui et la rappela.

La força à rester au pied.

Il ne voulait pas de Compagne de sang. N'en avait jamais voulu, et n'en voudrait jamais.

Dante regarda Tess et son petit ami le distancer d'un pas tranquille, sans qu'un mot de leur bavardage se perde parmi les autres conversations et les bruits de la rue alentour. Il resta en arrière une minute ou deux tandis que le sang affluait à ses tempes et dans d'autres parties, plus basses, de son anatomie.

Il fit demi-tour et se fondit dans l'obscurité, vers le bâtiment où il avait laissé Harvard en faction.

Il espérait de toutes ses forces que le tuyau de Gideon sur la présence des Renégats se révélerait solide, et le plus tôt serait le mieux, car à cet instant même, il ne désirait qu'une chose : un bon combat bien sanglant.

Chapitre 8

Leur planque dans le quartier nord fut un fiasco. Une rave s'était bel et bien déroulée dans l'immeuble abandonné, mais les fêtards n'étaient que des êtres humains. Pas un Renégat en vue ni aucun signe de vampires du Havrobscur, et encore moins de jeunes égarés de la Lignée défoncés à l'Écarlate. La tranquillité de la ville, au moins pour quelques heures, aurait peut-être dû être une bonne nouvelle, mais après une patrouille qui s'était soldée par un zéro pointé, Dante se sentait tout sauf soulagé. Il était frustré, tendu et avait salement besoin de décompresser.

Le remède était tout trouvé. Il connaissait au moins une dizaine d'endroits où il pourrait trouver une femelle bien disposée avec des veines juteuses et des cuisses accueillantes et, après avoir déposé Chase à sa résidence du Havrobscur, il se rendit à une boîte de nuit et gara la Porsche le long du trottoir. Il composa le numéro du complexe et fit un bref rapport des non-événements de la nuit à Gideon.

— Vois le bon côté des choses, D. Tu as tenu sept heures sans tuer l'agent du Havrobscur, fit remarquer Gideon avec ironie. C'est un résultat impressionnant.

On a fait un pari ici pour savoir combien de temps le type tiendra. Personnellement, j'ai misé sur dix-neuf heures.

—Ah ouais ? ricana Dante. Tu peux m'inscrire pour sept heures et demie.

—C'est si terrible que ça ?

—J'imagine que ça pourrait être pire. Au moins, Harvard sait obéir aux ordres, même s'il préfère clairement commander.

Dante jeta un coup d'œil à son rétroviseur latéral, distrait par la vision d'un ventre féminin et de hanches à demi exposées dans une minijupe en cuir ajustée. Perchée sur de hauts talons compensés, la fille avançait vers la vitre remontée dans un déhanchement qui suggérait la professionnelle. Quand elle se pencha pour lui offrir une vue plongeante sur ses seins opulents, un sourire durci par la rue et des yeux rendus vides par l'héroïne, il n'eut plus le moindre doute.

—Tu cherches de la compagnie, beau gosse ? articula-t-elle en direction de la vitre teintée.

Elle ne voyait même pas à qui elle adressait sa proposition, et elle s'en fichait : elle jaugeait le client à sa voiture, apparemment.

Dante ne lui prêta pas la moindre attention. Même un libertin de sa trempe qui aimait vivre dans l'instant avait certains principes. Il remarqua à peine la prostituée qui haussait les épaules et poursuivait son chemin.

—J'ai besoin que tu fasses une recherche pour moi, Gid.

— Ça marche, répondit-il. (Le cliquetis caractéristique d'un clavier entrant en action se fit entendre en fond sonore.) Qu'est-ce qu'il te faut ?

— Tu as des infos sur une soirée dans un musée demain soir ? Un dîner ou un truc du genre ?

Il ne fallut à Gideon qu'une seconde pour trouver une réponse.

— J'ai un communiqué relatif à une exposition privée avec dîner super chic au musée des Beaux-Arts. Demain soir, 19 h 30.

Il devait s'agir de la soirée dont Tess et son petit ami parlaient au marché. Leur rendez-vous.

Il n'aurait pas dû se soucier de ce que faisait la femelle, ou avec qui. Et cela n'aurait pas dû faire bouillir son sang d'imaginer un autre homme la toucher, l'embrasser. Se perdre dans la chaleur de son corps.

Cela n'aurait pas dû le rendre fou furieux, et pourtant…

— Qu'est-ce qui se passe au musée ? demanda Gideon en interrompant le fil des pensées de Dante. Tu as une piste ?

— Non, pas du tout. C'est juste pour savoir.

— Tu t'intéresses à l'art, maintenant ? ricana le guerrier. Mon Dieu, on dirait que ces quelques heures seulement passées avec Harvard ont eu un drôle d'effet sur toi. Je ne te voyais pas dans le rôle de l'intello distingué.

Dante était loin d'être inculte mais il n'était pas en état de s'expliquer pour le moment.

— Laisse tomber, se contenta-t-il d'aboyer dans le portable.

Son irritation se calma un peu quand il se rendit compte qu'on l'avait de nouveau remarqué. Cette fois, il s'agissait de deux jolies filles qui donnaient l'impression d'avoir quitté leur banlieue pour s'amuser en ville. Des lycéennes, à en juger par leurs visages frais, leurs corps de jeunettes de vingt ans et leurs jeans déchirés et faux vintage de créateurs. Elles gloussaient et cherchaient à prendre un air détaché tandis qu'elles s'approchaient de la voiture pour entrer dans le club.

— Alors, on en est où, D. ? Tu rentres à la base ?

— Non, répondit-il à voix basse. (Il coupa le moteur et suivit des yeux les jeunes filles qui passaient.) La nuit commence à peine. Je vais m'arrêter en route manger un morceau. Ou deux.

Sterling Chase faisait les cent pas dans sa résidence du Havrobscur, comme un animal en cage nerveux et angoissé. Bien que la nuit n'ait pas vraiment été une réussite, il dut reconnaître qu'il avait ressenti une certaine excitation à savoir que c'était sa première mission. Il se souciait peu du guerrier arrogant et agressif avec qui il faisait équipe, mais il se souvint que l'objectif qui l'avait poussé à demander l'aide de l'Ordre surpassait de loin toutes les vacheries que lui feraient probablement subir Dante ou ses frères dans les prochaines semaines.

Il était rentré depuis déjà deux heures. Dans deux heures, le jour se lèverait, non qu'il ait très envie de dormir.

Pour le moment, il avait envie de parler à quelqu'un.

Bien sûr, ce fut à Élise qu'il pensa en premier.

Mais à cette heure-là, elle était probablement retirée dans ses quartiers et se préparait à se mettre au lit. Il n'eut guère de mal à se l'imaginer, assise à sa délicate coiffeuse, sans doute nue sous des quantités de soie blanche, occupée à brosser ses longs cheveux blonds. Elle avait probablement fermé ses yeux lavande et fredonnait d'un air absent – une habitude qu'il lui avait toujours connue et qui la rendait encore plus chère à son cœur.

Fragile et douce, elle était veuve depuis cinq ans. Élise n'accepterait jamais un autre homme ; au fond de son cœur, il le savait. Et il lui était presque reconnaissant de son refus d'aimer de nouveau – droit de toutes les Compagnes de sang ayant perdu leur bien-aimé –, car même si cela signifiait qu'il devrait vivre dans le supplice de la désirer à jamais, il n'aurait pas à accepter la douleur encore plus cuisante de la voir se lier à un autre mâle.

Mais sans mâle de la Lignée pour la nourrir par la faculté de son sang à modifier le cours du temps, Élise, née humaine comme toutes les autres Compagnes de sang, vieillirait et mourrait un jour. C'était cela qui l'attristait le plus. Jamais peut-être elle ne serait sienne, mais il était certain, en revanche, que dans soixante ou soixante-dix ans tout au plus – un battement de cils pour ceux de son espèce – il la perdrait complètement.

Peut-être cette pensée l'incitait-il à vouloir lui épargner tous les maux possibles.

Il l'aimait, depuis toujours.

Il avait honte d'être autant affecté par elle. Rien que de penser à elle, il sentait sa peau le tirailler et il avait trop chaud. Elle était comme une brûlure à l'intérieur de lui, et elle ne pourrait jamais l'apprendre. Elle le mépriserait, il en était certain.

Mais cela ne l'empêchait nullement de désirer comme un fou d'être près d'elle.

D'être nu avec elle, ne serait-ce qu'une fois.

Chase arrêta d'arpenter la pièce et se laissa tomber sur le grand canapé qui meublait sa tanière. Il se carra au fond du siège, les cuisses écartées, tête levée vers le haut plafond blanc à trois mètres au-dessus de lui.

Elle était là, dans cette chambre, par-delà l'espace qui les séparait.

S'il respirait assez profondément, il pourrait saisir son parfum subtil de rose et de bruyère. Chase aspira une longue goulée d'air. La faim le taraudait et faisait sortir ses canines. Il se passa la langue sur les lèvres, presque en mesure d'imaginer le goût qu'elle aurait.

Une douce torture.

Il l'imaginait marchant pieds nus sur le tapis de sa chambre et délaçant sa chemise de nuit légère. Laissant tomber au sol la soie vaporeuse près du lit tandis qu'elle se glissait dans les draps frais, nue, désinhibée, ses tétons comme des boutons de rose contre la pâleur de sa peau.

La gorge de Chase était aride comme un désert. Son pouls battait la chamade, son sang bouillait dans ses veines. Sa queue était raide, confinée dans son jean noir. Il tendit la main vers son sexe douloureux, touchant son érection par-dessus le tissu épais et la tension de la braguette. Se caressa comme jamais Élise ne le ferait.

Il accéléra les frottements, ce qui ne fit qu'accentuer son besoin.

Jamais il ne cesserait de vouloir…

— Nom de Dieu, murmura-t-il, dégoûté de sa propre faiblesse.

Il laissa retomber sa main et se leva avec un sifflement de colère, se refusant même le fantasme de coucher avec sa parfaite et inaccessible Élise.

La chaleur léchait les jambes nues de Dante. Elle se propageait à ses hanches et à son torse, serpentait dans son dos et autour de ses épaules. Implacable, dévorante, la chaleur se faisait plus oppressante, comme une vague irrésistible s'abattant sur lui dans une lente torture. Elle s'intensifiait, toujours plus brûlante, le submergeait.

Il ne pouvait pas bouger, ne contrôlait plus ses membres ni même ses pensées.

Il n'y avait plus que le feu.

Qui était en train de le tuer.

Des flammes tournoyaient tout autour de lui à présent, la fumée noire s'épaississait, desséchait ses yeux et lui brûlait la gorge chaque fois qu'il tentait de prendre une respiration vaine et haletante.

Inutile.

Il était piégé.

Il sentait des cloques se former sur sa peau, entendait le crépitement écœurant de ses vêtements – et de ses cheveux – gagnés par les flammes tandis qu'il comprenait toute l'horreur de ce qu'il était en train de vivre.

Il n'y avait pas d'issue.

La mort approchait.

Il sentait l'obscurité le gagner, l'attirer vers le bas, vers un vortex de néant bouillonnant et infini.

—Non !

Dante se réveilla en sursaut, les muscles tendus, prêts au combat. Il tenta de bouger, mais quelque chose entravait ses mouvements. Un poids léger enroulé autour de ses cuisses, et un autre appuyé mollement contre sa poitrine. Les deux femmes remuèrent dans le lit, l'une d'elles émit une sorte de ronronnement tandis qu'elle se blottissait contre lui et caressait sa peau moite.

—Qu'est-ce qui se passe, mon chou ?

—Lâche-moi la grappe, grogna-t-il, la voix rauque et faible dans sa gorge desséchée.

Dante se dégagea de l'enchevêtrement de membres dénudés et posa les pieds sur le sol de l'appartement inconnu. Il peinait à reprendre son souffle et son cœur battait encore à tout rompre. Il sentit des doigts courir dans le bas de son dos. Agacé par ce contact importun, il se leva du matelas affaissé et se mit à chercher ses vêtements dans le noir.

—Ne pars pas, se lamenta l'une des filles. Mia et moi, on n'en a pas encore fini avec toi.

Il ne répondit pas. Pour le moment, tout ce qu'il voulait, c'était bouger. Il était resté bien trop longtemps immobile. Assez pour permettre à la mort de venir le chercher.

— Tout va bien ? demanda l'autre fille. Tu as fait un cauchemar, c'est ça ?

Un cauchemar, pensa-t-il avec ironie.

Loin de là.

Il avait cette vision – qu'il vivait avec un réalisme saisissant – depuis toujours.

C'était un aperçu de son avenir.

Sa propre mort.

Il connaissait chaque seconde atroce des derniers instants de sa vie ; en revanche, le pourquoi, où et quand restait sans réponse. Il savait même à qui il devait cette malédiction.

Outre sa propre mort, l'humaine qui lui avait donné le jour en Italie deux cent vingt-neuf ans auparavant avait aussi prédit celle de son compagnon bien-aimé, le vampire du Havrobscur qui était aussi le père érudit et aristocratique de Dante. Comme elle en avait eu la vision, cette femme douce avait connu une fin tragique : elle s'était noyée dans un contre-courant marin alors qu'elle tentait de porter secours à un enfant menacé du même sort. Le père de Dante, avait-elle prédit, serait tué par un rival politique jaloux. Quatre-vingts ans environ après la mort de sa mère, à l'extérieur d'une salle de réunion bondée du Havrobscur romain, Dante avait perdu son père dans les circonstances qu'elle avait prédites.

Ce don unique de Compagne de sang, sa mère l'avait transmis à sa seule descendance, comme cela se produisait souvent dans la Lignée ; désormais Dante était hanté par des visions macabres.

— Reviens te coucher, le supplia l'une des jeunes femmes derrière lui. Allez, ne fais pas ton rabat-joie !

Dante enfila ses vêtements et ses bottes puis retourna vers le lit. Les filles posèrent les mains sur son corps, leurs mouvements confus et imprécis, leur esprit encore embrumé par l'esclavage de la morsure. Il avait refermé leur blessure juste après s'être nourri, mais il lui restait encore une chose à faire avant de prendre le large. Dante posa sa paume sur le front de la première fille, puis de la seconde, effaçant de leur mémoire tous les souvenirs de cette nuit.

Si seulement il pouvait faire de même pour lui, songea-t-il, la gorge encore desséchée par le goût de la fumée, des cendres et de la mort.

CHAPITRE 9

— D étends-toi, Tess. (Ben posa la main au bas du dos de son amie et pencha la tête tout près de son oreille). Au cas où tu ne l'aurais pas remarqué, c'est un cocktail, pas un enterrement.

Encore heureux, pensa Tess en baissant les yeux vers sa robe grenat. Elle adorait cette robe dos nu simple, glanée dans un dépôt-vente, mais elle était la seule à porter de la couleur dans un océan de noir. Elle ne se sentait pas à sa place, se trouvait trop voyante.

Même si elle avait l'habitude de se démarquer des autres. Cela avait toujours été le cas, depuis son enfance. Elle avait toujours été… différente. Toujours en marge du reste du monde d'une façon qu'elle ne comprenait pas totalement et qu'elle avait jugé préférable de ne pas explorer. Néanmoins, elle s'efforçait de s'intégrer – faisait semblant d'y parvenir –, comme ce soir-là, dans une pièce pleine d'étrangers. L'envie de fuir cette foule était pourtant très forte.

En fait, Tess avait de plus en plus l'impression d'assister aux prémices d'une tempête, ou que des forces invisibles se rassemblaient autour d'elle et la poussaient vers le bord d'un abîme. Elle se disait que, si elle regardait en bas, elle ne verrait rien d'autre qu'un gouffre sans fond. Une chute à pic et interminable.

Elle se frotta la nuque, sentant une douleur diffuse au-dessous de son oreille.

— Tu vas bien ? demanda Ben. Tu n'as pas décroché un mot de toute la soirée.

— Ah bon ? Je suis désolée. Ce n'était pas mon intention.

— Tu passes un bon moment ?

Elle acquiesça et se força à sourire.

— C'est une exposition étonnante, Ben. Le programme indique qu'il est destiné à des mécènes privés. Comment t'es-tu débrouillé pour avoir des billets ?

— Ah, j'ai quelques contacts dans cette ville. (Il haussa les épaules avant de finir sa coupe de champagne.) Quelqu'un me devait un service. Et ce n'est pas ce que tu penses, ajouta-t-il d'un ton de reproche tandis qu'il prenait des mains de Tess son verre de soda vide. Je connais le barman, qui connaît l'une des filles qui travaille à l'organisation événementielle ici au musée. Sachant à quel point tu aimes la sculpture, je lui ai cassé les pieds il y a quelques mois pour qu'il se procure deux billets pour cette soirée.

— Et ce service ? demanda Tess, soupçonneuse. (Elle savait que Ben fricotait avec des personnes peu recommandables.) Qu'est-ce que tu as fait pour ce type ?

— Sa voiture était au garage et je lui ai prêté ma fourgonnette une nuit pour une réception de mariage où il devait travailler. C'est tout, c'était réglo. Pas de magouilles. (Ben lui adressa l'un de ses sourires angéliques.) Eh, je t'ai fait une promesse, pas vrai ? (Tess esquissa un vague hochement de tête.) Puisqu'on parle du bar, que dirais-tu si j'allais nous rechercher un verre ? Une autre eau minérale avec une rondelle de citron pour Mademoiselle ?

—Oui, merci.

Alors que Ben se mêlait à la foule, Tess reprit sa lecture des panneaux de l'exposition, disposés tout autour de la grande salle de bal. L'événement réunissait des centaines de sculptures, représentant des milliers d'années d'histoire, à l'abri derrière de hautes vitrines en Plexiglas.

Tess se trouvait derrière un groupe de femmes de la haute société, blondes, bronzées et parées de bijoux, qui bloquaient l'accès à une vitrine de figurines en terre et papotaient sur le dernier lifting raté d'une connaissance commune et la liaison récente de Mme Untel avec un joueur de tennis pro du country club qui n'avait que la moitié de son âge. Tess se dressa sur la pointe des pieds, s'efforçant de ne pas écouter les commérages et de mieux voir l'élégante sculpture de Cornacchini intitulée *Endymion endormi*.

Elle se sentait coupable d'une double imposture, d'une part comme compagne de Ben ce soir-là et, d'autre part, parmi les invités de cet événement organisé par les mécènes du musée. C'était plus le milieu de Ben que le sien. Né et élevé à Boston, Ben avait grandi entre les musées et les théâtres, tandis que l'univers de Tess se limitait aux kermesses et au cinéma du coin.

Ses connaissances en art étaient sommaires mais son amour de la sculpture avait toujours constitué une forme d'évasion pour elle, surtout à l'époque troublée de ses jeunes années dans son Illinois rural.

Elle était une personne différente, à l'époque, et Teresa Dawn Culver s'y connaissait en matière d'imposteurs. Son beau-père s'y était employé. Extérieurement, il avait tout du citoyen modèle : couronné de succès, aimable, moral…, alors qu'il n'était rien de tout cela. Mais il était décédé depuis presque une dizaine d'années et sa mère, avec qui elle était brouillée depuis, était morte récemment. Tess avait mis entre ce douloureux passé et elle plus de neuf ans et la moitié du pays.

Si seulement elle avait pu en faire autant de ses souvenirs.

Le souvenir horrible de ce qu'elle avait fait…

Tess recentra son attention sur les lignes élégantes de l'Endymion. Alors qu'elle était plongée dans l'étude de cette sculpture en terra-cotta du XVIIIᵉ siècle, elle sentit les fins cheveux sur sa nuque se hérisser. Un afflux de chaleur la gagna – des plus légers mais suffisants pour qu'elle cherche à en localiser la provenance autour d'elle. Elle ne détecta rien. Le groupe de commères s'était éloigné et seule Tess se tenait désormais devant la vitrine.

Elle se plongea de nouveau dans la contemplation de l'œuvre, et laissa tant de magnificence la transporter loin de ses angoisses personnelles, vers un état de paix et de confort.

—Exquis.

Une voix grave teintée d'un léger accent distingué lui fit lever la tête brusquement. En face, de l'autre côté de la vitrine, se tenait un homme. Tess croisa ses yeux couleur whisky bordés de cils épais d'un noir d'encre. Si elle croyait faire tache à cette soirée des plus chics, que dire de ce type ?

Du haut de ses deux mètres, il la toisait de ses yeux belliqueux, dans une attitude confiante, sévère, et presque menaçante. Il était d'une beauté ténébreuse, depuis les boucles brillantes de ses cheveux jusqu'à la carrure de son manteau de cuir et son polo ajusté, en passant par ses longues jambes revêtues, semblait-il, d'un treillis noir.

En dépit de son allure bien trop décontractée pour l'occasion, il se comportait avec une confiance telle qu'il donnait l'impression d'être le propriétaire des lieux, et il émanait de lui une puissance impressionnante, même dans son immobilité. Partout dans la pièce, les convives le regardaient, sans mépris ni désapprobation, mais avec déférence – une méfiance respectueuse –, sentiment que Tess ne pouvait s'empêcher d'éprouver elle-même. Quand elle prit conscience qu'elle le dévisageait, bouche bée, elle baissa rapidement les yeux vers la vitrine pour éviter la chaleur de son regard inflexible.

—C'est… c'est très beau, oui, bégaya-t-elle en espérant de tout son être ne pas avoir l'air aussi troublée qu'elle l'était.

Son cœur battait la chamade sans raison et elle ressentait de nouveau cet étrange chatouillement dans la nuque. Pour le chasser, elle posa la main sous son oreille, à l'endroit où elle sentait son pouls s'affoler. La sensation ne fit qu'empirer, comme une sorte de bourdonnement dans son sang. Elle se sentait agitée, nerveuse, et avait besoin d'air. Lorsqu'elle entreprit de poursuivre sa visite, l'homme fit le tour de la vitrine et lui emboîta subtilement le pas.

— Cornacchini est un maître, affirma-t-il avec ce roulement soyeux sur le nom de l'artiste, comme le ronronnement d'un félin. Je ne connais pas toutes ses œuvres, mais mes parents étaient de grands protecteurs des arts en Italie.

Italien. Voilà qui expliquait son magnifique accent. Comme elle ne pouvait pas décemment s'échapper, Tess acquiesça poliment.

— Vous vivez depuis longtemps aux États-Unis ?

— Oui. (Un sourire se forma aux commissures de sa bouche sensuelle.) Je vis ici depuis très longtemps. Je m'appelle Dante, ajouta-t-il en lui tendant sa grande main.

— Tess.

Elle accepta sa poignée de main, et dut retenir un cri lorsque ses doigts saisirent les siens dans un contact électrique.

Dieu que ce type était beau. Pas beau comme un mannequin mais robuste et viril, avec une mâchoire carrée et des pommettes marquées. Ses lèvres pleines auraient suffi à faire pleurer d'envie toutes ces mondaines regonflées au collagène. En fait, il avait ce genre de beauté virile et profane que les artistes s'efforçaient de capturer dans l'argile et le marbre depuis des siècles.

Son seul défaut visible était la déviation de la cloison de son nez.

Un boxeur ? se demanda Tess, qui sentit alors une partie de sa curiosité s'évanouir. Elle n'éprouvait aucun intérêt pour les hommes violents, même aux allures d'ange déchu.

Elle lui adressa un sourire agréable et commença à s'éloigner.

— Bonne exposition.

— Attendez. Pourquoi vous enfuyez-vous ? (Il posa sa main sur son avant-bras, dans un contact des plus légers mais qui suffit à l'arrêter.) Avez-vous peur de moi, Tess ?

— Non. (*Quelle étrange question*, pensa-t-elle.) Je devrais ?

Une lueur étincela dans les yeux de l'Italien avant de disparaître.

— Non, ce n'est pas ce que je veux. Je veux que vous restiez, Tess.

Il ne cessait de répéter son prénom et, chaque fois qu'il roulait sur sa langue, elle sentait un peu de son angoisse s'évanouir.

— Écoutez, euh… Je suis venue accompagnée, laissa-t-elle échapper, recourant à l'excuse la plus facile.

— Votre petit ami ? demanda-t-il avant de diriger directement son regard perspicace vers le bar bondé où se trouvait Ben. Vous ne voulez pas qu'il nous voie parler ensemble ?

Cela semblait ridicule et elle le savait. Ben n'avait aucun droit sur elle et, même s'ils sortaient encore ensemble, elle ne se laisserait jamais dominer au point de s'interdire de parler à un autre homme. Elle ne faisait d'ailleurs rien d'autre avec Dante, et pourtant les choses avaient pris une tournure intensément intime. Presque illicite.

Dangereuse, car même si elle avait appris à se protéger, à ne pas baisser la garde, cet homme, cet étranger, l'intriguait – il l'attirait. Plus même : elle se sentait liée à lui d'une façon inexplicable.

Il lui sourit puis commença à tourner autour de la vitrine dans laquelle le Cornacchini était exposé.

— « *Endymion endormi* », dit-il en lisant la plaque de la sculpture représentant le berger du mythe. À votre avis, Tess, à quoi rêve-t-il ?

— Vous ne connaissez pas l'histoire ?

Comme il secouait légèrement la tête, Tess se rapprocha de lui, presque sans en avoir conscience. Incapable de s'arrêter jusqu'à ce qu'elle se trouve à son côté, leurs bras se frôlant tandis que leurs regards convergeaient vers la vitrine.

— Endymion rêve de Séléné.

— La déesse grecque de la Lune, murmura Dante tout près d'elle, d'une voix grave qu'elle sentit vibrer jusque dans ses os. Sont-ils amants, Tess ?

Amants.

Une chaleur monta du plus profond d'elle-même quand elle l'entendit articuler ce mot. Il l'avait prononcé d'un ton assez détaché, mais Tess avait pourtant entendu la question comme s'il ne l'avait adressée qu'à elle. Le bourdonnement qui lui chatouillait le cou s'intensifia encore, battant au rythme soudain précipité de son cœur. Elle s'éclaircit la voix, intriguée et troublée, tous les sens en éveil.

— Endymion était un jeune et beau berger, finit-elle par répondre en faisant appel aux souvenirs qu'elle conservait de ses cours de mythologie à l'université. Séléné, comme vous l'avez dit, était la déesse de la Lune.

— Un humain et une immortelle, fit remarquer Dante. (Elle sentait son regard sur elle désormais, ce regard couleur whisky qui ne la quittait pas.) Pas la combinaison idéale, n'est-ce pas ? En général, l'un des deux finit par mourir.

Tess le regarda.

— C'est l'une des rares histoires où les choses se terminent bien.

Elle observait résolument la sculpture pour éviter de croiser le regard de Dante et avoir ainsi la confirmation qu'il continuait à la dévisager, de si près qu'elle pouvait sentir la chaleur de son corps. Elle reprit la parole, ne serait-ce que pour dissiper le trouble qui s'était installé entre eux.

— Séléné ne pouvait rejoindre Endymion que la nuit. Elle voulait être à ses côtés pour l'éternité, de sorte qu'elle implora Zeus d'accorder à son amant la vie éternelle. Zeus accepta et plongea le berger dans un sommeil éternel où il attendait chaque nuit la visite de sa bien-aimée Séléné.

— Et ils vécurent heureux et eurent beaucoup d'enfants, articula Dante d'un ton traînant où pointait une note de cynisme. Cela ne vaut que pour les mythes et les contes de fées.

— Vous ne croyez pas en l'amour ?

— Et vous, Tess ?

Elle leva les yeux vers lui et croisa son regard pénétrant, aussi intime qu'une caresse.

— J'aimerais y croire, répondit-elle, sans trop savoir pourquoi elle lui confiait cela maintenant.

Cet aveu la troublait. Soudain saisie d'une angoisse, elle se dirigea vers une autre vitrine où étaient exposées des œuvres de Rodin.

— Alors, d'où vient votre intérêt pour la sculpture, Dante ? Vous êtes un artiste ou un amateur ?

— Ni l'un ni l'autre.

— Ah.

Dante lui avait emboîté le pas et s'arrêta près de la vitrine à côté d'elle. Tess l'avait jugé déplacé dans ce décor la première fois qu'elle l'avait vu, mais en l'entendant parler, en le voyant si près, elle devait reconnaître que, même s'il avait l'air tout droit sorti d'un film des frères Wachowski, il y avait un réel niveau de sophistication chez lui. Sous le cuir et les muscles, il avait une sagesse qui l'intriguait. Probablement plus qu'elle ne le devrait.

— Alors quoi ? Vous êtes un des mécènes du musée ? (Il secoua légèrement la tête.) Vous travaillez pour la sécurité de l'exposition ?

Ce qui expliquerait certainement sa tenue décontractée et l'intensité qui irradiait de lui. Peut-être appartenait-il à l'une de ces équipes de sécurité haut de gamme dont les musées louaient souvent les services pour protéger leurs collections pendant les expositions publiques.

— Il y avait quelque chose ici que je tenais à voir, répondit-il en rivant son regard hypnotique sur elle. C'est la seule raison de ma présence.

Quelque chose dans la façon dont il l'avait observée en prononçant ces mots – la façon dont il semblait voir à travers elle – provoqua chez elle une légère décharge électrique. Elle s'était fait draguer suffisamment souvent par le passé pour savoir quand un type tentait une approche, mais là, c'était différent.

L'homme soutenait son regard avec une intimité qui proclamait qu'elle était déjà sienne. Sans bravade ni menace, juste un constat.

Il n'en fallait guère plus pour qu'elle imagine ses grandes mains sur son corps, caressant ses épaules et ses bras nus. Ses lèvres sensuelles posées sur sa bouche, ses dents qui mordillaient doucement son cou.

Exquis.

Tess leva les yeux vers lui, vers la courbure légère de ses lèvres qui n'avaient pas remué en dépit du fait qu'elle venait de l'entendre parler. Il s'approcha d'elle sans égard pour la foule – personne ne semblait les remarquer – et, de son pouce, effleura tendrement le tracé de sa joue. Tess n'arrivait pas à trouver la volonté de bouger alors qu'il se penchait vers elle et posait sa bouche le long de la courbure de sa mâchoire.

Une chaleur l'enflamma tout entière, une brûlure lente qui faisait fondre ce qui lui restait de raison.

Je suis venu ici ce soir pour toi.

Elle avait dû mal entendre, ne serait-ce que pour la simple et bonne raison qu'il n'avait pas prononcé un seul mot. Pourtant, la voix de Dante résonnait dans sa tête, apaisante, alors qu'elle aurait dû l'alarmer. Elle lui faisait croire que c'était possible, tandis que la raison lui affirmait le contraire.

Ferme les yeux, Tess.

Elle ferma les paupières puis sentit sa bouche sur la sienne dans un doux baiser envoûtant. Rien de tout cela n'était réel, pensa Tess désespérément. Elle ne laissait pas vraiment cet homme l'embrasser, n'est-ce pas ? Au milieu d'une salle bondée ?

Mais ses lèvres étaient chaudes sur les siennes ; elle sentit la rude caresse de ses dents qui mordillaient sa lèvre inférieure avant de se retirer. En un instant, ce baiser aussi soudain que surprenant avait pris fin. Tess en voulait plus.

Tellement plus.

Elle ne pouvait ouvrir les yeux tant son sang bouillait dans ses veines ; la moindre fibre de son corps brûlait de cet impossible désir. Tess chancela légèrement sur ses pieds, haletante et essoufflée, surprise de ce qu'elle venait de vivre. Elle sentit une brise fraîche sur son corps qui lui donna la chair de poule.

— Désolé d'avoir mis tout ce temps. (La voix de Ben lui fit rouvrir les yeux brusquement tandis qu'il se dirigeait vers elle à grandes enjambées, des verres à la main.) C'est un vrai cirque ici. Il m'a fallu des plombes pour me faire servir.

Stupéfaite, Tess chercha Dante du regard. Mais il était parti. Il n'y avait plus signe de lui nulle part, ni près d'elle ni parmi la foule en mouvement.

Ben lui tendit un verre d'eau minérale. Tess le but d'un trait, envisageant l'espace d'une seconde de réserver le même traitement à la coupe de champagne de Ben.

— Oh, merde ! s'exclama Ben, sourcils froncés en la regardant. Ton verre devait être ébréché, Tess. Tu t'es coupé la lèvre.

Elle porta la main à sa bouche tandis que Ben s'affairait pour lui trouver une serviette en papier. Le bout de ses doigts était humide et rouge vif.

— Mon Dieu, je suis désolé. J'aurais dû regarder…

— Je vais bien, je t'assure.

Elle n'en était pas tout à fait sûre, mais rien de ce qu'elle éprouvait n'était la faute de Ben. En outre, elle n'avait pas besoin de vérifier le verre pour savoir qu'il n'était pas ébréché et qu'elle ne s'y était pas coupé la lèvre. Elle avait dû se mordre quand elle et Dante… En fait, elle ne voulait pas même penser à l'étrange rencontre qui venait de se produire.

— Tu sais quoi, Ben, je me sens un peu fatiguée. Ça t'embête si on rentre ?

Ben secoua la tête.

— Non, pas du tout. Comme tu veux. Allons chercher nos manteaux.

— Merci.

Tandis qu'ils se dirigeaient vers la sortie, Tess jeta un dernier coup d'œil à la vitrine où Endymion continuait à dormir, attendant l'obscurité et la venue de son amante d'un autre monde.

Chapitre 10

B on sang, mais qu'est-ce qu'il s'imaginait ?
Dante faisait les cent pas dans l'obscurité à l'extérieur du musée, les nerfs en pelote. Sa première erreur de la soirée avait été de venir, en pensant qu'il ne ferait qu'observer la femme qui, d'après les lois de la Lignée, lui appartenait. La seconde ? L'apercevoir au bras de son petit ami humain, joyau étincelant dans sa robe de soirée rouge sombre et ses petites sandales à lanières, et penser qu'il ne ressentirait pas le besoin de se trouver près d'elle.

De la toucher.

De la goûter.

À partir de là, les choses s'étaient accélérées et étaient passées de l'erreur de jugement à la catastrophe. Son sexe palpitait rageusement, sa vue s'était aiguisée sous l'effet du rétrécissement de ses pupilles – qui n'étaient plus que des fentes allongées – provoqué par son désir pour cette femme. Son pouls battait à tout rompre et ses crocs s'étaient allongés sous l'effet de la faim ; toutes ces manifestations ne contribuaient pas à enrayer la frustration qu'il éprouvait d'avoir presque perdu le contrôle de la situation dans le musée avec Tess.

Dante ne s'imaginait que trop bien jusqu'où il aurait pu être tenté de pousser les choses avec Tess si son petit ami n'était pas revenu à ce moment-là, que la foule les regarde ou non. Il y avait eu un moment, alors que l'humain s'approchait d'eux en revenant du bar, où Dante avait nourri des pensées plutôt primitives. Des pensées meurtrières, alimentées par son désir pour Tess.

Quel désastre !

Il n'aurait jamais dû venir ce soir.

Qu'avait-il cherché à prouver ? qu'il était plus fort que le lien de sang qui les unissait désormais ?

Il n'avait réussi qu'à démontrer toute l'étendue de son arrogance. Son corps en feu se chargerait bien de le lui rappeler pour le restant de la nuit. À en juger par l'état dans lequel il était en cet instant même, il risquait d'avoir besoin du reste de la semaine pour se calmer.

Il avait pourtant toutes les peines du monde à regretter la façon dont Tess s'était abandonnée à lui. Le goût de son sang sur sa langue lorsqu'il lui avait mordillé la lèvre de ses canines perdurait et, à côté de ce souvenir, la suite de son supplice serait une partie de plaisir.

Ce qu'il ressentait en cet instant dépassait de très loin le besoin de base, charnel ou autre. Il n'y avait que seize heures qu'il s'était nourri ; pourtant, il avait soif de Tess comme s'il ne s'était pas alimenté depuis seize jours. Seize heures depuis qu'il avait eu un orgasme et, pourtant, il ne pouvait penser à rien d'autre que de se perdre en elle.

Il s'était fichu dans un beau merdier.

Il devait retrouver ses esprits, et vite. Il n'avait pas oublié qu'il avait encore une mission à mener à bien cette nuit-là. Et l'idée de se concentrer sur autre chose que sa libido en furie était plus que bienvenue.

Dante fouilla dans la poche de son manteau noir, en sortit son portable et appela le complexe.

— Chase est arrivé ? aboya-t-il dans le combiné quand Gideon décrocha.

— Pas encore. On ne l'attend pas avant 22 h 30.

— Quelle heure il est ?

— Euh… Neuf heures moins le quart. Mais t'es où, d'abord ?

Dante eut un petit rire sec, toutes les cellules de son corps encore branchées sur le désir qu'il ressentait pour Tess.

— Quelque part où jamais je n'aurais cru être, mon frère.

Il avait bien trop de temps à tuer avant sa deuxième session de travaux pratiques avec Harvard. En général, Dante n'était pas réputé pour sa patience, et ce soir-là il en avait encore moins que d'habitude.

— Appelle le Havrobscur pour moi, Gid. Dis à Harvard que son prof est en avance. Je vais passer le prendre.

Ben insista pour l'escorter jusqu'à son appartement après que le taxi les eut déposés. Sa fourgonnette était garée dans la rue en dessous de chez elle et, tandis que Tess avait espéré un « au revoir » rapide sur le trottoir, Ben avait l'intention de jouer au gentleman et de la raccompagner jusqu'à sa porte au deuxième étage. Ses pas résonnaient derrière elle tandis que tous deux montaient le vieil escalier en bois et s'arrêtaient devant l'appartement 2F. Tess ouvrit son sac de soirée et fouilla pour y trouver ses clés.

—Je ne sais pas si je te l'ai dit, déclara Ben d'une voix douce dans son dos, mais tu es vraiment magnifique ce soir, Tess.

Elle grimaça et se sentit coupable de l'avoir accompagné à l'exposition, surtout à la lumière de ce qui s'était passé de façon tout à fait inattendue avec l'homme qu'elle y avait rencontré.

Avec Dante, pensa-t-elle, et son nom glissa dans son esprit comme du velours noir et soyeux.

—Merci, murmura-t-elle. (Elle introduisit la clé dans la serrure.) Et merci pour cette soirée, Ben. C'était très gentil de ta part.

Tandis qu'elle ouvrait la porte, elle le sentit jouer avec une mèche de ses cheveux.

—Tess…

Elle se retourna pour lui souhaiter bonne nuit, pour lui dire que c'était la dernière fois qu'ils sortaient ensemble ainsi, mais dès qu'elle se retrouva face à lui, Ben posa sa bouche sur la sienne dans un baiser impulsif.

Tess s'écarta de lui tout aussi brusquement, trop surprise pour contrôler sa réaction. Elle remarqua son air blessé. Un éclair d'amère compréhension s'y reflétait tandis qu'elle portait les mains à ses lèvres et secouait la tête.

—Ben, je suis désolée mais je ne peux pas…

Il laissa échapper un profond soupir et se passa la main dans ses cheveux blonds.

— Laisse tomber. C'est ma faute.

— C'est juste… (Tess bataillait pour trouver les mots justes.) On ne peut pas continuer comme ça, tu sais. Je veux être ton amie, mais…

— J'ai dit « laisse tomber ». (Il s'était exprimé d'un ton cassant et cinglant.) Tu m'as dit ce que tu ressentais, Doc. J'imagine que je suis juste un peu long à la détente.

— C'est ma faute, Ben. Je n'aurais pas dû sortir avec toi ce soir. Je ne voulais pas que tu penses…

Il lui adressa un sourire crispé.

— Je ne pense rien. Enfin, bon, il faut que j'y aille. J'ai des trucs à faire.

Il se retourna en direction de l'escalier. Tess sortit dans le couloir, terriblement désolée par la tournure que prenaient les choses.

— Ben, ne pars pas comme ça. Tu ne veux pas entrer un petit moment pour qu'on parle ?

Il ne lui répondit pas, mais se borna à la regarder un long moment, avant de se retourner et de dévaler les escaliers. Quelques secondes plus tard, la porte de l'immeuble claqua. Tess rentra, verrouilla derrière elle puis se dirigea vers la fenêtre pour le regarder monter dans sa fourgonnette et disparaître à toute allure dans la nuit.

Dissimulé par ses lunettes de soleil et l'éclat vacillant des lumières stroboscopiques du club, Dante balayait la foule des humains qui se démenaient et ondulaient sur la piste. Il était passé prendre Chase à sa résidence du Havrobscur deux heures plus tôt, et ils n'étaient tombés que sur un seul Renégat, un mâle élancé cherchant une proie parmi les sans-abri. Dante avait donné à Harvard une rapide leçon sur l'effet miraculeux du titane sur le système sanguin dégénéré des Renégats et envoyé illico presto la sangsue *ad patres*.

C'était d'autant plus regrettable que Dante avait vraiment besoin d'un combat au corps à corps. Il voulait du sang et des coups d'ici à la fin de la patrouille. Sorte d'ajustement comportemental après le merdier qu'il avait déclenché en début de soirée.

Harvard, quant à lui, donnait l'impression qu'il aurait tué pour une longue douche. Une douche froide, peut-être, pensa Dante quand il suivit le regard du vampire qui s'était posé sur une femelle, petite, avec de longs cheveux blonds en cascade, au milieu d'autres humains. Chaque fois qu'elle replaçait une mèche soyeuse par-dessus son épaule, l'agent du Havrobscur semblait s'échauffer encore plus. Il la regardait avec avidité, suivait le moindre de ses mouvements et donnait l'impression qu'il allait se jeter sur elle.

Peut-être sentit-elle la chaleur du regard du vampire, les systèmes nerveux humains tendant à réagir sur un mode instinctif au sentiment d'être observés par des yeux extraterrestres. La blonde enroula une longue mèche de cheveux autour de son doigt et jeta un regard oblique par-dessus son épaule, ciblant l'agent du Havrobscur de ses yeux noirs et aguicheurs.

— T'es verni, Harvard. On dirait que tu lui plais aussi.

Chase se renfrogna et détourna les yeux de la blonde, qui s'écartait de son groupe pour tenter une approche.

— Elle ne m'intéresse pas.

— J'aurais parié le contraire, répliqua Dante avec un petit rire. Quoi, au Havrobscur, vous n'aimez pas les belles filles qui n'attendent que ça ?

— À la différence d'autres vampires de notre espèce, je considère personnellement qu'il est dégradant de céder à la moindre de ses pulsions, comme un animal impossible à dresser. J'essaie de garder une certaine maîtrise de moi-même.

Ce point de vue se défendait, pensa Dante avec irritation.

— T'aurais pas pu me donner ce conseil plus tôt, docteur Freud ?

Chase lui décocha un regard interrogateur.

— Pardon ?

— Rien.

Dante indiqua un groupe de clubbers de l'autre côté du club. Parmi les humains se trouvait une poignée de vampires du Havrobscur, de jeunes civils mâles qui semblaient moins intéressés par les filles dont l'attitude criait « baise-moi » que par un des humains qui semblait se livrer à un petit commerce au milieu de la foule animée.

— Je sens l'embrouille là-bas, dit-il à Chase. On dirait qu'ils en sont aux politesses d'usage. Allez, on va taper l'incruste…

À peine avait-il fini de parler qu'il comprit ce qui se passait. Aussitôt, tout partit en vrille.

L'un des vampires venait de se fourrer une dose de quelque chose dans la narine. Il laissa tomber sa tête sur ses épaules et poussa un profond hurlement.

— L'Écarlate, grogna Chase, mais Dante en était déjà arrivé à la même conclusion.

Lorsqu'il baissa de nouveau le menton, le vampire rugit, dévoilant de longs crocs et des yeux jaunes, brillants et cruels. Les humains se mirent à hurler. La panique dispersa le petit groupe, mais dans cette fuite maladroite, l'une des filles ne fut pas assez rapide. Le vampire se jeta sur elle, l'entraînant au sol. Le jeune était victime d'une Soif sanguinaire soudaine et ravageuse ; ses crocs ne cessaient de s'allonger par anticipation de la mise à mort.

Deux cents personnes étaient sur le point d'assister à un repas de vampire très sanglant, très violent, et surtout très public.

À une vitesse trop rapide pour des yeux humains, Dante et Chase traversèrent la piste de danse bondée. Ils s'approchaient de la scène où se déroulait la catastrophe quand Dante aperçut un humain, debout, une fiole de poudre d'Écarlate renversée à la main, bouche bée devant l'horreur qui se passait sous ses yeux, une fraction de seconde avant de le voir déguerpir par la porte arrière du club.

Bordel de merde.

Dante connaissait ce fils de pute.

Il ne connaissait pas son nom mais son visage. Il l'avait vu à peine quelques heures auparavant, avec Tess, au musée des Beaux-Arts.

Le revendeur d'Écarlate était son petit ami.

CHAPITRE 11

— R attrape-le! ordonna Dante à Chase.
Bien que son impulsion soit de bondir sur
l'humain et de le mettre en pièces avant que ses pieds
reprennent contact avec la chaussée, Dante avait un
plus gros problème sur les bras dans le club. Il sauta sur
le dos du jeune vampire pris de délire et l'écarta de sa
proie humaine qui hurlait. Dante projeta le vampire
contre le mur le plus proche et fléchit ses jambes, prêt
à bondir de nouveau sur lui.

— Barre-toi d'ici! ordonna-t-il à la fille grièvement
blessée qui restait prostrée à ses pieds, immobile et en
état de choc.

Tout se passait trop vite pour son esprit humain,
et la voix de Dante lui parvenait sans doute aux
oreilles comme un ordre désincarné : « Bouge, bordel!
Maintenant! »

Dante n'attendit pas de voir si elle avait obtempéré.

Le drogué se releva, sifflant d'un air hargneux,
les doigts recourbés comme des griffes. De sa bouche
haletante s'écoulait une écume rose qui gouttait le long
de ses énormes crocs. Ses pupilles s'étaient changées en
de fines fentes verticales dans le globe oculaire qui n'était

plus qu'une tache flamboyante. Fébrile, le vampire en proie à la Soif sanguinaire remuait sans cesse la tête, comme s'il ne parvenait pas à décider ce qu'il voulait le plus : une carotide humaine ouverte ou arracher un membre à celui qui venait d'interrompre son repas.

Le vampire grogna puis s'élança vers l'humain le plus proche.

Dante fondit sur lui comme un ouragan.

Dans un corps à corps furieux, Dante et son ennemi roulèrent dans le couloir du club, ouvrirent avec fracas l'issue de secours et se retrouvèrent dans la ruelle. Il n'y avait personne – aucun signe de Chase ni du petit ami dealer de Tess. Il n'y avait que l'obscurité, la chaussée humide et une poubelle qui empestait les ordures vieilles d'une semaine.

Par mouvements erratiques, le drogué essayait de le mordre et de le griffer ; Dante, mentalement, dirigea son esprit vers la porte du club, la claqua et actionna le verrou pour empêcher les curieux de se mêler du combat.

Le jeune vampire du Havrobscur se battait comme un forcené, enchaînait coups de poing et coups de pied, se démenait et luttait comme s'il était sous le coup d'une décharge d'adrénaline pure. Dante sentit quelque chose de chaud sur son avant-bras et comprit avec fureur que le gosse venait d'y planter ses crocs.

Dante rugit, de plus en plus excédé, saisit son attaquant par la tête et le repoussa avec force loin de lui. Le jeune vampire s'écrasa contre la benne en acier, avant de glisser sur la chaussée en un tas de bras et de jambes désarticulés.

Dante se dirigea vers lui d'un pas furieux, les yeux étincelant de la lueur ambre de la fureur entre ses paupières plissées. Il sentit ses crocs s'allonger, réaction physique à l'intensité du combat.

— Debout! ordonna-t-il au jeune homme. Debout avant que je te soulève par les couilles, connard.

Le jeune vampire gronda et se ramassa sur lui-même, les muscles tendus. Il se leva et tira un couteau de la poche arrière de son jean. Comme arme, il était assez pitoyable, avec sa lame courte et sa poignée en fausse corne. Comme si le gosse avait chapardé ce couteau fonctionnel de la boîte à outils de son père.

— Ah ouais, et tu penses faire quoi avec ça, connard? demanda Dante en tirant d'un air détaché sa malebranche de son fourreau.

L'arc d'acier poli avec son bord en titane lisse luisait comme de l'argent en fusion, même dans l'obscurité. Le jeune du Havrobscur jeta un coup d'œil à la dague customisée, gronda, lèvres retroussées, et tenta de frapper Dante.

— Fais pas le con, petit. La rage que tu ressens est juste l'effet de l'Écarlate. Lâche ton couteau. On va calmer le jeu et te trouver l'aide dont tu as besoin pour redescendre.

Pour le jeune, ces mots semblaient être du chinois, à supposer même qu'il les ait entendus. Il ne réagit pas. Ses yeux jaunes restaient figés, et il respirait par la bouche, dents découvertes. Une épaisse salive rose s'était formée aux commissures. Il avait l'air enragé, complètement dément.

Il grogna et attaqua de nouveau Dante avec son couteau. Quand la pointe de la lame s'approcha de lui, Dante para le coup avec son arme. L'acier bordé de titane fit mouche et entailla le dos de la main du jeune vampire.

Le jeune du Havrobscur siffla de douleur, mais le son se prolongea en un lent grésillement nasillard et humide.

— Oh, putain ! murmura Dante, qui reconnut immédiatement le son après ses années de combat avec les Renégats.

Le drogué ne pouvait être sauvé. L'Écarlate avait déclenché chez ce jeune vampire une Soif sanguinaire d'une intensité suffisante pour le transformer en Renégat. La preuve de cette transformation irréversible se trouvait dans la brûlure d'acide de sa chair, là où le titane de la lame de Dante l'avait entaillée.

L'alliage de métal agissait vite ; déjà, la peau de la main du vampire se corrodait, se dissolvait, partait en lambeaux. Des traînées rouges qui remontaient le long du bras du Renégat indiquaient que le poison se propageait dans le sang. Encore quelques minutes et il ne resterait rien de lui, si ce n'est une masse en décomposition de chair et d'os. Sale façon de s'en aller.

— Désolé, petit, dit Dante au Renégat qui se tenait devant lui, les yeux hagards.

Dans un acte de pitié, il fit tourner la lame recourbée dans sa main et trancha d'un geste net le cou du jeune vampire.

—Mon Dieu, non! (Le cri de Chase précéda le grondement de ses pas lourds sur l'asphalte de la ruelle.) Bordel, mais qu'est-ce que tu fous?

Il s'arrêta près de Dante, juste au moment où le corps du Renégat s'effondrait sans vie au sol, sa tête tranchée roulant avant de s'immobiliser à proximité. La décomposition fut rapide mais macabre. Chase eut un mouvement de recul, saisi d'effroi.

—C'était un… (Dante entendit un hoquet sourd dans la voix de l'agent, comme s'il réprimait de la bile.) Fils de pute! Tu viens de tuer un civil du Havrobscur. C'était un gamin…

—Non, répliqua Dante d'une voix calme tandis qu'il essuyait sa lame et la rangeait dans le fourreau fixé à sa hanche. C'est un Renégat que j'ai tué; il n'était plus un civil ni un enfant innocent. L'Écarlate l'avait transformé, Chase. Vois par toi-même.

Devant eux dans la rue, tout ce qui restait du Renégat était un tas de cendres dispersées. La poussière fine fut prise dans la brise légère qui s'élevait au-dessus du trottoir. Chase se baissa pour récupérer le couteau rudimentaire parmi les restes de son propriétaire.

—Où est le dealer? demanda Dante, avec un désir intense de lui réserver le même sort.

Chase secoua la tête.

—Il m'a échappé. Je l'ai perdu à quelques rues d'ici. Je pensais l'avoir, mais il est entré dans un restaurant et… je l'ai perdu.

—Laisse tomber.

Dante n'était pas inquiet ; pour le retrouver, il n'aurait qu'à chercher Tess, et tôt ou tard son petit ami donnerait signe de vie. En outre, il devait admettre qu'il mourait d'envie de régler personnellement son compte à cet humain.

L'agent du Havrobscur jura à voix basse, le regard rivé sur le couteau dans ses mains.

— Ce gosse que tu viens de tuer, ce Renégat, corrigea-t-il, appartenait à ma communauté. C'était un gentil gamin, d'une bonne famille, putain. Comment je vais leur dire ce qui est arrivé à leur fils ?

Dante ne savait quoi répondre. Il ne pouvait pas s'excuser pour le meurtre. C'était la guerre, quelle que soit la position officielle du Havrobscur sur la situation. Lorsqu'un vampire de la Lignée se transformait en Renégat – que ce soit sous l'action de l'Écarlate ou de la faiblesse inhérente à tous les membres de la Lignée – il n'y avait pas de retour en arrière, pas d'espoir de réhabilitation. Pas de seconde chance. Si Harvard voulait faire équipe avec l'Ordre, il ferait mieux de piger ça illico.

— Viens, dit Dante. (Il administra une tape sur l'épaule de l'agent au visage sinistre.) On n'a plus rien à faire ici. Tu ne pourras pas tous les sauver.

Ben Sullivan ne leva le pied de la pédale d'accélérateur que lorsque les lumières de Boston ne furent plus qu'une lueur lointaine dans son rétroviseur. Il sortit de la Route 1 à Revere et engagea son véhicule dans une allée de la zone industrielle près du fleuve. Ses mains tremblaient sur le volant et ses paumes étaient moites.

Son cœur battait comme un marteau-piqueur dans sa poitrine. Il n'arrivait pas à reprendre son souffle.

Putain de merde.

C'était quoi, ce bordel dans le club ?

Une sorte d'overdose – pas d'autre explication. Le type qui avait été saisi de convulsions après avoir pris une dose d'Écarlate était un client régulier. Ben lui en avait vendu au moins six fois au cours des deux dernières semaines. Depuis des mois – l'été dernier en fait –, il fabriquait et revendait ce stimulant léger dans les clubs et pendant les raves et, à sa connaissance, rien de tel ne s'était jamais produit.

Une overdose, putain.

Ben engagea la fourgonnette dans une cour de gravier près d'un vieil entrepôt, coupa les phares et resta assis là, le moteur en marche.

Il avait été pris en chasse par un type à pied lorsqu'il s'était enfui du club – l'un des deux types immenses qui se trouvaient dans le club et qui manifestement l'avaient vu se livrer à son commerce. Des flics en civil peut-être, voire la brigade des stups ; quoi qu'il en soit, le brun avec des lunettes de soleil comme son comparse semblaient être du genre à frapper d'abord et à poser les questions ensuite.

Ben n'était pas du genre à attendre pour en avoir le cœur net. Il avait fui le club et avait tracé dans les rues et les ruelles adjacentes. Il avait fini par semer son poursuivant et avait rebroussé chemin pour rejoindre sa fourgonnette et se tirer sans demander son reste.

Dans un état de confusion totale, il se repassait les événements du club dans sa tête. Tout était arrivé si vite. Le jeune qui prenait sa méga dose d'Écarlate. Le premier signe de problème, quand son corps avait été saisi de spasmes alors que la drogue pénétrait dans son corps. Le grognement bizarre qui était sorti de sa bouche l'instant d'après.

Et en écho, les cris des gens autour de lui.

Le chaos qui s'était ensuivi.

Ces minutes intenses continuaient à tourner encore et encore dans la tête de Ben, dans des éclairs stroboscopiques de souvenirs, certaines images claires, d'autres perdues dans les brumes de la panique. Mais il était absolument sûr d'une chose…

Des putains de crocs étaient sortis de la bouche du gamin.

Des canines pointues sacrément dures à cacher, non que le type ait cherché à dissimuler quoi que ce soit quand il avait poussé ce hurlement à vous glacer le sang et qu'il s'était jeté sur l'une des filles qui se trouvaient à côté de lui.

Comme s'il voulait lui déchiqueter la gorge avec les dents.

Et ses yeux. Bon Dieu, ils avaient cette couleur orange vif, comme s'ils étaient en feu dans son crâne. Comme s'ils appartenaient à une sorte d'extraterrestre.

Ben savait ce qu'il avait vu, mais cela n'avait aucun sens. Ni dans ce monde, ni dans toutes les sciences qu'il connaissait, ni dans cette réalité où ce genre de choses relevait de la fiction.

En toute franchise, d'après tout ce qu'il savait être logique et vrai, ce à quoi il avait assisté était purement et simplement impossible.

Mais la logique n'avait pas grand-chose à voir avec la peur qu'il ressentait à cet instant même, ou avec l'impression glaçante que sa petite entreprise « pharmaceutique » était mal barrée. Une overdose était déjà suffisamment grave en soi ; mais là, c'était pire encore vu qu'elle s'était produite dans un endroit très public, et qu'il était présent sur les lieux et donc susceptible d'être identifié. Mais l'effet incroyable que l'Écarlate semblait avoir eu sur ce gosse – cette transformation monstrueuse – avait quelque chose de complètement irréel.

Ben tourna la clé dans le contact et resta assis, hébété, tandis que le moteur s'arrêtait dans un bruit de ferraille. Il devrait vérifier la formule de la drogue. Peut-être son dernier lot était-il défectueux ; peut-être l'avait-il modifié accidentellement. Peut-être que le jeune avait simplement fait une réaction allergique.

Ouais. Une allergie qui avait transformé un gamin d'une vingtaine d'années parfaitement normal en un vampire assoiffé de sang.

— Bon Dieu, siffla-t-il.

Il descendit de la fourgonnette et s'éloigna sur le gravier au pas de course.

Il atteignit le vieux bâtiment et sortit d'un geste nerveux la clé du gros cadenas fixé à la porte. Dans un bruit métallique et le craquement des charnières, il pénétra dans son laboratoire privé. De l'extérieur, l'endroit semblait merdique, mais à l'intérieur, une fois dépassés les vestiges délabrés et fantomatiques de l'ancienne usine de papier, l'installation était en fait plutôt agréable – offerte par un client aussi riche qu'anonyme qui avait chargé Ben de concentrer ses efforts pharmaceutiques exclusivement sur cette poudre rouge baptisée Écarlate.

Le bureau de Ben était situé derrière une cellule spacieuse dotée d'une clôture en acier de trois mètres de haut. L'intérieur se composait d'une table en inox sur laquelle étaient posés une collection de vases à bec, des brûleurs, un mortier et un pilon, ainsi qu'une balance numérique dernier cri. Une armoire murale à casiers verrouillée par code renfermait un assortiment de produits pharmaceutiques – accélérateurs de sérotonine, relaxants musculaires et autres composants –, rien de trop difficile à trouver pour un ancien chimiste dont les contacts lui étaient redevables de services aussi nombreux que variés.

Son ambition n'avait jamais été de devenir revendeur de drogue. Au début, après avoir quitté l'entreprise cosmétique où il avait occupé le poste d'ingénieur chimiste et de responsable de la recherche et du développement, Ben n'aurait jamais envisagé passer de l'autre côté de la loi. Mais son opposition farouche aux abus sur les animaux – qui lui avait coûté son poste, après des années passées à assister aux tortures infligées aux animaux dans les laboratoires de l'entreprise de cosmétique – l'avait finalement poussé à agir.

Il avait commencé par porter secours à des animaux abandonnés et négligés. Puis il avait commencé à les enlever quand les voies légales s'étaient révélées trop lentes pour être efficaces. De là, il n'y avait eu qu'un pas vers d'autres activités douteuses, la drogue représentant une entreprise facile et peu risquée. Après tout, quel mal y avait-il à vendre des drogues récréatives et plutôt inoffensives à des adultes consentants ? De son point de vue, ses opérations de sauvetage avaient besoin de financement et il avait quelque chose de valeur à offrir aux clubbers et aux ados qui fréquentaient les raves, quelque chose qu'ils se procureraient de toute façon, alors pourquoi pas auprès de lui ?

Malheureusement, Tess ne partageait pas ce point de vue. Une fois qu'elle avait appris ce qu'il faisait, elle avait rompu. Ben avait juré ses grands dieux qu'il arrêterait de vendre de la drogue, ce qu'il avait fait, jusqu'à ce que son client actuel le contacte l'été dernier, une grosse liasse de billets à la main.

À l'époque, Ben n'avait pas compris l'intérêt porté à l'Écarlate. S'il avait été payé pour accroître la production d'ecstasy ou de GHB, peut-être aurait-il mieux compris, mais l'Écarlate – la formule personnelle de Ben – était l'un des produits les plus doux qu'il avait fabriqués. Dans les essais qu'il avait essentiellement conduits sur lui-même, il avait noté que cette drogue provoquait un surcroît de stimulation à peine plus intense qu'une boisson énergisante à la caféine, une augmentation de l'appétit et une diminution des inhibitions.

L'Écarlate provoquait un état rapide d'euphorie, mais qui retombait aussi très vite. Ses effets se dissipaient au bout d'une heure environ. En fait, la drogue avait semblé si inoffensive qu'elle ne semblait pas justifier, pour Ben, la rétribution généreuse qu'il percevait pour sa fabrication et sa revente.

Et après ce qui s'était passé ce soir-là, il imaginait que cette rétribution généreuse était sur le point de trouver une fin aussi brutale que compréhensible.

Il devait contacter son mécène et lui signaler l'incident terrible dont il avait été témoin au club. Son client devait être mis au courant des problèmes que semblait provoquer la drogue. Il serait certainement d'avis de retirer immédiatement l'Écarlate de la circulation.

Chapitre 12

Dante suivit le doux ronronnement des conversations qui provenaient de la salle à manger solennelle de la demeure, au rez-de-chaussée du complexe. Chase et lui étaient arrivés au siège de l'Ordre quelques minutes auparavant, après avoir sécurisé la zone du club et passé au peigne fin les alentours à la recherche de signes d'incidents. À présent, Chase se trouvait dans le labo technique en sous-sol, connecté à l'un des ordinateurs du Havrobscur, pour faire son rapport sur les événements de la nuit.

Dante aussi devait faire son rapport, qui n'allait certainement pas lui valoir les louanges du redoutable chef des guerriers.

Il trouva Lucan assis au bout de la longue table élégamment dressée dans la salle à manger éclairée aux chandelles. Le guerrier était en tenue de combat, comme s'il venait seulement de rentrer de patrouille. Sous sa veste de cuir, une panoplie d'armes étincelait, conférant à ce Gen-1 impressionnant une aura de danger et d'autorité plus forte encore que celle qui l'enveloppait habituellement.

Sa Compagne de sang ne semblait pas se plaindre de cette allure farouche. Assise sur les genoux de Lucan, Gabrielle avait posé la tête sur l'épaule de son bien-aimé tandis qu'elle s'adressait à Gideon et à sa compagne, Savannah, à l'autre bout de la table. Ce qu'elle dit déclencha une hilarité générale, y compris chez Lucan, dont le sens de l'humour était rare, voire inexistant, avant l'arrivée au complexe de la belle humaine. Le guerrier souriait et caressait ses cheveux roux aussi tendrement que s'il s'était agi d'un chaton, geste qui semblait être devenu automatique depuis que le couple s'était uni par le sang, quelques mois plus tôt.

Lucan était raide dingue de sa compagne et n'essayait même pas de prétendre le contraire.

Même Gideon et Savannah, l'autre couple présent dans la salle à manger, semblaient être éperdument amoureux l'un de l'autre. Cet état de fait, Dante n'en avait jamais douté depuis la trentaine d'années ou plus qu'ils étaient ensemble, mais il n'en avait jamais pris conscience avant cet instant non plus. Assis l'un à côté de l'autre à la grande table, Gideon et sa compagne se tenaient par la main et le vampire caressait négligemment de son pouce la peau brune et douce des longs doigts effilés de sa compagne. Les yeux couleur cacao de Savannah se posaient sur son homme avec une infinie douceur, rayonnant d'une joie tranquille qui disait qu'il n'y avait pas d'autre endroit au monde où elle aurait souhaité être.

Était-ce là ce que signifiait être lié par le sang à un autre être? s'interrogeait Dante.

Était-ce là ce qu'il s'était refusé durant toutes ces longues années ?

Ce sentiment le frappa avec force, venu de nulle part. Il avait oublié à quoi ressemblait l'amour véritable ; cela faisait si longtemps qu'il ne s'était plus autorisé à le ressentir. Ses parents avaient eu ensemble un lien aussi fort et profond. Ils lui avaient donné un exemple qui semblait inatteignable, au-delà de ce qu'il pourrait jamais espérer pour lui-même. Au-delà de ce qu'il avait jamais osé imaginer. D'ailleurs, pourquoi l'imaginer quand la mort pouvait tout reprendre en un instant ? La mort n'avait épargné ni son père ni sa mère. Il ne voulait pas ressentir cette forme de douleur ni l'infliger à quelqu'un d'autre.

Dante regardait les deux couples dans la salle à manger, frappé par le sentiment d'intimité, par le sentiment profond et simple d'être une famille. Ce sentiment était si fort qu'il ressentit le besoin soudain et impérieux de partir et d'oublier qu'il avait même été là. Au diable son rapport et les événements de la soirée. Cela pouvait attendre le retour de patrouille des autres guerriers.

— Tu as l'intention de rester dans le couloir toute la nuit ?

Merde.

Plus moyen de se tirer d'ici sans se faire remarquer. Lucan, l'un des vampires les plus puissants de la Lignée, avait probablement senti la présence de Dante dans la demeure avant même que ce dernier sorte de l'ascenseur après être remonté du complexe.

— Qu'est-ce qui se passe? demanda Lucan tandis que Dante entrait dans la salle à manger à contrecœur. On a des problèmes?

— Malheureusement, je n'apporte pas de bonnes nouvelles. (Dante fourra ses mains dans les poches de sa veste et appuya une épaule contre le mur lambrissé de la salle à manger.) Harvard et moi avons assisté ce soir à un deal d'Écarlate qui a mal tourné. On était aux premières loges : un jeune du Havrobscur en a pris manifestement un peu plus que ce qu'il aurait dû. Il a été pris par la Soif sanguinaire dans un club de la ville, a attaqué une humaine et a failli lui déchiqueter la gorge devant près de deux cents témoins.

— Dieu du ciel, siffla Lucan, la mâchoire contractée. (Gabrielle descendit de ses genoux et laissa à son compagnon la possibilité de se lever et de commencer à arpenter la pièce.) Dis-moi que tu as pu éviter cette catastrophe.

Dante acquiesça.

— Je l'ai écarté de la femme avant qu'il lui fasse du mal, mais le gamin était dans un sale état. Il s'est transformé, Lucan, comme ça. Au moment où je l'ai sorti du club, il était devenu un Renégat. Je l'ai entraîné derrière et je l'ai buté.

— C'est terrible, déclara Gabrielle en fronçant ses fins sourcils.

La compagne de Gideon indiqua la morsure qui avait quasiment cessé de saigner sur le bras de Dante.

—Tu vas bien ? demanda Savannah. On dirait que ton manteau et toi auriez bien besoin de quelques points de suture.

Dante haussa les épaules, gêné par toute cette attention féminine.

—C'est rien. Je vais bien. Harvard est un peu secoué, je crois. Je l'avais chargé de poursuivre le dealer, et il est revenu juste au moment où je finissais le boulot dans la ruelle. J'ai cru qu'il allait perdre les pédales en voyant le Renégat en fusion cellulaire, mais il a tenu le coup.

—Et le dealer ? demanda Lucan d'un air sévère.

—Il nous a échappé. Mais je l'ai bien vu et je crois savoir comment le retrouver.

—Parfait. C'est ta nouvelle priorité.

Un trille aigu vint ponctuer l'ordre de Lucan ; le son provenait du téléphone portable posé sur la table à côté de Gideon. Le vampire tendit la main vers l'appareil et l'ouvrit.

—C'est Niko, annonça-t-il en acceptant l'appel. Ouais, mon pote.

La conversation fut brève et concise.

—Il est en route vers le complexe, indiqua Gideon aux autres. Lui aussi a descendu un accro à l'Écarlate qui s'était transformé en Renégat ce soir. Il dit que Tegan en était à trois la dernière fois qu'ils se sont parlé, il y a deux heures.

—Putain de merde, grommela Dante.

—Qu'est-ce qui se passe, chéri ? demanda Savannah à Gideon d'un air préoccupé qui se reflétait aussi dans les yeux de Gabrielle. Est-ce par accident que cette drogue transforme les vampires en Renégats ou est-ce pire encore ?

— On l'ignore encore, répondit Gideon d'un ton grave mais honnête.

Lucan s'immobilisa et croisa les bras sur sa poitrine.

— Mais on doit le découvrir rapidement et, quand je dis rapidement, ça veut dire hier si possible. On doit retrouver ce dealer, trouver d'où provient cette merde et stopper l'approvisionnement à sa source.

Gideon passa les doigts dans ses cheveux blonds.

— Vous voulez un scénario craignos ? Supposons que vous soyez un vampire mégalo cherchant à dominer le monde. Vous commencez par former une armée de Renégats, mais vos projets sont contrecarrés et le siège de votre organisation est démantelé par vos ennemis. Vous vous enfuyez la queue entre les jambes, mais vous êtes toujours vivant. Et vous êtes franchement furax. Car n'oublions pas que vous êtes un fou dangereux.

De l'autre côté de la pièce, Lucan laissa échapper un juron haineux. Comme ils le savaient tous, Gideon parlait du frère de Lucan, un Gen-1 qui avait été lui-même un guerrier et était présumé mort depuis longtemps. Ce n'est que l'été dernier, quand l'Ordre avait suivi une faction de Renégats, qu'ils avaient découvert que le frère de Lucan était toujours en vie.

En vie et en bonne santé, il se présentait comme le leader autoproclamé de ce qui promettait d'être un soulèvement massif de Renégats. De ce qui pouvait encore l'être, étant donné que Marek avait réussi à échapper à l'assaut qui avait détruit son armée naissante et leur base opérationnelle.

— Mon frère est beaucoup de choses, déclara Lucan d'un air pensif, mais je vous assure qu'il est tout à fait sain d'esprit. Marek a un plan et, quel que soit l'endroit où il se cache, on peut être sûr qu'il y travaille. Quels que soient ses projets, il fera tout pour les mener à bien.

— Ce qui signifie qu'il doit reconstituer ses troupes, et vite, ajouta Gideon. Puisqu'il faut du temps et beaucoup de malchance à un vampire de la Lignée pour se transformer en Renégat, Marek a peut-être cherché un moyen d'accélérer sa procédure de recrutement…

— L'Écarlate constituerait alors un putain de coup de pouce, intervint Dante.

Gideon lui lança un regard pondéré.

— Je frémis à l'idée de ce que Marek pourrait faire avec cette drogue si sa consommation venait à se généraliser. On ne serait pas en mesure de contenir une épidémie de Soif sanguinaire provoquée par l'Écarlate. Le monde entier serait en proie à la plus totale anarchie.

Même si Dante frémissait d'horreur à l'idée que les spéculations de Gideon puissent être fondées, il devait reconnaître qu'il avait envisagé la même chose. Et savoir que le petit ami de Tess était impliqué – que Tess elle-même avait peut-être quelque chose à voir avec le problème que l'Écarlate posait à la Lignée – lui glaçait le sang.

Tess était-elle au courant ? Pouvait-elle être impliquée d'une façon ou d'une autre, par exemple en procurant à son petit ami des substances médicamenteuses grâce à sa clinique ? Ben et elle avaient-ils conscience de ce que provoquait l'Écarlate ? Pire encore, s'en soucieraient-ils, une fois qu'ils connaîtraient la vérité : à savoir que des vampires évoluaient parmi l'espèce humaine, et ce depuis des milliers d'années ? Peut-être que l'idée d'éradiquer quelques-uns de ces suceurs de sang – voire l'espèce entière – n'était-elle pas si mauvaise du point de vue des humains.

Dante avait besoin de savoir quel était, le cas échéant, le rôle de Tess dans cette situation, mais il n'était pas disposé à la mêler à cette guerre tant qu'il n'aurait pas lui-même découvert la vérité. En outre, il avait un petit côté mercenaire qui n'était pas du tout opposé à se rapprocher de Tess afin d'en savoir plus sur son salaud de petit ami. Assez pour – éventuellement – le tuer sans remords.

En attendant, il espérait simplement que l'Ordre pourrait étouffer dans l'œuf le problème de l'Écarlate avant que la situation ne devienne incontrôlable.

— Salut Ben, c'est moi. (Tess ferma les yeux, appuya sa main contre son front et laissa échapper un soupir.) Écoute, je sais qu'il est tard pour appeler, mais je voulais vraiment que tu saches que je suis désolée qu'on se soit quittés comme ça ce soir. J'aurais aimé que tu me laisses m'expliquer. Tu es mon ami, Ben, et je n'ai jamais voulu te bles…

Un « bip » strident lui perça l'oreille quand le répondeur de Ben lui coupa la parole. Elle raccrocha le combiné et se rassit sur son canapé.

Peut-être était-ce aussi bien qu'elle n'ait pu terminer. Ses propos étaient décousus, et elle était trop tendue pour dormir même s'il était près de minuit et qu'elle devait recommencer son travail à la clinique dans six heures environ. Elle était réveillée, énervée par cette soirée et inquiète pour Ben, qui, elle se le répéta encore une fois, était un adulte dont elle n'avait pas à se sentir responsable.

Elle n'aurait pas dû s'inquiéter, mais ne pouvait pas s'en empêcher.

À l'exception de Nora, qui ne lui présentait jamais personne, Ben était son plus proche ami. Ils étaient ses seuls amis, en fait. Sans eux, elle n'avait personne, même si elle devait reconnaître que sa vie solitaire était entièrement de son fait. Elle n'était pas comme les autres, pas vraiment, et le fait d'en être consciente avait toujours été à l'origine de sa solitude.

Tess baissa les yeux vers ses mains et, d'un air absent, toucha la marque de naissance entre son pouce et son index droits. Ses mains étaient son gagne-pain, sa source de créativité aussi. Quand elle était plus jeune, chez ses parents dans l'Illinois, elle sculptait quand elle n'arrivait pas à trouver le sommeil. Elle adorait la sensation de l'argile fraîche qui se réchauffait sous ses doigts, la course fluide de son couteau, la beauté qui émergeait lentement d'un bloc informe de plâtre ou de résine.

Ce soir-là, elle avait sorti son ancien matériel du placard de l'entrée ; la caisse à outils et les pièces à demi sculptées étaient rangées dans une boîte en carton sur le plancher à côté d'elle. Combien de fois s'était-elle plongée dans la sculpture pour prendre de la distance par rapport à sa vie ? Combien de fois l'argile, les couteaux et les poinçons avaient-ils été ses confidents, ses meilleurs amis, toujours là quand elle ne pouvait plus compter sur rien d'autre ?

Ses mains lui avaient donné un but dans la vie, mais elles étaient aussi sa malédiction, et la raison pour laquelle elle ne pouvait permettre à personne de la connaître véritablement.

Personne ne pouvait savoir ce qu'elle avait fait.

Des souvenirs affluaient – les cris de colère, les larmes, l'odeur d'alcool et le souffle haletant et fétide qui lui explosaient au visage. Les mouvements frénétiques de ses bras et de ses jambes tandis qu'elle essayait d'échapper à ces mains qui la retenaient. Le poids qui s'était abattu sur elle dans ces derniers instants avant que sa vie ne sombre dans un abîme de peur et de regrets.

Tess chassa tout cela de son esprit, comme elle l'avait fait ces neuf dernières années, depuis qu'elle avait quitté sa ville natale pour recommencer sa vie. Essayer d'être normale, se sentir intégrée quelque part, même si cela signifiait nier qui elle était vraiment.

« Est-ce qu'il respire ? Oh, mon Dieu, il bleuit ! Qu'est-ce que tu lui as fait, espèce de petite salope ? »

Ces mots lui revenaient si facilement, les accusations furieuses aussi tranchantes aujourd'hui qu'elles l'avaient été alors. Cette époque de l'année ravivait toujours ces souvenirs. Demain – ou plutôt aujourd'hui, comme il était minuit passé – était l'anniversaire du jour où tout avait basculé pour elle.

Tess n'aimait pas s'en souvenir, mais il était difficile d'oublier ce jour-là, qui était aussi son anniversaire. Vingt-six ans, mais elle avait encore l'impression d'être une jeune fille terrifiée de dix-sept ans.

« Tu es une meurtrière, Teresa Dawn ! »

Elle se leva du canapé, se dirigea vers la fenêtre qu'elle ouvrit, pour laisser fondre sur elle la fraîcheur de la nuit. Elle entendait les bruits de la circulation sur la voie rapide et, dans la rue, en bas, le bruit intermittent des Klaxon, une sirène esseulée gémissant au loin. Le vent frais de novembre faisait flotter les voilages et les rideaux.

« Regarde ce que tu as fait, bordel ! Tu dois réparer ça tout de suite ! »

Tess ouvrit plus largement la fenêtre et scruta l'obscurité, se laissant envelopper par les bruits de la nuit qui réduisaient au silence les fantômes de son passé.

CHAPITRE 13

— Jonas Redmond a disparu.

Au son de la voix d'Élise, Chase éteignit l'écran de son ordinateur et leva les yeux. Discrètement, sans lui laisser voir ses mouvements, il glissa dans l'un des tiroirs de son bureau le couteau qu'il avait récupéré quelques heures auparavant lorsqu'il patrouillait avec Dante.

— Il est sorti hier soir avec des amis, mais il n'est pas rentré avec eux.

Élise se tenait sur le seuil de son bureau, vision de pure beauté, même dans les informes vêtements de deuil blancs qu'elle portait constamment depuis cinq ans. La tunique à manches bouffantes et sa longue jupe flottaient autour de sa gracile silhouette, et la large ceinture de veuve en soie rouge nouée lâchement sur ses hanches constituait la seule touche de couleur de sa tenue.

Toujours attentive aux convenances, elle ne serait jamais entrée dans le domaine de Chase sans qu'il l'y ait invitée. Il se leva de son fauteuil et lui tendit la main en signe de bienvenue.

—Je t'en prie, dit-il, incapable de détacher ses yeux d'elle tandis qu'elle franchissait le seuil avec grâce, pour venir se placer contre le mur du fond.

—Ses amis disent qu'il a pris de la drogue pendant qu'ils étaient au club et qu'il est devenu comme fou, déclara-t-elle d'une voix douce. Il a essayé d'attaquer quelqu'un. Ses amis ont pris peur et se sont enfuis. Dans la panique, ils l'ont perdu et ignorent ce qui lui est arrivé. Ils n'ont eu aucune nouvelle de lui de toute la journée.

Chase ne répondit pas. Élise n'aimerait pas connaître la vérité, et il serait le dernier à lui infliger les détails horribles de l'agonie du jeune vampire.

—Jonas est l'un des meilleurs amis de Camden, tu sais.

—Oui, répondit Chase d'une voix douce. Je le sais.

Élise fronça les sourcils, puis détourna son regard de Chase et commença à jouer avec son alliance.

—Tu crois qu'il est possible qu'ils se soient retrouvés ? Peut-être que Cam et Jonas se cachent ensemble quelque part. Ils doivent avoir tellement peur, et ils ont besoin de se trouver un abri pour se protéger du soleil. Au moins, la nuit va bientôt tomber, plus que quelques heures. On aura peut-être des nouvelles rassurantes ce soir.

Sans même se rendre compte qu'il avait bougé, Chase se trouva de l'autre côté de son bureau, à quelques pas seulement de l'endroit où se tenait Élise.

—Je vais retrouver Camden. Je te le promets. Je t'en fais le serment, Élise : je ne trouverai le repos que lorsqu'il sera de nouveau en sécurité auprès de toi.

Élise hocha faiblement la tête.

— Je sais que tu fais tout ton possible. Mais tu as déjà fait tellement de sacrifices pour retrouver Cam. Je sais à quel point tu aimais ton travail à l'Agence. Et voilà que tu t'impliques avec ces voyous dangereux de l'Ordre…

— Ne t'inquiète pas pour ça, répondit-il doucement. Ces décisions, je les ai prises en connaissance de cause. Je sais ce que je fais, et pourquoi.

Quand elle releva la tête vers lui, elle souriait, rare cadeau dont il se saisit avec avidité pour le chérir.

— Sterling, je sais que mon mari et toi aviez des différends. Quentin pouvait parfois se montrer… inflexible. Je sais qu'il t'a demandé beaucoup à l'Agence, mais il te respectait plus que quiconque. Il disait toujours que tu étais le meilleur, celui qui avait le plus grand potentiel. Il avait de l'affection pour toi, même s'il avait du mal à te l'exprimer. (Elle inspira, puis soupira soudain.) Il serait si reconnaissant de ce que tu fais pour nous, tout comme moi.

Se perdant dans ses yeux chaleureux couleur lavande, Chase s'imagina ramener à la maison le fils d'Élise, tel un prix qu'il aurait remporté pour son seul plaisir à elle. Il y aurait des larmes de joie et des étreintes chargées d'émotion. Il pouvait presque sentir ses bras autour de lui dans un soulagement cathartique, voir les yeux baignés de larmes qui le consacraient comme son héros personnel. Son sauveur.

Il ne vivait plus que pour cela, désormais.

Il le désirait avec une férocité qui le fit tressaillir.

— Je ne veux que ton bonheur, déclara-t-il en osant se rapprocher d'elle.

L'espace d'un instant chargé de honte, il imagina une autre réalité dans laquelle Élise lui appartenait, sa tenue de veuve oubliée, tout comme le souvenir du compagnon fort et honorable qu'elle avait tant aimé, et perdu. Dans le fantasme privé de Chase, le corps frêle d'Élise serait gros de son enfant. Il lui donnerait un fils à aimer et à chérir. Il lui offrirait le monde.

— Tu mérites d'être heureuse, Élise.

Elle fit un petit bruit gêné.

— C'est très gentil à toi. Je ne sais pas ce que je ferais sans toi, surtout maintenant.

Elle s'avança vers lui et posa ses mains sur ses épaules, un contact des plus légers mais suffisant pour provoquer une vague de chaleur dans tout son corps. Il se raidit, respirant à peine, tandis qu'elle se hissait sur la pointe des pieds et déposait un baiser au coin de sa bouche, un baiser qui fut bref et désespérément chaste.

— Merci, Sterling. Je n'aurais pu espérer un beau-frère plus dévoué.

Tess, qui étudiait les pâtisseries dans la vitrine d'une cafétéria de son quartier, se décida finalement pour un brownie géant nappé de caramel. Elle ne cédait que rarement à ce type de tentation et ne pouvait probablement pas se le permettre, compte tenu de l'état de ses finances, mais après une longue journée de travail – qui avait succédé à une longue nuit de quasi-insomnie – elle était décidée à savourer son brownie et son cappuccino sans la moindre trace de culpabilité. Enfin, avec une pointe de culpabilité qui serait oubliée à l'instant même où cette débauche de chocolat et de caramel fondrait sur sa langue.

—C'est pour moi, annonça une voix masculine à ses côtés.

Tess se redressa en sursaut. Elle connaissait cette voix grave à l'accent magnifique, même si elle ne l'avait entendue qu'une fois auparavant.

—Dante, dit-elle, en se retournant pour lui faire face. Salut.

—Salut. (Il sourit et le cœur de Tess bondit dans sa poitrine.) J'aimerais vous offrir votre… Mon Dieu, ne me dites pas que c'est votre dîner ?

Elle éclata de rire et secoua la tête.

—J'ai déjeuné tard au boulot. Et vous n'avez pas à payer…

—J'insiste.

Il tendit à la caissière un billet de 20 dollars sans accepter la monnaie. Il ne sembla pas remarquer le regard faussement timide de la jolie vendeuse ; toute son attention était dirigée sur Tess. L'intensité des yeux magnifiques de Dante, sa présence tout entière, semblait vider de son air la pièce déjà trop chaude.

—Merci, répondit-elle. (Elle prit le sac contenant le brownie et le gobelet en carton posés sur le comptoir.) Vous ne prenez rien ?

—Je ne suis pas trop porté sur le sucre et la caféine. Ce n'est pas mon truc.

— Ah bon ? Moi, il se trouve que ce sont deux de mes vices préférés.

Dante s'éclaircit doucement la voix, comme un ronronnement.

— Et quels sont les autres ?

— Le travail, principalement, répondit-elle vivement.

Elle sentit le rouge lui monter au visage comme elle se retournait pour prendre quelques serviettes en papier dans le distributeur au bout du comptoir. Un courant chaud et délicieux lui parcourut la nuque, la chatouillant comme une légère décharge électrique. Elle le sentait jusque dans ses os et dans chacune de ses veines. Elle avait hâte de changer de sujet, bien trop consciente de la chaleur qui émanait de lui tandis qu'il l'entraînait avec désinvolture vers la porte du café.

— Quelle surprise de vous voir ici, Dante. Vous habitez dans le quartier ?

— Pas très loin. Et vous ?

— À deux rues d'ici, répondit-elle en l'accompagnant dans la brise fraîche de la nuit.

À présent qu'elle se trouvait de nouveau près de lui, elle ne pouvait s'arrêter de penser à leur rencontre étrange et incroyablement sensuelle pendant l'exposition. Elle n'avait cessé de repenser à ces instants incroyables en se demandant si Dante n'avait été que le fruit de son imagination, comme une sorte de fantasme ténébreux. Pourtant, il était là, en chair et en os. Si réel qu'elle pouvait le toucher. Et elle fut choquée de constater à quel point elle en avait envie.

Ce fait l'agaçait, la rendait nerveuse, la troublait et lui donnait envie de s'enfuir avant que le désir ne devienne plus fort encore.

— Bon, dit-elle en inclinant son gobelet de cappuccino fumant dans sa direction. Merci encore pour la dose de sucre et de caféine. Bonne soirée.

Tandis qu'elle se retournait pour remonter le trottoir, Dante posa la main sur son bras. Sa bouche se recourba en un sourire amusé, voire soupçonneux.

— Vous semblez toujours vouloir me fuir, Tess.

Vraiment ? Et d'ailleurs, pourquoi diable ne le devrait-elle pas ? Elle le connaissait à peine, et le peu qu'elle connaissait semblait mettre tous ses sens en émoi.

— Je ne cherche pas à vous fuir…

— Dans ce cas, laissez-moi vous raccompagner chez vous.

Il sortit un petit porte-clés de la poche de sa veste, et une Porsche noire garée le long du trottoir répondit par un petit bruit aigu et le clignotement des phares.

Belle caisse, songea-t-elle, pas réellement surprise de le voir conduire une voiture rapide et coûteuse aux lignes épurées.

— Merci, mais… c'est bon, vraiment. La nuit est si belle, j'avais l'intention de marcher un peu.

— Puis-je vous accompagner ?

S'il avait insisté avec cette confiance et cette domination qui le caractérisaient, Tess aurait refusé tout net. Mais il demandait poliment, comme s'il savait où s'arrêter. Bien que Tess ait grand besoin de rester seule, surtout ce soir, quand elle chercha à trouver une excuse, elle fut incapable de trouver les mots.

—Euh… oui. Pourquoi pas. Si vous voulez.

—Rien ne me ferait plus plaisir.

Ils se mirent à remonter lentement le trottoir, un couple parmi les autres dans cette rue pleine de touristes et de résidents qui profitaient du quartier pittoresque du nord de Boston. Pendant un long moment, ils gardèrent tous les deux le silence. Tess sirotait son cappuccino tandis que Dante surveillait les environs avec une intensité belliqueuse qui l'angoissait et lui donnait l'impression d'être protégée tout à la fois. Elle ne décelait aucun danger dans les visages qu'ils croisaient, mais la vigilance dont faisait preuve Dante indiquait qu'il était prêt à toute éventualité.

—Vous ne m'avez pas dit l'autre soir ce que vous faites dans la vie. Vous êtes flic, ou quelque chose comme ça?

Il la regarda d'un air sérieux tandis qu'ils continuaient à marcher.

—Je suis un guerrier.

—Un guerrier, répéta-t-elle, sceptique d'entendre ce terme désuet. Qu'est-ce que cela signifie au juste? Vous êtes militaire? dans les forces spéciales? vigile?

—Dans un sens, je suis tout cela à la fois. Mais je fais partie des gentils, Tess, je vous le promets. Mes frères et moi faisons tout ce qui est nécessaire pour maintenir l'ordre et veiller à ce que les faibles et les innocents ne soient pas les proies des forts ou des corrompus.

Elle ne rit pas, même si elle n'était pas du tout certaine qu'il soit sérieux. La façon dont il se décrivait évoquait des idéaux anciens de justice et de noblesse, comme s'il adhérait à une sorte de code d'honneur chevaleresque.

— Euh, je ne crois pas avoir vu cette description de poste sur un CV auparavant. Quant à moi, je ne suis qu'un vétérinaire de base exerçant en libéral.

— Et votre petit ami ? Quel est son métier ?

— Ex, corrigea-t-elle tranquillement. Ben et moi, on est séparés depuis un certain temps, maintenant.

Dante s'arrêta pour la regarder et un nuage sombre passa sur son visage.

— Vous m'avez menti ?

— Non, je vous ai dit que j'accompagnais Ben à la réception. C'est vous qui avez supposé que c'était mon petit ami.

— Et vous m'avez laissé le croire. Pourquoi ?

Tess haussa les épaules, ne sachant trop quoi répondre.

— Peut-être que je ne vous faisais pas assez confiance pour vous dire la vérité.

— Mais vous me faites confiance, maintenant ?

— Je ne sais pas. Ça ne me vient pas facilement.

— À moi non plus, déclara-t-il.

Il la regardait plus attentivement que jamais. Ils se remirent à marcher.

— Dites-moi, comment avez-vous connu ce… Ben ?

— On s'est rencontrés il y a deux ans, par mon boulot. C'est un bon ami.

Dante grogna mais s'abstint d'ajouter autre chose. Devant eux, à moins d'une rue, se trouvait la Charles River, l'un des lieux de promenade préférés de Tess. Elle traversa en premier la rue et il la suivit vers l'un des sentiers pavés qui serpentaient le long de la rivière.

— Vous n'y croyez pas vraiment, déclara Dante tandis qu'ils s'approchaient des eaux sombres et clapotantes de la Charles River. Vous dites que c'est un ami cher, mais vous n'êtes pas honnête. Ni vis-à-vis de moi ni de vous-même.

Tess fronça les sourcils.

— Comment pouvez-vous savoir ce que je pense ? Vous ne savez rien de moi.

— Dites-moi que je me trompe.

Elle voulut le lui dire, mais le regard fixe de Dante la mettait à nu. Il savait. Mon Dieu, comment était-ce possible qu'elle se sente si étroitement liée à lui ? Comment pouvait-il lire en elle aussi clairement ? Elle avait senti la même chose – ce lien instantané et spécial avec lui – au musée.

— La nuit dernière, à l'exposition, murmura-t-elle dans la fraîcheur de l'obscurité, vous m'avez embrassée.

— Oui.

— Puis vous avez disparu sans un mot.

— Je devais m'en aller. Si je ne l'avais pas fait, je ne me serais peut-être pas arrêté à un simple baiser.

— Au milieu d'une salle de bal bondée ?

Il ne chercha pas à nier. Et la courbe fine et séduisante de ses lèvres décochait des flèches de feu dans les veines de Tess. Elle secoua la tête.

— Je ne sais même pas pourquoi je vous ai laissé faire.

— Auriez-vous préféré que je m'abstienne ?

— Peu importe que je le désire ou non.

Elle accéléra son allure et le précéda sur le sentier.

— Vous fuyez de nouveau, Tess.

— Non !

Elle se surprit elle-même par le ton effrayé de sa voix. Elle s'était mise à courir, ses pieds cherchant à l'emmener aussi loin que possible, même si tout son être était attiré vers lui comme par un champ magnétique. Elle se força à s'arrêter. À rester immobile quand Dante la rejoignit et la fit pivoter pour qu'elle soit face à lui.

— On fuit tous quelque chose, Tess.

Elle ne put ravaler une pointe d'ironie.

— Même vous ?

— Oui, même moi. (Il regarda la rivière puis fit un léger signe de tête en posant de nouveau son regard sur elle.) Vous voulez connaître la vérité ? Toute ma vie, j'ai fui, plus longtemps que vous ne pouvez l'imaginer.

Elle avait du mal à le croire. Certes, elle en savait très peu sur lui, mais si on lui avait demandé de le décrire d'un seul mot, elle aurait probablement dit « indomptable ». Tess imaginait mal ce qui pouvait faire douter ne serait-ce qu'une seconde cet homme qui irradiait la confiance.

— Qu'est-ce que vous fuyez, Dante ?

— La mort. (Il garda le silence un petit instant, songeur.) Parfois je me dis que, si je reste en mouvement, si je ne m'autorise pas à me laisser saisir par l'espoir ou autre chose qui risquerait de me faire rater une marche… (Il laissa échapper un juron dans l'obscurité.) Je ne sais pas. Je ne suis pas sûr qu'on puisse tromper son destin, quelle que soit la vitesse à laquelle on court, ou la distance parcourue.

Tess pensa à sa propre vie, à ce fichu passé qui la hantait depuis si longtemps. Elle avait essayé de l'oublier, mais il était toujours là. Toujours dans l'ombre de la moindre décision prise, lui rappelant la malédiction qui ne lui permettrait jamais de vivre vraiment. À présent encore – et de plus en plus ces temps derniers –, elle se demandait s'il était temps de passer à autre chose, de recommencer.

—À quoi pensez-vous, Tess? Qu'est-ce que vous fuyez, vous?

Elle ne répondit pas, tiraillée entre le besoin de protéger ses secrets et son désir de les partager avec quelqu'un qui ne la jugerait pas, qui pourrait comprendre ce qui l'avait amenée là, à défaut de lui pardonner.

—Ce n'est pas grave, ajouta Dante. Vous n'avez pas à me le dire maintenant. Venez, on va trouver un banc où vous pourrez vous asseoir et savourer votre sucre et votre caféine. Qu'il ne soit pas dit que je refuse à une femme ses vices préférés.

Dante regardait Tess manger l'épais brownie nappé de caramel et sentait son plaisir irradier et combler le petit espace qui les séparait sur ce banc de la promenade. Elle lui en proposa un morceau et, bien que ceux de son espèce ne puissent consommer de la nourriture humaine qu'en très petite quantité, il accepta de goûter cette pâtisserie collante au chocolat, ne serait-ce que pour partager un peu du plaisir jubilatoire de Tess. Il avala avec un sourire le morceau pâteux et plutôt écœurant.

—C'est bon, hein?

Tess léchait ses doigts enrobés de chocolat, les suçant l'un après l'autre jusqu'à ce qu'ils soient propres.

—Délicieux, répondit Dante qui la regardait, tiraillée par une faim d'une tout autre nature.

—Vous en voulez encore?

—Non. (Il s'écarta et secoua la tête.) Non, c'est pour vous. Je vous en prie. Savourez.

Elle finit son gâteau puis avala les dernières gorgées de son café. Quand elle se leva pour jeter le sac et le gobelet vides dans une poubelle du parc, son attention fut attirée par un vieil homme qui promenait deux petits chiens au pelage brun le long de la rivière. Tess s'adressa au vieil homme puis s'accroupit et laissa les chiens lui sauter dessus.

Dante la regardait rire tandis que les deux chiens se roulaient dans l'herbe et lui faisaient la fête. Elle avait baissé sa garde, alors qu'elle restait réservée avec lui, malgré tous ses efforts. Pendant quelques brèves minutes, il vit Tess telle qu'elle était véritablement, sans peur ni méfiance.

Elle était magnifique, et Dante se prit à envier comme un fou ces deux cabots qui profitaient de son affection désinhibée.

Il se dirigea vers eux et salua de la tête le vieil homme sur le point de reprendre sa promenade avec ses chiens.

Tess se releva, toujours rayonnante, et regarda les chiens s'en aller en trottinant derrière leur maître.

— Vous savez y faire avec les animaux.

— C'est mon métier, répondit-elle, comme si elle se sentait obligée d'expliquer sa joie.

— Vous êtes douée. C'est évident.

— J'aime aider les animaux. J'imagine que ça me donne l'impression d'être… utile.

— Peut-être que vous pourriez me montrer un jour ce que vous faites.

Tess inclina la tête dans sa direction.

— Vous avez un animal de compagnie ?

Dante aurait dû répondre non, mais il la revoyait encore avec ces deux boules de poils ridicules et désirait lui procurer un peu de cette joie.

— J'ai un chien. Comme ceux-là.

— Vraiment ? Il s'appelle comment ?

Dante se racla la gorge, cherchant mentalement un nom pour une créature inutile qui dépendrait de lui pour sa survie.

— Harvard, répondit-il d'une voix traînante, ses lèvres recourbées en un sourire amusé devant l'association saugrenue. Il s'appelle Harvard.

— Je serai ravie de le rencontrer à l'occasion, Dante. (Une brise fraîche se leva. Tess frissonna et se frotta les bras.) Il se fait tard. Je crois que je devrais penser à rentrer chez moi.

— Bien sûr, acquiesça Dante, se fustigeant de s'être inventé un chien dans l'espoir de gagner les faveurs de Tess.

Quel crétin! Néanmoins, cette stratégie pourrait se révéler payante pour passer plus de temps avec elle, apprendre ce qu'elle savait au juste de l'Écarlate et du commerce auquel se livrait son ex-petit ami.

—J'ai beaucoup apprécié cette petite promenade, Dante.

—Moi aussi. (Tess baissa les yeux, un air mélancolique sur le visage.) Qu'est-ce qui se passe?

—Rien. C'est juste… que je ne m'attendais pas à ce qui se passe quoi que ce soit de bien ce soir. Aujourd'hui n'est pas l'un de mes jours préférés.

—Pourquoi?

Elle leva les yeux puis esquissa un vague haussement d'épaules.

—C'est mon anniversaire.

Il eut un petit rire.

—Et c'est une mauvaise chose?

—En général, je ne le fête pas. Disons simplement que j'ai été élevée dans une famille dysfonctionnelle. Rien de bien grave, en fait.

En fait, si. Dante n'avait besoin d'aucun lien de sang avec Tess pour comprendre qu'elle souffrait toujours d'une très ancienne blessure. Il voulait tout savoir de cette blessure et de sa source, ses instincts protecteurs réagissant à la pensée de voir Tess frappée par un quelconque malheur. Mais déjà elle s'éloignait de lui et s'engageait sur le chemin qui les ramènerait vers la rue et dans son quartier. Il lui prit la main pour retarder son départ. Il voulait la prendre dans ses bras, et l'y garder.

—Vous avez toutes les raisons de célébrer chaque jour, Tess. Surtout celui-ci. Je suis heureux que vous m'ayez laissé en passer une partie avec vous.

Elle sourit, un véritable sourire, ses yeux brillant dans la douce lumière des lampadaires du parc, sa bouche pulpeuse s'étirant en un arc magnifique et doux. Dante ne put résister à son besoin de la sentir contre lui. Il serra ses doigts autour des siens et l'attira doucement à lui.

Il baissa les yeux vers son beau visage, à demi submergé par son désir pour elle.

—Un anniversaire n'en est pas un sans un baiser.

L'expression de Tess lui fit l'effet d'une porte qu'on lui claquait au nez. Son visage se figea puis elle se raidit et s'écarta de lui.

—Je n'aime pas les baisers d'anniversaire, laissa-t-elle échapper dans un souffle. Je crois… que nous devrions en rester là, Dante.

—Tess, je suis désolé…

—Je dois y aller.

Elle s'était déjà remise en route le long de la promenade. Puis elle tourna et se mit à courir à une allure soutenue, le laissant seul dans le parc, hébété, à se demander ce qui avait bien pu se passer.

Chapitre 14

Dans sa voiture, Chase s'éloignait du complexe de la Lignée en proie à une grande frustration. Il ne serait pas de patrouille, cette nuit. Des missions en solo avaient été attribuées à chaque guerrier, laissant à Chase plusieurs heures à tuer, seul.

La mort, la nuit précédente, de l'ami de Camden continuait à le travailler et accentuait plus encore son sentiment que le temps était compté pour ramener son neveu vivant. Chase passa par quelques-uns des lieux où Dante et lui avaient patrouillé, ces endroits plus ou moins connus où il arrivait aux humains et aux vampires de se côtoyer.

Il parcourut les rues et les docks à la recherche de Camden, à l'affût du moindre signe de sa présence ou de celle de ses amis. Après plusieurs heures, il était toujours bredouille.

Il avait garé sa voiture dans le quartier chinois et s'apprêtait à rentrer au Havrobscur lorsqu'il aperçut deux jeunes vampires, accompagnés de femelles humaines, entrer dans un bâtiment quelconque devant lui. Chase coupa le moteur de sa Lexus et sortit du véhicule. Comme il s'approchait de la porte par laquelle les jeunes étaient entrés, il entendit de la musique en sous-sol. Il ouvrit la porte et se glissa à l'intérieur.

Un long escalier mal éclairé conduisait à une autre porte, gardée par un videur humain. Chase n'eut aucune difficulté à passer le balourd aux allures de gothique : il lui glissa un billet de 100 dollars.

Des basses profondes martelèrent le crâne de Chase lorsqu'il pénétra dans le club bondé. Des corps se trémoussaient partout ; les danseurs, masse compacte et mouvante, avaient pris possession de toute la pièce. Chase balaya du regard la foule compacte malgré les lumières stroboscopiques bleues et rouges qui explosaient devant ses yeux.

Il heurta une femme saoule qui dansait avec des amis. Chase murmura des excuses qui restèrent probablement inaudibles dans le vacarme ambiant. Il se rendit compte un peu tard qu'il avait posé ses mains sur le cul rond et ferme de la fille pour l'empêcher de tomber.

Elle lui adressa un sourire aguicheur et passa sa langue sur ses lèvres, que la sucette qu'elle avait dans la bouche avait teintées de rouge vif. Elle s'était rapprochée et dansait tout contre lui avec des mouvements suggestifs. Chase regarda sa bouche, puis la colonne blanche et élancée que formait son cou.

Il sentit comme un bourdonnement dans ses veines, son sang gagné par la fièvre.

Il ferait mieux de s'en aller. Si Camden était ici, il avait peu de chances de le retrouver. Trop de monde, trop de bruit.

La femelle glissa les mains le long de son dos et jusqu'à ses épaules, tout sourires devant lui, tandis que ses cuisses se frottaient aux siennes. Elle portait une jupe ridiculement courte, si courte que, quand elle se retourna et cala ses fesses contre son bas-ventre, Chase se rendit compte qu'elle ne portait rien en dessous.

Nom de Dieu.

Il devait vraiment se tirer d'ici...

Une autre paire de bras surgit derrière lui, l'une des amies de la fille ayant décidé de prendre part au jeu. Une troisième s'approcha et embrassa fougueusement la première; elles ne quittaient pas Chase des yeux tandis que leurs deux langues se mêlaient comme des serpents.

Chase sentit son sexe se raidir instantanément dans son pantalon. La fille qui se tenait derrière lui descendit la main jusqu'au renflement et le caressa en longs mouvements appuyés de ses doigts habiles. Chase ferma les yeux. Il sentit son désir se mêler à une autre faim, qu'il n'avait pas assouvie depuis presque autant de temps que son besoin sexuel. Il était affamé; son corps réclamait assouvissement et soulagement.

Les deux femelles se mirent à l'embrasser, se partageant sa bouche tandis que la foule autour d'eux continuait à danser sans se soucier des ébats qui se déroulaient au vu et au su de tous. Ils n'étaient pas les seuls; Chase remarqua d'autres couples affairés, plusieurs vampires de la Lignée trouvant une Amphitryonne dans l'atmosphère de sensualité explicite du lieu.

Avec un grognement, Chase glissa ses mains sous la jupe courte de la première femelle. Il remonta le tissu d'un geste brusque, exposant la fille à son regard affamé tandis que l'autre laissait avec sa langue une traînée chaude le long de son cou.

Les crocs de Chase s'allongèrent dans sa bouche tandis qu'il explorait de ses doigts la fente humide qui chevauchait sa cuisse. L'amie de la fille s'occupait quant à elle de sa braguette qu'elle descendit pour libérer son érection et la prendre dans la paume de sa main. Le besoin de Chase se fit plus pressant, l'envie de sexe et de sang le submergea. D'un geste vigoureux, il saisit l'une des filles par les épaules et la força à se baisser. Elle s'agenouilla devant lui et lâcha sa queue qu'elle prit dans sa bouche.

Tandis qu'elle le suçait avec ardeur et qu'il menait l'autre femme à l'orgasme avec sa main, Chase attira la troisième vers sa bouche. Ses crocs palpitaient plus encore que son sexe et sa vision s'aiguisa tandis que la faim rétrécissait ses pupilles et augmentait son acuité sensorielle. Il entrouvrit les lèvres comme il appuyait le cou de la femelle contre sa bouche. Il enfonça ses crocs avec force et lui ouvrit la veine, laissant couler dans sa bouche le sang riche et chaud.

Chase but rapidement, à grandes goulées, même s'il trouvait révoltante cette perte de contrôle, inhabituelle chez lui. Pourtant il ne pouvait s'arrêter. Il pompait le sang et, à chaque succion à la veine de son Amphitryonne, son désir se concentrait toujours plus dans son bas-ventre. Il remuait son bassin en rythme et agrippa d'une main les cheveux de la femme tandis qu'elle l'amenait à l'orgasme, qui arrivait vite, comme un rugissement dans tout son être…

La décharge, furieuse, fut comme une explosion. Sa bouche était toujours vissée à son Amphitryonne. Il passa sa langue sur la morsure à son cou pour refermer ses blessures. Elle haletait après son propre orgasme ; les trois femmes continuaient à le caresser et gémissaient, en réclamaient encore.

Chase s'écarta de leurs mains avides, haïssant ce qu'il venait de faire. Il porta la main sur le front de son Amphitryonne et effaça ses souvenirs, puis il fit de même pour les deux autres. Il était si désireux de s'échapper de cet endroit qu'il en tremblait presque. Tandis qu'il rajustait son pantalon, une sensation vint lui chatouiller la nuque.

Des yeux l'observaient depuis l'autre bout de la pièce. Il balaya la foule… et finit par rencontrer le regard de l'un des guerriers de l'Ordre.

Tegan.

Au temps pour lui et sa prétendue supériorité sur les mâles de la Lignée et leur vie de violents justiciers.

Qu'avait-il vu exactement du manque de contrôle dégradant de Chase ? Probablement tout, bien que l'expression du vampire ne trahisse rien, ce dernier se limitant à lui adresser un regard froid, inexpressif et entendu.

Le guerrier le dévisagea encore un moment puis lui tourna le dos et quitta le club.

Deux yeux jaune vif aux pupilles effilées regardaient Dante depuis l'écran plat de l'ordinateur. La gueule de la bête était ouverte, les babines retroussées dévoilant un ensemble assez impressionnant de crocs. L'image évoquait un animal en furie, mais la légende sous la photo décrivait la bête comme « une diva douce et câline rêvant d'un chaleureux foyer ».

— Mon Dieu, murmura Dante avec un mouvement de rejet.

Ce regard sauvage, il le voyait toutes les nuits de patrouille à traquer les Renégats.

Bordel ! Il lui arrivait parfois de voir cette même laideur dans le reflet que lui renvoyait son miroir, quand le besoin de sang, de sexe ou la rage laissaient s'exprimer sa nature première. La souffrance causée par ses visions de cauchemar le plongeait souvent aussi dans un état similaire : pupilles rétrécies en fentes verticales, yeux d'habitude marron clair étincelant d'un éclat ambré flamboyant, crocs qui sortaient de ses gencives.

Il avait fait l'un de ces rêves démoniaques encore ce jour-là. Son cauchemar l'avait tiré d'un sommeil de plomb vers midi, pour le laisser en sueur et agité pendant plusieurs heures. Ces fichues visions se répétaient à une fréquence plus soutenue ces derniers temps et devenaient aussi plus intenses. Quant aux migraines cuisantes qu'elles laissaient dans leur sillage, elles étaient insoutenables.

Dante actionna la souris sans fil posée à côté du clavier et fit défiler la catégorie « Félins » pour accéder à celles des « Canidés ». Il cliqua sur le bouton pour afficher les animaux disponibles puis consulta rapidement les photos. Quelques-unes semblaient prometteuses, notamment un chien à l'air triste répondant au nom de Barney qui « avait besoin d'attention et recherchait un bel endroit pour vivre le restant de ses jours ».

Ça pourrait le faire. Dante ne visait en aucun cas le long terme.

Il ouvrit son portable et composa le numéro du refuge. Au bout de la cinquième sonnerie environ, une jeune femme qui mâchouillait un chewing-gum lui répondit avec un fort accent de Boston.

—Refuge animal de Boston, bonjour.

—J'ai besoin de l'un de vos animaux, déclara Dante.

—Pardon ?

—Le chien sur votre site Web, le vieux. Je le veux.

Le silence se fit à l'autre bout de la ligne, interrompu par le bruit d'une bulle de chewing-gum qui éclatait.

—Oh, vous parlez de Baah-ney ?

—Oui, celui-là.

—Je suis désolée, mais il a été adopté. Il est toujours en page d'accueil ? On a dû oublier de mettre à jour le site. Quel genre de chien recherchez-vous ? Nous en avons d'autres qui recherchent un foyer.

—Il me faut un animal ce soir.

La fille eut un petit rire hésitant.

—Euh, ce n'est pas exactement comme cela qu'on fonctionne. Vous devez vous déplacer et remplir un formulaire, puis rencontrer l'un de nos…

—Je peux payer.

—Euh, c'est très bien, car nous avons effectivement besoin d'une participation pour couvrir les frais de traitement et...

—Est-ce que 100 dollars ça irait ?

—Euh...

—Deux cents ? demanda-t-il. (Peu lui importait ce que ça lui coûterait.) C'est très important pour moi.

—Oui, répondit-elle, je... euh... je vois ça.

Dante baissa la voix et se concentra sur l'esprit humain malléable à l'autre bout du fil.

—Aidez-moi. J'ai vraiment besoin de l'un de vos animaux. Réfléchissons et voyons ensemble comment trouver une solution.

Elle hésita de longues secondes puis déclara :

—Écoutez, je pourrais me faire virer pour ça, mais nous avons un chien qui vient d'arriver. Il n'a pas encore été examiné mais il n'a pas vraiment l'air au mieux de sa forme. Nous n'avons pas vraiment de place pour lui en ce moment, alors il est sur la liste des animaux à euthanasier dans la matinée.

—Je le prends.

Dante regarda l'heure. Il était un peu plus de 17 heures ; il faisait déjà nuit dehors, puisque la Nouvelle-Angleterre était située sur le méridien de la côte est. Harvard n'arriverait pas au complexe avant quelques heures. Dante avait tout le temps nécessaire pour mener à bien cette petite transaction avant de rejoindre l'agent pour leur patrouille de nuit. Il se leva, attrapa sa veste et ses clés.

—J'arrive. Je serai chez vous dans une vingtaine de minutes.

—D'accord. Nous fermons à 17 h 30 mais je vous attendrai. Faites le tour par-derrière et demandez Rose. C'est moi. (Elle fit claquer une autre bulle de chewing-gum puis reprit ses mastications audibles et énergiques.) Ah, pour l'argent, les 200 dollars, vous pouvez payer en espèces?

Dante sourit alors qu'il se dirigeait vers la porte.

—Ça marche.

CHAPITRE 15

Tess vérifia le dernier chiffre sur son écran d'ordinateur et s'assura que le montant était correct avant de cliquer sur le bouton pour effectuer le transfert de fonds. Les factures en retard de la clinique étaient désormais réglées, mais son compte d'épargne s'était allégé de plus de 1 000 dollars. Et le mois prochain, de nouvelles factures se présenteraient.

—Tess ? (Nora apparut dans l'embrasure de la porte et donna un petit coup hésitant sur le chambranle.) Désolée de t'interrompre, mais il est près de 18 heures et je dois aller réviser pour mon examen de demain. Tu veux que je ferme à clé ?

—D'accord, répondit Tess. (Elle se massa les tempes, nouées par le stress.) Merci, Nora. Bonne soirée.

Nora la regarda un long moment puis jeta un coup d'œil à la pile de factures sur le bureau.

—Tout va bien ?

—Ouais. (Tess tenta un sourire rassurant.) Oui, tout va bien.

—J'ai vu l'avis du propriétaire aujourd'hui. Le loyer augmente en début d'année prochaine, c'est ça ?

Tess acquiesça.

— De huit pour cent seulement.

Ce n'était pas une forte hausse, mais elle pouvait à peine couvrir le loyer actuel de la clinique. L'augmentation serait probablement le coup de grâce, à moins qu'elle ne se décide à se faire payer plus cher. Ce qui lui coûterait probablement la moitié de ses clients et la remettrait dans le rouge. La seule solution raisonnable était de fermer la clinique, de plier bagage et de passer à autre chose.

Tess ne craignait pas cette option ; elle avait l'habitude de déménager. Parfois, elle se demandait s'il n'était pas plus facile pour elle de recommencer à zéro que de réellement s'installer quelque part. Elle cherchait toujours l'endroit où se poser. Peut-être ne le trouverait-elle jamais.

— Écoute, Tess, je voulais… euh… te parler de quelque chose. J'ai un planning de cours plutôt chargé pour le dernier semestre et j'ai vraiment besoin de me mettre au boulot. (Elle hésita et haussa les épaules.) Tu sais que j'adore travailler ici, mais je vais vraiment devoir faire moins d'heures.

Tess acquiesça.

— Très bien.

— C'est juste qu'entre la clinique et mes études je n'ai quasiment plus le temps de souffler. Mon père se remarie dans quelques semaines et il faut que je libère son appartement. Et ma mère veut vraiment que je retourne en Californie une fois que j'aurai mon diplôme au printemps prochain…

— Ce n'est pas grave. Vraiment, je comprends, ajouta Tess, un peu soulagée.

Elle avait partagé avec Nora quelques-unes de ses batailles financières et, alors que Nora avait insisté pour rester et les surmonter avec elle, Tess se sentait malgré tout responsable. En fait, à certains moments, elle avait l'impression de maintenir à flot la clinique plus pour ses clients et Nora que pour elle-même. Elle était bonne dans son travail – elle le savait –, mais elle ne pouvait s'empêcher de penser que cette nouvelle vie qu'elle s'était forgée n'était qu'une façon de plus de se cacher. De son passé, certes, mais aussi du présent : l'ici et maintenant. De quelque chose qu'elle avait peur de voir de trop près.

« Vous fuyez sans cesse, Tess. »

Les paroles de Dante la nuit dernière lui revinrent à l'esprit. Elle avait réfléchi à ce qu'il lui avait dit et savait que son observation était pertinente. Comme lui, elle avait souvent l'impression que si elle continuait à bouger, à courir, elle pourrait – peut-être – survivre. Ce n'était pas la mort qu'elle craignait. Son démon lui collait à la peau.

Au fond, elle savait qu'elle se fuyait elle-même.

Tess arrangea une pile de papiers sur son bureau et reprit la conversation.

— À partir de quand veux-tu commencer à réduire tes horaires ?

— Dès que ce sera possible pour toi, j'imagine. En plus, ça me tue que tu aies dû payer mon salaire avec tes fonds personnels.

— Ne te préoccupe pas de cela, répondit Tess, ses paroles interrompues par le tintement du carillon de l'entrée principale de la clinique.

Nora regarda par-dessus son épaule.

— Ça doit être UPS avec notre commande de fournitures. Je m'en occupe avant de partir.

Elle s'éloigna au pas de course. Tess entendit une conversation assourdie à l'accueil, puis Nora réapparut, les joues rosies.

— Rien à voir avec UPS, dit-elle à voix basse comme si elle ne voulait pas être entendue. C'est un dieu absolu.

Tess éclata de rire.

— Quoi ?

— Tu as le temps pour un client de dernière minute ? Parce que ce type à la beauté hallucinante attend à la réception avec un chien en piteux état.

— C'est une urgence ?

Nora haussa les épaules.

— Je ne crois pas. Ni sang ni traumatisme évident, mais le gars est assez insistant. Il t'a demandée en personne. Et je t'ai dit qu'il était beau à tomber par terre ?

— Oui, tu me l'as dit.

Tess se leva de son bureau qu'elle contourna pour passer sa blouse blanche. Elle sentit un picotement sous son oreille, la même sensation qu'elle avait éprouvée au musée et une fois encore la nuit dernière, en compagnie de Dante au café.

— Dis-lui que j'arrive, s'il te plaît.

— Pas de problème.

Nora glissa une mèche de cheveux derrière son oreille, lissa son pull décolleté et s'éloigna d'un pas vif.

C'était lui. Tess savait que c'était Dante, avant même d'entendre sa voix résonner dans le hall. Elle se surprit à sourire ; elle ressentait une intense sensation d'excitation à l'idée qu'il était venu pour elle malgré la façon dont elle avait coupé court à leur rencontre la nuit précédente dans le parc.

Oh, mon Dieu ! Ce sursaut hormonal était de très mauvais augure. Elle n'était pas du genre à se laisser griser par un homme, mais Dante lui faisait un effet qu'elle n'avait jamais connu auparavant.

— Ressaisis-toi, se dit-elle tandis qu'elle sortait de son bureau et prenait le couloir qui menait à l'accueil.

Dante était debout devant le haut comptoir et tenait un petit paquet dans ses bras. Nora, penchée par-dessus le comptoir, caressait le petit chien, toute roucoulante, et offrait à Dante une vue imprenable sur son décolleté. Tess ne pouvait pas en vouloir à Nora de flirter de la sorte. Dante provoquait ce type de réaction chez les femmes ; Tess elle-même n'était pas insensible à son allure ténébreuse.

Ses yeux s'étaient rivés sur elle dès l'instant où elle avait pénétré dans la pièce et, si Tess avait en tête de donner le change et d'adopter un air détaché, elle échoua lamentablement. Elle arborait un sourire éclatant et ses doigts tremblaient un peu tandis qu'elle portait la main à son cou, à l'endroit où le chatouillement semblait être le plus fort.

—Ce doit être Harvard, dit-elle en jetant un coup d'œil au petit terrier au corps émacié dans les bras de Dante. Quand j'ai dit que j'aimerais le rencontrer, je ne m'attendais pas à ce que cela soit aussi rapide.

Dante fronça les sourcils.

—Je tombe mal ?

—Non, non, pas du tout. Je suis simplement… surprise, c'est tout. Vous n'arrêtez pas de me surprendre.

—Vous vous connaissez, tous les deux ?

Nora, bouche bée, regardait Tess comme si elle s'apprêtait à lui taper dans la main.

—Euh…, nous nous sommes rencontrés il y a deux jours, balbutia Tess. À la soirée au musée. Et hier soir, nous nous sommes croisés dans mon quartier.

—J'ai été trop loin hier, déclara Dante en la regardant comme s'ils étaient seuls dans la pièce. Je ne voulais pas vous offenser, Tess.

Elle balaya ses excuses d'un geste de la main en souhaitant pouvoir tout oublier.

—Ce n'est rien. Je n'étais pas du tout offensée, vous n'avez rien fait de mal. Ce serait plutôt à moi de m'excuser pour la façon dont je me suis enfuie.

Le regard de Nora passait de l'un à l'autre comme si elle percevait elle aussi la tension que Tess éprouvait à proximité de Dante.

—Vous aimeriez peut-être rester seuls…

—Non, rétorqua Tess d'un ton brusque tandis que Dante, calmement, répondait « oui ».

Nora hésita un instant, puis se retourna et prit son manteau et son sac à main accrochés derrière son bureau.

—Euh…, à demain, Tess.

—D'accord. Bon courage pour tes révisions.

Tournant le dos à Dante, Nora regarda Tess et lui articula silencieusement «Oh mon Dieu!» tandis qu'elle se dirigeait vers la sortie du fond où sa voiture était garée. Quelques secondes plus tard, le grondement d'un moteur retentit, puis s'évanouit, une fois Nora partie.

Jusqu'à ce moment-là, Tess avait été si troublée par la présence de Dante qu'elle avait à peine prêté attention au chien. Mais lorsqu'elle le regarda, elle ne put s'empêcher de ressentir un élan de pitié pour l'animal. Ses yeux marron et las étaient à demi clos, et il respirait avec un faible sifflement. Rien qu'en le voyant, Tess pouvait dire que le chien avait besoin de soins.

—Je peux l'examiner? demanda-t-elle, heureuse de pouvoir se concentrer sur autre chose que Dante et ce qui semblait se passer entre eux. (Comme il acquiesçait, Tess tira un stéthoscope de la poche de sa blouse et le passa autour de son cou.) À quand remonte la dernière visite d'Harvard chez un vétérinaire?

Dante eut un geste vague.

—Je ne suis pas très sûr.

Avec délicatesse, Tess prit le chien des bras de Dante.

—Viens. Je vais t'examiner dans l'une des salles.

Dante la suivit dans un silence attentif et se plaça au côté de Tess quand celle-ci déposa l'animal tremblant sur la table en acier. Elle posa le stéthoscope sur la poitrine du chien et écouta les battements rapides de son cœur. Il y avait un murmure assez important, et la respiration était faible, comme elle l'avait soupçonné.

Elle tâta soigneusement la zone autour de la cage thoracique proéminente et remarqua que son pelage était rugueux et infesté de puces.

—Est-ce qu'Harvard dort beaucoup ces derniers temps ? Est-il léthargique ?

—Je ne sais pas.

Bien que Tess ait à peine vu Dante bouger, elle sentit le frottement de leurs bras, son corps vigoureux et musclé comme un mur chaud et protecteur à ses côtés. Son parfum aussi était extraordinaire, épicé et mystérieux ; il devait probablement coûter une fortune.

—Avez-vous remarqué une perte d'appétit ou une difficulté à garder les aliments ou l'eau ?

—Je ne saurais dire.

Tess souleva les babines du terrier et vérifia la couleur des gencives malades.

—Pouvez-vous me dire à quand remonte le dernier vaccin d'Harvard ?

—Je ne sais pas.

—Pouvez-vous me dire quoi que ce soit sur cet animal ?

Son ton était accusateur mais elle ne pouvait ravaler ses mots.

—Je ne l'ai pas depuis très longtemps, répondit Dante. Je sais juste qu'il a besoin de soins. Pensez-vous pouvoir faire quelque chose pour lui, Tess ?

Elle fronça les sourcils, sachant qu'il allait falloir beaucoup de soins pour rétablir l'état de santé du chien.

—Je vais faire mon possible, mais je ne peux rien promettre.

Tess prit un stylo posé derrière elle sur le comptoir et le tripota. Il tomba par terre à ses pieds et, avant qu'elle puisse se baisser pour le ramasser, Dante avait réagi. Il attrapa le Bic de ses doigts agiles et le lui tendit. En le prenant, Tess sentit qu'il effleurait de son pouce le dos de sa main. D'un mouvement brusque, elle ramena son bras le long de son corps.

— Pourquoi est-ce que je vous rends aussi nerveuse ?

Elle lui décocha un regard qui confirmait probablement cette impression.

— Ce n'est pas vrai.

— Vous en êtes sûre ? Vous semblez… agitée.

Elle l'était, en effet. Elle détestait voir des animaux aussi négligés, publicité vivante pour la société de lutte contre la cruauté envers les animaux. En outre, la tension de tout ce qui allait mal dans sa vie en ce moment lui pesait.

Mais, en arrière-plan, il y avait surtout le trouble qu'elle ressentait à se trouver simplement dans la même pièce que cet homme. Que Dieu lui vienne en aide, quand elle posait son regard sur lui, s'imposait à elle l'image aussi réelle que frappante de leurs deux corps nus, enlacés, luisants de sueur et cambrés l'un contre l'autre dans un lit aux draps de soie écarlate.

Elle pouvait presque sentir ses grandes mains qui la caressaient, sa bouche chaude et affamée contre son cou, son sexe glisser en elle tandis que ses dents mordillaient le point sensible en dessous de son oreille, qui battait à présent aussi fort qu'un tambour.

Elle était prise au piège de son regard ambre bordé de longs cils noirs, à visualiser toutes ces images comme s'il s'agissait d'un souvenir. Ou d'un avenir tout proche…

Péniblement, Tess réussit à cligner des yeux et à couper ce lien étrange.

—Excusez-moi, balbutia-t-elle avant de sortir de la pièce, en proie à une très forte confusion.

Elle referma la porte derrière elle et marcha d'un pas rapide dans le couloir. Elle s'appuya contre le mur, ferma les yeux et essaya de reprendre son souffle. Son cœur battait la chamade et cognait contre sa poitrine. Même ses os semblaient vibrer comme un diapason.

Sa peau était chaude, la chaleur irradiait autour de son cou, dans ses seins et plus bas, dans son sexe. Tout en elle semblait s'être réveillé en sa présence, tout ce qu'il y avait de féminin et de primaire en elle, tendu vers quelque chose. Vers lui.

Bon sang, mais qu'est-ce qui clochait chez elle ?

Elle perdait les pédales. S'il lui restait encore deux doigts de jugeote, elle planterait Dante et son chien malade dans la salle d'examen et se tirerait à toute vitesse.

Bravo. Voilà qui serait vraiment professionnel. Très adulte.

Il l'avait embrassée une fois, la belle affaire. Et il venait juste de lui effleurer la main ; c'est elle qui avait une réaction exagérée. Tess prit une profonde inspiration, puis une autre, souhaitant que sa physiologie hyperactive se calme. Quand elle eut repris le contrôle d'elle-même, elle fit demi-tour et regagna la salle d'examen, cherchant une dizaine de bonnes raisons pour expliquer son besoin de sortir.

— Je suis désolée, dit-elle en ouvrant la porte. Je croyais avoir entendu le téléphone…

Elle abandonna immédiatement son excuse pitoyable en le voyant. Il était assis par terre comme s'il venait de s'y laisser tomber, et tenait sa tête basse entre ses grandes mains. Ses doigts étaient blancs à l'endroit où ils étaient plantés dans son épaisse chevelure. Il semblait être en proie à une douleur effroyable et respirait entre ses dents serrées, les paupières crispées.

— Oh, mon Dieu, murmura-t-elle en s'avançant dans la pièce. Dante, que s'est-il passé ? Qu'est-ce qui vous arrive ?

Il ne répondit pas. Peut-être en était-il incapable.

Bien qu'il souffrît visiblement le martyre, il irradiait de lui une sauvagerie dangereuse qui semblait presque inhumaine tant elle était forte.

En le voyant là, souffrant, à terre, Tess eut une forte impression de déjà-vu, un pressentiment qui vint lui chatouiller la colonne vertébrale. Elle s'apprêtait à faire demi-tour et à appeler les urgences pour que son problème – quel qu'il soit – soit pris en charge par quelqu'un d'autre. Mais c'est alors qu'elle vit ses épaules massives se crisper et se voûter sous le coup de la douleur. Il laissa échapper un gémissement, et elle ne put supporter ce son grave et angoissé.

Dante n'avait rien vu venir.

La vision de mort était arrivée d'un seul coup, le terrassant comme une explosion de lumière du jour. Au moins il était éveillé, mais suspendu dans un état de conscience qui le paralysait, tous ses sens pris dans une attaque massive qui le rendait impuissant. Il n'avait jamais eu cette vision alors qu'il était éveillé. Jamais non plus elle ne s'était révélée aussi intense et douloureuse.

L'instant d'avant, il se tenait au côté de Tess, submergé par les images érotiques de ce qu'il aimerait faire avec elle, puis il s'était retrouvé le cul par terre dans la salle d'examen avec le sentiment d'être en proie aux flammes.

Le feu le gagnait de tous les côtés, libérant des nuages de fumée noire et âcre. Il était incapable de bouger. Il se sentait enchaîné, impuissant, effrayé.

Sa douleur était immense, tout comme son désespoir. Il avait honte de ressentir les deux avec une telle intensité, de constater à quel point il lui était difficile de ne pas hurler de douleur face à l'horreur de ce qu'il vivait dans sa tête.

Mais il tint bon – il ne pouvait rien faire d'autre quand la vision le frappait – et pria pour que ce soit bientôt terminé.

Il entendit son nom sur les lèvres de Tess, qui lui demandait ce dont il avait besoin. Il était incapable de répondre. Il avait la gorge sèche et la bouche emplie de cendres. Il sentit la sincérité de son inquiétude et la réalité de son appréhension alors qu'elle s'approchait de lui. Il voulait lui dire de s'en aller, de le laisser souffrir dans son coin. Il ne connaissait pas d'autre façon de faire.

Puis il sentit des doigts frais et doux se poser sur son épaule. Il sentit le calme blanc du sommeil descendre sur lui comme une couverture douce et protectrice tandis qu'elle caressait son dos tendu et les cheveux trempés de sueur sur sa nuque.

—Tout va bien, lui dit-elle doucement. Laissez-moi vous aider, Dante. Vous êtes en sécurité.

Et pour la toute première fois, d'aussi loin qu'il s'en souvienne, il le crut.

Chapitre 16

D ante souleva les paupières et s'attendit à ce qu'une migraine atroce lui vrille la tête. Mais rien ne se produisit. Ni réplique massive, ni sueurs froides, ni terreur à glacer les os.

Il cligna des yeux une fois, deux fois, distinguant un plafond de tuiles acoustiques blanches et un néon fluorescent éteint au-dessus de sa tête. Environnement des plus étranges – les murs couleur taupe, le petit canapé capitonné sur lequel il était allongé, le petit bureau en bois en face de lui, bien rangé et éclairé par un abat-jour posé à côté de l'ordinateur.

Il inspira et ne sentit ni la fumée ni l'odeur de brûlé qui lui emplissaient les narines dans la réalité cauchemardesque de sa vision macabre. Il ne sentait qu'une chaleur douce et épicée qui semblait l'envelopper comme un cocon paisible. Il remonta les mains le long de son corps et les posa sur la polaire qui ne recouvrait que partiellement son corps. La couverture écrue avait la même odeur qu'elle.

Tess.

Il tourna la tête au moment où elle entrait dans la pièce. La blouse blanche avait disparu ; Tess avait l'air incroyablement douce et féminine dans un cardigan vert pâle qu'elle portait par-dessus un haut beige. Son jean soulignait ses hanches et dévoilait une bande de chair lisse à l'endroit où son haut rejoignait son pantalon. Elle avait ôté la barrette en plastique qui maintenait ses cheveux. À présent, les souples boucles couleur miel retombaient sur ses épaules en cascades brillantes.

—Alors ? demanda-t-elle en le regardant se relever et se tourner pour poser les pieds sur la moquette. Vous vous sentez mieux ?

—Oui.

Sa voix était un croassement rauque, mais il se sentait étonnamment bien. Reposé, apaisé, alors qu'il aurait dû être agité comme une pile électrique et avoir mal partout – les séquelles habituelles de sa vision de mort. Par réflexe, il passa sa langue le long de ses dents, mais ses redoutables crocs étaient rentrés. Sa vue semblait être redevenue normale, les deux rayons laser surnaturels qui prouvaient son appartenance à la Lignée avaient disparu.

La tempête de sa transformation, si jamais elle était survenue, était passée.

Il se dégagea de la couverture moelleuse et constata qu'il n'avait plus ni sa veste ni ses bottes.

—Où sont mes affaires ?

—Juste ici, répondit-elle en désignant le cuir noir et les Doc Martens à semelles crantées qu'elle avait déposés avec soin sur une chaise près de la porte. Votre portable est sur mon bureau. Je l'ai éteint il y a deux heures. J'espère que vous ne m'en voulez pas. Il sonnait constamment et je ne voulais pas vous réveiller.

Il y a deux heures ?

— Quelle heure est-il maintenant ?

— Euh… une heure moins le quart.

Merde. Les appels provenaient sûrement du complexe, où tous se demandaient probablement où il était passé. Il allait avoir des comptes à rendre.

— Au fait, Harvard se repose. Certains de ses problèmes pourraient se révéler très graves. Je lui ai donné à manger et à boire et je lui ai administré des antibiotiques en intraveineuse, ce qui devrait l'aider à dormir. Il se trouve dans le chenil situé au bout du couloir.

L'espace de quelques secondes, Dante, perplexe, se demanda comment elle pouvait connaître l'agent du Havrobscur et pourquoi diable il était sous traitement et endormi dans le chenil de la clinique. Puis les connexions se refirent dans son cerveau et il se rappela le petit animal galeux qu'il avait utilisé pour gagner les bonnes grâces de Tess.

— J'aimerais le garder cette nuit si vous n'y voyez pas d'inconvénient, ajouta Tess. Peut-être deux jours, afin de lui faire passer d'autres examens et être sûre qu'il a tout ce dont il a besoin.

Dante acquiesça.

— Ouais, d'accord.

Il regarda autour de la petite pièce confortablement meublée, avec un petit bureau dans l'angle et une plaque électrique à côté d'une machine à café. Manifestement, Tess y passait beaucoup de temps.

— Ce n'est pas la pièce dans laquelle je me trouvais. Comment je suis arrivé ici ?

— Vous avez fait une sorte de malaise dans la salle d'examen. Je vous ai aidé à vous relever et je vous ai conduit jusqu'ici, dans mon bureau. J'ai pensé que vous y seriez mieux. Vous sembliez très mal.

— En effet, concéda-t-il en se frottant le visage de ses mains.

— Qu'est-ce qui vous est arrivé ? un malaise ?

— Quelque chose du genre.

— Ça vous arrive souvent ?

Il haussa les épaules, ne voyant pas de raison de mentir.

— Ouais, assez souvent.

Tess s'approcha de lui et prit place sur l'accoudoir du canapé.

— Vous avez un traitement pour ça ? Je voulais vérifier, mais je ne me sentais pas le droit de fouiller dans vos poches. Si vous avez besoin de quelque chose...

— Tout va bien, répondit-il sans cesser de s'étonner de l'absence de douleur ou de nausée consécutives à ce qui avait été la pire crise qu'il ait vécue à ce jour.

La seule jamais survenue alors qu'il était éveillé. Et pourtant, excepté le fait qu'il se sente un peu sonné après avoir dormi aussi profondément, il aurait à peine pu dire qu'il avait eu cette satanée vision.

— Est-ce que vous m'avez... donné ou fait quelque chose ? À un moment, j'ai senti vos mains sur mon dos et sur ma tête...

Une expression étrange se peignit sur son visage, comme une panique momentanée. Puis elle cligna des yeux et détourna son regard.

—Si vous pensez que cela peut vous aider, j'ai du Tylenol dans mon bureau. Je vais vous en donner avec un verre d'eau.

Elle entreprit de se lever.

—Tess. (Dante tendit la main et lui saisit mollement le poignet.) Vous êtes restée auprès de moi tout ce temps-là ? toutes ces heures ?

—Bien sûr. Je ne pouvais pas vraiment vous laisser seul ici.

Il eut brusquement une claire image mentale de ce qu'elle avait dû voir si elle s'était trouvée près de lui alors qu'il combattait la vision de mort qui l'assaillait. Mais elle ne s'était pas enfuie et ne le regardait pas non plus d'un air terrifié. En fait, il se demandait si le fait qu'elle soit restée à ses côtés avait désamorcé le pire de ses cauchemars avant même qu'il commence.

Son contact avait été si apaisant, doux et tendre.

—Vous êtes restée avec moi, répéta-t-il, impressionné par tant de compassion. Vous m'avez aidé, Tess. Merci.

Elle aurait pu retirer à tout moment sa main, mais elle hésitait, un regard interrogatif dans ses yeux bleus.

—Je… Puisque vous semblez remis, je crois qu'on va en rester là. Il est tard et je dois rentrer.

Dante résista à l'envie de souligner qu'elle essayait une fois de plus de s'enfuir. Comme il ne voulait pas l'effrayer, il se leva lentement du canapé et se plaça à côté d'elle. Il regarda leurs doigts qui se touchaient encore, l'un comme l'autre ne souhaitant pas interrompre ce contact inattendu.

— Je dois… y aller, répéta-t-elle doucement. Je ne crois pas que ça – ce qui se passe entre nous – soit une bonne idée. Je ne tiens pas à m'engager dans une relation avec vous.

— Et pourtant, vous êtes restée à mes côtés, à prendre soin de moi ces cinq dernières heures.

Elle fronça les sourcils.

— Je ne pouvais pas vous laisser seul. Vous aviez besoin d'aide.

— Et vous, Tess, de quoi avez-vous besoin ?

Il ferma les doigts pour saisir les siens dans une prise plus affirmée. Dans le petit bureau, l'air sembla se faire plus dense et commencer à palpiter. Dante sentit le pouls de Tess battre plus rapidement au bout de ses doigts. Il sentait son intérêt, le désir qu'elle avait ressenti lorsqu'il l'avait embrassée au musée et qu'il avait été tenté de la séduire devant des centaines de personnes. Elle l'avait désiré à ce moment-là déjà, peut-être même la nuit dernière aussi. Le parfum délicieux qui émanait de sa peau tandis qu'elle soutenait son regard éloquent lui disait sans ambages qu'elle le désirait en ce moment même.

Dante sourit, enflammé de désir pour la femme dont le sang coulait dans ses veines.

Cette femme qui était peut-être également de mèche avec ses ennemis, si jamais Tess était impliquée dans les entreprises pharmaceutiques de son ancien petit ami.

Une chose était sûre, elle ne pensait pas à cet humain en cet instant. Les yeux de Tess s'assombrirent et sa respiration s'accéléra, s'échappant par ses lèvres entrouvertes. Dante ramena légèrement son bras pour l'attirer plus près de lui. Elle se laissa faire sans opposer de résistance.

— J'ai envie de t'embrasser encore, Tess.

— Pourquoi ?

Il eut un petit rire.

— Pourquoi ? Parce que tu es belle et parce que je te veux. Et je crois que tu me veux aussi.

Dante leva sa main libre vers le visage de Tess et caressa doucement la courbe de sa mâchoire. Sa peau était douce comme de la soie contre ses doigts, aussi délicate que du verre. De son pouce, il effleura le renflement mat de ses lèvres.

— Mon Dieu, Tess. Je meurs d'envie de te goûter.

Elle ferma les yeux et soupira.

— C'est de la folie, murmura-t-elle. Je ne… Ce n'est pas… Normalement je…

Dante lui releva le menton et se pencha pour l'embrasser. Il voulait seulement sentir ses lèvres sur les siennes, désir qui ne l'avait plus quitté depuis ce moment passionné au musée. Lors de cette soirée, il n'avait été pour elle qu'une sorte de fantôme qui lui volait un zeste de passion puis s'éclipsait avant qu'elle sache s'il était réel ou si elle avait tout imaginé. Mais à présent, pour une raison qui lui échappait, il voulait qu'elle sache qu'il était fait de chair et d'os.

Manifestement, il était complètement stupide.

Car à cet instant même, il voulait qu'elle le sente – qu'elle ressente tout de lui – et qu'elle comprenne qu'elle était sienne.

Au départ, il voulait seulement la goûter, mais elle était si douce sur sa langue. Elle était si réactive, passait ses bras autour de son cou pour l'attirer plus près d'elle tandis que leurs bouches se mêlaient dans une longue et profonde étreinte. Les secondes devinrent des minutes. Un moment insensé d'oubli éternel.

Tandis qu'il l'embrassait, Dante enfouit ses mains dans la masse luxuriante de ses cheveux, se délectant de leur douceur et de leur chaleur. Il voulait la déshabiller. Il la voulait nue sous lui, à crier son nom tandis qu'il la pénétrait.

Dieu, comme il la désirait.

Son sang courait, chaud et furieux, dans son corps. Son sexe était durci et palpitait d'excitation, alors qu'il n'en était qu'aux préliminaires avec Tess.

Et vu ce qu'il ressentait, il espérait que ce n'étaient que les prémices de leur relation aussi.

Avant que Dante puisse s'arrêter, il l'attira vers le canapé et l'allongea sur les coussins.

Elle ne résista pas et leva vers lui ses yeux au bleu assombri comme un ciel d'orage entre ses longs cils épais. Sa bouche était luisante et gonflée après son baiser, ses lèvres d'un rose profond. Sa gorge avait rougi sous l'effet du désir, couleur qui se prolongeait jusqu'au décolleté en V de son haut moulant. Ses tétons étaient durs comme de petits boutons de rose et poussaient contre le tissu à chaque inspiration. Elle n'était plus que désir, et il n'avait jamais rien vu de plus exquis.

— Tu es à moi, Tess.

Dante se pencha sur elle et effleura de baisers ses lèvres, son menton, son cou, jusqu'à la peau délicate sous son oreille. Elle sentait si bon, et c'était si bon de la sentir tout contre lui.

Dante inspira le doux parfum de l'excitation de Tess avec un grondement. Le désir rendait ses gencives douloureuses, à l'endroit où ses crocs s'allongeaient. Il en sentait les pointes acérées, qui poussaient en rythme avec le battement régulier de son pouls.

— Tu es à moi. Et tu le sais, n'est-ce pas?

Elle répondit d'une petite voix, à peine plus audible qu'un souffle d'air sortant de ses poumons, pourtant Dante l'entendit parfaitement, et ses paroles achevèrent de l'enflammer.

Elle avait dit « oui ».

Mon Dieu, qu'est-ce qu'elle disait?

Qu'est-ce qu'elle était en train de faire, à se laisser embrasser, toucher – prendre – de la sorte?

Cela lui ressemblait si peu. C'était si téméraire. Probablement dangereux aussi, pour une dizaine de raisons dont elle se fichait pour le moment.

Elle n'était pas une fille facile – loin de là, compte tenu de sa méfiance généralisée à l'égard des hommes – mais quelque chose chez cet homme faisait voler en éclats toute peur et toute inhibition. Elle se sentait liée à lui, d'un attachement bien plus profond que tout ce qu'elle connaissait et qui évoquait en elle des notions tirées des contes de fées, comme le destin et la destinée. Ces choses-là ne faisaient pas partie de son vocabulaire courant, mais elle ne pouvait nier que, en dépit de tout ce qu'elle aurait dû ressentir à cet instant même, tout lui semblait… parfaitement à sa place.

C'était trop bon pour se mettre à douter, quand bien même son corps aurait été enclin à entendre raison. Mais ce n'était pas le cas, pas quand Dante l'embrassait, la touchait, faisait tout pour réveiller en elle sa féminité qui semblait avoir été endormie depuis un siècle.

Elle n'opposa aucune résistance quand il lui enleva soigneusement son gilet, puis retira son haut pour dévoiler ses seins. Il prit une profonde inspiration quand il se pencha pour embrasser son ventre dénudé et la mordilla doucement tandis qu'il remontait vers son soutien-gorge. Il le dégrafa et dégagea lentement le satin qui couvrait ses seins.

— Mon Dieu, tu es magnifique.

Sa voix était rauque et son souffle, chaud contre sa peau. Ses seins étaient gonflés du désir d'être caressés et attirés dans sa bouche. Comme s'il savait ce qu'elle avait en tête, Dante effleura de sa langue un téton durci. Il le prit entre ses lèvres et le mordilla tandis que, de sa main, il caressait l'autre, la rendant folle de désir.

Tess le sentit descendre sa main vers le bouton de son jean. Il le dégrafa et ouvrit la fermeture Éclair. De l'air frais effleura son ventre, puis ses hanches, tandis que Dante faisait glisser son jean le long de ses cuisses.

Il tira longuement sur son mamelon, releva la tête et l'admira dans sa nudité partielle.

— Exquise, dit-il, le même mot qu'il avait prononcé l'autre nuit.

Avec tendresse, il laissa courir sa main le long de sa gorge, puis plus bas.

Son corps s'arc-bouta contre lui, comme s'il était attaché par une chaîne invisible qu'il tirait à lui. Il lui caressa le ventre, puis glissa ses doigts sous sa culotte et trouva l'entrée de son sexe gorgé de désir. Il introduisit un doigt entre les lèvres douces, et Tess ferma les yeux, en proie à un délicieux supplice.

Il souffla d'une voix rauque.

— Tu es douce comme de la soie, Tess. De la soie chaude et humide.

Tandis qu'il lui parlait, il la pénétra du bout de son doigt, intrusion minimale. Mais elle en voulait plus. Elle souleva les hanches et gémit doucement tandis qu'il reculait, taquin, et effleurait son clitoris.

— Quoi? lui demanda-t-il dans un murmure rauque. Qu'est-ce que tu veux, Tess?

Elle se tordait sous son contact, cherchant à l'attirer contre elle. Dante se pencha et lui embrassa le ventre tandis qu'il plaçait ses deux mains sur la ceinture de son jean pour le faire glisser au sol. Sa culotte suivit. Dante embrassa son nombril, puis fit glisser sa langue vers le bas, vers la toison près de son bas-ventre. D'une main, il lui souleva la cuisse, ouvrant Tess à son désir.

— Tu veux que je t'embrasse ici? demanda-t-il en appuyant ses lèvres sur sa hanche, avant de descendre un peu plus bas, vers la peau délicate à l'intérieur de sa cuisse. Et là ?

—Oui, répondit-elle, haletante, s'arc-boutant tandis que la chaleur envahissait tout son corps.

—Je crois, dit-il en s'écartant du canapé et en se plaçant entre ses jambes, que tu veux que je t'embrasse… ici.

Le premier contact de sa bouche sur son sexe lui coupa le souffle. Puis il appuya ses baisers, jouant de sa langue, la rendant folle. Le plaisir de Tess augmentait, de plus en plus intense. Elle ignorait qu'on pouvait ressentir un tel désir, mais tandis que son appétit la consumait, elle sut qu'une seule chose pouvait la rassasier.

—S'il te plaît, dit-elle d'une voix cassée et rauque. Dante, s'il te plaît…

—Tu me veux à l'intérieur de toi, Tess ? Parce que c'est ce que je veux moi aussi. Je veux m'introduire en toi et sentir ta chaleur humide me faire jouir jusqu'à ce que je n'en puisse plus.

Mon Dieu. Elle allait jouir rien qu'en imaginant la scène.

—Oui, réussit-elle à articuler. Oui, c'est ce que je veux.

Il s'écarta et arracha sa chemise. Tess ouvrit les yeux et regarda entre ses paupières lourdes les muscles de Dante bouger dans la lumière tamisée de son bureau. Son torse nu, semblable à une sculpture antique, était orné d'un étonnant motif tatoué qui descendait de ses abdos fermes jusqu'à la ceinture de son pantalon.

Du moins, elle pensait qu'il s'agissait de tatouages. Mais à ses yeux inondés de désir, les motifs géométriques semblaient changer de couleur à mesure qu'elle observait Dante, les lignes passant du rouge sombre à l'indigo et au vert océan.

— Ta peau est magnifique, dit-elle, aussi curieuse qu'impressionnée. Mon Dieu, Dante…, tes tatouages, ils sont incroyables.

Elle leva les yeux vers son visage et crut y voir un éclat ambré. Et quand ses lèvres se recourbèrent dans un sourire, il lui sembla qu'il cherchait à lui cacher quelque chose.

Dante défit son pantalon noir et l'enleva. Il ne portait rien en dessous, et son sexe se dressa aussitôt libéré, énorme, aussi époustouflant que le reste de son être. À sa grande surprise, Tess constata que le magnifique motif des tatouages se poursuivait jusqu'à la base de son sexe et s'enroulait autour comme des doigts adorateurs et multicolores. Des veines épaisses striaient la longueur de son membre, couronné d'un gros gland sombre.

Elle aurait pu le regarder éternellement, mais il tendit la main vers son bureau pour éteindre la lumière. Tess déplora l'obscurité qui le dissimulait, mais l'instant d'après, Dante la recouvrait de sa chaleur, et elle s'autorisa à explorer de ses mains tout ce que ses yeux ne pouvaient plus voir.

Il s'appuya de tout son poids sur elle et écarta ses cuisses de son bassin pour s'installer entre ses jambes. Il introduisit son membre dur et chaud entre ses lèvres,

211

et joua à l'orée de son sexe, intensifiant plus encore son désir.

—Dante.

Elle haletait, l'attendait, impatiente. Elle dut faire preuve d'une immense concentration pour dompter le tumulte qu'il provoquait en elle et, l'espace d'une seconde, penser de façon rationnelle.

—Dante, attends. Je prends la pilule, mais je… peut-être qu'on devrait…

—Tout va bien.

Il l'embrassa tandis que son sexe en érection poussait contre l'entrée de son vagin. Il promena sa langue sur les lèvres de Tess et elle sentit son propre goût, comme une douceur musquée sur sa langue.

—Tu es en sécurité avec moi, Tess. Je te le promets.

D'ordinaire, elle n'était pas du genre à faire aveuglément confiance, mais confusément elle savait qu'elle pouvait le croire. Elle se sentait incroyablement en sécurité avec lui. Protégée.

Il l'embrassa encore, enfonçant plus profondément sa langue. Tess l'accueillait et lui rendait ses baisers ; elle souleva son bassin pour venir à la rencontre de son pénis, pour lui montrer ce qu'elle voulait. Il expira profondément et ondula le bassin tandis que leurs corps commençaient à se fondre.

—Tu es mienne, lui dit-il dans un souffle.

Tess ne pouvait le nier.

Pas en cet instant.

Elle s'agrippa à lui avec avidité, puis dans un grognement sourd, il plongea profondément en elle.

CHAPITRE 17

Dans son laboratoire privé à l'autre bout de la ville, Ben Sullivan avait décidé d'apporter quelques modifications à la formule de l'Écarlate. Depuis le début, il ne conservait jamais la formule définitive dans son laboratoire, persuadé que la garder sur lui constituait autant une mesure de prudence qu'une certaine sécurité puisque, ainsi, les amis de son commanditaire – ou d'autres que lui – ne risquaient pas de mettre la main dessus. Il était paranoïaque à l'idée d'être supplanté dans sa petite entreprise lucrative et, depuis qu'il avait appelé son client plus tôt dans la soirée, il se disait que sa paranoïa était peut-être un instinct de survie fort bienvenu.

Il avait relaté tous les événements de l'autre nuit, jusqu'aux deux types qui l'avaient poursuivi à la sortie du club et à cette impression incroyable que l'Écarlate avait eu un effet dangereux – vampirique, comme il était enclin à le formuler – sur l'un des meilleurs clients de Ben.

Ces informations avaient été prises en compte avec la calme indifférence dont faisait toujours preuve son commanditaire. Il avait conseillé à Ben de ne divulguer ces informations à personne, et une réunion avait été organisée avec son employeur pour le lendemain soir, à la nuit tombée. Après tous ces mois de secret et d'anonymat, il allait finalement rencontrer ce type en personne.

Avec un peu moins de quinze heures à attendre, Ben pensa qu'il était sage de couvrir ses arrières du mieux qu'il le pouvait, au cas où il aurait besoin d'arguments lors du rendez-vous avec son patron. Il ne savait pas précisément à qui il avait affaire, après tout, et il n'était pas assez stupide pour écarter l'éventualité qu'il s'agisse d'un homme disposant de sérieuses relations dans le milieu. Ce ne serait pas la première fois qu'un gosse des quartiers sud de Boston s'imaginait pouvoir fricoter avec de vrais durs et finissait dans la Mystic River.

Il téléchargea les deux formules – l'originale et la nouvelle, modifiée, qu'il considérait comme sa sécurité de l'emploi – puis retira la clé USB de son ordinateur. Il effaça toute trace des fichiers de son disque dur puis sortit du labo. Il emprunta des routes secondaires pour revenir vers la ville, au cas où il aurait été suivi, et arriva dans le quartier nord, pas très loin de l'appartement de Tess.

Elle aurait été surprise de savoir combien de fois il passait devant chez elle, juste pour savoir si elle était là. Plus que surprise, même, il en convenait lui-même. Elle serait sûrement un peu rebutée si elle savait à quel point il était obnubilé par elle. Il se détestait de ne pas arriver à laisser tomber, mais le fait qu'elle ait toujours insisté pour qu'ils restent proches, notamment après leur rupture, ne faisait qu'attiser son désir. Il ne cessait d'attendre qu'elle le laisse revenir, mais après ce qui s'était passé l'autre nuit, lorsqu'il avait senti son mouvement de recul quand il l'avait embrassée, cet espoir s'était atténué.

Ben tourna à l'angle d'une rue et remonta celle où habitait Tess. Peut-être était-ce la dernière fois qu'il passait devant chez elle, la dernière fois qu'il se ridiculisait comme le pitoyable voyeur qu'il était.

Ouais, pensa-t-il en appuyant sur le frein à l'approche d'un feu rouge, peut-être était-il temps de lâcher l'affaire et de passer à autre chose, d'avoir une putain de vie.

Tandis que sa fourgonnette était à l'arrêt, Ben aperçut une élégante Porsche noire arriver par une rue transversale et tourner à droite devant lui, avant de descendre la rue presque déserte en direction de l'immeuble de Tess. Son estomac se serra quand il vit le conducteur. C'était le type du club – pas celui qui s'était lancé à sa poursuite mais l'autre, le grand aux cheveux noirs qui dégageait une vibration sinistre.

Et qu'il soit damné s'il ne reconnaissait pas la passagère assise à ses côtés !

Tess.

Bordel de merde. Qu'est-ce qu'elle fichait avec lui ? L'avait-il questionnée sur les activités de Ben, avait-il interrogé ses amis et ses connaissances ?

La panique remonta comme de l'acide dans sa gorge, puis Ben se fit la réflexion qu'à 3 heures du matin il était un peu tard pour un interrogatoire de police ou des stups. Non, il ne savait pas ce que ce type fichait avec Tess, mais cela n'avait rien d'officiel.

Impatient, Ben tapota sur le volant tandis que le feu restait au rouge devant lui. Non qu'il ait peur de perdre de vue la Porsche. Il savait où elle se dirigeait. Mais il voulait en avoir le cœur net, il avait besoin de vérifier par lui-même que la passagère était bien Tess.

Le feu passa enfin au vert et Ben mit les gaz. La fourgonnette bondit dans la rue alors que la Porsche s'immobilisait devant l'immeuble de Tess. Ben s'arrêta le long du trottoir à quelques mètres et éteignit les phares. Il attendit et observa, frémissant de fureur, le type assis sur le siège conducteur se pencher et attirer Tess à lui pour un long baiser.

Fils de pute.

Leur étreinte dura longtemps. Bien trop longtemps, pensa Ben, qui bouillait de colère. Il remit le contact et démarra. Il passa devant la Porsche sans accélérer, refusant de regarder dans leur direction quand il fut à leur niveau, puis poursuivit lentement son chemin.

Quand il regagna le complexe de la Lignée, Dante avait la tête ailleurs, à tel point qu'il s'était trompé de direction en quittant le quartier nord et qu'il dut rebrousser chemin sur quelques rues. Il avait la tête pleine de l'odeur de Tess, de son goût. Tess s'attardait sur sa peau et sur sa langue, et il n'avait qu'à se rappeler la sensation de son corps magnifique accroché au sien tandis qu'elle l'accueillait en elle, pour réveiller une érection massive.

Bordel.

Ce qu'il avait fait cette nuit-là avec Tess était aussi imprévu que complètement stupide. Il ne nourrissait pourtant aucun remords quant à la façon dont il avait passé les dernières heures. Jamais il n'avait ressenti autant de passion avec une femme, et il ne manquait pas vraiment de points de comparaison. Il aurait aimé attribuer cette passion au fait que Tess était une Compagne de sang et que son sang courait dans ses veines, mais la vérité était sensiblement pire.

Cette femme avait sur lui un effet qu'il ne pouvait expliquer, et encore moins nier. Après qu'elle l'avait sorti de sa vision de mort vertigineuse, il n'avait voulu qu'une chose et c'était se perdre encore plus dans le sortilège, quel qu'il soit, qu'elle lui avait jeté. À ceci près qu'avoir Tess nue sous lui le rendait encore plus accro. À présent qu'il l'avait possédée, il en voulait encore plus.

Au moins, sa visite à la clinique s'était révélée fructueuse.

Alors que Dante s'engageait sur la propriété du complexe, il sortit un Post-it froissé de la poche de sa veste et le colla sur la surface lisse du tableau de bord. À la lumière faible de la jauge d'essence, il lut le message manuscrit datant de deux jours, qu'il avait pris du carnet de rendez-vous de Tess sur son bureau.

Ben a appelé – dîner de gala au musée demain soir, 19 heures. N'oublie pas !

Ben. Ce nom se propagea dans la tête de Dante comme de l'acide. Ben, le type que Tess avait accompagné à la réception du musée. La racaille d'humain qui revendait de l'Écarlate, probablement à la solde des Renégats.

Le message comportait un numéro de téléphone, avec le préfixe du sud de Boston. Avec cette information, Dante était prêt à parier qu'il ne faudrait pas plus de deux secondes pour localiser l'humain grâce à Internet ou un annuaire quelconque.

Dante fit vrombir la Porsche dans l'allée de la propriété de l'Ordre puis pénétra dans le grand garage sécurisé. Il coupa le moteur et éteignit les phares, décolla le papier du tableau de bord puis tira l'une de ses malebranches de la console centrale à côté de lui.

L'arc métallique était froid et impitoyable dans sa main, comme il le serait quand il l'appuierait contre la gorge nue de ce bon vieux Ben. Il avait hâte que le soleil se couche pour se livrer aux présentations formelles.

CHAPITRE 18

C'était la première fois que Tess dormait bien depuis ce qui lui semblait être une semaine, en dépit du fait que des pensées concernant Dante ne cessaient de tourner dans sa tête. Il avait habité ses rêves toute la nuit et fut sa première pensée quand elle s'éveilla tôt le lendemain matin, avant que le réveil sur sa table de chevet ait eu l'occasion de sonner, comme à l'accoutumée, à 6 heures.

Dante.

Son parfum collait encore à sa peau, même après vingt minutes passées sous le jet brûlant de la douche. Elle ressentait une sorte d'élancement agréable entre les cuisses, douleur qu'elle chérissait car elle lui rappelait tout ce qu'ils avaient fait ensemble la nuit dernière.

Elle pouvait encore sentir toutes les zones de son corps où il l'avait touchée et embrassée.

Toutes les zones de son corps dont il avait pris possession et qu'il avait revendiquées comme siennes.

Tess s'habilla rapidement puis quitta son appartement, s'arrêtant uniquement pour acheter un café au Starbucks avant d'attraper le train de 5 h 20.

Elle était la première à la clinique ; Nora n'arriverait probablement pas avant 7 h 30. Tess entra par la porte du fond, la verrouillant derrière elle puisque la clinique n'ouvrirait pas avant deux bonnes heures. Dès qu'elle entra dans le chenil, elle entendit une respiration sifflante et laborieuse et sut qu'elle avait des problèmes.

Elle déposa son sac, les clés du bureau et son gobelet à demi vide sur l'étagère à côté du lavabo puis se précipita vers le petit terrier que Dante avait amené la nuit précédente. Harvard n'allait pas bien du tout. Il était couché sur le côté dans sa cage, la poitrine montant et descendant à un rythme lent, ses doux yeux bruns enfoncés dans leurs orbites. Dans sa gueule entrouverte, sa langue avait pris une couleur grise malsaine et pendait sur le côté.

Son souffle n'était qu'un hoquet sec, le genre de son qui lui donnait à penser qu'il n'était pas nécessaire d'envoyer au labo tous les tests et les analyses qu'elle avait effectués la veille. Harvard serait parti avant que les échantillons soient analysés.

— Pauvre chou, dit-elle en ouvrant la cage pour caresser doucement le pelage du chien.

Elle pouvait sentir sa faiblesse à travers ses doigts. Sa vie ne tenait plus qu'à un mince fil ; il était probablement déjà perdu avant même que Dante l'amène à la clinique.

L'empathie pour la pauvre bête la saisit comme un coup de poing. Elle pouvait l'aider. Elle savait comment…

Tess retira ses mains et les noua devant elle. Elle avait pris une décision à ce sujet il y avait de cela très longtemps. Elle s'était fait la promesse : plus jamais.

Mais ce n'était qu'un animal sans défense, pas un être humain. Pas l'homme abominable de son passé qui n'avait mérité ni aide ni pitié.

Quel mal y aurait-il, franchement ?

Pouvait-elle vraiment rester là et regarder mourir ce pauvre animal, en sachant qu'elle seule pouvait faire quelque chose ?

Non. Elle ne pouvait pas.

— Tout va bien, dit-elle doucement en tendant de nouveau la main vers la cage.

Très doucement, Tess sortit Harvard et prit son petit corps dans ses bras. Elle le portait comme un nourrisson, une main soutenant son poids léger, l'autre placée sur son ventre maigre. Tess se concentra sur la respiration de l'animal, le battement faible mais régulier de son cœur. Elle mesurait son état de faiblesse, ses maladies combinées qui lentement mais sûrement lui ôtaient la vie depuis déjà de longs mois.

Il y avait plus. Elle sentit un chatouillement dans le bout de ses doigts quand elle les promena sur le ventre du chien. Un goût amer commença à se former dans le fond de sa gorge tandis que le cancer se dévoilait à son toucher. La tumeur n'était pas très grosse mais elle était mortelle. Tess pouvait se la représenter dans sa tête, voir la toile fibreuse tissée autour de l'estomac de l'animal, touffe laide et bleuâtre dont le seul et unique but était de drainer la vie.

Tess laissa la tumeur entrer dans son esprit par le bout de ses doigts tandis qu'elle sentait monter dans son sang des vibrations de pouvoir. Elle se concentra sur le cancer et le vit s'illuminer de l'intérieur, puis se rompre. Elle le sentit se dissoudre sous sa main tandis que, par sa seule volonté, elle le faisait disparaître.

Elle lui revint si facilement, son aptitude inexplicable.

Ma malédiction, pensa-t-elle, bien qu'il soit difficile de la considérer ainsi alors que le petit animal niché dans le creux de son bras gémissait doucement et se mettait à lui lécher la main en signe de gratitude.

Elle était tellement prise par ce qu'elle faisait qu'elle faillit ne pas entendre le bruit provenant de l'une des salles d'examen vides de la clinique. Il retentit de nouveau : un son court et métallique, comme un grattement.

Tess releva vivement la tête, en état d'alerte, les cheveux dressés sur la nuque. Puis elle entendit un autre bruit : des pas lourds et traînants. Elle jeta un coup d'œil à la pendule murale et vit qu'il était encore bien trop tôt pour que ce soit Nora.

Elle ne pensait pas avoir à craindre quoi que ce soit ; pourtant, en se dirigeant vers la partie de la clinique d'où provenait le bruit, elle fut assaillie par un souvenir – un éclair de lumière dans la réserve, le corps battu et ensanglanté d'un intrus gisant au sol. Elle s'immobilisa, ses pieds s'arrêtèrent net tandis que cette réminiscence lui traversait l'esprit avant de s'évanouir tout aussi rapidement.

— Il y a quelqu'un ? appela-t-elle. (Elle essaya de ne pas trop bousculer le chien qu'elle tenait dans les bras en sortant du chenil vide.) Qui est là ? (Un juron étouffé sortit de la grande salle d'examen à proximité de la réception.) Ben, c'est toi ?

Il sortit de la pièce, un tournevis électrique à la main.

— Tess ! Putain, tu m'as foutu une de ces trouilles ! Qu'est-ce que tu fais ici si tôt ?

— Il s'avère que je travaille ici, répondit-elle. (Elle fronça les sourcils en remarquant son visage rougi et les larges cernes sous ses yeux.) Et toi ?

— Je... euh. (De son tournevis, il indiqua la table d'examen.) J'ai remarqué l'autre jour que le levage hydraulique de la table était un peu grippé. J'étais debout et, comme j'ai un double de la clé, j'ai pensé que je pouvais venir le réparer.

Certes, la table avait besoin d'être réglée, mais quelque chose dans l'apparence agitée de Ben sonnait faux. Tess s'avança vers lui en caressant Harvard quand celui-ci se mit à remuer dans ses bras.

— Ça ne pouvait pas attendre l'ouverture de la clinique ?

Ben se passa la main dans les cheveux, accentuant plus encore le désordre de sa tignasse.

— Comme je te l'ai dit, j'étais debout. J'essaie juste de filer un coup de main quand c'est possible. Qui c'est, ton ami ?

— Il s'appelle Harvard.

— Mignon, comme clebs. Un peu maigrichon. Un nouveau patient ?

Tess acquiesça.

— Il est arrivé hier soir. Il n'allait pas trop bien, mais je crois qu'il devrait bientôt se sentir mieux.

Ben sourit, mais d'un air un peu crispé.

— Tu as encore travaillé tard hier soir, Doc ?

—Non. Pas vraiment.

Il détourna son regard, et son sourire prit un pli amer.

—Ben, est-ce que ça va… entre nous ? J'ai essayé de t'appeler l'autre soir, après la réception au musée, pour m'excuser. Je t'ai laissé un message, mais tu n'as pas rappelé.

—Ouais, j'ai été un peu occupé.

—Tu as l'air fatigué.

Il haussa les épaules.

—Ne t'en fais pas pour moi.

Plus que fatigué, se dit Tess. Ben avait l'air complètement à plat. Il dégageait une sorte d'énergie angoissée, comme s'il n'avait pas dormi depuis deux jours.

—Qu'est-ce que tu fais en ce moment ? tu travailles sur un autre sauvetage d'animal, un truc du genre ?

—Un truc du genre, répondit-il en lui jetant un regard fermé. Écoute, j'adorerais rester ici à discuter avec toi, mais il faut vraiment que j'y aille.

Il plaça le tournevis dans la poche de son jean ample et commença à se diriger vers la porte principale de la clinique. Tess le suivit, sentant le froid de la distance émotionnelle qui commençait à s'établir entre eux.

Ben lui mentait, et pas uniquement à propos de sa présence dans la clinique.

—Merci d'avoir réparé la table, murmura-t-elle dans son dos tandis qu'il battait en retraite.

Dans l'encadrement de la porte, Ben tourna la tête pour lui jeter un regard par-dessus son épaule, un regard sinistre qui lui donna la chair de poule.

—Ouais, de rien. Prends soin de toi, Doc.

Une bruine glacée tambourinait contre la fenêtre du salon d'Élise ; au-dessus de sa tête, le ciel de l'après-midi était gris et triste comme la pierre. Elle écarta les voilages de ses quartiers privés, au deuxième étage, et observa les rues froides de la ville, les masses de gens courant en tous sens pour tenter d'échapper au temps peu clément.

Quelque part, son fils de dix-huit ans était lui aussi dehors.

Il avait disparu depuis déjà plus d'une semaine. Un parmi tant d'autres jeunes de la Lignée, de plus en plus nombreux, portés disparus des Havrobscurs de la région. Elle priait pour que Cam soit à l'abri de la lumière, en sécurité dans un endroit souterrain, avec d'autres de son espèce pour lui procurer réconfort et soutien jusqu'à ce qu'il retrouve le chemin de la maison.

Elle espérait que cet instant arriverait bientôt.

Dieu merci, Sterling faisait tout ce qui était en son pouvoir pour que ce retour devienne réalité. Élise avait peine à imaginer le désintéressement qui poussait son beau-frère à se consacrer entièrement à cette tâche. Elle aurait aimé que Quentin puisse voir tout ce que son jeune frère faisait pour leur famille. Il aurait été étonné et impressionné, elle en était sûre.

Quant à ce que Quentin ressentirait à son sujet à elle, Élise préférait ne pas l'imaginer.

Sa déception serait énorme. Il se pourrait même qu'il la haïsse un peu. Ou beaucoup, s'il savait que c'était elle qui avait poussé son fils à s'enfuir dans la nuit. Si elle ne s'était pas disputée avec Camden, dans cette tentative ridicule de le contrôler, il ne serait peut-être pas parti. Elle était à blâmer, et elle aurait tant souhaité pouvoir revenir sur ces quelques heures horribles et les effacer à tout jamais.

Le regret était amer dans sa gorge tandis qu'elle regardait le monde qui s'étendait au-delà du sien. Elle se sentait si impuissante, si inutile dans son cocon chaud et douillet.

Sous ses spacieux quartiers du Havrobscur de Back Bay se trouvaient les appartements privés et l'abri souterrain de Sterling. Sterling était un vampire de la Lignée et, tant qu'un mince rayon de soleil éclairait encore le ciel, il était contraint de rester à l'intérieur, à l'abri de la lumière, comme tous ceux de son espèce. Comme Camden, car même si la moitié de son patrimoine provenait d'elle – il était à demi humain – le sang vampire de son défunt père coulait dans ses veines. Il avait les forces surnaturelles de son père, mais aussi ses faiblesses.

Les recherches ne reprendraient pas avant la nuit tombée et, pour Élise, cette attente était une éternité.

Elle recommença à faire les cent pas devant la fenêtre, en souhaitant pouvoir faire quelque chose pour aider Sterling à retrouver Cam ainsi que les autres jeunes du Havrobscur qui avaient disparu avec lui.

Même comme Compagne de sang, l'une des rares femmes de l'espèce humaine capables de se reproduire avec des vampires – qui étaient uniquement des mâles – Élise était encore pleinement *Homo sapiens*. Sa peau supportait la lumière du soleil. Elle pouvait évoluer parmi les autres humains sans être détectée, même si elle ne l'avait plus fait depuis de nombreuses longues années – plus d'un siècle en fait.

Elle vivait sous la tutelle des Havrobscurs depuis son enfance, lorsqu'elle y avait été amenée pour sa sécurité et son bien-être tandis que la pauvreté avait laissé ses parents sur la paille dans l'un des nombreux taudis que comptait le Boston du XIXe siècle. Une fois majeure, elle était devenue la Compagne de sang de Quentin Chase, sa bien-aimée. Comme il lui manquait, lui qui était mort depuis cinq courtes années !

Et voilà qu'elle avait peut-être aussi perdu Camden.

Non. Elle refusait d'y penser. La souffrance était trop grande pour envisager cette hypothèse ne serait-ce qu'une seconde.

Mais peut-être pouvait-elle faire quelque chose, après tout. Élise s'arrêta devant la fenêtre éclaboussée de pluie. Son souffle forma de la buée sur la vitre tandis qu'elle regardait dehors, cherchant désespérément à savoir où se trouvait son fils.

Dans un sursaut de volonté, elle fit volte-face et se dirigea vers le placard pour y prendre son manteau suspendu là depuis de nombreux hivers. Les pans de laine bleu marine couvraient le blanc de sa tenue de deuil et lui arrivaient aux chevilles. Élise enfila une paire de bottes en cuir clair et quitta ses appartements avant que la peur lui fasse rebrousser chemin.

Elle descendit en courant l'escalier qui menait à la porte située au niveau de la rue. Ce n'est qu'après quelques tentatives qu'elle retrouva le code de sécurité nécessaire pour déverrouiller la porte ; elle ne se souvenait plus à quand remontait la dernière fois qu'elle avait quitté le sanctuaire du Havrobscur. Pendant longtemps, le monde extérieur avait été une source de souffrance pour elle, mais peut-être pourrait-elle le supporter à présent.

Pour Camden, elle se sentait capable de tout endurer.

Lorsqu'elle ouvrit la porte, la neige fondue, amenée par une bourrasque d'air froid, lui piqua les joues. Élise rassembla ses forces et sortit, descendit l'escalier de brique agrémenté d'une rampe en fer forgé. Sur le trottoir, de petits groupes de gens passaient, à plusieurs ou seuls, dans une valse de parapluies sombres secoués par leur allure pressée.

L'espace d'un instant – une infime suspension du temps – il y eut du silence. Puis l'aptitude qui lui avait depuis toujours empoisonné la vie, la capacité extraordinaire et unique qui était propre à chaque Compagne de sang, l'assaillit comme un coup de marteau.

J'aurais dû lui dire pour le bébé…

Ce n'est pas comme s'ils avaient besoin de ces 20 malheureux dollars, après tout…

Je vais lui dire, à cette vieille harpie, que je tuerai son putain de chien si jamais il chie encore dans ma cour…

Il ne saura même pas que je suis sortie si je rentre à la maison et que je fais comme si tout allait bien…

Élise porta les mains à ses oreilles pour faire taire le flot des pensées humaines malveillantes qui l'assaillaient. Mais elle ne pouvait pas les couvrir ; les pensées venaient à elle comme des chauves-souris, assaut cruel de mensonges, de trahisons et de péchés en tout genre.

Elle ne pouvait pas faire un pas de plus. Debout sous la bruine, trempée, son corps gelé sur le trottoir en bas de chez elle, elle se sentait incapable d'avancer.

Camden était là quelque part, et il avait besoin qu'elle – que quelqu'un – le retrouve. Pourtant, elle manquait à ses devoirs vis-à-vis de lui.

Elle ne pouvait rien faire d'autre que se tenir la tête dans les mains et pleurer.

CHAPITRE 19

Le crépuscule arriva tôt cette nuit-là, précipité par la froide pluie de novembre qui tombait sans discontinuer de gros nuages noirs. Le quartier Flats, dans le sud de Boston – qui n'offrait rien de particulier en journée, avec ses petites maisons étriquées au bardage de tôle et d'immeubles de brique à trois étages –, ressemblait à un bidonville gris et détrempé sous le déluge monotone.

Dante et Chase étaient arrivés depuis une heure environ devant l'entrepôt délabré de Ben Sullivan, juste après le coucher du soleil, et ils continuaient leur surveillance dans l'un des 4 × 4 aux vitres teintées de l'Ordre. Leur véhicule était trop pimpant pour paraître à sa place dans un tel quartier, mais il en émanait une sorte de vibration « ne-cherche-pas-d'embrouille » qui suffisait à tenir à distance la plupart des membres de gangs et autres malfrats. Les rares imprudents à s'être approchés des vitres pour jeter un coup d'œil avaient décidé de passer leur chemin sans attendre leur reste après avoir aperçu les crocs de Dante.

L'attente le rendait nerveux, et il en était presque à espérer que l'un de ces idiots d'humains serait assez stupide pour lui chercher des noises et lui donner ainsi l'occasion de calmer ses nerfs.

—T'es sûr que c'est l'adresse du dealer? demanda Chase, installé à côté de Dante dans l'habitacle obscur.

Dante acquiesça, tambourinant des doigts sur le volant.

—Ouais, j'en suis sûr.

Il avait envisagé de rendre visite seul au revendeur d'Écarlate, qui était aussi l'ex-petit ami de Tess, mais il s'était ravisé, considérant qu'il était plus sage d'avoir un peu de renfort, au cas où. Du renfort pour Ben Sullivan, pas pour lui. Dante n'était pas du tout sûr que, s'il était venu seul, l'humain aurait survécu à leur petite rencontre.

Et pas seulement parce que Sullivan était un minable dealer. Le fait qu'il connaisse Tess, intimement qui plus est, plongeait Dante dans un état de rage. Il était submergé par un sentiment de possession, un besoin de la protéger de nullards comme ce Ben Sullivan.

Tu parles. Comme si Dante lui-même était la crème de la crème.

—Comment tu l'as retrouvé? (La question de Chase fit irruption dans ses pensées, le ramenant à sa mission.) Excepté le fait qu'on l'ait vu quitter le club devant nous l'autre nuit, on n'avait pas grand-chose pour l'identifier.

Dante ne décocha pas même un regard à Chase et se borna à hausser les épaules tandis que les heures passées avec Tess se rappelaient clairement à ses sens.

— Peu importe comment je l'ai su, répondit-il au bout d'une longue minute. Vous, les cadres du Havrobscur, avez vos méthodes ; nous, on a les nôtres.

Alors qu'une autre vague d'impatience le submergeait, Dante aperçut sa proie. Il se redressa dans le siège conducteur de son véhicule et scruta les ténèbres. L'humain tourna l'angle d'une rue, tête baissée, le visage à demi dissimulé par la capuche d'un sweat-shirt gris. Il avait les mains enfoncées dans les poches d'une doudoune et marchait d'un pas rapide, sans cesser de jeter des coups d'œil par-dessus son épaule comme s'il s'attendait à être pris par surprise. Mais c'était lui, Dante en était certain.

— C'est notre homme, dit-il tandis que l'humain montait quatre à quatre les marches de son immeuble. Allons-y, Harvard. Remue-toi.

Ils enclenchèrent l'alarme du véhicule et suivirent Ben à l'intérieur avant que la porte se referme, les deux membres de la Lignée se déplaçant avec la vitesse et l'agilité inhérentes à ceux de l'espèce vampire. Au moment où l'humain introduisait la clé dans la serrure pour ouvrir la porte de son appartement au troisième étage, Dante le poussa dans le noir, jetant le type à terre dans le salon spartiate.

— Fils de…

Sullivan se releva sur un genou puis se figea, le visage pris dans un rai de lumière provenant de l'ampoule nue qui éclairait le couloir.

Un éclat passa dans les yeux de l'humain, quelque chose d'autre que la peur. Il l'avait reconnu, pensa Dante qui se dit alors qu'il avait dû les repérer au club l'autre nuit. Mais il y avait aussi de la colère, une animosité toute masculine. Dante la sentait suinter de ses pores.

Sullivan se releva lentement.

—Putain, c'est quoi ce bordel?

—À toi de nous le dire, répondit Dante en allumant mentalement une lampe tandis qu'il s'avançait dans la pièce. (Derrière lui, Chase ferma et verrouilla la porte.) Tu as déjà deviné que ce n'était pas une visite de courtoisie, j'imagine.

—Qu'est-ce que vous voulez?

—Des infos, pour commencer. À toi de voir comment tu préfères nous les donner.

—Quel genre d'informations? (Son regard anxieux passait de Dante à Chase.) Je vous connais pas, et je n'ai pas la moindre idée de ce que vous racon...

—Écoute, le coupa Dante avec un petit rire, si tu commences à nous débiter genre de conneries, t'es mal barré. (Dante sourit lorsqu'il vit l'humain glisser la main dans la poche de sa doudoune.) Si tu veux me convaincre que tu es complètement crétin, alors vas-y: sors ce flingue. Juste pour que les choses soient claires, j'espère vraiment que tu vas le faire.

Le visage de Ben Sullivan devint aussi blanc que les murs bruts de son appartement. Il sortit lentement sa main.

—Comment avez-vous...?

—Tu attends quelqu'un d'autre à part nous, ce soir?

Dante s'avança vers lui et retira le calibre 45 de sa poche sans rencontrer la moindre résistance. Il se tourna vers Chase et lui tendit l'arme dont le cran de sûreté était enclenché.

— Matos minable pour un minable dealer de drogue, pas vrai ?

— C'est juste pour ma protection, et je ne suis pas un dealer de...

— Assieds-toi, dit Dante en laissant tomber le type sur un fauteuil en imitation daim, le seul meuble de la pièce à l'exception de l'ordinateur placé dans un coin et de l'étagère où était posée la chaîne hifi.

S'adressant à Chase, il ajouta :

— Fouille la pièce pour voir ce qu'on peut trouver.

— Je ne suis pas un dealer de drogue, répéta Sullivan tandis que Chase commençait la fouille. Je ne sais pas ce que vous croyez, mais...

— Je vais te dire ce que je crois. (Dante se pencha vers le visage de Sullivan et, à son acuité visuelle accrue et à la légère piqûre de ses crocs contre sa langue, il sentit que la colère montait en lui.) Je sais que tu ne nieras pas qu'on t'a vu vendre de l'Écarlate dans ce club il y a trois nuits. Depuis combien de temps tu te livres à ce petit trafic ? Où tu te la procures ?

L'humain baissa les yeux, formulant son mensonge. Dante le saisit sans ménagement par le menton et le releva d'un coup sec.

— T'as pas envie de mourir pour ça, connard ?

— Qu'est-ce que je peux dire ? Vous faites fausse route. Je n'ai pas la moindre idée de ce que vous racontez.

— Peut-être qu'elle pourra nous dire quelque chose, intervint Chase, qui sortit de la chambre au moment où Dante s'apprêtait à lui faire passer l'envie de raconter des bobards.

Chase tenait à la main un cadre. C'était une photo de Ben et de Tess, qui était superbe avec ses cheveux coupés plus court, image d'Épinal du jeune couple heureux posant devant le panneau d'ouverture de la clinique.

— Vous êtes mignons, tous les deux. Je parie qu'elle pourra nous en dire un peu plus sur tes activités nocturnes.

L'humain regarda Chase, les yeux froncés.

— Ne vous approchez pas d'elle, sinon…

— Elle a quelque chose à voir là-dedans ? demanda Dante d'une voix rauque.

L'humain eut un petit rire ironique.

— C'est toi qui me le demandes ? C'est pourtant toi qui lui roulais une pelle la nuit dernière devant chez elle. Ouais, j'étais là. Je t'ai vu, espèce de fils de pute.

L'information surprit Dante au plus haut point, mais elle expliquait la colère qui couvait chez cet homme. Dante sentit sur lui le regard interrogateur de Chase, mais il maintint son attention sur l'ex jaloux de Tess.

— Je ne vais pas tarder à perdre patience, gronda-t-il avant de hocher la tête. Non, je retire ce que j'ai dit : j'ai déjà perdu patience.

Dans un éclair métallique, il sortit de son fourreau l'une de ses lames jumelles incurvées et l'appuya contre la gorge de Ben Sullivan. Il esquissa un léger sourire en voyant les yeux de l'humain s'écarquiller de terreur.

—Oui, c'est beaucoup mieux comme ça. Maintenant, je vais laisser à ton larynx un peu de place pour respirer et tu vas parler. N'essaie plus de me raconter de salades ou de gagner du temps. Cligne une fois des yeux si tu me suis, pauvre naze.

L'humain baissa les paupières, avant de porter de nouveau un regard terrifié sur la lame de Dante.

—Ils m'ont demandé de ne rien dire à personne, déclara-t-il sur un ton précipité.

—Qui ça, « ils » ?

—Je ne sais pas. Ceux qui me paient pour fabriquer cette merde.

Dante se renfrogna.

—C'est toi qui fabriques l'Écarlate ?

L'humain esquissa un hochement de tête, restreint par l'acier froid à proximité de sa gorge.

—Je suis un scientifique – du moins, je l'étais. Je travaillais comme chimiste pour un labo cosmétique jusqu'à ce que je me fasse virer il y a quelques années.

—Fais-moi grâce de ton CV et parle-moi de l'Écarlate.

Sullivan déglutit.

—Je l'ai mise au point pour la revendre dans les clubs, pour me faire un peu de fric. L'été dernier, peu après que j'ai commencé à la vendre, ce type m'a contacté ; il voulait que j'augmente la production. Il m'a dit qu'il connaissait des types intéressés et disposés à mettre beaucoup de fric là-dedans.

—Mais tu ne les connais pas ?

—Non. Je n'ai rien demandé et ils n'ont rien dit. Je m'en foutais pas mal, à vrai dire. L'essentiel, c'est qu'ils paient en liquide, et bien. Ils me versent l'argent dans un coffre à la banque.

Dante et Chase échangèrent un regard, sachant tous deux ce que l'humain ignorait probablement, à savoir qu'il faisait affaire avec des Renégats, vraisemblablement en cheville avec le chef de la nouvelle faction de sangsues qui, depuis quelques mois, fomentaient une guerre que leur leader s'apprêtait à déclencher parmi la race vampire. Dante et les membres de l'Ordre avaient sérieusement contrarié ces plans en faisant sauter leur quartier général, sans toutefois éradiquer pleinement la menace. Tant que les Renégats pouvaient recruter et augmenter leur nombre, notamment grâce à une drogue comme l'Écarlate, la probabilité d'une guerre était plus une question de « quand » que de « si ».

—Mais c'est quoi le problème, putain ? L'Écarlate n'est pas une drogue dure. Moi-même, j'en ai pris pour les tests. C'est juste un stimulant léger, pas très différent de l'ecstasy ou du GHB.

Au côté de Dante, Chase eut un rire ironique.

—Pas très différent. Tu parles ! T'as vu ce qui s'est passé l'autre nuit, non ?

Dante appuya un peu plus la lame.

—T'étais aux premières loges de la foire aux monstres, pas vrai ?

Sullivan contracta la mâchoire, les yeux rivés, incertains, sur Dante.

—Je… Je ne suis pas bien sûr de ce que j'ai vu. Je le jure.

Dante l'évalua du regard. L'angoisse de l'humain était perceptible, mais mentait-il? Merde, si seulement Tegan avait été avec eux. Personne, ni humain ni vampire, ne pouvait dissimuler la vérité à ce guerrier. Naturellement, connaissant Tegan, il aurait été aussi désireux que Dante d'achever l'humain pour lui faire payer ce qu'il infligeait à la population vampire.

—Écoutez. (Sullivan tenta de se lever mais reçut la paume de Dante en pleine poitrine et retomba dans son fauteuil.) Écoutez-moi, s'il vous plaît. Je n'ai jamais voulu faire de mal à personne. Les choses ont tourné… Putain, c'est le bordel, maintenant. Ça devient dangereux. J'ai mon compte et je me retire. Ce soir même, en fait. J'ai appelé mon contact. J'ai rendez-vous avec mes investisseurs et je vais leur dire que je laisse tomber. Ils sont censés passer me prendre dans quelques minutes.

Devant la fenêtre, Chase glissa un doigt entre les lamelles du store en aluminium et jeta un coup d'œil à la rue.

—Une berline noire vient de se garer le long du trottoir, annonça-t-il avant de tourner son regard vers l'humain. On dirait que ton chauffeur est là.

—Merde!

Ben Sullivan se ratatina dans le fauteuil, et tritura les accoudoirs miteux d'un geste nerveux. Il lança un regard circonspect à Dante.

—Il faut que j'y aille, putain. Rendez-moi mon flingue.

— Tu ne vas nulle part.

Dante replaça sa malebranche dans son fourreau et se dirigea vers la fenêtre. Il regarda le véhicule qui attendait. Bien qu'il soit impossible de distinguer grand-chose du conducteur depuis l'appartement, il était prêt à parier que c'était soit un Renégat, soit un Laquais, et qu'un autre se trouvait dans le siège passager. Il se retourna vers l'humain.

— Si tu montes dans cette voiture, t'es mort. Comment tu fais pour joindre ton contact ? tu as un numéro ?

— Non. Ils m'ont filé un portable jetable avec un numéro unique programmé sur une touche rapide, mais ils l'ont crypté ; du coup, je ne sais pas où j'appelle.

— Laisse-moi voir.

Sullivan fouilla dans la poche de son manteau et en sortit le téléphone, qu'il tendit à Dante.

— Qu'est-ce que vous allez faire ?

— On va le garder pour toi. Pour le moment, tu vas venir avec nous pour qu'on puisse continuer cette petite conversation ailleurs.

— Quoi ? Non. (Il se leva et regarda, angoissé, autour de lui.) Pas question. Je ne sais pas si je peux vous faire confiance, alors merci, mais non. Je m'occupe de mes affaires…

Dante avait traversé la pièce et saisi l'humain par la gorge avant même que celui-ci puisse ciller.

— On ne te demande pas ton avis. (Il relâcha le dealer d'Écarlate et le poussa vers Chase.) Fais-le sortir d'ici. Retourne à la voiture et conduis-le au complexe.

Je vais descendre et transmettre ses excuses aux connards garés en bas.

Pendant que Chase prenait l'humain par le bras et l'entraînait avec lui, Dante se glissa dans le couloir. En un rien de temps, il se retrouva dans la rue, sous la pluie, et s'arrêta devant la berline garée. Par le pare-brise, il regarda les deux humains assis à l'intérieur.

Comme l'avait supposé Dante, ces hommes étaient des Laquais, des esclaves mentaux d'un vampire Gen-1 qui les avait asservis en les dépouillant de leur humanité tout en les vidant de leur sang. Les Laquais étaient des humains totalement dépourvus de conscience, qui ne vivaient que pour exécuter les ordres de leur maître.

Il était possible de les tuer.

Dante leur sourit, plus que disposé à les achever.

Le crétin assis sur le siège passager cligna des yeux à plusieurs reprises, comme s'il n'était pas sûr de ce qu'il voyait. Celui qui était assis derrière le volant avait de meilleurs réflexes. Tandis que son compagnon laissait échapper une volée de jurons inutiles, le conducteur mit le contact et écrasa la pédale d'accélérateur.

Le moteur rugit et la berline démarra sur les chapeaux de roues, mais Dante avait anticipé. Il planta ses mains sur le capot et retint le véhicule. Il ricana en voyant les pneus patiner vainement, crisser et fumer sur la chaussée mouillée. Lorsque le Laquais au volant fit marche arrière, Dante bondit sur le capot. Il le parcourut sur toute la longueur tandis que la voiture tentait une dernière embardée pour s'écarter du trottoir.

Tout en maintenant son équilibre sur le capot comme un surfeur sur sa planche, Dante enfonça le pare-brise du talon de sa botte. Le verre céda et se détacha de son encadrement. Des éclats volèrent dans tous les sens quand Dante, d'un mouvement de balancier, se glissa dans la voiture entre les deux Laquais.

— Salut les gars. On va où, ce soir ?

Ils devinrent comme fous et cherchèrent à l'attraper, le frapper — même à le mordre, putain de bordel ! — sans réellement le mettre en difficulté. Dante mit le véhicule au point mort dans une brusque embardée.

Il ressentit un élancement dans la cuisse gauche puis sentit l'odeur métallique de son sang qui coulait. Il rugit de fureur, ses crocs sortirent de ses gencives et sa vue se fit acérée comme un faisceau laser tandis que, de rage, ses pupilles se rétrécissaient. Il attrapa par les cheveux le Laquais assis sur le siège passager. D'une secousse violente du bras, il projeta le visage de l'humain contre le pare-brise et le tua sur le coup.

À ses côtés, le conducteur s'efforçait de s'extirper du véhicule. Il tâtonna pour trouver la poignée, ouvrit la portière et tomba sur l'asphalte mouillé avant de s'élancer à toutes jambes vers l'un des passages étroits qui séparaient les immeubles.

Dante bondit sur lui et le projeta à terre. Il combattit à main nue, sachant qu'il ne pourrait achever le Laquais avant d'avoir obtenu quelques réponses sur son maître et l'endroit où il se trouvait. Il n'avait pas vraiment besoin de l'identité de celui qui avait asservi cet humain ; compte tenu de tous les événements des mois précédents, Dante et ses frères de l'Ordre étaient tout à fait conscients du fait que le vampire qu'ils avaient besoin de mettre hors d'état de nuire était le propre frère de Lucan, Marek. Ce qu'ils ignoraient, en revanche, c'était l'endroit où ce salopard avait trouvé refuge après avoir échappé au raid des guerriers l'été dernier.

— Où est-il ? demanda Dante en retournant le Laquais et en le frappant au menton. Où est-ce que je peux trouver celui qui possède ton pitoyable cul ?

— Va te faire foutre, cracha le Laquais. (Dante lui assena un autre coup de poing puis tira sa malebranche, qu'il appuya contre la joue de l'humain.) Vas-y, tue-moi, vampire. Je ne te dirai rien.

L'envie d'accéder à cette injonction était fort tentante, mais Dante se ravisa et le souleva du sol. Il le plaqua contre le mur de parpaing de l'immeuble le plus proche, prenant un plaisir sinistre à entendre le craquement du crâne contre les briques dures.

— Et si je te mettais lentement en pièces ? siffla-t-il, sa voix sonnant comme un grognement sourd entre ses crocs. Je me fous que tu parles, mais je suis sûr que je prendrai mon pied à t'entendre hurler.

Le Laquais grogna quand Dante appuya sa lame contre la chair de son cou. Dante le sentit gesticuler et entendit le cliquetis du cran de sûreté d'un pistolet. Avant qu'il parvienne à se dégager, le bras du Laquais était à hauteur de sa tête.

Il ne pointa pas l'arme sur Dante mais sur lui-même. En une fraction de seconde, il appuya le canon contre sa tempe et tira.

— Putain de merde !

Un éclair orange troua l'obscurité et la déflagration ricocha sur les murs des grands immeubles autour d'eux. Le Laquais s'effondra au sol comme une enclume et son sang se répandit autour de lui dans un halo sinistre.

Dante examina ses propres blessures, les diverses écorchures sur ses mains et la plaie profonde qui entaillait sa cuisse droite. Cela ne faisait pas trop de temps qu'il s'était nourri, et ses blessures ne mettraient pas longtemps à cicatriser. Deux heures tout au plus, peut-être moins. Mais pour ce faire, il devait trouver refuge quelque part.

Au-dessus de lui, des lumières s'allumèrent dans quelques appartements. Un rideau s'écarta d'une fenêtre en face et quelqu'un poussa un cri horrifié. Dans peu de temps, la police serait contactée ; elle l'était déjà peut-être.

Merde.

Il fallait qu'il se tire d'ici fissa. Chase était parti depuis longtemps avec le 4 × 4, ce qui était une bonne chose, tout bien considéré. Quant à Dante, il ne pouvait pas vraiment prendre le large dans la berline défoncée sans attirer les soupçons. Ravalant la douleur qui lui vrillait la cuisse, il fit demi-tour et s'éloigna à pied, laissant dans la rue derrière lui le cadavre des Laquais et la voiture.

Chapitre 20

Tess finit d'essuyer la vaisselle du dîner et la rangea dans le placard à côté de l'évier. Alors qu'elle plaçait le couvercle en plastique sur son reste de poulet au marsala, elle sentit des yeux rivés sur elle.

—Non mais je rêve! s'exclama-t-elle en tournant la tête pour regarder le petit animal qui gémissait à ses pieds. Harvard, tu as encore faim? Tu te rends compte que tu n'as quasiment fait que manger depuis ton arrivée?

Le terrier leva ses sourcils broussailleux au-dessus de ses yeux brun chocolat, dressa les oreilles et pencha la tête pour l'amadouer. Comme elle ne réagissait probablement pas assez vite à son goût, il pencha la tête dans l'autre sens et leva une patte du carrelage.

Tess éclata de rire.

—Ça va, j'ai compris, espèce de petit charmeur éhonté. Je vais te donner quelque chose de bon.

Elle se dirigea vers la petite écuelle soigneusement léchée après sa deuxième portion de pâtée. Harvard trottina sur ses talons. Il avait passé la journée collé à ses basques depuis qu'elle avait pris la décision de l'amener chez elle pour garder un œil sur lui.

Elle n'avait encore jamais agi de la sorte avec l'un de ses patients, mais elle n'avait jamais utilisé ses mains pour guérir l'un d'entre eux non plus. Harvard était à part, et il semblait s'être attaché à elle, comme s'il savait qu'elle l'avait ramené parmi les vivants. Après qu'elle lui avait donné des médicaments en intraveineuse, de la nourriture et un traitement antipuces, c'était un autre chien. Elle n'avait pas eu le cœur de le laisser seul dans le chenil vide de la clinique après tout ce par quoi il était passé. Et apparemment, il avait décrété qu'elle était sa nouvelle meilleure amie.

— Voilà pour toi, dit-elle en découpant quelques petits morceaux de poulet qu'elle déposa dans son écuelle. Et tâche de te modérer cette fois, d'accord ?

Tandis qu'Harvard s'affairait sur sa nourriture, Tess plaça le reste du poulet au réfrigérateur puis se versa un autre verre de chardonnay. Elle alla dans le salon où elle avait interrompu sa sculpture. C'était bon de recommencer à travailler l'argile, surtout après les derniers jours – et nuits – étranges qu'elle avait passés.

Bien qu'elle n'ait pas d'idée précise de ce qu'elle voulait sculpter, Tess ne fut pas vraiment surprise quand le morceau d'argile brun clair commença à prendre une forme familière. Elle était assez grossière à ce stade, juste l'ébauche d'un visage sous une masse ébouriffée de cheveux épais. Tess sirotait son vin, sachant que, si elle s'y remettait, elle y travaillerait toute la nuit, incapable de s'arracher à la sculpture tant qu'elle ne serait pas terminée.

Ah, parce qu'Harvard et elle avaient autre chose de prévu, peut-être ?

Elle reposa le verre sur la table de travail, tira le tabouret à roulettes et s'assit. Elle commença à modeler le visage, utilisant une mirette pour creuser doucement la fente du front vigoureux et de l'arcade sourcilière, puis le nez et l'angle incliné des pommettes. Rapidement, ses gestes devinrent automatiques et son esprit suivit librement son propre cours, son inconscient commandant directement à ses mains.

Tess ignorait combien de temps elle avait travaillé ainsi, mais quand elle entendit un coup sec et vigoureux à sa porte, elle sursauta. Harvard, qui s'était endormi à ses pieds sur le tapis, se réveilla en grognant.

— Tu attends quelqu'un ? lui demanda-t-elle en se levant de son tabouret.

Mon Dieu, elle devait vraiment être dans sa bulle en sculptant, parce qu'elle avait drôlement raté toute la zone de la bouche. Les lèvres étaient retroussées dans une sorte de rictus ; quant aux dents…

Le coup retentit de nouveau, suivi par le son d'une voix grave qui l'électrisa.

— Tess, tu es là ?

Dante.

Tess écarquilla les yeux puis se renfrogna tandis qu'elle procédait à un rapide inventaire de son apparence. Les cheveux relevés négligemment au sommet du crâne, pas de soutien-gorge sous son tee-shirt blanc et son pantalon de jogging rouge délavé aux multiples taches d'argile séchée. Pas exactement une tenue pour recevoir du monde.

— Dante ? demanda-t-elle. (Elle cherchait à gagner du temps mais aussi à s'assurer que ses oreilles ne lui jouaient pas un tour.) C'est toi ?

— Oui. Je peux entrer ?

— Bien sûr, juste une seconde, cria-t-elle d'un ton qu'elle voulait désinvolte, le temps de jeter un chiffon sec sur sa sculpture et de vérifier rapidement son visage dans le reflet d'une spatule à mastic.

Oh, génial. Elle avait l'air légèrement déjanté des artistes crève-la-faim. Très glamour. *Ça lui apprendra à passer à l'improviste*, pensa-t-elle tandis qu'elle se dirigeait vers la porte et tirait le verrou.

— Qu'est-ce que tu… ?

Sa question tourna court quand elle ouvrit la porte et l'aperçut. Il était trempé par la pluie, des mèches de cheveux noirs collées au front et aux joues, son manteau de cuir dégoulinant sur ses bottes noires et le paillasson miteux de son appartement.

Mais il ne dégoulinait pas que de pluie. Du sang se mêlait à la pluie au rythme régulier de la palpitation d'une blessure invisible.

— Oh, mon Dieu, tu es blessé ? (Elle s'effaça pour le laisser entrer puis referma la porte derrière lui.) Qu'est-ce qui t'est arrivé ?

— Je ne vais pas rester longtemps. Je n'aurais probablement pas dû venir. Tu es la première personne à qui j'ai pensé…

— Tu as bien fait, dit-elle. Entre. Je vais te chercher une serviette.

Elle courut dans le couloir jusqu'à son armoire à linge et en tira deux serviettes, l'une pour la pluie et l'autre pour sa blessure. Lorsqu'elle retourna au salon, Dante était en train d'enlever son manteau. Quand il leva la main pour défaire la fermeture Éclair, Tess vit que les jointures de ses doigts étaient maculées de sang, tout comme son visage, où il se mêlait à l'eau qui coulait encore de son menton et de ses cheveux.

— Tu es salement amoché, dit-elle, inquiète pour lui mais aussi un peu ébranlée de le voir ainsi, comme s'il avait été impliqué dans une bagarre qui avait mal tourné.

Elle n'aperçut aucune coupure sur ses mains ni sur son visage, de sorte que le sang qu'elle y voyait n'était peut-être pas le sien. Ailleurs, en revanche…

Quand le lourd manteau de cuir s'ouvrit, Tess eut le souffle coupé.

— Oh, mon Dieu…

Une longue lacération courait sur toute la largeur de sa cuisse droite, de toute évidence une blessure par arme blanche. La plaie était encore fraîche, imbibant de sang la jambe de son pantalon.

— Ce n'est pas grave, dit-il. Crois-moi, je m'en remettrai.

Il retira son manteau, et la sympathie de Tess s'évanouit sur-le-champ.

Dante était armé comme une vision sortie d'un film d'action cauchemardesque. À une large ceinture sur ses hanches étaient fixés différents types de lames, parmi lesquelles, et non des moindres, de gigantesques dagues incurvées placées dans des fourreaux de part et d'autre de son bassin. En travers de sa poitrine, sur sa chemise noire à manches longues, courait un holster abritant une monstruosité mortelle en métal brossé ; elle n'osait pas même imaginer la taille de l'impact que cette chose pouvait faire dans un corps. Un autre pistolet était attaché autour de sa cuisse gauche.

— Mais qu'est-ce que… ?

Instinctivement, Tess recula, les serviettes en guise de bouclier.

Dante croisa son regard interloqué et hésitant, et fronça les sourcils.

— Tu ne crains rien, Tess. C'est pour mon boulot.

— Ton boulot ? (Elle continuait à reculer et n'en prit conscience que quand ses mollets rencontrèrent la table basse au milieu du salon.) Dante, tu es vêtu comme un assassin.

— N'aie pas peur, Tess.

Elle n'avait pas peur. Elle était troublée et inquiète pour lui, mais pas effrayée. Il commença à se défaire de son artillerie, dégrafa son holster de jambe et le garda à la main, comme s'il ne savait pas où le poser. Du doigt, Tess indiqua la petite table basse.

— Je peux avoir une de ces serviettes, s'il te plaît ?

Elle lui en tendit une et l'observa poser son arme sur la table comme s'il ne voulait pas ajouter de marque au bois déjà bien usé. Même en sang et armé jusqu'aux dents, il restait prévenant, voire poli. Un vrai gentleman, si on passait outre à l'artillerie lourde et l'aura de danger qui semblait irradier en ondes visibles de son corps immense.

Il jeta un coup d'œil rapide à l'appartement, notant la présence du petit chien assis près de Tess dans un silence circonspect.

Dante fronça les sourcils.

—Non, ce n'est pas…

Tess acquiesça et sentit sa tension disparaître tandis qu'Harvard s'approchait de Dante en remuant timidement la queue en guise de salut.

—J'espère que ça ne te dérange pas que je l'aie amené chez moi. Je voulais suivre son état de près et j'ai pensé…

Ses excuses se perdirent en chemin quand Dante se baissa pour caresser le petit chien ; son toucher et sa voix grave respiraient la bonté.

—Salut, petit père, dit-il, secoué d'un petit rire quand l'animal se mit à lui lécher la main et se retourna sur le dos pour quémander une caresse sur le ventre. On dirait que quelqu'un a bien pris soin de toi aujourd'hui. C'est comme si on t'avait offert une nouvelle vie.

Il leva des yeux interrogateurs vers Tess, mais avant qu'il puisse lui poser des questions sur le rétablissement soudain de l'animal, elle lui prit la serviette des mains et indiqua la direction de la salle de bains au bout du couloir.

—Viens, laisse-moi t'examiner, maintenant.

Immobilisé à un feu rouge de l'autre côté du quartier sud de Boston, Chase jeta un coup d'œil à son passager dans le 4 × 4 avec un mépris à peine dissimulé. Personnellement, il n'avait aucun intérêt à garder en vie ce minable. Une partie de lui jubilait à l'idée que l'humain serait allé au-devant de sa propre mort si Dante et lui ne s'étaient pas présentés chez lui ce soir.

Il lui semblait injuste qu'une petite frappe comme Ben Sullivan ait cette chance, alors que des jeunes comme Camden et les autres, portés disparus, risquaient de trouver la mort ou pire, de devenir victimes de la Soif sanguinaire causée par l'Écarlate et de se transformer en Renégats à cause de la merde que cet humain leur fourguait.

Chase fut submergé par le souvenir soudain et écœurant de Dante plongeant sa lame dans la gorge de Jonas Redmond dans une ruelle derrière le club l'autre nuit. Ce gentil gamin était mort, non à cause du guerrier mais de l'humain qui était assis à ses côtés. L'envie d'exploser la tête de ce dernier d'une balle submergea Chase comme un tsunami, une rage qu'il était peu accoutumé à ressentir.

Il regarda à travers le pare-brise teinté, souhaitant que cette tentation passe. Tuer Ben Sullivan ne résoudrait rien et ne ramènerait pas Camden plus vite chez lui.

Ce qui, tout bien considéré, restait son principal objectif.

— Il couche avec elle, c'est ça ? l'autre type, avec Tess ?

La voix de l'humain tira Chase de sa méditation, mais il ne répondit pas à la question. Ben Sullivan laissa échapper un juron, la tête tournée vers la vitre côté passager.

— Lorsque je les ai vus ensemble la nuit dernière, ce fils de pute n'arrêtait pas de la peloter. C'est quoi, son plan, l'utiliser pour m'atteindre ?

Chase garda le silence. Il se posait la même question depuis que le fait avait été dévoilé dans l'appartement de Sullivan. Dante avait déclaré qu'il avait utilisé ses propres méthodes pour retrouver le dealer d'Écarlate et, en apprenant qu'il s'était trouvé en compagnie d'une femme que Sullivan avait apparemment fréquentée, Chase avait supposé de prime abord que la fin justifiait les moyens pour Dante.

Mais le visage du guerrier avait pris une expression bizarre lorsqu'il avait été fait mention de cette femme, ce qui semblait indiquer qu'il se tramait entre eux quelque chose qui allait au-delà de l'obligation de sa mission. Avait-il des sentiments pour elle ?

— Merde. J'imagine que ça n'a pas vraiment d'importance, murmura Sullivan. Et d'abord, vous m'emmenez où ?

Chase ne se sentit nullement obligé de répondre. Le complexe de l'Ordre était situé aux abords de la ville, à une courte distance en voiture au nord-est de là où ils se trouvaient. Dans quelques heures, après avoir été interrogé par Dante et les autres, Ben Sullivan dormirait dans un lit chaud, bien au sec, prisonnier en attente qu'on statue sur son sort mais néanmoins protégé par le portail sécurisé du quartier général des guerriers. Et pendant ce temps-là, des dizaines de jeunes du Havrobscur seraient dehors, exposés aux dangers de la rue et aux terribles effets de la drogue corrosive et mortelle de Sullivan.

Ce n'était pas juste, pas juste du tout.

Chase leva les yeux vers le feu au moment où il passa au vert mais son pied resta suspendu au-dessus de la pédale d'accélérateur. Derrière lui, quelqu'un klaxonna. Il fit la sourde oreille, tambourinant sur le volant l'espace d'une seconde en pensant à Camden et à Élise, à la promesse qu'il lui avait faite de ramener le garçon chez lui.

Il n'avait pas beaucoup de solutions. Et le temps lui était compté, il le sentait.

Lorsque le Klaxon retentit de nouveau derrière lui, Chase appuya sur l'accélérateur et tourna à gauche au feu. Dans un silence sinistre, il engagea le 4 × 4 sur une voie en direction du sud, vers la ville et l'ancienne zone industrielle située près du fleuve.

CHAPITRE 21

— **M**on Dieu, haleta Tess, prise de nausée tandis qu'elle s'agenouillait devant Dante pour examiner sa blessure.

Assis sur le rebord de la baignoire en porcelaine blanche, Dante ne portait que son treillis noir déchiré. Sa blessure à la cuisse ne semblait pas aussi grave que ce que Tess avait cru dans le salon, mais sous les lumières vives de la salle de bains, la vue d'une telle quantité de sang – le sang de Dante – lui nouait l'estomac et lui donnait le vertige. Elle dut s'accrocher au rebord de la baignoire pour se stabiliser.

— Désolée. D'ordinaire, je ne suis pas aussi sensible. En fait, je vois beaucoup de blessures sérieuses à la clinique, mais…

— Tu n'es pas obligée de m'aider, Tess. J'ai l'habitude de prendre soin de moi.

Elle lui lança un regard douteux.

— Au vu de la quantité de sang sur toi, je dirais que la blessure est assez profonde. Il va falloir des points de suture, et beaucoup. Je ne crois pas que tu sois disposé à les faire toi-même, n'est-ce pas ? Et tu vas devoir retirer ton pantalon. Je ne peux pas faire grand-chose tant que tu le gardes sur toi. (Comme il ne bougeait pas, elle fronça les sourcils.) Tu ne vas pas rester assis comme ça à saigner sur mon carrelage, quand même ?

Sans la quitter des yeux, Dante haussa légèrement les épaules, avant de se lever et de défaire le bouton de sa ceinture. Lorsqu'il commença à faire glisser vers le bas la fermeture Éclair, dévoilant sa peau tatouée et la toison brune de son bas-ventre, Tess sentit ses joues s'enflammer. Mon Dieu, après la nuit dernière, elle aurait dû se souvenir qu'il était du genre à ne porter ni slips ni boxers.

—Hum… tiens, une autre serviette.

Elle en prit une sur le portant pour qu'il se couvre et détourna la tête tandis qu'il finissait de se déshabiller, mais il était peut-être un peu tard pour la pudeur, compte tenu de ce qu'ils avaient fait ensemble la nuit précédente. Se trouver de nouveau avec lui, le voir assis là, nu à part un morceau de tissu éponge, faisait paraître la petite salle de bains aussi confinée qu'un placard et aussi humide qu'un hammam.

—Alors, tu vas me dire ce qui t'est arrivé ? lui demanda-t-elle sans le regarder tandis qu'elle s'occupait du matériel médical qu'elle avait assemblé sur le meuble du lavabo. Qu'est-ce que tu faisais ce soir pour finir au bout de la lame d'un couteau manifestement très grand ?

—La routine. Mon partenaire et moi étions en train d'appréhender un revendeur de drogue, et je suis tombé sur des obstacles, que j'ai dû supprimer.

Supprimer, pensa Tess, comprenant instinctivement ce que cela signifiait. Elle posa un rouleau de gaze sur le lavabo, sentant un frisson intérieur la parcourir devant l'aveu froid de Dante. Elle n'aimait pas ce qu'elle entendait, mais il avait juré qu'il faisait partie des gentils, et c'était peut-être insensé, mais elle lui faisait confiance.

— Bien, dit-elle, laisse-moi regarder ta jambe.

— Comme je te l'ai dit, je m'en remettrai. (Elle entendit son pantalon tomber au sol dans un frottement soyeux.) Je suis sûr que ce n'est pas aussi grave que ce que tu penses.

Tess tourna la tête pour le regarder par-dessus son épaule, se préparant à voir une épouvantable blessure ouverte. Mais il avait raison, ce n'était pas si grave, après tout. Sous le bord de la serviette qui couvrait son bassin et le haut de sa cuisse, la lacération était nette mais peu profonde, à peine plus d'un centimètre. Le saignement diminuait progressivement.

— Eh bien, quel… quel soulagement, déclara-t-elle, perplexe mais heureuse que son inquiétude ait été exagérée. Bon, je dirais qu'il suffit de nettoyer la blessure, de mettre un bandage et tu seras tout neuf.

Elle se retourna vers le lavabo, mouilla un gant de toilette sous le robinet et versa une goutte d'antiseptique sur le tissu épais. Elle faisait mousser la solution quand elle entendit Dante se lever et avancer vers elle. En une demi-enjambée, il se trouva dans son dos et retira l'élastique de son chignon négligé, libérant les boucles.

— Ah, c'est mieux, articula-t-il lentement d'une voix douce et sensuelle. Ta magnifique nuque me rendait fou. D'ailleurs, tout ce que j'ai en tête à cet instant, c'est à quel point j'ai envie de t'embrasser.

Tess sentit sa gorge se nouer et, l'espace d'une seconde, ne sut si elle devait rester immobile et espérer qu'il s'éloigne ou se retourner et s'abandonner à la folie qui risquait de nouveau de s'emparer d'eux ce soir.

Elle se retourna lentement dans l'espace réduit entre le lavabo et le corps de Dante vêtu de sa seule serviette. À si peu de distance, les tatouages sur sa poitrine dénudée étaient envoûtants, véritable éclosion de symboles géométriques et d'arabesques dans des teintes allant du roux profond à l'or et du vert au bleu roi.

— Ils te plaisent ? murmura-t-il en la regardant suivre des yeux les motifs étranges et les magnifiques couleurs enchevêtrées.

— Je n'ai jamais rien vu de tel. Ils sont superbes, Dante. Sont-ils d'inspiration ethnique ?

Il eut un vague haussement d'épaules.

— Non, c'est plus une tradition familiale. Mon père avait le même genre de tatouages, et son père avant lui, ainsi que tous les autres hommes de notre lignée.

Ça alors. Si les hommes de la famille de Dante lui ressemblaient ne serait-ce qu'un peu, ils avaient dû faire des ravages dans les cœurs des femmes partout dans le monde. En se souvenant jusqu'où les tatouages descendaient sous la serviette qui lui drapait les hanches, Tess sentit son visage s'empourprer.

Un sourire entendu se dessina sur les lèvres de Dante.

Tess ferma les yeux et s'employa à calmer sa respiration, puis le regarda de nouveau tandis que, à l'aide du gant humide et chaud, elle tamponnait le sang séché sur ses joues et son front. Il en avait aussi sur les mains, et elle le nettoya en tenant sa paume retournée dans la sienne. Ses doigts étaient longs et forts, et firent paraître les siens minuscules quand il referma sa main sur elle.

—J'aime quand tu me touches, Tess. J'ai eu envie que tu poses tes mains sur moi dès la première fois que je t'ai vue.

Elle leva les yeux pour croiser son regard, l'esprit en proie à un flot de souvenirs de la nuit précédente. Elle se laissa attirer par l'éclat ambré de son regard qui lui promettait que cela allait se reproduire : eux deux, nus, leurs corps unis. Elle commençait à se dire que cela serait toujours aussi passionné et intense avec lui. Elle sentit une vive tension entre ses jambes, une faim violente qui irradiait et détendait ses membres.

—Laisse-moi juste… regarder ta jambe…

Elle tendit la main vers l'endroit où les bords de la serviette s'écartaient sur sa hanche droite et suivit le muscle de sa cuisse. La blessure avait cessé de saigner, et elle nettoya doucement la plaie, bien trop consciente de la beauté masculine de ses courbes, la puissance de ses jambes fermes, la peau douce et mordorée à la saillie des hanches. Tandis qu'elle remontait le gant, elle sentit son sexe s'ériger sous la serviette et lui effleurer le poignet comme elle retirait sa main.

Tess déglutit, la gorge sèche.

—Je vais poser une bande, maintenant.

Elle laissa tomber le gant dans le lavabo et se retourna pour attraper le rouleau de gaze blanche, mais Dante lui saisit la main. Il la tenait dans les siennes et la caressait du pouce, comme s'il lui demandait silencieusement la permission. Elle ne la retira pas et se tourna vers lui ; les yeux de Dante brillaient d'un étrange éclat, ses iris semblaient prendre une teinte ambrée à l'intérieur d'un cercle plus foncé.

— Je devrais rester loin de toi, dit-il d'une voix basse et rauque. Il le faudrait, mais je ne peux pas.

Il saisit sa nuque dans sa large main et l'attira vers lui, les quelques centimètres qui les séparaient s'évanouissant tandis que leurs corps se collaient l'un à l'autre. Il approcha ses lèvres et Tess soupira longuement en les sentant effleurer les siennes dans un lent et doux baiser. Dante passa une main dans le dos de Tess et la glissa sous son tee-shirt ample. Son contact était chaud, le bout de ses doigts l'électrisait tandis qu'il s'aventurait le long de sa colonne vertébrale et caressait sa peau nue.

Le baiser de Dante se fit plus insistant, et il explora de sa langue la bouche de Tess. Elle s'ouvrit à lui avec un gémissement tandis que son sexe massif pesait contre son ventre. Elle se sentit fondre d'un désir brûlant. Dante remonta lentement la main vers son buste, sous ses seins lourds, puis vers un téton durci. Des frissons de désir la parcoururent de la tête aux pieds. Pendant un long moment, il n'y eut que le bruit de leurs deux souffles et les caresses tendres de leurs mains sur leur corps.

Elle haletait quand il interrompit leur baiser, et se laissa faire, alanguie, lorsqu'il la souleva et la fit asseoir sur le meuble du lavabo. Il lui retira son tee-shirt et le posa à côté d'eux, puis son pantalon de jogging connut le même sort et elle se retrouva en culotte. Tess avait écarté les jambes pour accueillir le corps parfait et viril de Dante, et la serviette qui couvrait la preuve de son désir venait frotter contre l'intérieur de ses cuisses.

— Regarde ce que tu me fais, dit-il en promenant sa main sur l'avant-bras de Tess et en le guidant sous la serviette, vers le long membre durci qui tendait le tissu.

Tess ne pouvait feindre la timidité tandis qu'elle posait les mains sur lui. Elle caressa son membre massif et descendit jusqu'à la base ; elle allait et venait sur sa peau veloutée, prenait tout son temps, ses doigts à peine en mesure d'en cercler la largeur. Comme elle tenait dans sa main l'extrémité lisse de son sexe, elle se pencha pour embrasser son ventre musclé, se délectant de la peau douce qui recouvrait tant de force.

Dante gémit tandis qu'elle laissait courir sa langue le long des arabesques de ses tatouages, et elle sentit sa voix grave gronder contre ses lèvres. Il l'entoura de ses bras et banda ses muscles comme il agrippait les bords du meuble et la laissait faire ce qu'elle voulait de lui. Il avait baissé la tête sur son large torse, les paupières tombantes, mais son regard avait une intensité brûlante quand Tess hasarda un coup d'œil vers lui. Elle sourit, puis se pencha de nouveau pour laisser courir sa langue autour de son nombril, incapable de résister au désir de mordre sa peau lisse.

Il laissa échapper un juron comme elle le mordillait.

— Oh, oui, oui ! Plus fort, grogna-t-il. Je veux sentir ta morsure, Tess.

Sans trop savoir ce qui lui prenait, elle obtempéra et planta les dents dans sa chair. Elle ne transperça pas sa peau, mais sa morsure acérée sembla envoyer dans le corps de Dante comme un courant électrique. Il donna un grand coup de hanche et délogea la serviette qui les gênait déjà depuis un long moment. Il frissonna alors qu'elle passait la langue sur l'endroit qu'elle venait de mordre.

— Je t'ai fait mal ?

— Non. Ne t'arrête pas.

Il se recourba sur elle et déposa un baiser sur son épaule nue. Ses muscles étaient tendus, son excitation plus pleine encore dans sa main.

— Mon Dieu, Tess. Tu sais me surprendre ; ne t'arrête pas.

Elle n'avait aucune envie de s'arrêter. Elle ne comprenait absolument pas pourquoi elle ressentait un lien aussi fort envers cet homme – un besoin aussi virulent –, mais en ce qui concernait Dante, il y avait beaucoup de choses qu'elle ne comprenait pas. Elle venait juste de le rencontrer et, pourtant, il était avec elle depuis si longtemps, comme si le destin les avait choisis depuis une éternité et les avait enfin réunis.

Quel que soit ce lien, Tess n'avait aucune envie de le remettre en question.

Elle descendit le long de son ventre vers sa hanche étroite, puis se pencha et prit l'extrémité de son sexe dans sa bouche. Elle l'aspira profondément et le mordilla doucement. Il gémit fortement et s'arc-bouta devant elle, aussi raide qu'une colonne d'acier. Elle sentit le pouls de Dante s'accélérer quand elle le reprit dans sa bouche et sentit son battement tout le long de son membre.

Elle sentait son sang courir dans tout son corps, écarlate et féroce et, l'espace d'un instant saisissant et totalement insensé, elle voulut savoir quel goût toute cette puissance aurait sur sa langue.

Au clair de lune, le fleuve ressemblait à un ruban noir et ondoyant par la vitre teintée du siège passager du 4 × 4. Tout était calme ; pas d'autres voitures sur l'étendue de béton envahie de mauvaises herbes qui avait autrefois servi de parking à une ancienne papeterie condamnée depuis une vingtaine d'années environ. Ben Sullivan se dit que c'était un bon endroit pour un meurtre, et le silence de mort de l'homme lourdement armé derrière le volant ne lui donnait pas vraiment de raison d'espérer le contraire.

Tandis que le véhicule s'immobilisait, Ben se prépara à se battre, regrettant amèrement de ne pas avoir trouvé le moyen de remettre la main sur le calibre 45 qu'on lui avait pris dans son appartement. En même temps, il ne se faisait aucune illusion quant à ses chances, même armé, contre ce type. À la différence de son partenaire brun, dont la voix et les actes respiraient la menace, celui-ci n'avait pas dévoilé son jeu. Il était d'un calme glacial, mais Ben percevait la rage qui bouillonnait sous la surface de cette attitude polie de M. Cool et cela le terrifiait.

— Qu'est-ce qui se passe ? Pourquoi on s'arrête ici ? On attend quelqu'un ? (Ces questions lui échappaient, mais il était trop inquiet pour se soucier de donner l'apparence d'une poule mouillée.) Votre pote, là-bas, il vous a demandé de me conduire au « complexe », pas vrai ? (Pas de réponse.) Et ça n'a pas vraiment l'air d'être là, ajouta-t-il en parcourant du regard l'endroit désolé. Je ne crois pas que ce soit là.

Après avoir garé le véhicule, le conducteur respira longuement et lui décocha un regard froid. Les yeux bleu pâle du type étaient ceux d'un tueur, emplis d'une fureur à peine contenue.

— Toi et moi, on va avoir une petite conversation.

— Est-ce que je vais y survivre ?

Chase ne répondit pas et se borna à fouiller dans la poche intérieure de sa veste pour en retirer un morceau de papier plié. Une photo, constata Ben en l'apercevant à la lumière du tableau de bord.

— As-tu déjà vu cette personne ?

Ben regarda la photo d'un jeune homme à l'allure soignée, aux cheveux châtain clair ébouriffés et au sourire avenant. Il portait un sweat-shirt de l'université Harvard et levait le pouce à l'intention du photographe, en tenant de l'autre main un courrier sur papier à lettres officiel orné des armoiries de l'université.

— Alors ? Tu le reconnais ?

Sa question était un grondement bas et, tandis que Ben était sûr d'avoir déjà vu le jeune et même de lui avoir revendu de l'Écarlate plusieurs fois et pas plus tard que cette semaine, il ne savait pas si cette réponse lui sauverait la vie ou le condamnerait. Il secoua lentement la tête avec un haussement d'épaules circonspect.

Soudain, il étouffait, le visage agrippé par une poigne de fer qui l'écrasait avec une telle force qu'il crut que sa mâchoire allait se briser. Bordel, ce type frappait comme une vipère – plus vite encore –, car Ben n'avait pas même vu bouger sa main dans l'espace réduit de l'habitacle.

— Regarde mieux, ordonna M. Cool.

Il poussa la photo sous le visage de Ben.

— C'est bon ! éructa Ben, avec un goût du sang dans la bouche quand ses dents vinrent mordre l'intérieur de ses joues. Ouais ! C'est bon ! Merde !

La pression se relâcha et Ben toussa, frottant sa mâchoire douloureuse.

— Tu l'as vu ?

— Ouais, je l'ai vu. Il s'appelle Cameron ou un truc du genre.

— Camden, corrigea-t-il d'un ton sec et cassant. Tu l'as vu quand pour la dernière fois ?

Ben secoua la tête et tenta de se souvenir.

— Il n'y a pas longtemps... cette semaine. Il traînait avec des raveurs dans un club tech trance du quartier nord. *La Notte*, je crois que ça s'appelait.

— Tu lui en vends ?

Ces mots sortirent lentement, d'un son épais, comme si quelque chose encombrait sa bouche.

Ben jeta un regard circonspect vers l'autre siège. Dans la faible lueur du tableau de bord, les yeux du type étincelaient d'un éclat louche, comme si ses pupilles disparaissaient et se rétrécissaient au centre de tout ce bleu glacial. Un frisson parcourut Ben et son instinct bascula en état d'alerte maximale.

Il y avait quelque chose qui clochait ici, qui clochait vraiment.

— Tu lui as refilé de l'Écarlate, espèce de merde ambulante ?

Ben déglutit à grand-peine. Fit un léger signe de tête.

— Ouais. Le type m'en a peut-être acheté quelques fois.

Il entendit un grognement féroce et aperçut l'éclat de dents blanches acérées dans le noir, une fraction de seconde avant que sa nuque aille s'écraser contre la vitre du côté passager et que le type se jette sur lui dans une explosion d'épouvantable furie.

CHAPITRE 22

Elle allait le tuer.

La moindre caresse qu'elle exerçait de sa langue, les longues succions de ses lèvres serrées autour de sa chair gonflée – nom de Dieu, le léger frottement de ses dents sur lui – propulsaient Dante toujours plus loin dans un tourbillon de supplice voluptueux. Penché sur elle tandis qu'elle le suçait, il agrippa fermement les côtés du meuble de salle de bain, le visage tordu, les yeux clos, abandonné à cette douce torture.

Il remua les hanches, sa queue poussant plus fort vers le fond de sa gorge. Tess le prit tout entier en elle, gémissant doucement, la vibration se propageant dans son gland sensible.

Il ne voulait pas qu'elle voie à quoi il ressemblait à cet instant, abandonné à un désir qu'il contrôlait à peine. Ses crocs s'étaient allongés dans sa bouche, presque impossibles à dissimuler derrière ses lèvres serrées. Sous ses paupières closes, la faim et le désir lui faisaient voir rouge.

Il sentait également le désir de Tess. Les doux effluves de son excitation parfumaient l'air humide entre eux et emplissaient ses narines comme le plus puissant des aphrodisiaques. Mais ce parfum omniprésent cachait un autre désir, une curiosité qui le déroutait.

Le moindre mordillement hésitant de ses dents sur sa peau posait une question, la moindre caresse et la moindre morsure exprimaient une faim qu'elle ne comprenait probablement pas et, a fortiori, qu'elle n'aurait su mettre en mots. Écorcherait-elle sa peau pour prendre en elle son sang ?

Mon Dieu, rien que de penser qu'elle pourrait effectivement…

Abasourdi, il se rendait compte de l'intensité avec laquelle il désirait qu'elle plante ses minuscules dents humaines dans sa chair. Quand elle retira son sexe de sa bouche et mordilla son ventre, Dante rugit et le désir puissant de l'amener à boire son sang faillit prendre le pas sur son impulsion, bien plus saine, de la protéger du lien de Compagne de sang, qui la lierait à lui aussi longtemps qu'ils vivraient tous les deux.

— Non, grogna-t-il d'un ton rude, entravé par la présence de ses crocs.

Les mains tremblantes, Dante agrippa les hanches de Tess. Il la souleva vers lui, les bras au-dessous de ses fesses, et arracha sa culotte de soie avant de se replacer entre ses jambes. Son sexe était luisant de ce que lui avait fait Tess ainsi que de son propre désir, et engorgé au point de lui faire mal. Il ne pouvait faire preuve de douceur ; d'un violent coup de reins, il s'introduisit au plus profond d'elle-même.

Le souffle de Tess s'accéléra contre son oreille, le dos cambré sous ses mains. Elle enfonça ses doigts dans ses épaules tandis qu'il allait et venait entre ses jambes à un rythme pressant, la libération montant à la base de son membre. Il accéléra encore le mouvement et sentit son orgasme monter tandis que ses replis l'enserraient comme un poing chaud et soyeux.

— Oh, mon Dieu… Dante.

L'instant d'après, elle atteignait l'extase et se contractait autour de lui en délicieuses ondulations. Dante suivit peu après, sa jouissance explosant de son membre comme un torrent furieux de chaleur. Il fut submergé, vague après vague, tandis qu'il continuait à se perdre en elle comme s'il voulait ne jamais s'arrêter.

Dante ouvrit les yeux, le corps tremblant de l'intensité de son orgasme. Dans le miroir surplombant le lavabo, il surprit son reflet sauvage, son vrai visage.

Ses pupilles étaient réduites à de fines lamelles noires dans un tourbillon d'ambre, et ses pommettes étaient dures et animales. Ses crocs étaient complètement sortis, longues pointes blanches qui étincelaient à chaque respiration haletante.

— C'était… incroyable, murmura Tess. Elle passa les bras sous les épaules de Dante pour se hausser tout contre lui.

Elle embrassa sa peau humide, laissant courir ses lèvres sur sa clavicule et le long de la courbure de son cou. Dante la tenait tout contre lui, son sexe encore en elle. Il attendit, immobile, désireux de contenir la part affamée de lui-même. Il jeta un nouveau coup d'œil à son visage dans le miroir, sachant qu'il faudrait quelques minutes avant que sa transformation s'évanouisse et qu'il puisse regarder Tess sans la terrifier.

Il ne voulait pas qu'elle ait peur de lui. Mon Dieu, si jamais elle le voyait en cet instant – si elle savait ce qu'il lui avait fait la première nuit où il l'avait vue, quand il avait répondu à la gentillesse dont elle avait fait preuve à son égard en lui ouvrant la gorge –, elle le haïrait. À juste titre.

Une partie de lui voulait la faire asseoir et lui raconter tout ce qu'elle avait oublié à son sujet. Tout remettre à plat. Et repartir de zéro, s'ils le pouvaient.

Mais bien sûr, elle apprécierait sans doute cette petite conversation. En tout cas, il n'allait certainement pas aborder le sujet alors qu'il était encore en elle et sentait son sexe durcir de nouveau.

Tandis qu'il réfléchissait à la complexité croissante de sa relation avec Tess, un grondement se fit entendre sur le pas de la porte ouverte. Le son n'était pas très fort, mais il était indéniablement hostile. Dante se retira, surpris.

Tess tourna la tête.

— Harvard! Qu'est-ce qui te prend? (Elle eut un petit rire, timide à présent que l'intensité du moment était retombée.) Euh… je crois qu'on vient de traumatiser ton chien.

Elle se dégagea de l'étreinte dans laquelle la retenaient les bras de Dante et attrapa un peignoir sur une patère près de la porte. Elle le passa et se pencha pour prendre le terrier dans ses bras. Elle souleva l'animal, qui en réponse lui lécha copieusement le menton. Dante les observa de sous ses cheveux noirs, soulagé de sentir ses traits reprendre leur apparence normale.

— Ce chien s'est rétabli extrêmement vite grâce à tes soins.

Un revirement spectaculaire, songea Dante, et qui semblait trop rapide pour la médecine normale.

— C'est un battant, répondit Tess. Je crois qu'il est tiré d'affaire.

Alors que Dante avait craint qu'elle remarque la transformation de ses traits, il se rendit compte qu'il n'avait pas de souci à se faire. Elle semblait vouloir éviter de le regarder en face, comme si c'était elle qui avait quelque chose à cacher.

— Oui, l'amélioration de son état de santé est extraordinaire. Je dirais que c'est un miracle, si je croyais à ces choses-là. (Dante la regarda attentivement ; il était curieux et un rien soupçonneux.) Qu'est-ce que tu lui as fait au juste, Tess ?

C'était une question simple, à laquelle elle aurait pu répondre par des explications diverses et variées. Pourtant, elle se figea dans l'embrasure de la porte de la salle de bains, et Dante sentit une panique soudaine commencer à l'envahir.

— Tess, dit-il. C'est si difficile à expliquer ?

— Non, répondit-elle en hâte, mais le mot semblait s'étrangler dans sa gorge. (Elle lui jeta un rapide coup d'œil terrifié.) Je dois… euh… je ferais mieux de…

Le petit chien sous le bras, Tess porta sa main à ses lèvres, puis tourna les talons et battit en retraite sans ajouter un mot.

Une fois dans le salon, Tess déposa le chien sur le canapé et se mit à faire les cent pas. Elle se sentait prise au piège et manquait d'air. Mon Dieu, elle n'avait qu'une envie : dire à Dante ce qu'elle avait fait pour sauver la vie d'Harvard. Elle voulait se confier à lui et lui parler de son aptitude unique, accablante – lui parler de tout – et cela la terrifiait.

— Tess ? (Dante la rejoignit immédiatement, une serviette nouée autour de la taille.) Qu'est-ce qui ne va pas ?

— Rien. (Elle secoua la tête et esquissa un sourire forcé, trop crispé pour ses lèvres.) Tout va bien, je t'assure. Tu veux quelque chose ? Si tu as faim, j'ai fait du poulet pour le dîner. Je pourrais…

— Je veux que tu me parles. (Il la prit par les épaules et l'immobilisa.) Dis-moi ce qui se passe. Dis-moi ce qui ne va pas.

— Non. (Elle secoua la tête et songea à la façon dont elle avait désespérément gardé pour elle son secret et sa honte.) Je suis juste un peu… Tu ne comprendrais pas. Je ne pense pas que tu puisses comprendre.

— Donne-moi une chance.

Tess voulait fuir ses yeux pénétrants mais constata qu'elle n'y parvenait pas. Il cherchait à l'atteindre, et une partie d'elle avait terriblement besoin de se raccrocher à quelque chose de solide et de fort. Quelque chose qui ne la laisserait pas tomber.

— Je jure que je ne le referai plus, mais je…

Mon Dieu! Elle ne s'apprêtait pas vraiment à ouvrir devant lui ce chapitre sinistre de sa vie, quand même?

Ce secret était le sien depuis si longtemps. Elle l'avait farouchement protégé, et avait appris à le craindre. Les deux seules personnes au courant de son don – son beau-père et sa mère – étaient mortes. Il appartenait à son passé, et son passé était à des kilomètres d'elle.

Enterré, à la place qui lui convenait.

—Tess.

Dante la fit asseoir sur le canapé à côté d'Harvard qui grimpa aussitôt sur ses genoux en remuant la queue. Dante s'assit près d'elle et lui caressa la joue. Son contact était si tendre, si chaud. Elle s'y lova, incapable de résister à son amant.

—Tu peux tout me dire. Tu ne risques rien avec moi, je te le promets.

Elle voulait tellement y croire, les larmes lui brouillèrent la vue.

—Dante, je…

Un silence s'installa pendant de longues secondes. Comme les mots lui faisaient défaut, Tess tendit la main vers la serviette, à l'endroit où elle s'ouvrait sur la cuisse droite de Dante et laissait voir sa blessure. Elle leva les yeux vers lui, puis maintint sa paume appuyée sur la blessure. Elle concentra toutes ses pensées, toute son énergie, jusqu'à ce qu'elle sente le processus de guérison démarrer.

La peau blessée de Dante commença à guérir et à cicatriser comme si la plaie n'avait jamais existé.

Au bout de quelques instants, elle retira sa main parcourue de picotements et la ramena contre son corps.

— Mon Dieu! s'exclama Dante d'une voix grave, ses sourcils noirs froncés.

Tess le regarda sans trop savoir que dire ou comment expliquer ce qu'elle venait de faire. Dans un silence terrible, elle attendit sa réaction, sans savoir comment interpréter cette acceptation sereine de ce qu'il venait d'expérimenter.

Il passa les doigts sur sa peau lisse et indemne puis posa de nouveau son regard sur Tess.

— C'est comme ça que tu travailles dans ta clinique, Tess?

— Non.

Elle nia avec empressement, ponctuant ses propos d'un vigoureux mouvement de tête. L'incertitude qu'elle avait ressentie l'instant d'avant commença à se muer en peur de ce que Dante allait désormais penser d'elle.

— Non, jamais. En fait…, j'ai fait une exception pour Harvard, mais cela a été la seule et unique fois.

— Et sur les êtres humains?

— Non, répondit-elle. Non, je ne…

— Tu n'as jamais utilisé ton toucher sur quelqu'un d'autre?

Tess bondit sur ses pieds, submergée par la panique tandis qu'elle repensait à la dernière fois – à ce dernier moment accablant – où elle avait posé les mains sur un autre être humain avant la démonstration qu'elle venait de faire avec Dante.

—Ce toucher est une malédiction. J'aimerais tellement ne pas l'avoir.

—Ce n'est pas une malédiction, Tess. C'est un don.
Un don des plus extraordinaires. Mon Dieu, quand je
pense à tout ce que tu pourrais faire…

—Non!

Elle hurla son refus avant de pouvoir le ravaler, et
ses pieds l'entraînèrent à quelques pas du canapé d'où
Dante se levait à son tour. Il posa sur elle un regard de
perplexité et d'inquiétude mêlées.

—Je n'aurais jamais dû le faire. Je n'aurais jamais
dû te montrer.

—Mais tu l'as fait. Et maintenant, tu dois avoir
confiance dans le fait que je peux comprendre. De quoi
as-tu si peur, Tess? de moi ou de ton don?

—Arrête de l'appeler comme ça! (Elle passa ses
bras autour de son corps, les souvenirs la submergeant
comme une vague de noirceur.) Tu n'appellerais pas
ça un don si tu savais ce que cela a fait de moi, ce que
j'ai fait.

—Raconte-moi.

Dante s'avança vers elle, lentement; son corps
massif emplissait son champ de vision et lui donnait
l'impression d'être à l'étroit dans le petit salon. Elle
songea qu'elle devrait avoir envie de s'enfuir, de se cacher,
comme elle l'avait fait ces neuf dernières années, mais
une impulsion plus forte encore lui donnait envie de se
blottir dans ses bras et de tout déverser de cette horreur
pour s'en libérer.

Elle prit une inspiration et se sentit gênée d'y entendre un sanglot dans le fond de sa gorge.

— Tout va bien, lui dit Dante d'une voix douce, et sa tendre étreinte faillit la faire fondre en larmes. Viens ici, tout va bien.

Tess s'accrocha à lui, en équilibre au bord d'un gouffre émotionnel qu'elle sentait mais n'osait pas encore regarder. Elle savait que la chute serait dure et douloureuse, que tant de rochers escarpés attendaient de la déchiqueter si elle se laissait aller. Mais Dante ne la poussa pas. Il se borna à la serrer dans le cercle chaleureux de ses bras, la laissant puiser dans sa force solide et stable.

Enfin, les mots trouvèrent le chemin de ses lèvres. Leur poids était trop lourd, leur goût trop infâme, et elle les força à sortir.

— Quand j'avais quatorze ans, mon père est mort dans un accident de voiture à Chicago. Ma mère s'est remariée l'année suivante, avec un homme qu'elle avait rencontré à l'église. Il avait une entreprise florissante en ville et une grande maison en bordure d'un lac. Il était généreux et amical ; tout le monde l'aimait, même moi, en dépit du fait que mon vrai père me manquait terriblement. Ma mère buvait, beaucoup, depuis aussi longtemps que je me souvienne. J'ai eu l'impression qu'elle allait mieux lorsque nous avons emménagé dans la maison de mon beau-père, mais elle a replongé au bout de très peu de temps. Mon beau-père se fichait qu'elle soit alcoolique. Il veillait à ce que le bar soit toujours bien rempli, même après ses pires beuveries. J'ai commencé à comprendre qu'il préférait qu'elle soit saoule : tant qu'elle passait des soirées entières à comater sur le canapé, elle ne pouvait pas savoir ce qu'il fabriquait.

Tess sentit le corps de Dante se raidir contre elle. Ses muscles vibraient d'une tension dangereuse, comme un champ de force qui la maintenait à l'abri.

— Est-ce qu'il t'a… touchée, Tess ?

Elle déglutit péniblement et acquiesça contre la chaleur de son torse nu.

— Au début, pendant presque un an, il faisait attention. Il me serrait un peu trop fort et trop longtemps, me regardait d'une façon qui me mettait mal à l'aise. Il a essayé de gagner mes faveurs avec des cadeaux et des fêtes pour mes amis dans la maison au bord du lac, mais je n'aimais pas être à la maison. Quand j'ai eu seize ans, j'ai commencé à passer pas mal de temps dehors. Je dormais souvent chez des amies et passais mes étés en colonies de vacances, tout pour ne pas être là. Mais il a bien fallu que je rentre. Les choses se sont aggravées dans les mois qui ont précédé mon dix-septième anniversaire. Il est devenu violent envers ma mère et moi, il nous frappait, nous disait des choses horribles. Et puis une nuit…

Tess sentit son courage faiblir tandis qu'elle se rappelait le vacarme des insultes et des diatribes hystériques, le tapage de ces deux ivrognes qui titubaient dans la maison, les éclats de verre brisé. Et elle entendait encore le léger grincement de la porte de sa chambre la nuit où son beau-père l'avait tirée d'un sommeil profond, l'haleine empestant l'alcool et la cigarette.

Sa grosse main sentait la sueur quand il l'avait plaquée sur sa bouche pour l'empêcher de crier.

— C'était mon anniversaire, murmura-t-elle, hébétée. Il est entré dans ma chambre vers minuit et m'a dit qu'il voulait me donner un baiser d'anniversaire.

— Quelle enflure. (La voix de Dante était un grondement féroce, mais ses doigts étaient doux tandis qu'il caressait les cheveux de Tess.) Mon Dieu…, Tess. L'autre nuit au bord du fleuve, quand j'ai essayé de faire pareil…

— Non, ce n'était pas pareil. Ça m'a rappelé des souvenirs, mais ce n'était pas du tout la même chose.

— Je suis tellement désolé. Pour tout. Mais surtout pour ce que tu as enduré.

— Il ne faut pas, répondit-elle, réticente à accepter sa sympathie alors qu'il ignorait encore le pire. Après être entré dans ma chambre, mon beau-père m'a rejointe dans mon lit. Je me suis débattue bec et ongles, mais il était beaucoup plus fort que moi et il m'a maintenue sur le lit de tout son poids. À un moment, pendant qu'on se battait, je l'ai entendu prendre une brusque respiration. Il semblait étouffer un peu, comme s'il avait mal. Il a relâché son emprise et j'ai finalement réussi à l'écarter de moi. S'il m'avait lâchée, c'est parce qu'il était en pleine attaque cardiaque. Son visage est devenu tout rouge puis a viré au bleu ; il était en train de passer l'arme à gauche sur le plancher de ma chambre.

Dans le long silence qui s'ensuivit, Dante ne prononça pas un mot. Peut-être connaissait-il déjà la suite de la confession. Désormais, elle ne pouvait plus s'arrêter. Tess inspira profondément, approchant du point de non-retour.

— C'est à peu près à ce moment-là que ma mère est entrée. Saoule, comme à l'accoutumée. En le voyant, elle est devenue hystérique. Elle était furieuse, contre moi, je veux dire. Elle a hurlé, m'ordonnant de l'aider, de ne pas le laisser mourir.

— Elle savait ce que tu pouvais faire avec tes mains ? demanda Dante d'une voix douce, pour l'aider.

— Oui. Elle l'avait expérimenté en personne, quand je faisais disparaître ses ecchymoses et que je guérissais ses fractures. Elle était furieuse contre moi ; elle m'a rendue responsable de la crise cardiaque de mon beau-père. Je crois qu'elle me rendait responsable de tout.

— Tess, murmura Dante. Elle n'avait pas le droit de te rendre responsable de tout cela. Tu le sais, hein ?

— Maintenant, oui. Mais à l'époque, j'étais tellement effrayée ! Je ne voulais pas qu'elle soit malheureuse. Alors j'ai aidé mon beau-père, comme elle me l'avait ordonné. J'ai fait redémarrer son cœur et j'ai dégagé ses artères. Il ne savait pas ce qui lui était arrivé et on ne lui a rien dit. Ce n'est que trois jours plus tard que je me suis rendu compte de mon erreur.

Tess ferma les yeux ; elle revivait ce moment-là, quand elle s'était rendue dans la cabane à outils de son beau-père pour chercher un couteau à mastic pour l'un de ses projets de sculpture. Elle sortit l'échelle et grimpa pour fouiller parmi les étagères du haut. Elle n'avait aperçu le petit coffre en bois qu'au moment où, du coude, elle l'avait fait tomber par terre.

Des photos en étaient sorties, des dizaines de photos. Des Polaroid d'enfants d'âges divers, plus ou moins vêtus, dont certains étaient touchés par le photographe au moment où la photo avait été prise. Elle aurait reconnu partout ces horribles mains.

Tess frissonna dans les bras de Dante, glacée jusqu'aux os.

— Je n'étais pas la seule victime de mon beau-père. J'ai découvert qu'il abusait d'autres enfants des pires façons qu'il soit, et ce depuis des années, peut-être des décennies. C'était un monstre et je lui avais donné une seconde chance, une chance d'abuser de quelqu'un d'autre.

— Mon Dieu, siffla Dante en l'écartant de lui sans cesser de la tenir tendrement tandis qu'il posait sur elle un regard furieux et écœuré. Ce n'était pas ta faute. Tu ne pouvais pas savoir, Tess.

— Mais une fois que je l'ai su, répondit-elle, j'ai compris que je devais réparer mon erreur. (En voyant les sourcils froncés de Dante, elle eut un petit rire ironique.) Il fallait que je lui reprenne ce que je lui avais donné.

— Que tu lui reprennes ?

Elle acquiesça.

— Ce soir-là, j'ai laissé la porte de ma chambre ouverte et je l'ai attendu. Je savais qu'il viendrait, parce que je le lui avais demandé. Une fois ma mère endormie, quand il s'est faufilé dans ma chambre, je l'ai invité dans mon lit – mon Dieu, c'est vraiment ça qui a été le plus difficile, prétendre que sa vue ne me donnait pas envie de vomir. Il s'est étendu à côté de moi et je lui ai dit de fermer les yeux, que je voulais lui rendre le baiser d'anniversaire qu'il m'avait donné quelques nuits auparavant. Je lui ai dit de garder les yeux fermés, et il a obéi, tellement il en avait envie.

» Je me suis installée à califourchon sur lui et j'ai posé mes mains sur sa poitrine. Toute ma colère a afflué au bout de mes doigts en une seconde, comme un courant électrique qui me parcourait et l'atteignait en plein cœur. Il a ouvert les yeux et il a compris ; la terreur et la confusion dans son regard m'ont indiqué qu'il savait exactement ce que j'avais en tête. Mais il était trop tard pour qu'il réagisse. Son corps a été saisi de spasmes violents et son cœur a immédiatement cessé de battre. J'ai tenu bon, avec toute la résolution dont j'étais capable, et j'ai senti la vie qui le quittait. J'ai tenu pendant vingt minutes, bien après qu'il eut rendu son dernier souffle, mais il fallait que je sois certaine.

Tess n'avait pas conscience qu'elle pleurait jusqu'à ce que Dante essuie ses larmes d'une main. Elle secoua la tête, la voix étranglée dans sa gorge.

— J'ai quitté la maison cette même nuit. Je suis venue ici en Nouvelle-Angleterre et j'ai habité avec des amis jusqu'à ce que je termine mes études et que je prenne un nouveau départ.

— Et ta mère ?

Tess haussa les épaules.

— Je ne lui ai plus jamais reparlé, et je crois que ça l'arrangeait. Elle n'a jamais essayé de me retrouver et, en toute franchise, je préfère que cela se soit passé comme cela. Quoi qu'il en soit, elle est morte il y a quelques années d'une maladie hépatique, d'après ce que j'ai appris. Après cette nuit-là, après ce que j'avais fait, j'ai voulu tout oublier.

De nouveau, Dante l'attira vers elle et elle ne résista pas à sa chaleur. Elle s'y blottit, épuisée d'avoir revécu le cauchemar de son passé. Raconter son histoire avait été une épreuve, mais à présent qu'elle l'avait fait, elle ressentait une sensation de libération, un profond soulagement.

Mon Dieu, elle était si fatiguée. On aurait dit que toutes les années qu'elle avait passées à fuir et à se cacher la rattrapaient d'un seul coup et la laissaient totalement éreintée.

— Je me suis juré que jamais plus je n'utiliserais cette aptitude, pas même sur un animal. Comme je te l'ai dit, c'est une malédiction. Peut-être que tu comprends, maintenant.

Des larmes lui piquèrent les yeux et elle les laissa couler, sachant qu'elle avait trouvé un havre de paix, du moins pour le moment. Les bras puissants de Dante l'entouraient, la protégeaient. Les mots qu'il lui murmurait doucement étaient un réconfort dont elle n'aurait jamais pensé avoir tant besoin.

— Tu n'as rien fait de mal, Tess. Cette pourriture n'avait pas le droit de vivre. Tu as rendu justice toi-même, mais c'était la justice. N'en doute jamais.

— Tu ne trouves pas que je suis… une sorte de monstre ? Que je ne vaux pas beaucoup mieux que lui pour l'avoir tué comme ça, de sang-froid ?

—Jamais. (Dante lui releva le menton.) Je pense que tu es courageuse, Tess. Un ange de vengeance, c'est que je crois.

—Je suis un monstre.

—Non, Tess, non. (Il l'embrassa tendrement.) Tu es incroyable.

—Je suis lâche. Comme tu me l'as dit, je passe mon temps à fuir. C'est vrai. J'ai eu peur, et je fuis depuis si longtemps que je ne suis pas sûre de pouvoir m'arrêter un jour.

—Alors cours vers moi. (Les yeux de Dante brillaient d'un éclat farouche.) La peur n'a pas de secret pour moi, Tess. Elle vit en moi aussi. Ce «choc» que j'ai eu à la clinique? Ce n'est pas un problème médical, ça n'a rien à voir.

—Qu'est-ce que c'est?

—La mort, répondit-il, laconique. D'aussi loin que je me souvienne, j'ai eu ces attaques – ces visions de mes derniers instants. C'est une vraie vision d'enfer, et je la vois comme si c'était en train de se passer. Je la ressens, Tess. C'est mon destin.

—Je ne comprends pas. Comment peux-tu en être si sûr?

Il eut un sourire ironique.

—J'en suis sûr. Ma mère avait elle aussi des visions de sa propre mort et de celle de mon père aussi. Et tout s'est passé comme dans sa vision. Elle ne pouvait pas changer ce qui devait arriver, ni l'empêcher. C'est comme ça que j'en suis arrivé à fuir ma propre mort. Je la fuis depuis toujours. Je me suis toujours tenu à l'écart des choses qui pourraient me donner l'envie de ralentir et de vivre. Je ne me suis jamais autorisé à ressentir de sentiments profonds.

— Les sentiments peuvent être dangereux, murmura Tess.

Bien qu'elle ne puisse pas imaginer le type de souffrance que Dante avait en lui, elle sentit grandir le lien qui les unissait. Tous les deux seuls et à la dérive.

— Je ne veux rien ressentir pour toi, Dante.

— Mon Dieu, Tess. Moi non plus, je ne veux rien ressentir pour toi.

Il soutint son regard tandis qu'il approchait lentement ses lèvres des siennes. Par ce baiser doux et tendre, infiniment respectueux, il abattit tous les murs qui la retenaient prisonnière, les briques de son passé et de sa souffrance s'effondrèrent, la laissant nue devant lui, incapable de cacher quoi que ce soit. Tess lui rendit son baiser, et elle en voulait davantage. Elle était glacée jusqu'aux os et avait besoin de toute la chaleur qu'il pouvait lui donner.

— Allons au lit, murmura-t-elle tout contre sa bouche. Dante, s'il te plaît…

CHAPITRE 23

C hase pénétra dans sa résidence du Havrobscur par la porte de derrière, pensant qu'il valait mieux ne pas alarmer toute la maison en faisant irruption comme un animal enragé et couvert de sang. Élise était en haut ; il entendait sa voix douce dans le salon du premier étage, où elle se trouvait en compagnie d'autres Compagnes de sang de la communauté.

Il sentait son odeur, également. Ses sens étaient exacerbés par la rage qui continuait à bouillir en lui, la violence dont il avait fait preuve, et le parfum de la femme qu'il désirait plus que toute autre était comme une drogue injectée directement dans sa veine.

Avec un rictus sauvage, Chase tourna le dos à l'endroit où se trouvait sa belle-sœur et se dirigea vers ses appartements privés. Il entra et referma la porte d'un coup de pied, ses mains étant occupées à défaire la fermeture Éclair de sa veste maculée du sang de l'humain. Il s'en débarrassa à la hâte et la jeta au sol, puis fit subir le même sort à sa chemise.

Il était dans un sale état, entre ses mains écorchées et contusionnées d'avoir battu Ben Sullivan jusqu'à le réduire en bouillie ou presque et la soif sauvage et exaltée qui lui donnait envie de détruire quelque chose et qui persistait, alors qu'il avait quitté depuis un moment déjà la scène de son incontrôlable fureur. Cela avait été stupide de sa part, de se jeter comme il l'avait fait sur le revendeur d'Écarlate, mais le besoin de se livrer à une action punitive avait pris le dessus.

Chase avait cédé à une impulsion sauvage, ce qui lui arrivait rarement. Bordel, c'était probablement la première fois ! Il retirait une grande fierté de ses idéaux stricts et intègres, de son refus de laisser ses émotions prendre le pas sur son esprit logique.

Et voilà que, dans un seul moment de faiblesse, il avait tout foutu en l'air.

Bien qu'il n'ait pas tué le revendeur d'Écarlate, il s'était jeté sur lui avec la claire intention de lui faire la peau. Il avait dénudé ses crocs et les avait plongés dans la gorge de l'humain, se fichant comme d'une guigne de dévoiler ainsi sa nature de vampire. Son attaque avait été sauvage, mais à la fin, il avait réussi à maîtriser sa fureur et à laisser partir l'humain. Peut-être aurait-il dû lui effacer la mémoire pour préserver la clandestinité de la Lignée, mais Chase voulait que Ben Sullivan se souvienne exactement de ce qui l'attendait s'il devait faillir à leur accord.

La façon dont la situation avait évolué constituait ni plus ni moins une trahison de la confiance que Dante et les autres guerriers lui avaient accordée, mais Chase n'avait pas vraiment le choix. Il avait besoin de Ben Sullivan dans les rues et non hors circuit, gardé à vue par l'Ordre. Aussi repoussante que l'idée lui paraisse, il avait besoin de l'aide du dealer pour retrouver Camden. C'était la promesse qu'il avait arrachée à cette raclure d'humain en le forçant à jurer sur son sang. Sullivan n'était pas un imbécile et, après avoir goûté à la fureur vampirique, il avait supplié Chase de le laisser l'aider autant qu'il le pourrait.

Chase se rendait bien compte qu'il était désormais en solo sur cette mission. Il le paierait probablement très cher auprès de Dante et des autres, mais tant pis, c'était comme ça. Il était trop engagé dans cette croisade pour se soucier des conséquences qu'elle pourrait avoir pour lui. Il avait déjà foutu en l'air son poste à l'Agence et la carrière pour laquelle il avait travaillé si dur, et il venait de renoncer à une partie de son honneur. Mais il était prêt à tout donner pour mener à bien cette mission.

Il alluma la lumière de la salle de bains et eut un aperçu saisissant de son visage dans le miroir. Il était maculé de sang et de sueur, ses yeux étincelaient comme des charbons ardents, les pupilles réduites à des fentes par la colère et sa soif de sang. Sur son torse et ses épaules nus, ses dermoglyphes vibraient dans des tons rouge pâle et or délavé, ce qui témoignait de son besoin général de sang. Le peu qu'il avait consommé en mordant Ben Sullivan n'avait pas aidé ; l'arrière-goût de cuivre amer qui persistait dans sa bouche lui donnait seulement envie de le faire passer avec quelque chose de plus doux.

Quelque chose de délicat, comme la bruyère et les roses, l'odeur du sang qu'il sentait approcher de son appartement alors que, devant son miroir, il affrontait la créature sauvage qui le regardait.

Le coup hésitant frappé à la porte lui traversa le corps comme un boulet de canon.

—Sterling ? Tu es rentré ?

Il ne répondit pas. Il en était incapable. Sa langue était collée à son palais, sa mâchoire contractée sous le rictus douloureux de ses lèvres pâles et retroussées. Il dut réprimer violemment son esprit pour l'empêcher d'ouvrir la porte en grand.

S'il la laissait entrer, bouleversé comme il l'était, rien ne pourrait l'empêcher de la prendre dans ses bras et d'assouvir les désirs jumeaux qui faisaient rage en lui. En moins d'une seconde, il serait à sa veine et, en à peine plus de temps, il s'introduirait en elle et se perdrait complètement.

Et il se prouverait au passage combien il était tombé bas en une seule nuit.

Au lieu de quoi, il tenta de se ressaisir et rassembla toutes ses forces pour éteindre les lumières de la salle de bains et plonger la pièce dans une obscurité plus confortable. Le silence qui s'étira alors lui parut durer une éternité. Ses yeux brûlaient comme des braises. Ses crocs continuaient à lui déchirer les gencives, faisant écho au gonflement douloureux de son sexe.

—Sterling…, tu es là ? insista Élise, et l'ouïe de Chase était tellement attentive à sa présence qu'il perçut son petit soupir par-delà l'étendue de son appartement et le solide panneau de la porte.

Il la connaissait si bien qu'il n'avait nulle peine à imaginer le pli qui barrait probablement son front tandis qu'elle guettait un signe de sa présence, avant de tirer la conclusion qu'il n'était peut-être pas rentré, après tout.

Chase resta immobile et silencieux, et attendit d'entendre ses pas s'éloigner dans le couloir. Ce n'est qu'une fois qu'elle fut partie, et que son parfum se fut dissipé, qu'il lâcha sa respiration si longtemps contenue. Elle sortit de ses poumons dans un feulement profond et misérable qui fit vibrer le miroir dans l'obscurité.

Chase se laissa aller et concentra sa frustration – son tourment détestable – sur le verre dépoli jusqu'à ce qu'il se brise en mille éclats acérés.

Dante effleura du bout des doigts l'épaule douce et nue de Tess endormie. Il était allongé près d'elle dans le lit, lové contre son dos, et l'écoutait respirer. Autour d'eux, la chambre était calme et sombre, aussi paisible qu'après une tempête. Ce calme persistant était étrange, tout comme le sentiment de confort et de satisfaction que Dante ressentait. Étrange mais… agréable.

Le corps de Dante s'anima tandis qu'il tenait Tess dans ses bras, mais il n'avait nullement l'intention de perturber son sommeil. Ils avaient fait l'amour tendrement, à son rythme à elle, et il l'avait laissée prendre de lui tout ce dont elle avait besoin. À présent, malgré le désir qui vibrait dans son corps, tout ce qu'il souhaitait était la réconforter. Rester simplement auprès d'elle jusqu'au bout de la nuit.

Révélation bouleversante pour un mâle peu habitué à se refuser le moindre plaisir ou désir.

Mais, là encore, la soirée avait apporté son lot de révélations bouleversantes.

Il n'était pas rare pour une Compagne de sang de posséder au moins une aptitude extraordinaire ou extrasensorielle, un don généralement transmis à sa descendance. Quelle que soit l'anomalie génétique qui permettait à quelques rares humaines d'accueillir la semence d'un vampire et d'arrêter le processus de vieillissement par l'ingestion régulière de sang, elle les rendait différentes de leurs sœurs *Homo sapiens*.

Pour la mère de Dante, ce talent avait pris la forme d'une terrible prescience. La compagne de Gideon savait lire l'histoire d'un objet et, plus précisément, celle du propriétaire de cet objet. Gabrielle, la Compagne de sang qui avait récemment rejoint l'Ordre aux côtés de Lucan, avait une intuition qui la conduisait aux repaires de vampires et un esprit fort qui la rendait imperméable à toute tentative de contrôle mental, même exercé par les plus puissants de ceux de l'espèce de Dante.

Quant à Tess, elle était dotée de l'aptitude extraordinaire de guérir par le toucher toute créature vivante. Et le fait qu'elle ait été capable de guérir la blessure que Dante avait à la jambe signifiait que ses talents s'étendaient aussi à ceux de la Lignée. Elle serait un véritable atout pour l'espèce. Mon Dieu, quand il pensait à tout le bien qu'elle pourrait faire…

Dante refoula cette idée avant qu'elle puisse prendre forme dans son esprit. Ce qui s'était passé ici ne changeait rien au fait qu'il était en sursis, ni que son devoir était, avant toute chose, envers ceux de la Lignée.

Il voulait protéger Tess de la souffrance de son passé, mais il semblait injuste de lui demander d'abandonner la vie qu'elle essayait de se construire. Et ce qu'il avait fait en buvant son sang la première nuit, ce qui les liait inextricablement l'un à l'autre, était encore plus injuste.

Pourtant, allongé ainsi à son côté à caresser sa peau, à respirer son odeur de cannelle, Dante désirait plus que tout emmener Tess avec lui, au complexe, où il savait qu'elle serait à l'abri de tout le mal qui pouvait la frapper dans le monde extérieur.

Comme le mal que lui avait fait son beau-père, par exemple, et qui lui avait causé tant de souffrance. Tess craignait que tuer ce fils de pute ait fait d'elle un être aussi vil que son bourreau, mais Dante n'éprouvait que du respect pour ce qu'elle avait fait. Elle avait tué un monstre pour se protéger, elle et qui sait combien d'autres enfants, des abus de ce porc.

Aux yeux de Dante, Tess s'était comportée en guerrière même à un âge aussi jeune, et la partie ancienne de lui qui continuait à adhérer à des valeurs comme l'honneur et la justice avait envie de hurler à toute la ville endormie que cette femme était la sienne.

La mienne, se répéta-t-il d'un ton farouche, égoïste.

Tandis qu'il se penchait vers elle pour déposer un baiser sur son omoplate délicate, le téléphone de la cuisine se mit à sonner. D'une commande mentale forte, il réduisit l'appareil au silence avant que la sonnerie ne la réveille complètement. Elle s'éveilla et murmura son nom dans un petit gémissement.

— Je suis là, répondit-il doucement. Dors, mon ange. Je veille sur toi.

Comme elle sombrait de nouveau dans le sommeil, nichée tout contre lui, Dante se demanda combien de temps il avait avant que l'aube le chasse. *Pas assez*, songea-t-il, étonné de penser de la sorte tout en sachant qu'il ne pouvait rendre responsable de ses sentiments le lien de sang qu'il avait involontairement créé entre eux.

Non, ce qu'il commençait à ressentir pour Tess était bien plus profond, et touchait directement son cœur.

— Nom de Dieu, Tess! Décroche.

La voix de Ben Sullivan était criarde et tremblante, et tout son corps était secoué de frissons incontrôlables, dans un état de choc et de panique si intense qu'il se sentait sur le point de tourner de l'œil.

— Putain, mais merde! Réponds!

Il se trouvait dans une cabine publique, dans l'un des pires quartiers de la ville, et agrippait de ses doigts maculés de sang le combiné lacéré et crasseux. Sa main libre était poisseuse de sang, crispée contre l'horrible morsure infligée sur son cou. Son visage était tuméfié par les coups violents qu'il avait reçus et une bosse grosse comme un œuf le faisait souffrir à l'arrière du crâne, là où il avait heurté la vitre du 4 × 4.

Il avait du mal à croire qu'il était encore en vie. Il avait cru sa dernière heure arrivée, compte tenu de la sauvagerie avec laquelle il avait été attaqué. Il avait été abasourdi quand le type – mon Dieu, était-il seulement humain? – lui avait ordonné de sortir du véhicule.

Il lui avait fourré dans la main la photographie du gamin qu'il recherchait et lui avait fait comprendre que, si ce Cameron ou Camden était retrouvé mort, il tiendrait Ben pour unique responsable.

Il avait donc été recruté pour aider à retrouver ce gosse, et s'assurer qu'il rentre chez lui en un seul morceau. La vie de Ben en dépendait et, même s'il n'avait qu'une envie – mettre les voiles et oublier jusqu'au mot même d'Écarlate –, il savait que le dingue qui l'avait attaqué cette nuit-là le retrouverait. Le gars le lui avait juré, et Ben n'était pas disposé à tester sa fureur lors d'un deuxième round.

— Bordel, grommela-t-il quand l'appel bascula sur le répondeur de Tess.

Il avait beau être salement amoché – sans parler de la merde dans laquelle il se trouvait –, sa priorité était d'avertir Tess pour la mettre en garde contre ce type avec qui elle fricotait dernièrement. Si son pote était une sorte de monstre de la nature complètement barré, Ben était prêt à parier que l'autre était tout aussi dangereux.

Mon Dieu, Tess.

Quand l'annonce laissa place au signal sonore, Ben raconta pêle-mêle les événements de la nuit, de l'embuscade surprise à son appartement par les deux gros durs jusqu'à l'agression dont il venait d'être victime. Il lâcha qu'il l'avait vue avec l'un de ces types l'autre nuit et qu'il craignait pour sa vie si elle continuait à le voir.

Il s'entendait déballer son histoire dans un flux interrompu, sa voix plus aiguë que la normale, la peur le faisant flirter avec l'hystérie. Quand il raccrocha violemment le combiné sur son support abîmé, il pouvait à peine respirer. Il s'adossa contre la paroi de la cabine recouverte de graffitis et se recroquevilla, les yeux fermés, tandis qu'il essayait de calmer son affolement.

Un flot de sentiments le submergea comme une houle gigantesque : panique, culpabilité, impuissance, terreur insondable. Il aurait voulu tout reprendre – les derniers mois, tout ce qui s'était passé, tout ce qu'il avait fait. Si seulement il pouvait revenir en arrière et tout effacer, tout rectifier. Tess serait-elle restée avec lui, dans ce cas-là ? Il l'ignorait. Et peu importait, putain, puisqu'il ne pouvait pas revenir en arrière.

Le mieux qu'il puisse espérer dorénavant, c'était survivre.

Ben prit une profonde inspiration et se força à se remettre debout. Il sortit de la cabine et se mit à marcher dans la rue sombre comme un zombie échappé de l'enfer. Un sans-abri eut un mouvement de recul tandis qu'il traversait la rue et clopinait en direction de l'artère principale. En marchant, il sortit la photo du gamin qu'il était censé rechercher.

Comme il examinait le Polaroid en essayant de se concentrer sur l'image maculée de sang, Ben n'entendit la voiture que lorsqu'elle s'arrêta à sa hauteur. Des freins crissèrent et le véhicule s'immobilisa net. Les portières s'ouvrirent simultanément et il en sortit trois inconnus à l'allure de videurs.

— Vous allez quelque part, M. Sullivan ?

Ben tenta de fuir, mais il avait à peine fait deux pas sur le trottoir qu'il fut soulevé de terre. Il regarda la photographie atterrir sur l'asphalte mouillé avant d'être piétinée par une grande botte tandis que les hommes le ramenaient vers la voiture qui les attendait.

—Content de vous avoir enfin retrouvé, dit une voix qui semblait humaine tout en ne l'étant pas. Le Maître était très inquiet de ne pas vous voir à notre rendez-vous cette nuit. Il sera ravi de savoir que vous êtes en chemin maintenant.

Ben se débattit contre ses ravisseurs, mais en vain. Ils le jetèrent dans le coffre et refermèrent le capot, le plongeant dans l'obscurité.

CHAPITRE 24

Les couleurs de l'aube naissante semblaient plus vives aux yeux de Tess, l'air froid de novembre revigorant, tandis qu'elle terminait sa courte promenade matinale avec Harvard. Quand, accompagnée du terrier, elle monta quatre à quatre les marches de son immeuble, elle se sentit plus forte, plus légère et plus du tout accablée par le terrible secret qu'elle avait porté durant toutes ces années.

C'était à Dante qu'elle devait ça. Elle lui devait tant de choses, pensa-t-elle, le cœur palpitant et le corps encore délicieusement endolori de leur nuit d'amour.

Elle avait été extrêmement déçue, en se réveillant, de découvrir qu'il était parti, mais le mot qu'il avait laissé sur sa table de chevet avait eu raison de sa déception. Tess sortit le bout de papier de la poche de son jogging, ouvrit la porte de son appartement et retira sa laisse à Harvard.

D'un pas nonchalant, elle se dirigea vers la cuisine pour se servir un peu de café et relut pour la dixième fois environ l'écriture assurée de Dante, avec ce grand sourire qui semblait rayonner en permanence sur son visage : « Je ne voulais pas te réveiller, mais il fallait que je parte. Veux-tu dîner avec moi demain soir ? Je voudrais te montrer où je vis. Je t'appelle. Dors bien, mon ange. Je pense à toi, D. »

« Je pense à toi », avait-il signé.

Il pensait à elle.

À cette idée, elle fut envahie par une vague de farouche possessivité. Tess se dit que cela ne signifiait rien, qu'elle était ridicule de lire quoi que ce soit dans les mots de Dante ou d'imaginer que le lien puissant qu'elle ressentait à son égard puisse être réciproque, mais cela ne l'empêchait pas de se sentir étourdie de bonheur en posant le mot sur le comptoir.

Elle regarda le petit chien qui sautillait à ses pieds, attendant son petit déjeuner.

— Et toi, Harvard, qu'est-ce que tu en penses ? Tu crois que je m'investis trop ? Je ne suis pas en train de tomber amoureuse de lui, n'est-ce pas ?

Mon Dieu, était-elle en train de tomber amoureuse ?

Il y a une semaine encore, elle ignorait tout de son existence ; comment ses sentiments avaient-ils pu devenir aussi intenses en si peu de temps ? Mais, d'une certaine façon, c'était le cas. Elle était en train de tomber amoureuse de Dante, peut-être était-il déjà trop tard, à en juger par le bond que faisait son cœur dans sa poitrine chaque fois qu'elle pensait à lui.

Harvard la tira de sa rêverie par un aboiement impatient.

— D'accord, lui dit-elle en regardant sa petite gueule poilue. Croquettes et café, pas nécessairement dans cet ordre. Je m'y mets.

Elle remplit sa cafetière de café Starbucks et ajouta de l'eau du robinet, appuya sur le bouton, puis alla chercher une écuelle et des croquettes dans le garde-manger. Tandis qu'elle passait devant le téléphone de la cuisine, elle s'aperçut que l'indicateur de messages clignotait.

— Voilà pour toi, mon pote, dit-elle en posant l'écuelle pleine sur le sol. Bon appétit.

Elle espérait que ce message était de Dante, qui aurait cherché à la joindre pendant qu'elle était sortie promener le chien. Tess appuya sur le bouton de lecture et mit la messagerie vocale sur haut-parleur. Elle attendit, impatiente, saisit son code d'accès et laissa passer l'annonce automatique qui l'informait qu'elle avait un nouveau message, datant de tard la nuit précédente, avant de passer en mode lecture.

« Tess ! Putain de merde ! Pourquoi tu décroches pas ton téléphone ? »

C'était Ben, constata-t-elle avec une pointe de déception qui céda rapidement la place à l'inquiétude quand elle perçut le ton étrange de sa voix. Elle ne l'avait jamais entendu aussi paniqué, aussi retourné. Il haletait et déversait un torrent de mots à peine compréhensible. Ce n'était pas de la vulgaire peur. Il était terrifié. Son sang se glaça quand elle écouta le reste du message.

« … besoin de te mettre en garde. Le type que tu vois, il n'est pas qui tu crois. Ils ont fait une descente chez moi cette nuit, lui et un autre type. J'ai cru qu'ils allaient me tuer, Tess ! Mais maintenant c'est pour toi que j'ai peur. Tu dois rester loin de lui. Il est impliqué dans un truc foireux… Je sais que ça a l'air dingue, mais le mec avec qui il était cette nuit… je ne crois pas – ah, putain, il faudra bien que j'arrive à le dire – je ne crois pas qu'il soit humain. Peut-être qu'aucun des deux ne l'est. L'autre type m'a fait monter dans un 4 × 4. J'aurais dû essayer de relever le numéro de la plaque, mais tout s'est passé si vite. Il m'a conduit au bord du fleuve et il m'a attaqué, Tess. Ce fils de pute avait des dents énormes ; c'était des vrais crocs, je te jure, et ses yeux avaient un drôle d'éclat, comme s'ils étaient en feu ! Il n'était pas humain. Tess, ces types ne sont pas… humains. »

Elle s'éloigna du comptoir tandis que le message continuait ; la voix de Ben la faisait frissonner tout autant que les mots qu'il prononçait.

« Ce connard m'a mordu ; il m'a explosé la tête contre la vitre, m'a battu au point que j'ai cru tomber dans les pommes, et puis… putain ! il m'a mordu. Si tu savais… mon cou saigne encore ; il faut que j'aille à l'hôpital… »

Tess battit en retraite dans son salon, comme si mettre de la distance entre elle et la voix de Ben pourrait la protéger de ce qu'elle entendait. Elle ne savait pas comment donner un sens à tout cela.

Comment Dante pouvait-il être impliqué – même de loin – dans une agression comme celle que Ben décrivait ? Certes, après être arrivé chez elle la nuit dernière armé jusqu'aux dents et manifestement blessé dans une altercation, il avait dit avoir poursuivi un revendeur de drogues. Il était tout à fait possible que Ben ait été le dealer en question. Tess devait bien admettre, malheureusement, qu'elle n'avait aucun mal à imaginer que Ben était retombé dans ses mauvaises habitudes.

Mais là, il semblait délirer totalement. Des hommes qui se transformaient en monstres dotés de crocs ? Une sauvagerie digne d'un film d'horreur ? Ces choses-là n'avaient pas leur place dans la vie réelle, pas même dans les pires sphères de la réalité. C'était tout bonnement impossible.

N'est-ce pas ?

Tess se retrouva devant la sculpture sur laquelle elle avait travaillé la nuit précédente et qui ressemblait à Dante. Celle qu'elle avait foirée et qu'elle finirait probablement par jeter. Elle avait complètement raté la bouche, non ? Elle lui avait donné une sorte de rictus qui ne lui ressemblait pas du tout, pas vrai ? C'est avec des fourmis dans les doigts qu'elle tendit la main vers le tissu qui recouvrait la sculpture. La confusion et un étrange sentiment de peur lui plombaient l'estomac tandis qu'elle saisit les bords du tissu pour dévoiler le buste. Elle eut le souffle coupé quand elle vit ce qu'elle avait modelé – l'erreur qu'elle avait faite avait donné à Dante une apparence sauvage, presque animale… jusque dans les canines acérées qui métamorphosaient son sourire en un rictus sauvage.

Sans savoir pourquoi, elle lui avait fait des crocs.

« J'ai vraiment peur, Tess. Pour nous deux, poursuivit la voix de Ben sur le haut-parleur de son répondeur. Quoi que tu fasses, évite ces types comme la peste. »

Dante fit tournoyer ses malebranches, une dans chaque main. L'acier étincelait sous les néons du centre d'entraînement du complexe. Il se retourna à une vitesse aveuglante et toucha avec force la cible fictive en polymère, déchirant le plastique épais de deux lacérations profondes. En rugissant, il fit volte-face et lança une autre attaque.

Il avait besoin de ressentir ne serait-ce qu'une simulation de combat, car s'il restait assis pendant plus d'une seconde, il allait tuer quelqu'un. À l'heure actuelle, le premier sur sa liste était l'agent du Havrobscur Sterling Chase. Ben Sullivan le talonnait de peu. Et bordel, si l'occasion lui était donnée de massacrer les deux sur-le-champ, il ne s'en porterait que mieux.

Il était furieux depuis son retour au complexe, lorsqu'il avait appris que l'agent du Havrobscur n'était jamais arrivé avec le revendeur d'Écarlate. Pour le moment, Lucan et les autres accordaient à Chase le bénéfice du doute, mais Dante avait l'intuition que Chase, quels que soient ses motifs, avait délibérément désobéi à son ordre de conduire Ben Sullivan en garde à vue au complexe.

Dante avait voulu savoir ce qui s'était passé, mais tous ses appels et e-mails à la résidence du Havrobscur de l'agent étaient restés sans réponse. Malheureusement, il devrait attendre le coucher du soleil pour l'interroger en personne.

Encore une dizaine d'heures, putain, pensa Dante en assenant un autre coup sauvage au mannequin.

L'attente était encore aggravée par le fait qu'il n'avait pas non plus réussi à contacter Tess. Il avait cherché à la joindre à son appartement tôt ce matin-là, mais elle devait déjà être partie travailler. Il espérait qu'elle était en sécurité. En supposant que Chase n'ait pas tué Ben Sullivan, celui-ci était probablement en liberté dans les rues, ce qui signifiait qu'il pouvait chercher à voir Tess. Dante ne pensait pas qu'elle soit en danger avec son ex-petit ami, mais il n'était nullement disposé à courir le risque.

Il fallait qu'il la fasse entrer au complexe pour lui expliquer tout ce qui se passait, y compris qui il était vraiment – ce qu'il était vraiment – et lui avouer qu'il l'avait impliquée dans cette guerre qui faisait rage entre la Lignée et ses ennemis.

Il allait le faire dès ce soir. Il avait déjà préparé le terrain avec le mot qu'il avait laissé à son chevet, mais plus les heures passaient, plus la sensation d'urgence augmentait. Il voulait mettre cela derrière lui au plus vite et détestait être aussi loin d'elle en attendant la tombée de la nuit.

Il rugit et s'élança de nouveau vers sa cible, ses mains se déplaçant à une vitesse telle que lui-même ne parvenait pas à les suivre. Il entendit les portes en verre du centre d'entraînement s'ouvrir derrière lui, mais il était trop immergé dans sa propre colère pour se préoccuper d'avoir un public. Il continua à déchiqueter, à frapper et à brutaliser sa cible jusqu'à l'épuisement. Il finit par s'arrêter, haletant, la poitrine nue et le front en sueur, surpris par l'intensité de sa furie. Le mannequin en polymère était en pièces, les morceaux déchiquetés gisaient à ses pieds.

— Beau boulot, déclara Lucan d'une voix traînante de l'autre côté de la salle d'entraînement. Tu as quelque chose contre le plastique ou c'est juste un échauffement pour ce soir ?

Dante laissa échapper un juron et fit tourner ses lames entre ses doigts, laissant danser le métal incurvé avant de ranger les deux armes dans les fourreaux fixés à ses hanches. Il se retourna pour faire face au chef de l'Ordre, adossé à un placard qui contenait des armes, l'air grave.

— On a des infos, déclara Lucan, qui s'attendait manifestement à ce qu'elles ne soient pas bien prises. Gideon vient de pirater la base de données du personnel de l'Agence du maintien de l'ordre du Havrobscur. Il s'avère que l'agent Sterling Chase ne travaille plus pour eux. Ils l'ont remercié le mois dernier, après vingt-cinq ans d'une carrière exemplaire.

— Il a été viré ?

Lucan acquiesça.

— Pour insubordination et refus flagrant d'obéir aux directives de l'Agence, d'après le dossier.

Dante eut un petit rire amer tandis qu'il s'essuyait avec une serviette.

— L'agent Sterling n'est pas si net que ça, hein ? Bordel, je savais qu'il y avait quelque chose qui clochait chez ce type. Il s'est foutu de nous tout ce temps-là. Pourquoi ? Qu'est-ce qu'il cherche ?

Lucan eut un geste évasif.

— Peut-être qu'il avait besoin de nous pour se rapprocher du revendeur d'Écarlate. Qu'est-ce qui nous dit qu'il ne l'a pas tué la nuit dernière ? Une sorte de vendetta personnelle.

—Peut-être. Je n'en sais rien, mais je suis bien décidé à en avoir le cœur net.

Dante se racla la gorge. Soudain, il se sentait maladroit en présence du vénérable vampire, qui avait longtemps été un frère d'armes, un ami même.

—Écoute, Lucan. Je n'ai pas non plus joué tout à fait franc jeu dernièrement. Quelque chose est arrivé l'autre nuit au bord du fleuve, quand j'ai failli y laisser ma peau. Je… euh… je me suis introduit dans une clinique vétérinaire. Une femme s'y trouvait ; elle travaillait tard. J'avais cruellement besoin de sang et elle était la seule dans les parages.

Les sourcils noirs de Lucan se froncèrent.

—Tu l'as tuée ?

—Non, non. J'étais à côté de mes pompes mais je n'ai pas été jusque-là. Je ne me suis pas rendu compte de ce que je lui faisais avant qu'il soit trop tard. Quand j'ai vu la marque qu'elle avait sur la main…

—Oh, mon Dieu, Dante. (Le chef de l'ordre le dévisageait de ses yeux gris pénétrants.) Tu t'es abreuvé à une Compagne de sang ?

—Oui. Elle s'appelle Tess.

—Elle est au courant ? Qu'est-ce que tu lui as dit ?

Dante secoua la tête.

—Elle ne sait rien encore. J'ai effacé ses souvenirs cette nuit-là, mais j'ai… euh… passé du temps avec elle. Pas mal de temps. Je dois lui dire ce que j'ai fait, Lucan. Elle mérite de savoir la vérité, même si elle en vient à me haïr, ce qui ne me surprendrait pas.

Lucan le regarda avec une étincelle dans ses yeux perspicaces.

—Tu as des sentiments pour elle.

—Oui, je l'avoue. (Dante eut un gloussement qui résonna à ses oreilles.) Je te jure que je n'ai rien vu venir. Et, en toute franchise, je ne sais pas ce que je vais faire. Je ne suis pas vraiment ce qui se fait de mieux comme compagnon.

—Et tu crois que moi, oui ? demanda Lucan avec ironie.

Quelques mois plus tôt à peine, Lucan livrait le même genre de bataille personnelle, après avoir succombé au charme d'une femelle portant la marque des Compagnes de sang. Dante ne savait pas comment Lucan s'y était pris pour conquérir Gabrielle, mais une partie de lui enviait le long avenir que le couple allait partager ensemble. Quant à lui, il ne pouvait espérer que cette mort qu'il cherchait à esquiver depuis plusieurs siècles.

L'idée que Tess puisse se trouver près de lui en ce jour funeste lui glaça le sang.

—Je n'ai pas la moindre idée de la façon dont tout ça va se décanter, mais j'ai besoin de tout lui raconter. J'aimerais la faire venir ici cette nuit, peut-être trouver un sens à tout ça. (Il se passa la main dans ses cheveux humides.) Bordel, j'ai peut-être un peu les jetons sur ce coup-là et j'ai besoin de savoir que ma – il faillit dire « famille » – que l'Ordre me soutient.

Lucan sourit et acquiesça lentement.

—Cela sera toujours le cas, répondit-il. (Il lui administra une tape sur l'épaule.) Faut que je te dise : j'ai hâte de rencontrer la femme capable de foutre les jetons à l'un des plus féroces guerriers que j'aie jamais connus.

Dante éclata de rire.

— Elle est super, Lucan. Si tu savais, elle est tout simplement géniale.

— À la tombée de la nuit, tu prendras Tegan avec toi pour aller interroger Chase. Ramène-le en un seul morceau, compris ? Puis tu mettras les choses au clair avec ta Compagne de sang.

— Me charger de Chase ne me fait pas peur, répondit Dante. C'est pour l'autre partie que je ne sais pas trop comment m'y prendre. Tu as un conseil à me donner, Lucan ?

— Bien sûr. (Le vampire grogna, un sourire mystérieux aux lèvres.) Tiens-toi prêt, car tu pourrais bien finir à genoux avant la fin de la nuit.

CHAPITRE 25

Tess avait une journée chargée à la clinique, entre les rendez-vous et les clients qui arrivaient sans prévenir, et elle était reconnaissante pour tout ce travail qui l'aidait à penser à autre chose qu'au message troublant que lui avait laissé Ben. Pourtant, il lui était impossible de chasser complètement cet appel de son esprit. Ben avait de graves problèmes ; en plus, il était blessé et perdait du sang.

Et pour l'heure, il avait carrément disparu.

Elle avait essayé d'appeler chez lui à plusieurs reprises, de le joindre sur son portable, de contacter les hôpitaux de la ville…, mais il n'y avait aucun signe de lui nulle part. Si elle avait su comment ou à quel endroit joindre ses parents, elle aurait essayé chez eux aussi, même si les chances que Ben se soit rendu là-bas étaient quasi nulles. En l'état actuel des choses, la seule solution qu'il lui restait était de passer chez lui après le travail et voir si elle pourrait trouver là-bas des signes de sa présence. Elle ne nourrissait guère d'espoir, mais quelles autres options avait-elle ?

— Nora, il faut faire un test combiné et une analyse d'urine sur le patient de la 2, annonça Tess en sortant de la salle d'examen. Tu peux aller me les chercher pendant que je regarde la radio du colley à l'inflammation articulaire ?

— Ça marche.

— Merci.

Tandis qu'elle attrapait les radios de son prochain patient, son téléphone portable se mit à sonner dans la poche de sa blouse et vibra contre sa cuisse comme les ailes d'un oiseau. Elle extirpa l'appareil et vérifia l'identifiant de l'appelant pour savoir s'il pouvait s'agir de Ben. C'était un numéro masqué.

Oh, mon Dieu.

Elle savait qui c'était, à coup sûr. Elle était dans un état terrible depuis le début de la matinée, oscillant entre anticipation et crainte, sachant que Dante allait appeler. Il avait téléphoné chez elle ce matin-là au moment où elle partait, mais elle avait laissé l'appel basculer directement vers sa messagerie vocale. À ce moment-là, elle ne se sentait pas prête à lui parler, et elle n'était pas sûre de l'être à présent.

Tess alla s'enfermer dans son bureau et appuya son dos contre le métal froid de la porte. Le téléphone vibrait dans sa main tandis que résonnait la cinquième, et probablement dernière, sonnerie. Elle ferma les yeux et prit l'appel.

— Allô !

— Salut, mon ange.

Au son de la voix grave et délicieuse de Dante, un lent courant la parcourut. Elle ne voulait pas sentir la

310

chaleur qui la gagnait et irradiait entre ses jambes, mais elle était bel et bien là et sapait toute sa détermination.

— Tout va bien ? demanda-t-il d'un ton soucieux et protecteur tandis qu'elle gardait le silence. Tu es toujours là ou je t'ai perdue ?

Elle soupira, ne sachant quoi répondre.

— Tess ? Qu'est-ce qui ne va pas ?

Pendant de longues secondes, elle ne fut capable que de respirer. Elle ne savait par où commencer et elle était terrifiée à l'idée de ce qui allait advenir. Mille questions se bousculaient dans sa tête, mille doutes nés depuis qu'elle avait écouté l'étrange message de Ben.

Une partie d'elle se méfiait des affirmations outrancières de Ben, la part rationnelle en elle qui ne pouvait croire que des monstres en liberté errent dans les rues de Boston. Pourtant, une autre partie d'elle n'était pas aussi prompte à rejeter l'inexplicable, ce qui existait en marge de la logique claire ou de la science conventionnelle.

— Tess, dit Dante, brisant ce silence, tu sais que tu peux me parler.

— Vraiment ? répondit-elle en laissant finalement sortir les mots de sa bouche. Je ne suis pas sûre de ce que je sais à l'heure actuelle, Dante. Et je ne suis pas sûre de savoir quoi penser, surtout.

Il laissa échapper un juron en italien.

— Qu'est-ce qui s'est passé ? Tu… tu es blessée ? Mon Dieu, s'il a osé poser la main sur toi…

Tess répliqua d'un ton ironique.

— Je suppose que cela répond déjà à une question. On parle bien de Ben, n'est-ce pas ? C'est lui, le revendeur de drogue que tu pourchassais la nuit dernière ?

Il eut une légère hésitation.

— Tu l'as vu aujourd'hui, Tess ? Est-ce que tu l'as vu depuis la nuit dernière ?

— Non, répondit-elle. Je ne l'ai pas vu, Dante.

— Mais tu lui as parlé. C'était quand ?

— Il a appelé la nuit dernière et laissé un message, manifestement quand nous étions…

Elle secoua la tête, peu désireuse de se rappeler à quel point cela avait été merveilleux d'être allongée dans les bras de Dante, de se sentir protégée et paisible. À présent, tout ce qu'elle ressentait était un froid pénétrant.

— C'est pour ça que tu m'as sorti le grand jeu ? parce que tu avais besoin de moi pour le trouver ?

— Mon Dieu, non ! C'est bien plus compliqué que ça…

— Compliqué jusqu'à quel point ? Tu as joué avec moi tout ce temps-là ? Ou est-ce que le jeu n'a commencé que le soir où tu t'es pointé avec ton chien et qu'on… Oh mon Dieu, je comprends mieux, maintenant. Harvard n'est pas ton chien, pas vrai ? Qu'est-ce que tu as fait ? T'as récupéré un pauvre bâtard errant et tu t'en es servi comme d'un appât pour me faire marcher dans ton jeu tordu ?

— Tess, je t'en prie. Laisse-moi t'expliquer.

— Vas-y. Je t'écoute.

— Pas comme ça, gronda-t-il. Pas au téléphone.

Elle sentait la tension s'accumuler en lui tandis qu'il parlait et pouvait presque le voir faire les cent pas à l'autre bout du fil, agité d'une énergie impétueuse, ses sourcils noirs froncés, passant sa grande main fine dans ses cheveux.

—Écoute, tu ne dois pas t'approcher de Ben Sullivan. Il est impliqué dans une affaire très dangereuse. Je ne veux pas te savoir près de lui, tu m'entends ?

—C'est drôle. Il m'a dit la même chose à ton propos. Il a dit beaucoup de choses, en fait. Des trucs délirants, par exemple que ton partenaire et toi l'aviez agressé la nuit dernière.

—Quoi ?

—Il a dit qu'il s'était fait mordre, Dante. Tu peux m'expliquer ça ? Il a dit que l'homme avec qui tu étais quand vous avez pénétré chez lui l'a enlevé en voiture et l'a ensuite sauvagement attaqué. Ben prétend qu'il l'a mordu au cou.

—Le fils de pute !

—Alors c'est vrai ? demanda-t-elle, horrifiée qu'il n'ait pas même cherché à nier. Tu sais où est Ben ? Je n'ai pas eu de nouvelles de lui depuis ce message. Est-ce que toi ou tes amis lui avez fait du mal ? Il faut que je le voie.

—Non ! Je ne sais pas où il est, Tess, mais tu dois me promettre de ne pas chercher à le voir.

Tess se sentait malheureuse, effrayée et confuse.

—Qu'est-ce qu'il se passe, Dante ? À quoi es-tu mêlé ?

—Tess, écoute-moi. J'ai besoin que tu te mettes à l'abri. Tout de suite. Va dans un hôtel, un bâtiment public, n'importe où, mais pars maintenant et restes-y jusqu'à ce que je passe te prendre ce soir.

Tess eut un petit rire qui sonnait faux à ses oreilles.

— Je travaille, Dante. Et même si ce n'était pas le cas, je ne crois pas que j'irais t'attendre quelque part. Pas tant que je n'aurai pas compris ce qui se passe.

— Je t'expliquerai tout, Tess. Je te le promets. J'avais prévu de le faire, même sans ces événements.

— Bon, très bien. J'ai un planning chargé, aujourd'hui, mais je peux faire une pause déjeuner dans deux heures. Si tu veux me parler, il faudra que tu viennes jusqu'ici.

— Je… bordel ! Je ne peux pas là tout de suite, Tess. C'est juste que… je ne peux pas. Pas avant ce soir. Tu dois me faire confiance.

— Te faire confiance, murmura-t-elle. (Elle ferma les yeux et appuya la tête contre la porte du bureau.) Je suis désolée, Dante, mais là c'est moi qui ne peux pas. Je dois y aller. Au revoir.

Elle raccrocha et bascula la sonnerie du portable en mode discret. Elle ne voulait plus parler, à personne.

Alors que Tess s'apprêtait à poser le téléphone portable sur son bureau, son regard tomba sur quelque chose qui l'avait troublée depuis qu'elle l'avait aperçu plus tôt dans la matinée. C'était une clé USB. Elle l'avait découverte sous le rebord de la table d'examen dans l'une des salles – celle où elle avait surpris Ben la veille quand il avait justifié sa présence par des réparations à apporter au système hydraulique paresseux de la table.

Tess avait eu l'impression qu'il ne lui disait pas la vérité, sur bon nombre de choses d'ailleurs. À présent, ses soupçons s'étaient vérifiés. Mais la question demeurait : pourquoi ?

Dans une furie extrême, Dante projeta son téléphone portable qui alla s'éclater contre le mur opposé de ses appartements dans une pluie d'étincelles et de fumée, et se brisa en une centaine de minuscules morceaux. Cette destruction procura à Dante une brève satisfaction mais n'apaisa nullement sa colère, qui n'était dirigée que contre lui.

Dante se remit à arpenter la pièce comme il l'avait fait pendant son coup de fil à Tess. Il avait besoin de bouger, de garder ses membres en action et son esprit vif. Dernièrement, il avait tout foiré en beauté. Alors qu'il n'avait jamais eu une once de regret d'appartenir à la Lignée, il bouillait désormais de frustration à l'idée d'être piégé à l'intérieur. D'être privé de la possibilité de mettre les choses au clair avec Tess avant que le soleil ait tiré sa révérence et qu'il ait enfin la liberté d'évoluer dans le monde de Tess.

Il avait l'impression que l'attente allait le rendre fou.

Ce qui faillit se produire.

Au moment où il retrouva Tegan dans le centre d'entraînement quelques minutes avant le coucher du soleil, il bouillait encore et sa peau le tiraillait de partout. Il était agité et impatient de se battre. Ses oreilles bourdonnaient et ce vrombissement incessant était comme un essaim d'abeilles dans son sang.

—Prêt à y aller, T. ?

Le guerrier Gen-1 aux cheveux auburn leva les yeux du Beretta qu'il était en train de charger et esquissa un sourire froid en entendant le chargeur s'enclencher.

— C'est parti.

Ensemble, ils empruntèrent le couloir sinueux du complexe jusqu'à l'ascenseur qui les mènerait au garage de l'Ordre au rez-de-chaussée.

Alors que les portes se refermaient, une odeur âcre de fumée commença à chatouiller les narines de Dante. Il jeta un coup d'œil à Tegan, qui ne paraissait pas affecté et gardait ses yeux émeraude rivés droit devant lui, impassible.

La cabine d'ascenseur commença sa course silencieuse vers la surface. Dante sentit une intense chaleur l'envahir, comme s'il était léché par une flamme invisible qui attendait simplement qu'il ralentisse un peu pour s'emparer de lui. Il reconnut immédiatement les symptômes. La vision de mort l'avait harcelé toute la journée, mais il avait réussi à la tenir à distance, refusant de céder à la torture sensorielle alors qu'il avait besoin cette nuit de toutes ses facultés.

Mais soudain, alors que l'ascenseur atteignait sa destination, la vision le frappa comme un coup de marteau en pleine tête. Dante posa un genou à terre, terrassé par l'intensité de la douleur.

— Bon sang ! s'exclama Tegan quand il sentit Dante lui attraper le bras pour éviter de s'effondrer sur le sol de l'ascenseur. Qu'est-ce qui se passe ? Tu vas bien ?

Dante était dans l'incapacité de répondre. Sa vision s'emplit d'une fumée noire traversée par l'éclat des flammes. Par-dessus le grésillement des flammes qui l'enveloppaient, il entendit quelqu'un parler – se moquer, lui sembla-t-il – à voix basse, indistinctement. C'était nouveau ; un détail de plus dans le cauchemar insaisissable qu'il avait appris à connaître si bien. Il cligna des yeux pour chasser la fumée et lutta pour rester présent, conscient. Il aperçut furtivement le visage de Tegan en face de lui. Merde, il devait être dans un sale état, car le guerrier connu pour son manque de sensibilité recula soudain en retirant son bras de la main de Dante avec un sifflement. Derrière sa grimace de douleur, les pointes des canines de Tegan étincelaient de blancheur. Ses sourcils clairs étaient froncés au-dessus de ses yeux émeraude.

—Peux pas… respirer, articula Dante, le souffle haletant, chaque bouffée d'air faisant pénétrer dans ses poumons un peu plus de cette fumée fantôme. Non… vais mourir…

Les yeux perçants de Tegan l'examinaient d'un regard dépourvu de la moindre sympathie mais fort d'une intensité dont Dante savait qu'elle l'aiderait à tenir le coup.

—Écoute, ordonna Tegan. C'est une vision, pas la réalité. Pas encore, en tout cas. Traverse-la, essaie de la reprendre depuis le début, de t'immerger dedans et d'en absorber tous les détails.

Dante laissa les images le submerger une nouvelle fois, sachant que Tegan avait raison. Il devait ouvrir son esprit à la douleur et à la peur pour traverser cette vision d'horreur et atteindre la vérité.

Haletant, la peau brûlante de la chaleur infernale dans laquelle il était plongé, Dante se força à prêter attention à ce qui l'entourait. De se laisser glisser plus encore dans l'instant. Mentalement, il atteint le pire moment de la vision, interrompit l'action puis retourna en arrière.

Les flammes reculèrent. La fumée diminua, les énormes nuages de cendres noires réduites à de fines particules grisées courant au plafond. Désormais, Dante parvenait à respirer, mais la peur lui nouait encore la gorge à l'idée que ses dernières minutes de vie se dérouleraient ainsi.

Quelqu'un se trouvait dans la pièce avec lui. Un mâle, à en juger par son odeur. Dante était couché à plat ventre sur une surface glacée et lisse, et son ravisseur lui ramenait les mains dans le dos avant de lui lier les poignets avec un câble métallique. Il aurait dû être capable de le défaire comme un vulgaire ruban, mais il n'y arrivait pas. Sa force était inutile. Son ravisseur lui lia ensuite les pieds et le laissa sans défense sur la dalle de métal.

Des bruits sourds retentissaient à l'extérieur de la pièce. Il entendit des cris suraigus et sentit l'odeur cuivrée de la mort tout près de lui. Puis, à son oreille, des mots qui venaient le narguer :

— Tu sais, je croyais que ce serait difficile de te tuer. Mais tu m'as grandement facilité les choses.

La voix s'évanouit dans un gloussement ironique tandis que le ravisseur de Dante s'approchait de l'endroit où sa tête pendait, au bord de la plateforme métallique.

Des jambes se fléchirent dans un jean large, puis lentement le torse de son futur assassin entra dans le champ de vision de Dante. Des doigts le saisirent rudement par les cheveux, soulevant sa tête pour le regarder une fraction de seconde avant que la vision commence à s'évanouir, aussi vite qu'elle était arrivée…

Bordel de Dieu.

—Ben Sullivan.

Dante cracha le nom comme s'il lui brûlait la langue. Libéré de l'emprise de la prémonition, il se redressa et s'assit. Il épongea la sueur de son front tandis que Tegan l'examinait d'un air grave et approbateur.

—Ce fils de pute. C'est le revendeur de drogue, Ben Sullivan. Putain, je n'arrive pas à le croire. Cet humain, c'est lui qui va me tuer.

L'air lugubre, Tegan secoua la tête.

—Pas si on lui fait la peau les premiers.

Dante se remit debout et posa une main contre le mur de béton à côté de l'ascenseur tandis qu'il essayait de reprendre son souffle. Au-delà de son épuisement, il fulminait de rage contre Ben Sullivan et l'ancien agent Sterling Chase, qui avait manifestement pris sur lui de libérer ce salaud.

—Foutons le camp d'ici, gronda-t-il, traversant le garage à grandes enjambées, faisant tourner dans ses doigts l'une de ses malebranches.

CHAPITRE 26

Les ravisseurs de Ben l'avaient laissé croupir une éternité dans une pièce verrouillée, sans éclairage ni fenêtre. Il attendait que celui qu'ils appelaient « Maître », l'individu sans nom ni visage qui avait secrètement financé la mise au point et la distribution de l'Écarlate, fasse son apparition. Le temps s'écoulait avec lenteur, peut-être s'était-il passé une journée depuis qu'il avait été enlevé et amené ici. Personne n'était encore venu le voir, mais cela ne saurait tarder. Et, dans un coin obscur de sa tête, Ben comprenait que, lorsque cela se produirait, il n'en réchapperait pas.

Il se leva et traversa la pièce bétonnée vers la porte en acier verrouillée. Sa tête hurlait de douleur sous l'effet des coups qu'il avait reçus avant d'être enlevé dans la rue et conduit dans cet endroit. Son nez cassé et la plaie qu'il avait au cou étaient recouverts d'une croûte de sang séché, et ces deux blessures lui infligeaient une souffrance atroce. Ben colla son oreille contre la froide porte métallique et distingua des bruits qui se précisaient de l'autre côté. Des pas lourds approchaient, la démarche résolue de plusieurs hommes, ponctuée par le cliquetis métallique de chaînes et d'armes.

Ben recula aussi loin que possible dans l'obscurité de sa cellule. Il entendit une clé tourner dans la serrure, puis les portes s'ouvrirent en grand et les deux gardes immenses qui l'avaient amené ici entrèrent.

— Il est disposé à te voir, maintenant, grogna l'une des brutes.

Les deux hommes saisirent Ben chacun par un bras et le tirèrent violemment avant de le pousser en avant, vers la porte et dans un couloir sombre. Ben avait soupçonné qu'il était détenu dans une sorte d'entrepôt, à en juger par les quartiers rudimentaires dans lesquels il avait été séquestré. Mais ses ravisseurs lui firent monter un escalier et le menèrent dans ce qui semblait être une opulente demeure du XIXe siècle. Du bois poli luisait sous l'éclairage tamisé. Sous ses semelles boueuses, un épais tapis persan se déployait, orné d'un motif sophistiqué cramoisi, pourpre et or. Au-dessus de sa tête, dans le hall où ses ravisseurs le poussèrent, un grand lustre en cristal scintillait.

L'espace d'un instant, un peu de son angoisse s'apaisa. Peut-être que tout se passerait bien, après tout. Certes, il était dans la merde jusqu'au cou, mais cela ne ressemblait pas au cauchemar qu'il s'attendait à vivre. Ce n'était pas la chambre des tortures qu'il avait redoutée.

Devant lui, des doubles portes étaient ouvertes sur une autre pièce impressionnante. Ben y fut conduit par ses geôliers, qui le maintinrent solidement au centre du grand salon formel. Les meubles, les tapis, les tableaux originaux aux murs, tout respirait l'opulence. Une richesse établie, de celles qui ne se constituent qu'au fil des siècles.

Entouré de tout ce luxe, un homme en costume noir coûteux et lunettes de soleil était assis derrière un impressionnant bureau en acajou sculpté.

Ben sentit la sueur perler sur ses paumes au moment même où il posa les yeux sur le type. Celui-ci était immense, les épaules larges sous le tombé impeccable de sa veste. Le col de sa chemise blanche était déboutonné, mais Ben n'interpréta pas cela tant comme un signe de désinvolture que d'impatience. Une atmosphère de menace imprégnait l'air comme un épais nuage, et un peu de l'espoir de Ben s'évanouit sur-le-champ.

Il se racla la gorge.

—Je… euh… je suis heureux d'avoir enfin l'occasion de faire votre connaissance, dit-il en haïssant le tremblement de sa voix. Nous devons parler… de l'Écarlate, parce que…

—En effet.

Cette réponse sèche prononcée d'une voix grave interrompit Ben avec un calme apparent. Mais derrière ces lunettes noires, la fureur bouillait.

—On dirait que je ne suis pas le seul que vous ayez contrarié dernièrement, M. Sullivan. Vous avez une bien vilaine entaille au cou.

—J'ai été attaqué. Un fils de pute a essayé de me trancher la gorge.

Le mystérieux employeur de Ben émit un grognement blasé.

—Qui ferait une chose pareille ?

— Un vampire, répondit Ben, sachant à quel point sa réponse pouvait paraître délirante. (Mais ce qui lui était arrivé près du fleuve n'était que la masse émergée d'un très menaçant iceberg.) C'est de cela que je veux vous parler. Comme je l'ai dit quand j'ai appelé l'autre soir, quelque chose cloche avec l'Écarlate. Ça fait… des trucs aux gens. Des trucs horribles. Ça les transforme en fous sanguinaires.

— Bien sûr, M. Sullivan. C'était précisément notre objectif.

— Quoi ? (Ben eut l'impression de recevoir un coup de poing dans le ventre.) De quoi est-ce que vous parlez ? J'ai créé l'Écarlate, j'en connais les effets. C'est juste une légère amphétamine…

— Pour les humains, oui. (L'homme aux cheveux noirs se leva lentement puis fit le tour de l'énorme bureau.) Pour d'autres, comme vous l'avez découvert, c'est beaucoup plus.

Tandis que l'homme lui parlait, Ben jeta un coup d'œil vers les portes ouvertes. Deux autres gardes lourdement armés se tenaient sur le seuil, les cheveux hirsutes, les yeux luisants comme des braises cruelles sous leurs sourcils broussailleux. À la lumière tamisée des bougies qui éclairaient la pièce, Ben crut apercevoir la lueur de longues canines dans la bouche des gardes. Il lança un regard nerveux à son employeur.

— Malheureusement, j'ai moi aussi découvert quelque chose de troublant, M. Sullivan. Après votre appel l'autre nuit, quelques-uns de mes collaborateurs se sont rendus dans votre laboratoire de Boston. Ils ont fouillé votre ordinateur et vos dossiers, mais imaginez ma consternation quand j'ai appris qu'ils n'étaient pas parvenus à mettre la main sur la formule de l'Écarlate. Comment expliquez-vous cela ?

Ben soutint le regard qui le clouait à un mètre de distance à peine, dissimulé derrière des lunettes de soleil.

— Je ne garde jamais la vraie formule au labo. J'ai toujours pensé que ce serait plus sûr de la conserver ailleurs, sur moi.

— Vous devez me la donner. (La voix était quasiment dépourvue d'inflexions, et aucun mouvement n'animait le corps massif qui se dressait devant Ben comme un mur infranchissable.) Sur-le-champ, M. Sullivan.

— Je ne l'ai pas. C'est la vérité, je vous le jure.

— Où est-elle ?

Ben sentit sa langue se figer. Il avait besoin d'une monnaie d'échange, et cette formule était tout ce qu'il avait. En outre, il n'avait nullement l'intention de lancer ces brutes aux trousses de Tess en leur avouant qu'il avait caché la formule dans sa clinique. Il n'avait pas prévu de l'y laisser indéfiniment, juste le temps nécessaire pour faire le point dans tout ce bordel. Malheureusement, il était trop tard pour réparer ce faux pas. Même si sa principale préoccupation du moment était de sauver ses fesses, il était hors de question d'impliquer Tess dans tout cela.

— Je peux aller vous la chercher, répondit Ben, mais vous devrez me rendre ma liberté. On se met d'accord comme des gens raisonnables ; on en reste là et chacun reprend le cours de ses affaires. On oublie tout ce qu'on sait les uns des autres.

Un léger sourire se dessina sur les lèvres de son employeur.

—N'essayez pas de négocier avec moi. Vous êtes en dessous de moi… vulgaire humain.

Ben déglutit à grand-peine. Il voulait croire que ce type n'était qu'un fan de vampires passablement allumé. Un barjot bourré de fric à la santé mentale vacillante. À ceci près qu'il avait vu l'effet de l'Écarlate sur le jeune à qui il en avait revendu l'autre nuit. Cette transformation terrible était bien réelle, même s'il avait du mal à l'accepter. Aussi réelle que la plaie brûlante qu'il avait au cou.

Sous l'effet de la panique, il sentit son cœur battre plus fort dans sa poitrine.

—Écoutez, je ne sais pas ce qui se passe. Et franchement, je ne veux pas le savoir. Je veux juste foutre le camp d'ici en un seul morceau.

—Parfait. Dans ce cas, vous ne devriez avoir aucun mal à obéir à mes ordres. Donnez-moi la formule.

—Je vous l'ai dit. Je ne l'ai pas.

—Vous allez donc devoir la recréer, M. Sullivan. (Sur un bref signe de tête, les gardes armés entrèrent.) J'ai pris la liberté de faire apporter ici votre matériel de laboratoire. Tout ce dont vous avez besoin est là, y compris un cobaye pour tester le produit fini. Mes collaborateurs vont vous montrer le chemin.

—Attendez. (Ben jeta un regard par-dessus son épaule tandis que les gardes s'employaient à le faire sortir de la pièce.) Vous ne comprenez pas. La formule est… complexe. Je ne l'ai pas mémorisée. La recréer me prendra peut-être plusieurs jours…

— Vous avez deux heures, pas plus, M. Sullivan.

Des mains rudes saisirent Ben avec brutalité et le poussèrent vers l'escalier, béant et noir comme une nuit sans fin.

Chase fixa la dernière de ses armes dans son holster puis vérifia une dernière fois sa réserve de munitions. Il disposait d'un pistolet à balles normales et d'un autre muni de balles creuses en titane qui lui avaient été données par les guerriers de l'Ordre pour tuer les Renégats. Il espérait sincèrement ne pas avoir à les utiliser, mais s'il devait faire feu sur une dizaine de vampires en furie pour atteindre son neveu, il n'hésiterait pas une seconde.

Il prit son caban en laine noire près de la porte, sortit de ses quartiers privés et s'engagea dans le couloir du Havrobscur. Élise s'y trouvait ; il faillit la bousculer dans sa hâte de se mettre en route.

— Sterling…, bonjour. Est-ce que tu cherches à m'éviter ? J'espérais pouvoir te parler.

Elle lui jeta un coup d'œil rapide et fronça les sourcils en apercevant les pistolets et les couteaux fixés autour de ses hanches et de son torse. Il sentit son appréhension et l'odeur soudaine et amère de la peur qui se mêlait au parfum délicat que sa peau exhalait.

— Tant d'armes… C'est si dangereux dehors ?

— Ne t'inquiète pas, répondit-il. Continue à prier pour que Camden rentre bientôt à la maison. Je m'occupe du reste.

Elle saisit le bout de sa ceinture de veuve et, l'air absent, en lissa la soie pourpre.

— C'est justement ce dont je voulais te parler, Sterling. Quelques-unes des femmes et moi avons discuté de ce que nous pourrions faire pour nos fils disparus. L'union fait la force, et nous avons pensé que peut-être si nous formions une équipe… On aimerait faire des recherches en journée en bord de fleuve ou dans les anciens tunnels du métro. On irait chercher dans les endroits où nos fils pourraient avoir trouvé refuge en journée…

— C'est hors de question.

Chase n'avait pas voulu lui couper la parole aussi brusquement, mais l'idée qu'Élise quitte le sanctuaire du Havrobscur en journée pour explorer les pires quartiers de la ville lui glaça le sang. Elle ne serait plus sous sa protection ni celle des autres membres de la Lignée aussi longtemps que le soleil brillerait, et même si les Renégats ne présentaient pas de danger pour la même raison elle courait toujours le risque de tomber sur leurs Laquais.

— Je suis désolé mais c'est impossible.

Les yeux d'Élise s'élargirent momentanément sous l'effet de la surprise. Puis elle baissa rapidement le regard et lui adressa un signe de tête poli, mais il pouvait voir qu'elle se hérissait sous le vernis des convenances. En tant que plus proche parent, même par alliance, les lois de la Lignée conféraient à Chase le droit de lui imposer un couvre-feu diurne, mesure archaïque datant des origines des Havrobscurs, près d'un millier d'années auparavant. Chase n'y avait jamais eu recours et, alors qu'il se faisait l'effet d'un salaud de l'invoquer à cet instant, il ne pouvait pas la laisser risquer sa vie quand il était réduit à l'impuissance.

— Tu crois que mon frère approuverait ? demanda Chase, sachant que Quentin n'aurait jamais accepté une telle demande, pas même dans une tentative de sauver son propre fils. Le mieux que tu puisses faire pour aider Camden, c'est de rester ici, où je te sais en sécurité.

Élise leva la tête, avec dans ses yeux violet pâle une étincelle de détermination qu'il n'avait jamais vue auparavant.

— Camden n'est pas le seul à avoir disparu. Peux-tu les sauver tous, Sterling ? Les guerriers de l'Ordre le peuvent-ils ? (Elle poussa un petit soupir.) Personne n'a sauvé Jonas Redmond. Il est mort. Tu le savais ? Sa mère en a le pressentiment. Nos fils disparaissent les uns après les autres, meurent toutes les nuits, et nous sommes censées rester à attendre ici les mauvaises nouvelles ?

Chase sentit sa mâchoire se crisper.

— Il faut que j'y aille, Élise. Je t'ai donné ma réponse. Je suis désolé.

Il la dépassa en la frôlant, haussant les épaules sous son caban. Il savait qu'elle le suivait, sa jupe blanche bruissait doucement derrière lui à chacun de ses pas. Mais Chase poursuivit son chemin. Il sortit les clés de sa poche, ouvrit la porte principale de la résidence du Havrobscur et actionna l'ouverture à distance des portières de son 4 × 4 Lexus gris garé dans l'allée. Le véhicule émit un « bip » et les phares clignotèrent, mais Chase ne risquait pas d'aller loin.

Une Range Rover noire bloquait l'allée, et Chase entendait son moteur tourner dans l'obscurité. Les vitres étaient teintées au-delà de ce que la loi autorisait, mais il n'avait pas besoin de regarder à l'intérieur pour savoir qui s'y trouvait. Il sentait la rage de Dante se déverser sur lui à travers l'acier et le verre comme une vague de froid.

Le guerrier n'était pas seul. Lui et son compagnon, l'impassible Tegan, sortirent du véhicule et traversèrent la pelouse. Leur visage était d'un calme implacable, mais l'air de menace qui irradiait d'eux ne laissait planer aucun doute.

Chase entendit Élise soupirer derrière lui.

— Sterling…

— Rentre, lui ordonna-t-il, les yeux rivés sur les deux guerriers. Tout va bien, Élise. Rentre tout de suite.

— Qu'est-ce qui se passe, Sterling ? Pourquoi sont-ils ici ?

— Fais ce que je te dis, bon sang ! Rentre dans la résidence. Tout va bien se passer.

— Oh, ça, j'en sais rien, Harvard. (Dante s'avança vers lui, les terribles lames incurvées fixées à ses hanches étincelant au clair de lune à chacune de ses longues enjambées.) Je dirais plutôt que les choses sont aussi merdiques que possible. Et c'est entièrement grâce à toi. Tu t'es perdu ou quoi, la nuit dernière ? Peut-être que t'as juste pas compris ce que je t'ai demandé de faire avec ce revendeur de drogue ? Je t'ai dit de ramener ses fesses au complexe, mais toi, t'as compris que je te disais de le laisser partir ?

— Non, on s'est bien compris.

— Alors, il y a quelque chose que j'ai loupé, Harvard ?

Dante tira l'une de ses lames de son fourreau, l'acier bruissant comme dans un murmure. Tandis qu'il parlait, Chase aperçut la pointe de ses crocs. Les yeux d'ambre de Dante s'arrêtèrent sur lui comme des faisceaux laser.

— Accouche, sinon je n'hésiterai pas à te tirer les vers du nez ici même, devant cette femme.

— Sterling ! s'écria Élise. Laissez-le tranquille.

Chase tourna la tête juste à temps pour la voir se précipiter au bas des marches du perron. Elle n'alla pas loin. Tegan glissa à sa poursuite tel un fantôme, sa rapidité de vampire étant d'une incontestable supériorité sur les facultés humaines d'Élise. Le guerrier la saisit par la taille et la retint tandis qu'elle luttait pour se dégager.

La fureur gagna Chase comme une allumette craquée sur du bois sec. Ses crocs sortirent de ses gencives et sa vision devint plus acérée tandis que ses pupilles se rétrécissaient sous l'effet de la transformation. Il rugit, prêt à attaquer les deux guerriers pour avoir osé poser la main sur Élise.

— Laisse-la partir, gronda-t-il. Elle n'a rien à voir dans tout ça, bordel !

Il poussa Dante, qui ne bougea pas d'un pouce.

— Au moins, maintenant, nous avons ta pleine et entière attention, Harvard.

Dante le poussa à son tour, avec la force d'un train de marchandises lancé à pleine vapeur. Chase sentit ses pieds quitter le sol et son corps fut projeté en arrière par la rage qui animait Dante. La façade de brique de la résidence arrêta sa trajectoire, et il eut le souffle coupé par le choc. Les crocs gigantesques de Dante emplissaient le champ de vision de Chase, et son regard pénétrant lui vrillait le crâne.

— Où est Ben Sullivan ? Qu'est-ce qui déconne chez toi ?

Chase jeta un coup d'œil à Élise, détestant qu'elle soit témoin de la violence de leur monde. Il ne voulait plus qu'elle en souffre. Il vit les larmes couler sur ses joues, ainsi que ses yeux effrayés tandis que Tegan la maintenait impassiblement contre la masse d'acier mortel et de cuir qu'était son corps immense.

Chase jura vertement.

— Il fallait que je le laisse en liberté. Je n'avais pas le choix.

— Mauvaise réponse, gronda Dante en appuyant une lame diabolique sous son menton.

— Le revendeur d'Écarlate ne m'aurait servi à rien, enfermé au complexe. J'avais besoin de lui dans les rues, pour qu'il m'aide à retrouver quelqu'un : mon neveu. Je l'ai laissé en liberté pour qu'il m'aide à retrouver Camden, le fils de mon frère.

Dante fronça les sourcils mais relâcha un peu la pression de sa lame.

— Et les autres qui ont disparu ? tous ces gosses à qui Ben Sullivan a refourgué de la drogue ?

— Tout ce qui m'importe, c'est de ramener Camden. C'est ça, ma véritable mission, depuis le début.

— Fils de pute, tu nous as menti, siffla le guerrier.

Chase soutint le regard d'ambre accusateur.

— L'Ordre aurait-il levé le petit doigt si j'étais venu vous demander de l'aide pour retrouver un jeune du Havrobscur porté disparu ?

Furieux, Dante jura à voix basse.

— Ça, tu ne le sauras jamais.

Chase se posa la question, à présent qu'il connaissait certains éléments du code des guerriers et qu'il avait constaté que, en dépit de leurs méthodes brutales et de l'efficacité qui avaient fait de ces guerriers un groupe si mystérieux et fatal aussi bien pour la Lignée que pour les humains, ils n'étaient nullement dépourvus d'honneur. Si nécessaire, ils se muaient en tueurs impitoyables, mais Chase émettait l'hypothèse que le moindre de ces guerriers, dans le fond, valait bien mieux que lui.

Dante le relâcha brusquement puis se retourna pour se diriger vers la Range Rover. Tegan, quant à lui, relâcha Élise, et le regard émeraude du guerrier s'attarda sur elle tandis qu'elle s'écartait de lui en titubant et en se frottant aux endroits où il l'avait touchée.

— Monte dans le 4 × 4, Harvard, ordonna Dante. (Il indiqua la portière arrière, ouverte, avec dans les yeux une lueur qui ne promettait rien de bon si Chase refusait de coopérer.) Tu retournes au complexe. Peut-être parviendras-tu à persuader Lucan de te laisser en vie.

Chapitre 27

Une sueur froide coulait le long de la nuque de Ben Sullivan alors qu'il terminait le premier échantillon de son nouveau lot d'Écarlate. Il n'avait pas menti en disant ne pas connaître la formule par cœur et avait fait de son mieux pour recréer la drogue dans le temps ridiculement court qui lui avait été alloué. Avec à peine une demi-heure devant lui, il collecta une dose de la substance rougeâtre et la porta au sujet qui allait la tester. Le jeune homme, vêtu d'un jean sale et d'un sweat-shirt de l'université Harvard, était effondré malgré les entraves qui le maintenaient prisonnier sur une chaise de bureau à roulettes, tête basse et menton appuyé contre la poitrine.

Tandis que Ben s'approchait de lui, la porte du laboratoire improvisé dans le souterrain s'ouvrit et son sinistre employeur pénétra à l'intérieur, flanqué des deux gardes armés qui n'avaient pas cessé de surveiller l'avancement des travaux de Ben.

— Je n'ai pas eu le temps de filtrer la substance de son humidité, déclara-t-il comme pour s'excuser de la consistance visqueuse qu'il avait produite, tout en espérant de tout son cœur ne pas s'être trompé dans la formule. Ce gosse a l'air en piteux état. Et si jamais il ne pouvait pas l'avaler ?

Il n'y eut aucune réponse, seul un silence lugubre.

Ben expira avec nervosité et s'approcha de l'adolescent. Il s'agenouilla devant la chaise. Sous la chevelure hirsute, des yeux hagards s'ouvrirent sur de larges fentes verticales puis se refermèrent. Ben détailla le visage blême aux traits tirés de celui qui, avait dû être autrefois un adolescent souriant...

Oh, merde.

Il connaissait ce gosse. Il l'avait déjà vu dans les clubs – un client plutôt régulier – et reconnut en lui le visage jeune et souriant qu'il avait vu sur la photographie la nuit précédente. Cameron ou Camden, quelque chose comme ça. Camden, se ravisa-t-il. C'était le jeune garçon qu'il devait retrouver pour le dingue avec les crocs qui avait juré de le tuer s'il n'obéissait pas. Non que cette menace soit plus sérieuse que celle à laquelle il était confronté maintenant.

—Allons-y, M. Sullivan.

À l'aide d'une cuiller, Ben prit un peu d'Écarlate pure dans la tasse et la porta aux lèvres du jeune garçon. À l'instant où la substance toucha ses lèvres, Camden tira la langue avec avidité. Il referma la bouche autour de la cuiller et avala. L'espace d'un instant, il sembla revivre. Un junkie réconforté par ce qu'il pensait être sa prochaine dose, se dit Ben, saisi d'un accès de culpabilité.

Ben attendit que l'Écarlate fasse effet.

Rien ne se produisit.

Il en redonna à Camden puis encore un peu plus. Toujours rien. Merde. La formule n'était pas correcte.

—J'ai besoin de plus de temps, murmura Ben tandis que l'adolescent laissait retomber sa tête en gémissant. J'y suis presque, mais je dois refaire un essai.

Il se leva, se retourna et eut un choc en apercevant que son client menaçant se trouvait juste devant lui. Ben ne l'avait pas du tout entendu approcher, mais pourtant il était là, dressé devant lui. Ben aperçut son propre reflet hagard dans l'éclat des lunettes de soleil de l'homme. Il avait l'air désespéré et terrifié, un animal acculé tremblant devant son prédateur cruel.

—Nous n'allons nulle part, M. Sullivan. Et ma patience est à bout.

—Vous aviez dit deux heures, souligna Ben. Il me reste encore quelques minutes…

—C'est non négociable. (La bouche s'étira en un ricanement sadique, révélant les pointes brillantes de ses canines acérées.) Le temps est écoulé.

—Oh, mon Dieu!

Ben recula et heurta le fauteuil derrière lui, l'envoyant rouler avec son captif dans la pièce dans le cliquetis des roulettes. Il tenta de s'écarter, malhabile et titubant, mais sentit des doigts vigoureux mordre ses épaules et le soulever du sol comme s'il n'était guère plus lourd qu'une plume. Ben fut retourné sans ménagement et projeté contre le mur du fond, où il s'écrasa. Une douleur atroce transperça l'arrière de son crâne tandis qu'il s'effondrait. Étourdi, il toucha sa nuque et ramena vers lui des doigts ensanglantés.

Lorsqu'il porta son regard voilé sur les autres personnes présentes dans la pièce, son cœur fut saisi de terreur. Les deux gardes l'observaient avec des yeux où les pupilles étaient réduites à deux minces fentes au milieu d'iris à l'éclat d'ambre braqués sur lui comme des projecteurs. L'un d'eux ouvrit la bouche avec un sifflement rauque, dévoilant des crocs énormes.

Même Camden semblait sorti de son état léthargique, à plusieurs mètres de lui. Les yeux de l'adolescent étincelaient derrière le voile de ses cheveux, ses lèvres entourant de longues canines luisantes.

Mais aussi terrifiants que soient ces visages monstrueux, ils n'étaient rien comparés à l'attitude glaciale de celui qui, manifestement, menait la barque. Il se dirigea vers Ben d'un pas calme, ses chaussures noires cirées glissant sans bruit sur le sol en béton. Il leva la main et Ben fut soulevé et remis sur ses pieds comme s'il était mû par des fils invisibles.

— Je vous en prie, haleta Ben. Je ne sais pas ce que vous avez en tête, mais s'il vous plaît, ne le faites pas. Je peux vous rapporter la formule de l'Écarlate. Je vous le jure, je ferai ce que vous voudrez.

— Oui, M. Sullivan. En effet.

Il se déplaça avec une telle rapidité que Ben ne vit pas ce qui le frappait avant de sentir la morsure violente de crocs dans sa gorge. Ben se débattit, sentit l'odeur de son sang qui coulait de la blessure et entendit les bruits de succion de la créature qui s'abreuvait avidement à son cou. L'envie de lutter abandonnait Ben un peu plus à chaque succion. Suspendu là, il sentait la vie s'écouler de lui et sa conscience s'évanouir en même temps que sa volonté. Il était en train de mourir, tout ce qu'il était sombrant dans un abîme de ténèbres.

—Allez viens, Harvard, ou quel que soit ton vrai nom, dit Tess en traversant la rue avec le petit terrier alors que le feu pour piétons passait au vert.

Après la fermeture de la clinique, à 18 heures, elle avait décidé de passer par l'appartement de Ben dans le sud de la ville, dernière tentative pour le retrouver seule avant de le porter disparu auprès de la police. S'il avait recommencé à vendre des stupéfiants, il méritait probablement d'être arrêté, mais elle gardait une profonde affection pour lui et voulait essayer de le convaincre de se faire aider avant que les choses n'aillent plus loin.

Le quartier de Ben n'était pas des plus engageants, surtout la nuit, mais Tess n'avait pas peur. Nombre de ses clients y habitaient : des gens bien qui travaillaient dur. De façon ironique, s'il avait fallu se méfier de quelqu'un dans les parages, c'était probablement du revendeur de drogues vivant au 3B de l'immeuble devant lequel Tess se trouvait à présent.

Une télévision était allumée dans l'appartement au premier étage et projetait un reflet bleu sinistre sur le trottoir. Tess leva la tête vers les fenêtres de Ben à la recherche d'un signe de sa présence. Les stores en aluminium étaient baissés dans la pièce qui donnait sur le balcon ainsi que dans sa chambre. L'appartement était plongé dans l'obscurité, aucune lumière ne filtrait de l'intérieur, aucun mouvement.

À moins que… ?

Bien qu'il soit difficile d'en avoir le cœur net, elle aurait juré avoir vu l'un des stores bouger, comme si quelqu'un à l'intérieur les avait écartés ou, en s'approchant, s'y était cogné.

Était-ce Ben ? S'il était chez lui, manifestement il préférait que personne ne le sache, y compris elle. Il n'avait retourné aucun de ses appels ni de ses e-mails, pourquoi dès lors s'imaginer qu'il aimerait qu'elle passe chez lui ?

Et si ce n'était pas lui ? Quelqu'un avait peut-être pénétré dans son appartement… Et s'il s'agissait d'un de ses contacts pour la drogue attendant son retour ? Ou pire : quelqu'un était peut-être occupé à tout retourner pour mettre la main sur la clé USB qu'elle avait dans la poche de son manteau.

Tess s'écarta de l'immeuble, un frisson d'angoisse lui parcourant l'échine. Elle serrait avec force la laisse d'Harvard, tout en essayant en silence de détourner l'animal des arbustes desséchés qui bordaient le trottoir.

De nouveau, elle aperçut un mouvement : les stores bougeaient bel et bien dans l'appartement de Ben. Une glissière commença à s'ouvrir sur le balcon du troisième étage. Quelqu'un sortait. Et ce quelqu'un était gigantesque ; cela ne pouvait être Ben.

— Oh merde ! jura-t-elle tout bas.

Elle se baissa pour prendre le chien dans ses bras et déguerpir d'ici dans la seconde.

Elle se mit à courir sur le trottoir et n'osa jeter qu'un coup d'œil furtif par-dessus son épaule. Le type était appuyé contre la balustrade du balcon branlant et scrutait l'obscurité. Elle sentit la chaleur animale de son regard fendre la nuit comme une lance. Ses yeux brillaient d'un éclat incroyable… incandescent.

— Oh, mon Dieu.

Tess prit ses jambes à son cou. Quand elle se retourna de nouveau vers l'immeuble de Ben, l'homme était en train d'enjamber la balustrade, et deux autres se trouvaient derrière lui. Le premier balança ses jambes par-dessus le rebord et sauta, aussi agile qu'un chat, pour atterrir en bas sur la pelouse. Il se lança à ses trousses, trop vite. Par rapport à la rapidité de ce type, elle semblait avancer au ralenti, les pieds aussi lourds que s'ils étaient pris dans des sables mouvants.

Tess serra Harvard contre sa poitrine et courut en direction de l'autre trottoir, slalomant entre les voitures garées. Quand elle jeta un deuxième coup d'œil derrière elle, elle s'aperçut que son poursuivant avait disparu. Elle reprit espoir pendant une infime fraction de seconde.

Car quand elle regarda de nouveau devant elle, elle s'aperçut qu'il était là, à moins de cinq pas d'elle, et qu'il lui bloquait le chemin. Comment pouvait-il être arrivé là si vite ? Elle ne l'avait même pas vu bouger, n'avait pas même entendu ses pas sur le trottoir.

Il pencha la tête vers elle et renifla l'air comme un animal. Il – ou plutôt ça, car son poursuivant n'avait rien d'humain – commença à ricaner tout bas.

Incrédule, Tess battit en retraite, le corps raidi. Ce n'était pas vrai. Cela ne pouvait pas être réel. C'était une sorte de plaisanterie malsaine. C'était impossible.

—Non.

Elle recula encore et encore, secouant la tête.

L'immense type se remit en mouvement et avança vers elle. Le cœur de Tess commença à cogner, paniqué, dans sa poitrine, et tous ses sens basculèrent en état d'alerte. Elle pivota sur ses talons et…

Un autre géant à l'aspect bestial apparut entre les voitures et bloqua sa retraite.

—Salut, la belle, lança-t-il d'une voix rocailleuse emplie de malveillance.

Dans la lueur pâle des lampadaires au-dessus d'elle, le regard de Tess se riva sur la bouche, béante, du type. Il retroussa les lèvres dans un sifflement sonore, dévoilant deux crocs immenses.

Tess lâcha le chien qu'elle tenait mollement contre elle et hurla, terrifiée, dans le ciel nocturne.

—Tourne à gauche ici, Teg, dit Dante assis sur le siège passager de la Range Rover.

Chase était à l'arrière comme s'il attentait son exécution et Dante était tout disposé à le faire poireauter encore un peu.

—Faisons un détour par le sud avant d'aller au complexe.

Tegan acquiesça d'un air sombre puis tourna au feu.

—Tu crois que le revendeur peut être chez lui ?

—Je n'en sais rien, mais ça vaut le coup de vérifier.

Dante se frotta le torse, là où un froid s'était logé derrière son sternum, un vide étrange qui enserrait ses poumons et rendait sa respiration difficile. La sensation était plus viscérale que physique, comme un coup de semonce de son instinct mettant ses sens dans un état d'alerte extrême. Il appuya sur le bouton à côté de lui et regarda la vitre teintée descendre. Il inhala l'air froid de la nuit.

— Tout va bien ? demanda Tegan. T'es parti pour me refaire le coup de l'ascenseur ?

— Non.

Dante secoua légèrement la tête, les yeux toujours rivés sur le miroitement des phares tandis qu'ils laissaient derrière eux les immeubles du centre et que le quartier sud de Boston s'ouvrait devant eux.

— Non, c'est… c'est différent.

Le froid dans sa poitrine s'ancrait toujours plus profondément, se faisait glacial tandis que ses mains devenaient moites. Son estomac se serra et il sentit une soudaine décharge d'adrénaline dans ses veines.

Putain, c'était quoi, ça ?

C'était de la peur. Une peur effroyable qui le saisissait soudain. Pas la sienne, celle de quelqu'un d'autre.

Oh, mon Dieu.

— Arrête la voiture.

C'était la peur de Tess qu'il ressentait. Sa terreur parvenait jusqu'à lui par le lien de sang qui les unissait. Elle était en danger quelque part. En danger mortel.

— Tegan, stoppe cette putain de voiture !

Le guerrier enfonça la pédale de frein et vira à droite, manœuvrant la Rover dans un dérapage contrôlé vers le bas-côté. Ils n'étaient pas très loin de l'appartement de Ben Sullivan ; son immeuble était à une dizaine de rues tout au plus – deux fois moins que s'ils avaient dû slalomer dans le labyrinthe des sens uniques et compter avec les feux.

Dante ouvrit sa portière et sauta sur le trottoir. Il inspira profondément en priant pour capter un peu de l'odeur de Tess.

Bingo.

Il sentit la note de cannelle acidulée parmi les milliers d'effluves portés par la fraîche brise nocturne. L'odeur du sang de Tess était infime mais elle se faisait plus forte, trop forte. Dante sentit le sien se glacer dans ses veines.

Quelque part, tout près de là, Tess perdait son sang.

Tegan se pencha par-dessus le siège, son avant-bras puissant posé sur le volant, sourcils froncés.

— Dante ? C'est quoi ce bordel ? Tu nous fais quoi, là ?

— Pas le temps, répondit Dante. (Il fit le tour de la voiture et claqua violemment la portière.) Je continue à pied. J'ai besoin que tu traces jusqu'à l'appart de Ben Sullivan. C'est…

— Je me souviens où c'est, renchérit Chase sur le siège arrière, croisant le regard de Dante par la vitre ouverte. Vas-y, on te suit.

Dante acquiesça sans quitter des yeux les visages graves qui l'observaient puis fit volte-face et partit comme une flèche.

Il coupa par les jardins, sauta les clôtures, accéléra dans les ruelles, utilisant toute sa vitesse et son agilité innées. Pour les humains qu'il croisait, il n'était qu'une bourrasque d'air froid, le vent glacial de novembre sur leur nuque tandis qu'il fendait les rues, toute son attention concentrée sur une seule chose : Tess.

À mi-chemin, dans une rue latérale menant à l'immeuble de Ben Sullivan, Dante aperçut le petit terrier que Tess avait sauvé de la mort grâce à son pouvoir de guérison. Il trottinait sur le trottoir obscur, sans personne au bout de sa laisse.

Mauvais signe s'il en était, mais Dante sut qu'il était désormais tout près.

Il le fallait.

— Tess, cria-t-il en priant pour qu'elle puisse l'entendre, pour qu'il n'arrive pas trop tard.

Il déboucha au coin d'un immeuble à trois étages et sauta par-dessus les jouets et les vélos qui jonchaient le jardin. L'odeur de son sang était plus forte, tout comme l'appréhension de Dante, qui martelait ses tempes.

— Tess !

Il scruta la nuit avec l'acuité d'un faisceau laser et se mit à courir, saisi de panique, lorsqu'il entendit les grognements de Renégats se bagarrant pour une proie.

Mon Dieu, non.

En face de l'immeuble où habitait Ben Sullivan, le sac à main de Tess gisait par terre, sur le trottoir, son contenu renversé. Dante prit à droite et parcourut à toute vitesse une voie piétonnière entre deux immeubles. Il y avait une remise au bout de la voie, dont la porte ouverte battait sur ses gonds.

Tess se trouvait à l'intérieur. L'effroi avec lequel cette certitude s'imposa à lui le fit vaciller.

Derrière lui, avant qu'il ait pu atteindre la remise et la mettre en pièces de ses mains nues, un Renégat sortit de l'ombre et bondit sur lui. Dante se retourna dans sa chute et tira l'une de ses lames, avec laquelle il lacéra le visage de la sangsue. Le Renégat poussa un cri surnaturel tandis que son système sanguin vicié goûtait au titane mortel. Dante roula sur lui pour se remettre sur ses pieds, laissant le Renégat à sa décomposition accélérée.

Dans la rue, la Range Rover noire rugit et s'immobilisa brusquement. Tegan et Chase sautèrent du véhicule, armes au poing. Un autre Renégat surgit de l'obscurité, mais après avoir croisé le regard glacial de Tegan, il s'enfuit en sens inverse. Le guerrier bondit à sa poursuite comme un gigantesque félin.

Chase avait dû apercevoir quelque chose de louche dans l'appartement de Ben Sullivan, car il ôta le cran de sûreté de son pistolet et traversa la rue en courant.

Dante, quant à lui, avait à peine conscience de ce qui se déroulait autour de lui. Déjà, ses bottes battaient le sol en direction de la remise et des bruits terribles qui en provenaient. Le son caractéristique des vampires en train de se nourrir n'avait rien de nouveau pour lui, mais l'idée qu'ils s'en prenaient à Tess le plongea dans une rage dévastatrice. Il s'avança vers la porte battante de la remise et, d'une seule main, la sortit de ses gonds. Elle fut projetée dans le terrain vague attenant, immédiatement oubliée.

Deux Renégats maintenaient Tess sur le sol de la dépendance, l'un affairé à son poignet, l'autre à sa gorge. Elle gisait sans mouvement sous eux, si immobile que le cœur de Dante se glaça d'effroi quand il vit la scène. Mais il sentait qu'elle était encore en vie. Il entendait l'écho de son pouls battre faiblement dans ses propres veines. Quelques secondes de plus et ils auraient pu la tuer.

Dante rugit avec une telle violence que le bâtiment trembla, la fureur bouillonna en lui comme un vent de tempête. Le Renégat qui s'abreuvait au poignet de Tess bondit en arrière en sifflant, les lèvres retroussées maculées du sang de Tess, ses longs crocs écarlates. La sangsue s'élança vers le plafond de la remise où il s'accrocha dans un coin comme une araignée.

Dante suivit son mouvement ; il tira l'une de ses malebranches et la lança en l'air. La lame de titane tournoya et toucha mortellement le Renégat au cou. La sangsue retomba au sol dans un cri. Dante dirigea alors sa haine vers le plus grand des deux, qui s'était placé de façon à défendre sa proie.

Fléchi devant le corps immobile de Tess, il faisait face à Dante, les crocs dénudés et les yeux étincelant d'une cruelle lueur ambrée. La sangsue semblait jeune, malgré la Soif sanguinaire qui l'avait transformée en bête ; probablement l'un des jeunes civils du Havrobscur porté disparu. Tant pis ; un bon Renégat était un Renégat mort, et c'était encore plus vrai de celui qui avait posé ses mains et ses lèvres partout sur le corps de Tess, la drainant de sa précieuse vie.

Celui qui l'aurait sans doute déjà tuée si Dante n'était pas intervenu.

Avec le sang qui affluait massivement dans ses muscles, la souffrance de Tess et la sienne qui le galvanisaient pour le combat, Dante dénuda ses crocs et se jeta sur le Renégat en rugissant. Il voulait rendre une justice brutale et infernale, mettre en pièces ce salaud avant de l'étriper avec sa lame. Mais l'approche expéditive primait. Sauver Tess était tout ce qui comptait.

Dante visa la mâchoire béante du Renégat, abaissa son poing de toutes ses forces, cassant les os et déchiquetant les tendons. La sangsue hurla. De sa main libre, Dante tira une lame et enfonça l'acier trempé au titane dans la poitrine du vampire. Puis il repoussa le cadavre et se précipita vers Tess.

—Oh, mon Dieu.

Agenouillé près d'elle, il entendit sa respiration douce et rauque, presque imperceptible tant elle était faible. La blessure au poignet était sérieuse, mais celle à son cou témoignait d'une rare sauvagerie. Sa peau était aussi blanche que la neige, froide au toucher quand il porta sa main à sa bouche et embrassa ses doigts sans vie.

—Tess… tiens le coup, ma chérie. Je t'ai retrouvée. Je t'emmène loin d'ici.

Il la prit sans ses bras et, la tenant serrée tout contre lui, sortit du bâtiment.

CHAPITRE 28

C hase enjamba le corps d'un humain mort gisant
devant la porte de l'appartement du premier étage,
dont la télé hurlait depuis le salon. Le vieil homme avait
été déchiqueté par des Renégats, dont au moins un
se trouvait encore dans l'immeuble. Dans un silence
absolu, Chase monta l'escalier menant à l'appartement
de Ben Sullivan à toute allure, les sens en alerte. Il tenait
le Beretta à deux mains, près de son épaule droite, le
cran de sûreté ôté, le canon pointé vers le plafond. En
une fraction de seconde, il pouvait viser et vider son
chargeur rempli de balles de titane. Pour le Renégat
qui s'affairait, imprudent, dans l'appartement en haut
des escaliers, la mort était imminente.

La dernière marche atteinte, Chase s'arrêta dans le
couloir adjacent à la porte ouverte. Par la porte entre-
bâillée, il constata que l'endroit avait été mis à sac. Les
Renégats cherchaient manifestement quelque chose,
et non Ben Sullivan, sauf s'ils s'attendaient à le trouver
caché dans l'un des nombreux tiroirs et boîtes d'archives
renversés dans l'appartement. Il aperçut un mouvement
à l'intérieur et recula juste au moment où un Renégat
sortait de la cuisine armé d'un couteau de boucher,

et commençait à déchirer les coussins du fauteuil, les mettant en pièces.

De la pointe de sa botte, Chase ménagea dans la porte une ouverture suffisamment grande pour se faufiler à l'intérieur, puis il pénétra dans l'appartement avec précaution, visant le dos du Renégat de son 9 mm. Absorbé par sa recherche frénétique, le vampire n'avait pas senti la menace qui se rapprochait de lui, jusqu'à ce que Chase se trouve à soixante centimètres de lui, le canon de son pistolet pointé sur le centre de sa tête.

Chase aurait pu tirer à ce moment-là – aurait probablement dû le faire. Son entraînement et sa logique lui intimaient l'ordre d'appuyer sur la détente et d'envoyer une de ces balles de titane dans le crâne du Renégat, mais l'instinct le fit hésiter.

En une fraction de seconde, il procéda mentalement à un inventaire visuel du vampire qui se tenait devant lui. Il nota sa haute stature athlétique, les vêtements civils… le reste d'innocence juvénile caché sous le sweat-shirt et le jean sales, et les cheveux gras et hirsutes. Il avait affaire à un junkie, pas le moindre doute. Le Renégat sentait le sang et la sueur mêlés en une puanteur âcre, caractéristique d'un vampire en proie à la Soif sanguinaire.

Mais ce drogué n'était pas un étranger.

— Mon Dieu, murmura Chase à voix basse. Camden ?

Le Renégat s'immobilisa totalement au son de la voix de Chase. Il redressa les épaules, tourna sa tête hirsute sur le côté, son cou formant un angle exagéré. Lèvres retroussées et crocs découverts, il renifla l'air avec un grognement. Son regard n'était pas totalement visible, mais Chase vit que les yeux de son neveu étincelaient de cette lueur ambrée dans son visage blême.

—Cam, c'est moi. C'est ton oncle. Pose ce couteau, fiston.

S'il comprit, Camden n'en laissa rien paraître. Il ne lâcha pas non plus l'immense couteau de boucher qu'il serrait dans sa main. Il se retourna lentement, comme un animal soudain conscient d'être acculé.

—C'est fini, lui dit Chase. Tu es en sécurité, maintenant. Je suis ici pour t'aider.

En disant ces mots, Chase se demandait s'il les pensait vraiment. Il abaissa son pistolet mais sans remettre le cran de sûreté, tous les muscles du bras bandés, le doigt au-dessus de la détente. Il sentait l'appréhension monter dans son dos, aussi froide que la brise nocturne qui entrait dans l'appartement par la porte et les fenêtres coulissantes ouvertes. Chase se sentait pris au piège, lui aussi, incertain de la réaction de son neveu et de la sienne.

—Camden, ta mère s'inquiète beaucoup pour toi. Elle veut que tu rentres à la maison. Tu peux faire ça pour elle, mon garçon ?

Un long moment s'écoula dans un silence circonspect tandis que Chase observait le seul enfant de son frère se retourner pour lui faire face. Chase n'était pas préparé à ce qu'il allait voir. Il tenta de maîtriser son expression, mais la bile remonta dans sa gorge tandis qu'il prenait conscience de l'aspect du garçon, en sang dans des vêtements déchirés, lui qui, quelques semaines auparavant, plaisantait et riait avec ses amis, enfant précieux à l'avenir si prometteur.

Chase ne voyait plus aucun signe de cette espérance dans le mâle sauvage qui le menaçait, les vêtements souillés après le massacre auquel il avait pris part en bas, un couteau de cuisine serré dans la main. Ses pupilles étaient fixes et rétrécies, simples fentes noires au centre de son regard ambré et vide.

— Cam, je t'en prie… dis-moi que tu es là-dedans, quelque part.

Les paumes de Chase commençaient à devenir moites. Son bras droit se leva de son propre chef, arme au poing. Le Renégat grogna et fléchit les jambes. Son regard sauvage allait de gauche à droite, calculant, décidant. Chase ne savait pas si l'impulsion qui animait Camden à ce moment-là était la lutte ou la fuite. Il leva le 9 mm plus haut, et encore plus haut, le doigt tremblant sur la gâchette.

— Oh, putain… c'est pas bon. Pas bon du tout.

Avec un soupir triste, il braqua le canon du pistolet en l'air et tira dans le plafond. Le coup de feu résonna fort, et Camden passa à l'action, bondissant à travers la pièce pour s'enfuir. Il passa devant Chase en direction de la fenêtre coulissante. Sans même un regard en arrière, il enjamba le balcon et disparut.

Chase laissa retomber son bras, parcouru d'un sentiment oppressant de soulagement et de regret mêlés. Il avait retrouvé son neveu, mais il venait de laisser s'enfuir un Renégat.

Lorsque, enfin, il releva la tête et jeta un coup d'œil vers la porte ouverte de l'appartement, il aperçut Tegan qui le regardait depuis dans l'embrasure d'un air vif et entendu. Le guerrier n'avait peut-être pas vu qu'il avait laissé s'enfuir un Renégat, mais il le savait. Ce regard émeraude dépourvu d'émotion semblait tout savoir.

— Je n'ai pas pu, murmura Chase. (Il secoua la tête en regardant l'arme déchargée.) Il est de ma famille… je… je n'ai pas pu.

Pendant un long moment, Tegan ne dit rien, l'évaluant en silence.

— On doit y aller, finit-il par dire d'un ton égal. La femme est dans un état grave. Dante nous attend avec elle dans la voiture.

Chase acquiesça puis suivit le guerrier hors du bâtiment.

Le cœur battant encore de peur et de rage, Dante déposa Tess sur le siège arrière de la Rover, soutenant sa tête et ses épaules dans ses bras, sa veste posée sur elle pour la réchauffer. Il avait déchiré sa chemise et l'avait coupée en lanières, enroulant ces bandages de fortune autour de la blessure à son poignet et de la lacération, plus grave, à son cou.

Elle gisait immobile contre lui, si légère. Il baissa les yeux vers son visage, soudain reconnaissant que les Renégats, dans leur agression, ne l'aient ni battue ni torturée, tourments que leur espèce dégénérée était encline à faire subir à leurs proies. Ils ne l'avaient pas violée, ce qui était aussi un immense soulagement, compte tenu de leur nature sauvage et animale. Mais les Renégats lui avaient pris son sang – en grande quantité. Si Dante n'était pas arrivé à temps, ils auraient pu la vider totalement.

Cette idée lui glaçant les os, il frissonna. Plus il la regardait allongée là, paupières closes, inconsciente, la peau pâle et froide, plus la seule manière lui porter secours s'imposait à lui. Elle avait besoin de sang pour remplacer celui qu'elle avait perdu. Pas les transfusions sanguines qui auraient suffi à ses sœurs humaines mais le sang d'un mâle de la Lignée.

Il lui avait déjà imposé la moitié du lien de sang la nuit où il s'était abreuvé à elle pour avoir la vie sauve. Pouvait-il se montrer aussi insensible en lui imposant l'autre partie de ce pacte alors qu'elle n'était pas en mesure de choisir ? La seule autre solution était de rester là à la regarder mourir dans ses bras.

Inacceptable, même si elle en venait à le détester de lui donner une vie qui l'enchaînerait à lui par des liens impossibles à briser. Elle méritait tellement mieux que ce qu'il avait à lui offrir.

— Bon sang, Tess. Je suis désolé. C'est la seule solution.

Il porta son poignet à sa bouche et, de la pointe acérée de ses crocs, se fit une longue entaille. Le sang afflua à la surface et un mince filet rouge coula le long de son bras nu. Il était vaguement conscient de pas rapides qui se rapprochaient du véhicule tandis qu'il levait la tête de Tess pour se préparer à lui donner son sang.

Les portières avant s'ouvrirent et Tegan et Chase montèrent. Tegan jeta un coup d'œil à l'arrière et son regard se posa sur le bras de Tess, sur sa main droite qui avait glissé du siège et pendait mollement sous la veste de Dante. C'était la main qui portait la petite goutte d'eau dans son croissant de lune. Le guerrier fronça les sourcils puis releva des yeux interrogatifs mais prudents en direction de Dante.

— C'est une Compagne de sang.

— Je sais, répondit Dante à son frère d'armes.

Il ne tenta pas même de masquer la forte inquiétude de sa voix.

— Roule, Tegan. Conduis-nous au complexe aussi vite que possible.

Tandis que Tegan mettait le contact et démarrait, Dante posa son poignet contre les lèvres inanimées de Tess et regarda le sang couler dans sa bouche.

CHAPITRE 29

T ess se dit qu'elle devait être en train de mourir. Elle se sentait tout à la fois en apesanteur et plombée, et flottait dans les limbes, entre la souffrance d'un monde et la vertigineuse inconnue du suivant. Elle se sentait attirée par le sombre ressac de cet endroit inexploré, mais elle n'avait pas peur. Une chaleur apaisante l'enveloppait, comme si les ailes puissantes d'un ange l'entouraient et la maintenaient au-dessus de la marée montante qui clapotait doucement contre ses membres.

Elle s'abandonna à cette étreinte chaleureuse. Elle avait besoin de cette force, constante et solide.

Il y avait des voix autour d'elle, qui s'entretenaient d'un ton bas et pressant, mais leurs mots restaient indistincts. Son corps vibrait sous l'effet d'un mouvement en dessous d'elle, ses sens engourdis à chaque balancement de ses membres. L'emmenait-on quelque part ? Elle était trop épuisée pour se poser la question, satisfaite de pouvoir simplement s'abandonner à la chaleur protectrice qui lui servait de cocon.

Elle voulait dormir. Se fondre dans le néant et dormir, pour toujours…

Une goutte d'une substance chaude lui éclaboussa les lèvres et s'écoula lentement, douce comme de la soie le long de sa bouche, son parfum enivrant montant jusqu'à ses narines. Une autre goutte éclaboussa ses lèvres, chaude, douce et aussi capiteuse que du vin, et sa langue sortit pour la recueillir.

Dès que sa bouche s'ouvrit, elle fut inondée d'une chaleur liquide. Elle gémit, incertaine de ce qu'elle goûtait mais intimement convaincue qu'il lui en fallait encore. La première gorgée la parcourut comme une vague immense, qui fut aussitôt suivie d'autres, flux constant dont elle s'empara, sur ses lèvres et sa bouche, s'abreuvant à cette fontaine comme si elle mourait de soif. Peut-être était-ce le cas. Tout ce qu'elle savait, c'est qu'elle en avait besoin et qu'elle en voulait plus, toujours plus.

Quelqu'un murmura son nom, d'une voix douce et grave, tandis qu'elle buvait l'étrange élixir. Elle connaissait cette voix. Elle connaissait ce parfum qui embaumait tout autour d'elle et qui se répandait dans sa bouche.

Elle savait qu'il était là pour la sauver, cet ange ténébreux dont les bras la protégeaient désormais.

Dante.

Dante était à ses côtés dans cet étrange néant ; elle le savait dans la moindre fibre de son être.

Tess flottait toujours à la surface de la mer bouillonnante de ce lieu inconnu. Lentement, les eaux sombres montèrent pour l'engloutir, épaisses comme de la crème et chaudes comme un bain. Dante la maintenait de ses bras si forts et si doux et l'abaissait lentement dans cette onde délicieuse. Elle se dissolvait dans ce flot, l'avalait et le sentait pénétrer ses muscles, ses os, la moindre de ses cellules.

Dans le sentiment de paix qui déferla sur elle, Tess laissa glisser sa conscience vers un autre monde qui vint à sa rencontre dans les teintes cramoisies et d'un nectar écarlate.

Le trajet jusqu'au complexe dura une éternité, même si Tegan battit quelques records de vitesse en traversant les rues bondées et sinueuses de Boston jusqu'à l'allée privée menant au siège de l'Ordre. Dès que la Rover s'immobilisa dans le garage, Dante ouvrit la portière arrière du véhicule et, avec précaution, descendit avec Tess dans les bras.

Elle continuait à osciller entre conscience et inconscience, encore affaiblie par le sang qu'elle avait perdu et le choc de son attaque, mais il avait quelque espoir qu'elle survive. Elle n'avait bu qu'un peu de son sang, mais à présent qu'elle était en sécurité au complexe, il veillerait à ce qu'elle reçoive toute la quantité dont elle avait besoin.

Bon Dieu, il se saignerait aux quatre veines pour elle s'il fallait en arriver là pour la sauver.

Et ce n'était pas l'une de ces idées nobles mais creuses, il le pensait vraiment. Il voulait désespérément que Tess survive, au point d'être prêt à mourir pour elle. Les dimensions physiques du lien de sang qui les unissait désormais totalement impliquaient cette attitude protectrice, mais c'était plus fort que cela. C'était bien plus profond que tout ce qu'il aurait jamais pu imaginer.

Il l'aimait.

La violence de son émotion saisit Dante tandis qu'il portait Tess vers l'ascenseur du garage, Tegan et Chase sur ses talons. Quelqu'un appuya sur le bouton et ils commencèrent leur lente et silencieuse descente d'une centaine de mètres sous la terre et l'acier qui séparaient le complexe de la Lignée du reste du monde.

Lorsque les portes s'ouvrirent, Lucan se trouvait dans le couloir, Gideon à son côté, les deux guerriers armés, l'expression grave. Nul doute que Lucan avait été alerté par leur arrivée dès que la Rover était apparue à grande vitesse sur la caméra de sécurité du portail du complexe.

Il jeta un regard à Dante et la femme sauvagement attaquée qu'il tenait dans ses bras et jura.

—Qu'est-ce qui s'est passé ?

—Laissez-moi passer, répondit Dante en sortant devant ses frères tout en veillant à ne pas secouer Tess. Elle a besoin de se reposer au chaud. Elle a perdu beaucoup de sang…

—Je le vois bien. Mais bon sang, qu'est-ce qui s'est passé ?

—Des Renégats, intervint Chase, se chargeant d'expliquer les événements à Lucan tandis que Dante s'engageait dans le couloir, toute son attention sur Tess. Un groupe de Renégats était en train de mettre à sac l'appartement du revendeur d'Écarlate. Je ne sais pas ce qu'ils cherchaient, mais la femme a dû les surprendre.

Peut-être qu'elle s'est interposée. Elle a été mordue au poignet et à la gorge par plusieurs agresseurs.

Dante acquiesça au récit des faits, reconnaissant envers le vampire du Havrobscur pour ces explications, car sa voix semblait s'être tarie dans sa gorge.

— Mon Dieu, s'exclama Lucan en jetant un regard perçant à Dante. C'est la Compagne de sang dont tu m'as parlé ? C'est Tess ?

— Ouais. (Il baissa les yeux vers elle, si immobile et blême dans ses bras et sentit un froid lui enserrer la poitrine.) Quelques secondes de plus et je serais peut-être arrivé trop tard…

— Putains de sangsues, siffla Gideon en se passant la main dans les cheveux. Je vais lui préparer une chambre à l'infirmerie.

— Non.

Dante répondit d'un ton plus sec et inflexible qu'il l'aurait souhaité. Il tendit son poignet entaillé, la peau encore rougie et humide à l'endroit où elle s'était nourrie de lui.

— Elle est mienne. Elle reste avec moi.

Gideon écarquilla les yeux mais n'ajouta rien, et les autres l'imitèrent. Dante passa devant le groupe de guerriers et s'engagea, Tess dans les bras, dans le labyrinthe de couloirs menant à ses quartiers privés. Une fois à l'intérieur, il la porta dans sa chambre et la déposa en douceur sur son grand lit. Il tamisa les lumières, lui parlant d'une voix basse et douce tandis qu'il s'efforçait de l'installer confortablement.

D'une commande mentale, il actionna le robinet du lavabo de la salle de bains et fit couleur de l'eau chaude tandis qu'il retirait avec précaution les bandages de fortune autour du poignet et du cou de Tess. Dieu merci, elle ne saignait plus. Ses blessures étaient à vif et hideuses sur sa peau sans défaut, mais le pire était passé.

En voyant les marques laides laissées par les Renégats, Dante aurait aimé avoir le pouvoir de guérison de sa bien-aimée. Il voulait effacer ses blessures avant qu'elle puisse les voir, mais il n'était pas en mesure de réaliser cette sorte de miracle. Le sang qu'il lui avait donné la guérirait de l'intérieur, nourrirait son corps en lui conférant une vitalité surnaturelle qu'elle n'avait jamais connue. Au fil du temps, si elle se nourrissait régulièrement auprès de lui en tant que compagne, sa santé serait éternelle. Avec le temps, les blessures cicatriseraient elles aussi. Pas assez vite pour lui. De nouveau, il aurait voulu mettre en pièces ses agresseurs, les torturer lentement au lieu de leur administrer une mort rapide comme il l'avait fait.

Ce besoin de violence, de vengeance contre tous les Renégats qui pourraient un jour lui faire du mal, bouillonnait en lui comme de l'acide. Dante s'efforça d'apaiser sa colère et employa toute son énergie à s'occuper de Tess avec déférence et douceur. Il lui retira sa veste maculée de sang, en commençant par les manches puis en soulevant son corps frêle. Le pull qu'elle portait en dessous était irrécupérable lui aussi, la laine d'un vert tendre imbibée de rouge criard au niveau du cou et le long de la manche.

Il allait devoir découper le pull ; pas question d'essayer de le lui enlever par la tête et de risquer de toucher la mauvaise morsure qu'elle avait au cou. Il tira une de ses lames de son fourreau et fit glisser la pointe sous la bordure pour ménager une ouverture verticale au centre du vêtement. La laine glissa et dévoila le buste crémeux de Tess et la dentelle de son soutien-gorge.

Le désir monta en lui, aussi automatique que le fait de respirer, tandis qu'il posait les yeux sur sa peau parfaite et les courbes féminines et douces de son corps. Mais la faim qui se réveillait en lui fut tempérée à la vue des marques que lui avaient infligées les Renégats, et un calme affectueux prit le dessus sur son désir ardent de la posséder.

Elle était en sécurité désormais, et c'était tout ce qui lui importait.

Dante reposa la malebranche sur la table de chevet puis retira le pull saccagé de Tess et le laissa tomber par terre, près du lit, à côté de sa veste. Il régnait dans la chambre une douce chaleur, mais la peau de Tess restait froide au toucher. Il tira sur le bord de la couette noire de l'autre côté de son grand lit et en recouvrit Tess, puis se dirigea vers la salle de bains pour y prendre un gant de toilette imbibé d'eau savonneuse ainsi qu'une serviette pour la nettoyer. Tandis qu'il revenait dans la chambre, il entendit un léger coup frappé à la porte ouverte de son appartement, bien trop doux pour être celui d'un des guerriers.

— Dante ?

La voix de velours de Savannah était encore plus douce que le coup donné à la porte. Elle entra avec, dans les mains, des onguents et des médicaments, ses yeux couleur café emplis de sympathie. Gabrielle, la compagne de Lucan, était avec elle et apportait un peignoir.

— Nous avons appris ce qui s'est passé et nous avons eu envie d'apporter des petites choses pour l'aider à se sentir mieux.

— Merci.

Il regarda, immobile au chevet du lit, les femmes approcher et déposer ce qu'elles avaient apporté. Tess restait le centre de ses préoccupations. Il lui souleva la main et, doucement, passa le bord du gant chaud sur la croûte de sang qui s'était formée sur son poignet, d'un geste aussi léger que le pouvaient ses grandes mains maladroites, plus habiles à manier les armes ou l'acier.

— Est-ce qu'elle va bien ? demanda Gabrielle derrière lui. Lucan a dit que tu lui avais fait boire ton sang pour la sauver.

Dante acquiesça, sans toutefois ressentir la moindre fierté pour ce qu'il avait fait.

— Elle me détestera quand elle en comprendra les implications. Elle ignore qu'elle est une Compagne de sang. Elle ignore… ce que je suis.

Il fut surpris de sentir une petite main légère et rassurante sur son épaule.

— Dans ce cas, tu dois le lui dire sans plus attendre, Dante. Fais-lui confiance ; elle saura trouver un sens à tout cela même si, dans un premier temps, elle peut avoir du mal à accepter la vérité.

—Oui, répondit-il. Je sais qu'elle mérite de savoir la vérité.

Il était ému du geste de sympathie de Gabrielle et de la justesse de ses conseils. Après tout, elle parlait d'expérience. À peine quelques mois auparavant, elle en était passée par là avec Lucan. Bien que le couple soit inséparable depuis, et manifestement très amoureux, le cheminement de Lucan et de Gabrielle avait été tout sauf un long fleuve tranquille. Personne, parmi les guerriers, n'en connaissait les détails, mais Dante soupçonnait que la nature distante et dure de Lucan n'avait facilité les choses pour aucun d'eux.

Savannah le rejoignit près du lit.

—Après avoir nettoyé ses blessures, applique dessus un peu de cet onguent. Combiné à ton sang dans son organisme, il accélérera la guérison et diminuera les cicatrices.

—D'accord. (Dante prit le flacon d'onguent fait maison et le posa sur la table de chevet.) Merci. À vous deux.

Les femmes lui adressèrent un sourire bienveillant puis Savannah se baissa pour ramasser la veste et le pull salis de Tess.

—Je ne pense pas qu'elle en ait une quelconque utilité désormais.

Au moment où ses doigts se refermèrent sur les vêtements, ses traits lisses se contractèrent. Elle ferma les yeux avec une grimace. Elle eut le souffle coupé puis laissa échapper un faible soupir.

— Mon Dieu, la pauvre. L'attaque qu'elle a subie a été si… sauvage. Tu savais qu'ils avaient failli la vider de son sang ?

Dante acquiesça.

— Je le sais, oui.

— Elle était presque partie au moment où tu… Bon, tu l'as sauvée, et c'est ce qui compte, ajouta Savannah d'un ton serein qui ne parvenait pas à dissimuler pleinement le malaise qu'elle ressentait après avoir perçu les circonstances terribles de l'agression de Tess. Si tu as besoin de quoi que ce soit, Dante, n'hésite pas. Gabrielle et moi ferons tout notre possible pour t'aider.

Il hocha la tête et se remit sur-le-champ à nettoyer les blessures de Tess. Il entendit les femmes partir, et le poids de ses pensées imposa un lourd silence autour de lui. Il ne compta pas le temps qu'il passa ainsi au chevet de Tess, vraisemblablement des heures. Il la lava et la sécha, puis s'allongea dans le lit à son côté et la regarda dormir en priant pour la voir rouvrir bientôt ses yeux magnifiques sur lui.

Par centaines, les pensées tournaient dans sa tête ; par centaines, les promesses qu'il voulait lui faire. Il voulait qu'elle soit à jamais en sécurité, heureuse. Il voulait qu'elle vive éternellement. Avec lui, si elle voulait de lui ; sans lui, si c'était la seule autre solution. Il veillerait sur elle aussi longtemps qu'il le pourrait et, si – ou plus vraisemblablement quand – la mort qui le pourchassait finissait par le rattraper, il se serait déjà assuré qu'il y ait toujours une place pour Tess au sein de la Lignée.

Mon Dieu, était-il vraiment en train de penser à l'avenir ? de faire des projets ?

Il lui semblait si étrange, après avoir vécu toute sa vie comme s'il n'y avait pas de lendemains, que l'arrivée d'une femme suffise à mettre au rebut tout son fatalisme. Il restait persuadé que la mort le guettait au tournant – il le savait aussi sûrement que sa mère avait prédit sa propre mort et celle de son compagnon –, mais une femme extraordinaire le faisait à présent espérer de toutes ses forces qu'il se trompait.

Il fallait qu'elle se réveille bientôt. Qu'elle aille mieux, parce qu'il devait mettre les choses au clair avec elle. Elle devait absolument savoir ce qu'il ressentait, et ce qu'il lui avait fait en unissant leurs destins par le sang. Combien de temps faudrait-il au sang de Dante pour être absorbé par celui de Tess et commencer son travail de régénération ? De quelle quantité aurait-elle besoin ? Elle n'en avait pris qu'une infime portion lors du trajet jusqu'au complexe, juste les quelques gouttes qu'il avait réussi à faire couler dans sa bouche et dans sa gorge sèche. Il lui en fallait peut-être davantage.

Dante saisit la dague posée à côté de lui sur la table de chevet et se fit une nouvelle entaille au poignet, qu'il appuya aussitôt contre les lèvres de Tess. Il attendit une réaction, et dut se retenir de hurler un juron quand il vit que la bouche de la jeune femme restait immobile et que son sang gouttait, inutile, sur son menton.

—Je t'en prie, mon ange. Bois pour moi. (Il caressa sa joue froide, démêla les mèches de cheveux blonds sur son front.) Je t'en supplie, vis, Tess... bois, et vis.

Un raclement de gorge gêné, dans l'embrasure de la porte, troubla le silence.

—Je suis désolé, la... euh... porte était ouverte.

Chase. Putain, il ne manquait plus que ça. C'était bien la dernière personne que Dante ait envie de voir en ce moment. Dante était trop pris par ce qu'il faisait – ce qu'il ressentait – pour supporter une autre interruption, en particulier celle de l'agent du Havrobscur. Il avait espéré que ce connard s'était barré depuis longtemps du complexe pour retourner d'où il venait, de préférence propulsé par un coup de pied au cul du 49 fillette de Lucan. Mais peut-être que Lucan voulait laisser ce plaisir à Dante.

—Dégage, grogna-t-il.

—Est-ce qu'elle boit un peu?

Dante eut un petit rire ironique.

—Qu'est-ce que tu ne comprends pas dans «dégage», Harvard? Je n'ai pas besoin d'un public pour le moment, et j'ai déjà eu ma dose de tes conneries.

De nouveau, il appuya son poignet contre les lèvres de Tess, utilisant les doigts de sa main libre pour les entrouvrir, dans l'espoir de faire passer un peu de son sang. En vain. Les yeux de Dante, rivés sur elle, se mirent à le piquer. Il sentit quelque chose d'humide le long de ses joues, goûta le sel des larmes qui s'accumulaient au coin de ses lèvres.

—Merde, murmura-t-il, essuyant son visage sur son épaule, en proie à un étrange mélange de confusion et de désespoir.

Il entendit des pas se rapprocher du lit et sentit l'air remuer autour de lui lorsque Chase tendit la main.

—Ça marcherait peut-être mieux si tu lui inclinais la tête comme…

—Ne t'avise pas de la toucher!

Dante reconnut à peine sa voix, emplie de fiel et de menace. Il pencha la tête pour fusiller l'agent d'un regard ardent et acéré, en dénudant ses crocs qui étaient instantanément sortis.

Le désir de protéger Tess bouillait férocement en lui; il était prêt à tuer et Chase le comprit immédiatement. Il recula, les mains devant lui.

—Je suis désolé. Je ne voulais pas lui faire de mal. Je voulais seulement apporter mon aide, Dante. Et te présenter mes excuses.

—Ne te fatigue pas. (Il se retourna vers Tess, fou d'inquiétude et ne désirant qu'une chose, être seul.) Je n'attends rien de toi, Harvard. À part que tu dégages.

Il y eut un long silence et, pendant un moment, Dante se demanda si l'agent s'était éclipsé comme il l'espérait. Mais non, ça aurait été trop beau.

—Je comprends ce que tu ressens, Dante.

—Ah ouais?

—Je crois, oui. Je commence à comprendre de nombreuses choses qui m'échappaient avant.

—Génial, grand bien te fasse, ex-agent Chase. Note-les dans l'un de tes rapports inutiles et peut-être que tes potes du Havrobscur te décerneront une belle médaille pour célébrer ça : « Harvard a enfin fini par piger quelque chose ».

Le vampire eut un petit rire, dépourvu de toute rancune.

— J'ai merdé, je le sais. Je vous ai menti, à toi et aux autres. J'ai mis la mission en péril pour des raisons personnelles et égoïstes. J'ai eu tort. Et je voudrais que tu saches – surtout toi, Dante – que je suis désolé.

Le cœur de Dante battait à tout rompre, de fureur et de peur face à l'état de Tess, mais il ne passa pas sa rage sur Chase comme son impulsion le poussait à le faire. Il entendit le remords dans la voix du mâle. Il entendit aussi l'humilité, qui ne comptait pas parmi les qualités de Dante. Jusqu'à présent. Jusqu'à Tess.

— Pourquoi tu me racontes tout ça ?

— En toute franchise, parce que je vois à quel point tu tiens à cette femme. Tu tiens à elle et tu es mort de trouille. Tu as peur de la perdre et, en ce moment, tu ferais tout pour la garder.

— Je tuerais pour elle, répliqua Dante d'une voix douce. Je mourrais pour elle.

— Je sais. Peut-être alors comprends-tu à quel point il serait facile de mentir, de tromper les autres, voire d'abandonner votre mission pour l'aider, tout faire, tout risquer pour lui épargner d'autres souffrances.

Dante comprit soudain et fronça les sourcils, incapable de mépriser plus longtemps l'agent. Il se retourna vers Chase.

—Tu as dit qu'il n'y avait pas de femme dans ta vie, pas de famille ni d'obligations à l'exception de la veuve de ton frère...

Chase eut un sourire vague. Empli de tristesse et de nostalgie, le visage de l'agent Chase se lisait à livre ouvert.

—Elle s'appelle Élise. C'est elle que vous avez vue ce soir, Tegan et toi, quand vous êtes venus me chercher chez moi.

Il aurait dû le savoir. Il l'avait su, d'une certaine façon, il s'en rendait compte à présent. La réaction de Chase lorsque la femme était sortie avait été violente, disproportionnée. Ce n'est que lorsqu'il l'avait crue en danger qu'il s'était départi de son détachement habituel. On aurait dit qu'il était prêt à arracher la tête de Tegan pour avoir osé simplement poser la main sur elle, et cette réaction possessive allait bien au-delà de la simple défense envers un membre de sa famille.

Et, à en juger par l'expression du visage de Chase, cette affection n'était pas partagée.

—Quoi qu'il en soit, reprit l'agent d'un ton brusque, je... je voulais juste te dire que j'étais désolé pour tout. J'aimerais vous aider, toi et le reste de l'Ordre, si c'est possible. Alors si tu as besoin de quoi que ce soit, tu sais où me trouver.

—Chase, appela Dante alors que le vampire avait tourné les talons et s'apprêtait à sortir de la pièce. Excuses acceptées, mec. Et pour ce que ça vaut, moi aussi je suis désolé. Je n'ai pas été juste non plus avec toi. En dépit de nos différences, sache que j'ai du respect pour toi. L'Agence a perdu un bon élément le jour où elle t'a renvoyé.

Chase eut un sourire gêné et accepta ces éloges d'un léger signe de tête.

Date s'éclaircit la voix.

— Et si tu veux m'aider…

— Dis-moi.

— Tess promenait un chien cette nuit lorsqu'elle a été attaquée par les Renégats. Un petit clébard qui ne paie pas de mine, pas bon à grand-chose si ce n'est à servir de chauffe-pied, mais elle y tient. En fait, c'était plus ou moins un cadeau de ma part. Le chien errait dans la rue tout près de l'appartement de Ben Sullivan, la dernière fois que je l'ai vu.

— Tu veux que je retrouve un chien perdu, c'est ça ?

— T'as bien dit que tu ferais n'importe quoi, n'est-ce pas ?

— C'est vrai. (Chase eut un petit rire.) C'est d'accord. Je m'en charge.

Dante sortit de sa poche les clés de la Porsche et les lança à l'autre vampire. Alors que Chase se retournait pour partir, Dante ajouta :

— Au fait, le petit bâtard répond au nom d'Harvard.

— Harvard, répéta Chase d'une voix traînante. (Il hocha la tête et adressa un sourire narquois à Dante.) J'imagine que ce n'est pas une coïncidence.

Dante haussa les épaules.

— Tu vois que ton pedigree universitaire sert à quelque chose.

— Bordel ! Tu n'as pas cessé de me chercher des noises depuis le début, hein ?

— Franchement, j'ai été sympa. Fais-toi une fleur et évite de regarder de trop près les cibles de tir de Niko, tu risques d'avoir peur pour tes bijoux de famille.

— Bande de connards, murmura Chase, mais il y avait une pointe d'humour dans sa voix. Reste là. Je reviens bientôt avec ton clebs. T'as autre chose à balancer maintenant que j'ai dit que je voulais régler les choses entre nous ?

— En fait, oui, peut-être, répondit Dante, redevenant grave en pensant à Tess et à un avenir qui pourrait être digne d'elle. Mais on en parlera à ton retour, OK ?

Chase acquiesça, saisissant le changement d'atmosphère.

— Bien sûr. Pas de problème.

CHAPITRE 30

Quand Chase sortit des quartiers de Dante et s'engagea dans le couloir, où il trouva Gideon qui l'attendait.

—Comment ça se passe là-dedans ? demanda le guerrier.

—Elle est toujours inconsciente, mais je la crois entre de bonnes mains. Dante est résolu à tout faire pour qu'elle aille mieux et, quand ce guerrier-là a une idée dans le crâne, il n'y a pas grand-chose qui peut l'arrêter.

—Ça, c'est bien vrai, gloussa Gideon. (Il tenait un lecteur vidéo portable, qu'il alluma.) Écoute, j'ai détecté des Renégats par surveillance satellite ce soir. Plusieurs des individus semblent être des civils du Havrobscur. Tu as une minute pour jeter un coup d'œil et peut-être nous aider à les identifier ?

—Bien sûr.

Chase baissa les yeux vers le petit écran tandis que Gideon faisait défiler les images en avance rapide vers celle qui l'intéressait. C'était tourné par une caméra infrarouge braquée sur un bâtiment délabré d'un des quartiers industriels de la ville, d'où quatre individus sortaient par une porte dérobée. À leur démarche et leur stature, Chase pouvait confirmer qu'il s'agissait de vampires. Mais l'humain qu'ils traquaient n'en avait pas la moindre idée.

La vidéo se poursuivit et Chase regarda, horrifié, les quatre jeunes du Havrobscur fondre sur leur proie. Ils attaquèrent avec rapidité et sauvagerie, comme les prédateurs qu'ils étaient, en proie à la Soif sanguinaire. Les agressions sur des humains à la manière des gangs étaient inédites au sein de la Lignée ; seuls des vampires transformés en Renégats traquaient et tuaient de la sorte.

— Tu peux resserrer le cadrage ? demanda-t-il à Gideon, réticent à l'idée d'assister à la suite du carnage mais incapable de détourner le regard.

— Tu en reconnais quelques-uns ?

— Oui, répondit Chase, l'estomac révulsé quand le zoom se focalisa sur les traits métamorphosés et sauvages de Camden. (C'était la deuxième fois en quelques heures qu'il voyait le jeune vampire, et la preuve irréfutable que ce dernier ne pouvait plus être sauvé.) Ils viennent tous du Havrobscur de Boston. Je peux te donner leurs noms, si tu veux. Celui-ci s'appelle Camden. C'est le fils de mon frère.

— Merde, murmura Gideon. L'un de ces Renégats est ton neveu ?

— Il a commencé à prendre de l'Écarlate et a disparu il y a près de deux semaines. C'est pour lui que j'ai sollicité l'assistance de l'Ordre. Je voulais le retrouver et le ramener avant qu'on en arrive là.

Le visage de l'autre guerrier prit une expression grave.

—Tu sais que tous les individus sur ces images satellites sont des Renégats. Ce sont des drogués, maintenant, Chase. Des causes perdues…

—Je sais. J'ai vu Camden plus tôt cette nuit quand Dante, Tegan et moi sommes allés à l'appartement de Ben Sullivan. Dès que j'ai vu son regard, j'ai compris qui il était devenu. Ces images ne font que le confirmer.

Gideon garda le silence un long moment et éteignit le lecteur.

—Notre politique à l'égard des Renégats est assez claire. C'est une nécessité. Je suis désolé, Chase, mais si on tombe sur ces individus au cours de nos patrouilles, on n'a qu'une seule option.

Chase hocha la tête. Il savait que la position de l'Ordre vis-à-vis des Renégats était inflexible et, après avoir patrouillé avec Dante les nuits précédentes, il comprenait pourquoi il devait en être ainsi.

Camden n'était plus, et ce n'était désormais plus qu'une question de temps avant que la coquille de Renégat qui abritait ce qui restait de son neveu connaisse une fin violente, que ce soit lors d'un combat contre les guerriers ou du fait de ses propres actes inconsidérés.

—Je dois aller en surface ; Dante m'a chargé d'une mission, déclara Chase. Mais je serai de retour dans moins d'une heure et je pourrai te donner toutes les infos dont tu as besoin pour traquer ces Renégats.

—Merci. (Gideon lui administra une tape sur l'épaule.) Écoute, je suis désolé, mec. J'aimerais qu'il puisse en être autrement. On a tous perdu des êtres chers dans cette putain de guerre. Ça ne devient jamais plus facile.

— Je sais. Je te rejoins plus tard, répondit Chase avant de s'éloigner en direction de l'ascenseur qui le conduirait dans le garage de l'Ordre, au rez-de-chaussée.

Tout en marchant, il pensa à Élise. Il avait joué franc jeu avec Dante et les autres au sujet de Camden, mais il continuait à cacher la vérité à Élise. Elle devait savoir. Elle devait se préparer à ce qui était arrivé à son fils et en comprendre les implications. Chase ne ramènerait pas Cam à la maison. Personne ne le pouvait. La vérité risquait de tuer Élise mais elle méritait de la connaître.

Chase sortit de l'ascenseur et fouilla dans la poche de son manteau pour en sortir son téléphone portable. Il se dirigea vers le coupé de Dante et appuya sur la touche de raccourci pour l'appartement d'Élise, qui décrocha à la deuxième sonnerie d'une voix anxieuse et pleine d'espoir.

— Allô ? Sterling, tu vas bien ? Tu l'as retrouvé ?

Chase s'arrêta, jurant intérieurement. Pendant une longue seconde, il fut dans l'incapacité de prononcer le moindre mot. Il ne savait pas comment formuler ce qu'il avait à dire.

— Euh… Oui, Élise, on a aperçu Camden cette nuit.

— Oh, mon Dieu. (Elle laissa échapper un sanglot puis hésita.) Sterling, est-ce qu'il est… ? Je t'en prie, dis-moi qu'il est vivant.

Merde. Il n'avait pas prévu d'annoncer cela au téléphone. Il avait pensé l'appeler pour lui dire qu'il lui expliquerait tout plus tard, mais l'inquiétude maternelle d'Élise ne souffrait aucune temporisation. Elle avait désespérément besoin de réponses, et Chase ne pouvait les lui refuser plus longtemps.

—Mon Dieu, Élise. Les nouvelles ne sont pas bonnes. (Dans le silence de plomb qui régnait à l'autre bout de la ligne, Chase énuméra les faits.) Cam a été repéré cette nuit, avec une bande de Renégats. Je l'ai vu moi-même, dans l'appartement de l'humain qui revend l'Écarlate. Il est en mauvais état, Élise. Il est… Mon Dieu, comme c'est difficile de te dire ça. Il s'est transformé, Élise. C'est trop tard. Camden s'est transformé en Renégat.

—Non, finit-elle par répondre. Non, je ne te crois pas. Tu te trompes.

—Je ne me trompe pas. Mon Dieu, si tu savais à quel point j'aimerais que ce soit le cas, mais je l'ai vu de mes propres yeux, et je l'ai vu aussi sur une vidéo de surveillance récupérée par les guerriers. Lui et un groupe d'autres jeunes du Havrobscur – tous des Renégats désormais – ont été repérés par satellite en train d'attaquer un humain en public.

—J'ai besoin de voir ces images.

—Non, crois-moi, c'est mieux si…

—Sterling, écoute-moi. Camden est mon fils. Il est tout ce qu'il me reste. S'il a fait ce que tu dis, s'il est devenu un animal et que tu as des preuves, j'ai le droit de voir par moi-même.

Chase tambourinait sur le capot de la Porsche noire, sachant que les guerriers n'apprécieraient pas qu'il laisse entrer un civil au sein du complexe.

—Sterling, tu es là?

—Oui. Je suis là.

—Si tu tiens ne serait-ce qu'un peu à moi ou à la mémoire de ton frère, je t'en prie, laisse-moi voir mon fils.

—D'accord. (Il se laissa fléchir et se consola à l'idée que, s'il accédait à cette requête discutable, il serait au moins présent pour rattraper Élise lorsqu'elle s'effondrerait.) J'ai des choses à faire en surface, mais je passe te prendre au Havrobscur dans une heure environ.

—Je t'attendrai.

Cette chaleur incroyable était revenue, songea Tess depuis les flots sombres où elle se trouvait. Elle tendit tous ses sens vers la chaleur qui déferlait, vers l'effluve et le goût merveilleux du feu liquide qui la nourrissait. Des pensées conscientes semblaient voleter tout près mais restaient hors de portée, et pourtant ses terminaisons nerveuses commençaient à réagir comme des guirlandes de minuscules lumières, comme si son corps se dégelait lentement, revenait à la vie centimètre par centimètre, cellule après cellule, après un long et froid sommeil.

« Bois », lui intimait une voix grave.

Elle obéit.

Elle laissa cette chaleur pénétrer davantage dans sa bouche et l'avala par gorgées avides. Quelque chose d'étrange se réveilla en elle tandis qu'elle s'abreuvait à la source de cette puissante chaleur. Cette drôle de sensation démarra dans ses doigts et ses orteils puis se propagea dans tous ses membres, sorte d'électricité qui la parcourait par vagues ondulantes.

— C'est bien, Tess. Encore. Continue à boire, mon ange.

Elle n'aurait pas pu s'arrêter même si elle l'avait voulu. C'était comme si chaque gorgée lui donnait soif de la suivante et ajoutait du combustible au feu qui naissait au centre de son être. Elle avait l'impression d'être un nourrisson au sein de sa mère, vulnérable et innocent, pleine d'une confiance inconditionnelle et du plus primaire des besoins.

On lui donnait la vie, elle le savait dans la partie primitive de son esprit. Elle avait approché la mort, peut-être d'assez près pour la toucher, mais cette chaleur, ce sombre élixir, l'avait ramenée.

— Encore, croassa-t-elle.

Du moins, elle pensait avoir articulé un mot. La voix parvenue à ses oreilles lui semblait distante et faible. Si désespérée.

— Encore…

Tess frémit quand un froid soudain répondit à sa demande. *Non*, pensa-t-elle, prise d'une terrible panique d'avoir perdu cette chaleur. Son ange protecteur était parti, tout comme la source de vie qu'il lui avait donnée. Elle gémit faiblement, forçant ses mains indolentes à se tendre et à le chercher.

— Dante…

— Je suis là. Je ne vais nulle part.

Le frisson disparut lorsqu'elle sentit un poids lourd à son côté. La chaleur était revenue sur toute la longueur de son corps tandis qu'il l'attirait contre lui. Elle sentit des doigts forts sur sa nuque, qui la guidaient plus près de cette voix et appuyaient sa bouche contre la colonne ferme de son cou. Ses lèvres rencontrèrent une peau chaude et humide.

— Viens, Tess, abreuve-toi à moi. Prends tout ce dont tu as besoin.

S'abreuver à lui ? Une partie lointaine de sa conscience rejeta cette idée absurde, inconcevable, mais une autre – celle qui était encore aux prises avec les flots tumultueux et cherchait la terre ferme – tendit la bouche pour saisir ce qu'il offrait si volontiers.

Tess entrouvrit les lèvres et aspira, longuement et avec avidité, emplissant sa bouche de la force rugissante du cadeau de Dante.

Oh. Putain.

Lorsque Tess plaqua la bouche contre la veine qu'il s'était ouverte dans le cou, tout le corps de Dante se tendit comme une corde. La succion avide de ses lèvres, la caresse soyeuse de sa langue tandis qu'elle aspirait son sang dans sa bouche et l'avalait, provoqua aussitôt une érection violente et dure comme il n'en avait jamais connu auparavant.

Il ne s'était pas douté de l'intensité que lui procurerait le fait de la laisser s'abreuver si intimement à lui. C'était la première fois de sa vie qu'il donnait son sang. Il s'était toujours abreuvé à d'autres, s'alimentant par nécessité et souvent par plaisir, mais jamais auprès d'une Compagne de sang.

Jamais avec une femme qui le bouleversait comme Tess.

Le fait qu'elle se nourrisse à lui par pur instinct de survie, parce que son sang était la seule et unique substance dont son corps avait besoin à ce moment-là, accroissait le pouvoir érotique de la scène. Son sexe palpitait, affamé et exigeant, pression énorme qu'il voulait ignorer sans y parvenir.

Mon Dieu, il avait l'impression qu'elle suçait son membre lui-même ; chaque gorgée augmentait son excitation et menaçait de le faire basculer. En gémissant, Dante saisit dans ses poings les draps en soie de son lit et s'y agrippa tandis que Tess assouvissait sur lui son besoin primaire.

Tess se mit à remuer sur les épaules de Dante, pétrissant ses muscles à un rythme inconscient tout en continuant à aspirer son sang dans sa bouche. Dante sentait les forces de Tess lui revenir à mesure que les minutes passaient. Sa respiration s'approfondit, et à la compression rapide et creuse de ses poumons se substitua un rythme plus régulier et sain.

Pour Dante, sentir revenir la vitalité de sa bien-aimée fut pour lui le plus puissant des aphrodisiaques. Il lui fallut un effort herculéen pour ne pas la prendre dans ses bras et l'allonger sous lui afin d'assouvir son désir tempétueux.

— Continue à boire, lui dit-il en sentant dans sa bouche ses crocs allongés et sa langue épaissie par sa propre soif. Ne t'arrête pas, Tess. Tout est pour toi, rien que pour toi.

Elle se rapprocha de lui et pressa ses seins contre sa poitrine et ses hanches… Mon Dieu, ses hanches frottaient contre son bassin, ondulaient dans un mouvement subtil et instinctif tandis que sa bouche continuait à puiser avec avidité à son cou. Il roula sur le dos et resta aussi immobile qu'il le put, les yeux clos tandis que son cœur battait la chamade, en proie à un tourment exquis.

La retenue ne faisait pas franchement partie de ses habitudes, mais pour Tess, il endurerait cette torture toute la nuit si nécessaire. Il la savourait, en fait, tout autant que ce désir qui le mettait en pièces. Allongé et immobile, il absorba chacun des mouvements de son corps, chaque feulement et gémissement qu'elle émettait contre sa gorge.

Il aurait pu endurer cela plus longtemps si Tess n'avait pas grimpé sur lui, la bouche toujours accrochée à sa veine, ses cheveux retombant sur son torse. Dante s'arc-bouta sous elle, se cambra tandis qu'elle aspirait plus profondément. Son corps élancé était chaud au toucher et remuait sur lui en de lentes ondulations lascives.

Elle se mit à le chevaucher, à califourchon sur lui, son sexe pressant contre le sien comme s'ils étaient nus et faisaient l'amour. Même à travers le survêtement qu'il portait, il sentait la chaleur intense qui irradiait de Tess. Elle ruisselait de désir, et le parfum acidulé de son excitation lui martelait le crâne.

—Mon Dieu, haleta-t-il, agrippant la tête de lit tandis que le rythme de sa succion s'élevait en un crescendo frénétique.

Ses mouvements se faisaient de plus en plus urgents et de plus en plus forts, ses dents humaines émoussées s'accrochant à son cou tandis qu'elle s'abreuvait plus profondément à sa veine. Elle semblait toute proche de la jouissance, et il sentait sa propre excitation monter, enfler, son membre gonfler, prêt à exploser. Au moment où Tess atteignit l'orgasme, Dante s'abandonna au sien. La jouissance le submergea, le terrassa. Il s'y perdit, incapable d'arrêter les pulsations violentes qui semblaient vouloir se poursuivre indéfiniment tandis que Tess se laissait aller sur lui, sombrant dans un sommeil repu et profond.

Au bout d'un certain temps, Dante lâcha la tête de lit qu'il n'avait cessé d'agripper et posa doucement les mains sur le corps alangui de Tess. Il aurait voulu se glisser en elle, il en avait autant besoin que de respirer, mais elle était vulnérable à cet instant et il ne voulait pas l'utiliser. À présent qu'elle était hors de danger, ils auraient d'autres moments semblables à celui-là, de meilleurs moments.

Mon Dieu, il le fallait.

CHAPITRE 31

T ess s'éveilla en douceur, comme si son visage émergeait à la surface d'une vague chaude et sombre qui déposa son corps sur une rive accueillante. Elle inspira et sentit de l'air frais et purifiant se ruer dans ses poumons. Elle cligna des yeux, une fois, deux fois, les paupières lourdes comme si elle avait dormi pendant des jours.

— Bonjour, mon ange, dit une voix grave et familière tout près de son visage.

Tess leva les yeux et le vit : Dante, qui la regardait d'un air grave mais souriant. Il lui caressa le front, chassant de son visage des mèches de cheveux humides.

— Comment tu te sens ?

— Bien.

Elle se sentait mieux que bien, son corps reposait sur un matelas accueillant, enveloppé dans des draps de soie noire et dans l'abri puissant des bras de Dante.

— Où on est ?

— Dans un endroit sûr. C'est ici que je vis, Tess. Rien ni personne ne viendra te faire du mal ici.

Elle enregistra ces paroles rassurantes avec une pointe de confusion dans son ventre, quelque chose de sombre et de froid à la frontière de sa conscience. De la peur. Ce n'était pas une peur de cet instant ni de lui, mais l'émotion s'attardait comme une brume glaciale sur sa peau et la fit frémir.

Elle avait eu peur très récemment, une peur panique.

Tess leva la main vers son cou. Ses doigts rencontrèrent une zone de sa peau délicate et enflammée. Comme un éclair, un souvenir déchira sa mémoire : un visage hideux, aux yeux aussi étincelants que des charbons ardents, une bouche grande ouverte dans un sifflement terrifiant, dévoilant d'énormes dents acérées.

— J'ai été agressée, murmura-t-elle, articulant les mots avant même que le souvenir lui revienne pleinement. Ils sont venus vers moi dans la rue et ils… m'ont attaquée. Deux d'entre eux m'ont entraînée et ils…

— Je sais, répondit Dante en lui retirant doucement la main du cou. Mais tu vas bien, Tess. C'est fini, et tu n'as plus à avoir peur désormais.

Des souvenirs flous lui revinrent, les événements de la nuit repassèrent dans son esprit en accéléré. Elle revécut tout : son passage devant l'immeuble de Ben, la prise de conscience qu'un intrus avait pénétré chez lui, le choc de voir ces hommes immenses – à supposer même qu'ils aient été des hommes – sauter par-dessus le balcon dans la rue et s'élancer à sa poursuite. Elle revit leur visage horrible, sentit des mains rudes qui l'agrippaient et l'attiraient dans l'obscurité où la véritable sauvagerie allait se dérouler.

Elle sentait encore la terreur qui s'était emparée d'elle à ce moment-là, quand un des hommes lui avait agrippé les bras tandis que l'autre la clouait au sol de son immense corps musclé. Elle avait pensé qu'ils allaient la violer, la rouer de coups, mais l'intention de ses agresseurs était à peine moins horrible.

Ils l'avaient mordue.

Ces deux monstres sauvages l'avaient maintenue comme une proie sur le sol d'une remise sombre et délabrée. Puis ils l'avaient mordue au poignet et au cou, et avaient commencé à boire son sang.

Elle avait eu la certitude qu'elle allait mourir là, mais c'est alors que quelque chose de miraculeux s'était produit. Dante était apparu. Il les avait tués tous les deux, même si Tess l'avait davantage senti que vu. Allongée sur le plancher dur de la remise, l'odeur de son propre sang emplissant ses narines, elle avait senti la présence de Dante, sa rage qui remplissait l'espace réduit comme un ouragan de chaleur noire.

— Tu… tu étais là, toi aussi, Dante.

Tess se redressa. Son corps semblait miraculeusement fort et ne souffrait nullement des séquelles du calvaire qu'elle avait vécu. Elle retrouvait ses esprits et se sentait régénérée, pleine d'énergie, comme si elle s'éveillait d'un profond sommeil réparateur.

— Tu m'as trouvée là-bas. Tu m'as sauvée, Dante.

Son sourire était hagard, comme s'il n'était pas sûr d'être de son avis et semblait gêné par sa reconnaissance. Mais il l'enlaça et déposa un tendre baiser sur ses lèvres.

— Tu es en vie, et c'est tout ce qui compte.

Tess le tenait tout près et avait l'impression étrange de faire partie de lui. Les battements du cœur de son amant faisaient écho aux siens, et la chaleur de son corps semblait s'infiltrer à travers sa peau et ses os pour la réchauffer de l'intérieur. Elle se sentait liée à lui de façon viscérale. C'était une sensation extraordinaire, si puissante qu'elle en fut tout étourdie.

— Maintenant que tu es réveillée, murmura Dante dans le creux de son oreille, il y a quelqu'un dans l'autre pièce qui aimerait te voir.

Avant qu'elle puisse réagir, Dante se leva du grand lit et se dirigea vers le salon adjacent. Dans son dos, Tess ne pouvait s'empêcher d'admirer la beauté masculine de son corps, le réseau sensuel de tatouages multicolores sur son dos et ses épaules qui ondulait avec grâce à chacun de ses pas. Il disparut dans l'autre pièce et Tess entendit un petit gémissement animal qu'elle reconnut immédiatement.

— Harvard ! s'exclama-t-elle tandis que Dante revenait dans la chambre, l'adorable petit terrier dans les bras. Lui aussi, tu l'as sauvé ?

Dante secoua la tête.

— Je l'ai vu dans la rue avant que je te retrouve et te ramène ici. Une fois que j'ai su que tu étais en sécurité, j'ai envoyé quelqu'un le chercher.

Il posa le chien sur le lit, et Tess eut à subir les assauts enthousiastes de la petite boule de poils. Harvard lui lécha les mains et le visage, et elle le prit dans ses bras, comblée de joie de le revoir alors qu'elle pensait l'avoir perdu dans la rue près de l'appartement de Ben.

— Merci, dit-elle, souriant à travers ses larmes tandis que les retrouvailles joyeuses se poursuivaient.

Je dois avouer que je suis complètement amoureuse de cette petite bête.

—Le veinard, répondit Dante d'une voix traînante.

Il s'assit sur le bord du lit tandis que Tess subissait un léchage en règle du menton. Son expression était bien trop contrôlée, trop grave quand Tess croisa son regard.

—Il y a des… choses dont il faut que nous parlions, Tess. J'espérais ne jamais avoir à t'y mêler, mais je ne cesse de t'y impliquer davantage. Après cette nuit, tu dois comprendre ce qui s'est passé, et pourquoi.

Tess acquiesça en silence, lâcha Harvard et soutint le regard sombre de Dante. Une partie d'elle-même savait déjà où la conversation allait mener : vers un territoire inconnu, bien sûr, mais après ce qu'elle avait vu cette nuit Tess savait que les choses qu'elle avait toujours considérées comme normales et réelles n'étaient pas ce qu'elles paraissaient être.

—C'était quoi, Dante ? Ces hommes qui m'ont attaquée… ils n'étaient pas normaux, c'est ça ?

Il eut un vague hochement de tête.

—Non, ce ne sont pas des hommes. Ce sont des créatures dangereuses, des toxicomanes dont la drogue est le sang. On les appelle les Renégats.

—Des drogués… au sang, dit-elle, sentant son ventre se nouer à cette idée. (Elle baissa les yeux vers son poignet, où la morsure, qui cicatrisait, était encore rouge.) Mon Dieu, c'est ce qu'ils faisaient : ils buvaient mon sang ? Je ne le crois pas. Il n'y a qu'un seul nom pour cette forme de comportement psychotique, c'est du vampirisme.

Le regard perçant et inflexible de Dante n'esquissait pas la moindre ébauche de réfutation.

— Les vampires n'existent pas, ajouta-t-elle d'une voix ferme. On parle de la réalité, là. Ils ne peuvent pas exister.

— Ils existent, Tess. Pas de la façon dont tu as été amenée à l'imaginer. Ce ne sont pas des morts-vivants ni des démons sans âme, mais une espèce hybride, distincte. Ceux qui t'ont attaquée cette nuit appartiennent à la pire catégorie. Ils sont dépourvus de conscience, de logique ou de contrôle. Ils tuent sans distinction et continueront à le faire s'ils ne sont pas bientôt arrêtés. C'est notre tâche, la mienne et celle de ceux qui se trouvent dans ce complexe : éradiquer ces Renégats avant qu'ils deviennent un fléau d'une ampleur que l'humanité moderne n'a jamais connue.

— Oh, je t'en prie ! rétorqua Tess.

Elle ne voulait pas y croire mais avait du mal à rejeter l'allégation extravagante de Dante alors que celui-ci n'avait jamais paru plus sincère. Ou plus rationnel.

— Tu es en train de me dire que tu es une sorte de tueur de vampires ?

— Je suis un guerrier. Nous sommes en guerre, Tess. Les choses n'ont fait qu'empirer maintenant que les Renégats ont pour eux l'Écarlate.

— L'Écarlate ? Qu'est-ce que c'est ?

— La drogue que Ben Sullivan revend dans toute la ville depuis quelques mois. Elle augmente leur désir de sang et réduit les inhibitions. Elle contribue à multiplier ces tueurs.

— Et Ben ? Est-ce qu'il le sait ? C'est pour ça que vous êtes allés chez lui l'autre nuit ?

Dante acquiesça.

— Il a dit qu'il avait été recruté l'été dernier par une entreprise anonyme pour fabriquer cette drogue. Nous soupçonnons que cette entreprise est une couverture pour les Renégats.

— Où est Ben en ce moment ?

— Je ne sais pas mais j'ai bien l'intention de le découvrir.

Une froideur s'était insinuée dans la voix de Dante et Tess ne put s'empêcher de ressentir un peu d'inquiétude pour Ben.

— Ces hommes – ces Renégats – qui m'ont attaquée avaient fouillé son appartement.

— Oui. Ils le cherchaient peut-être, mais on n'en est pas sûr.

— Il est possible que je sache quelque chose sur ce qu'ils voulaient.

Dante la regarda, sourcils froncés.

— Comment ça ?

— Où est ma veste ?

Tess parcourut la chambre du regard, sans voir ses vêtements. Elle était en culotte et soutien-gorge sous les draps.

— J'ai trouvé quelque chose à la clinique l'autre jour. Une clé USB que Ben avait cachée dans l'une de mes salles d'examen.

— Qu'est-ce qu'il y a dessus ?

— Je ne sais pas. Je n'ai pas encore essayé de l'ouvrir. Elle est dans la poche de ma veste…

— Merde. (Dante bondit sur ses pieds.) Je reviens tout de suite. Ça ne t'ennuie pas que je te laisse ici toute seule ?

Tess secoua la tête, s'efforçant encore de saisir tout ce qui se passait, toutes les choses incroyables et dérangeantes qu'elle venait d'apprendre sur le monde qu'elle pensait connaître.

— Dante ?

— Oui ?

— Merci… de m'avoir sauvé la vie.

Une lueur soudaine éclaira ses yeux ambrés, adoucissant la beauté sévère de ses traits. Il revint vers le lit et passa une main dans ses cheveux, sous sa nuque pour lever son visage vers le sien. Son baiser était doux, presque révérencieux.

— Repose-toi, mon ange. Je reviens tout de suite.

Élise posa la main contre le mur lisse du couloir et tenta de reprendre son souffle. Son autre main était appuyée contre son ventre, les doigts tendus sur la large ceinture rouge de son habit de veuve. Une vague de nausée la submergea et elle se sentit faiblir sur ses jambes ; l'espace d'un instant, elle pensa qu'elle allait vomir sur-le-champ. Là, maintenant.

Elle s'était enfuie du labo technique du complexe dans un état de profond dégoût, épouvantée par ce qu'elle avait vu. À présent, après avoir couru aveuglément le long d'un couloir, puis d'un autre, elle n'avait pas la moindre idée de là où elle se trouvait. Elle savait seulement qu'elle devait fuir.

Elle ne pouvait s'éloigner assez de ce qu'elle venait de voir.

Sterling l'avait prévenue que les images satellites que l'Ordre avait captées de Camden étaient explicites et dérangeantes. Élise s'y était préparée, du moins le croyait-elle, mais voir son fils et plusieurs autres Renégats se livrer au massacre d'un être humain était bien pire que tout ce qu'elle avait pu imaginer. C'était un cauchemar qui, elle le savait, allait la hanter pour le reste de sa vie.

Adossée au mur, Élise se laissa glisser au sol. Elle ne pouvait retenir ni les larmes ni les sanglots hachés qui lui nouaient la gorge. Sa détresse était nourrie par la culpabilité, le regret de ne pas s'être montrée plus attentive envers Camden. Le remords de l'avoir spontanément cru trop bon et trop fort pour qu'une chose aussi atroce puisse lui arriver.

Son fils ne pouvait pas être le monstre assoiffé de sang qu'elle avait vu sur cet écran d'ordinateur. Il devait être quelque part à l'intérieur de ce corps. Elle devait encore pouvoir le retrouver, le sauver. C'était toujours Camden, son enfant adoré.

—Ça va?

Une voix grave et masculine la fit sursauter. Élise tressaillit et leva son regard baigné de larmes. Des yeux vert émeraude étaient rivés sur elle sous des cheveux fauves en bataille. C'était l'un des deux guerriers qui étaient venus chercher Sterling ce soir-là, le vampire à la stature imposante qui avait maintenu Élise quand elle avait essayé de se précipiter pour défendre Sterling.

— Vous êtes blessée ? demanda-t-il tandis qu'elle ne pouvait que lever les yeux vers lui, effondrée et humiliée, au sol.

Il s'avança vers elle, le visage dénué d'expression, impassible. Il était à demi dévêtu et portait un jean ample qui tombait de façon indécente sur ses hanches minces et une chemise blanche déboutonnée qui dévoilait son torse musclé. Une étonnante collection de dermoglyphes le recouvrait du bas-ventre aux épaules ; la densité et la complexité de ce marquage ne laissaient aucun doute possible sur le fait que ce guerrier appartenait à la première génération de la Lignée. Ce qui signifiait qu'il comptait parmi les plus agressifs et les plus puissants de la race vampire. Les Gen-1 n'étaient qu'une poignée ; Élise, depuis les dizaines d'années qu'elle vivait dans les Havrobscurs, n'en avait jamais rencontré.

— Je m'appelle Tegan, dit-il en lui tendant la main pour l'aider à se relever.

Ce contact lui parut trop direct, même si elle ne pouvait ignorer que les mains immenses de ce mâle s'étaient posées sur ses épaules et sa taille à peine quelques heures auparavant. Elle avait senti la chaleur persistante de son contact longtemps après qu'il l'avait laissée partir, le contour de ses doigts forts comme marqué au fer rouge dans sa chair.

Elle se leva sans son aide et s'essuya les joues d'un geste gauche.

— Je m'appelle Élise, répondit-elle. (Elle ponctua ses propos d'un signe de tête poli.) Je suis la sœur de Sterling, par alliance.

— Vous êtes veuve depuis peu ? demanda-t-il, inclinant la tête tandis que son regard pénétrant la détaillait des pieds à la tête.

Élise jouait avec la longue ceinture écarlate à sa taille.

— J'ai perdu mon compagnon il y a cinq ans.

— Vous portez encore le deuil.

— Je l'aime encore.

— Toutes mes condoléances, dit-il d'un ton égal, le visage placide. Et je suis désolé pour votre fils aussi.

Élise baissa les yeux, pas encore prête à écouter les manifestations de sympathie relatives à Camden, alors qu'elle s'accrochait encore à l'espoir qu'il puisse revenir à elle.

— Ce n'est pas votre faute. Vous n'y êtes pour rien et vous n'auriez pas pu l'en empêcher.

— Quoi ? murmura-t-elle, étonnée que Tegan connaisse sa culpabilité, sa honte secrète.

Certains vampires Gen-1 avaient la faculté de lire dans les pensées, mais elle ne l'avait pas senti le faire, et seuls les humains les plus faibles étaient perméables à cette manœuvre sans rien percevoir de l'intrusion psychique dont ils faisaient l'objet.

— Comment pouvez-vous… ?

La réponse lui vint immédiatement et expliqua l'étrange vibration qu'elle avait ressentie quand il l'avait touchée plus tôt ce soir-là, la chaleur persistante que ses doigts avaient laissée sur sa peau. Il avait deviné ses émotions à cet instant-là. Il l'avait mise à nu sans qu'elle le veuille.

— Pardonnez-moi, dit-il. Ce n'est pas quelque chose que je peux contrôler.

Décontenancée, Élise détourna le regard. Elle savait la malédiction que représentait un tel don. Ses propres aptitudes médiumniques avaient fait d'elle une prisonnière du Havrobscur, incapable de supporter le choc des pensées humaines négatives qui l'assaillaient chaque fois qu'elle se retrouvait avec ceux de son espèce.

Néanmoins, le fait de partager une affliction similaire avec ce guerrier ne l'aidait pas à se sentir plus à l'aise en sa présence. Et l'inquiétude qu'elle ressentait à propos de Camden, la détresse horrible qu'elle éprouvait en pensant à ce à quoi il se livrait, balayé par la violence des Renégats, la rendaient impatiente de se retrouver seule.

— Je dois y aller, dit-elle, plus à elle-même qu'à Tegan. Je dois... Il faut que je sorte. Je ne peux pas rester ici.

— Vous voulez rentrer chez vous ?

Elle haussa les épaules puis secoua la tête, ne sachant trop ce dont elle avait besoin.

— N'importe où, murmura-t-elle. Il faut que je sorte.

Tegan s'approcha sans le moindre mouvement d'air et répondit :

— Je vous reconduis.

— Non, ce n'est pas ce que je...

Elle jeta un regard derrière elle dans le couloir, dans la direction d'où elle était venue, en pensant qu'elle devrait peut-être essayer de trouver Sterling. Une autre partie d'elle, plus insistante, songeait qu'elle ne devrait probablement pas être en compagnie de ce guerrier à l'heure actuelle, qui plus est envisager de partir avec lui sans escorte.

— Vous avez peur que je vous morde, Élise ? demanda-t-il, sa bouche sensuelle se soulevant légèrement à un coin.

C'était la première fois qu'elle voyait chez lui quelque chose qui pouvait vaguement ressembler à une émotion.

— Il est tard, souligna-t-elle, excuse polie pour refuser son offre. L'aube va bientôt se lever. Je ne voudrais pas que vous risquiez de vous exposer.

— Je roulerai vite, dans ce cas. (Il souriait désormais, un sourire plein qui disait qu'il avait très bien compris qu'elle essayait d'esquiver sa proposition et qu'il n'allait pas la laisser faire.) Venez, foutons-le camp d'ici.

À sa grande surprise, quand il lui tendit la main, Élise n'hésita qu'une seconde avant de la prendre.

CHAPITRE 32

D ante s'absenta plus de quelques minutes, et
l'attente rendait Tess anxieuse. Elle avait tant de
questions, tant de choses à régler dans sa tête. Et, en
dépit de la régénération qu'elle éprouvait dans son corps,
à l'extérieur elle se sentait à plat, sur les nerfs.

Une douche chaude dans la salle de bains spacieuse
de Dante contribua à chasser une partie de ce sentiment,
tout comme les vêtements de rechange qui avaient été
déposés pour elle dans la chambre. Avec Harvard
qui l'observait, roulé en boule sur le lit, Tess passa le
pantalon en velours beige et le chandail marron, puis
s'assit pour enfiler ses chaussures.

Des griffures et des petites éclaboussures de sang
lui rappelaient sans pitié l'agression qu'elle avait subie.
Agression, selon Dante, perpétrée par des créatures
inhumaines assoiffées de sang, droguées.

Des vampires.

Il devait y avoir une explication plus logique, plus
réaliste en fait, qui ne relevait pas du folklore. Tess
savait que c'était impossible, et pourtant elle savait
aussi ce qu'elle avait vécu. Elle n'avait pas oublié ce
qu'elle avait vu, quand le premier agresseur avait bondi

401

par-dessus le balcon de l'appartement de Ben pour atterrir sur le trottoir avec la souplesse d'un félin. Elle se rappelait ce qu'elle avait éprouvé, quand cet homme et son complice l'avaient traînée à l'écart de la rue, vers la vieille remise. Ils l'avaient mordue comme des animaux enragés. Ils avaient percé sa peau de leurs canines énormes et lapé son sang, se nourrissant d'elle, comme dans une scène tirée d'un film d'horreur.

Comme les vampires que Dante avait affirmé qu'ils étaient.

Au moins, elle était désormais en sécurité dans cet endroit où Dante l'avait amenée. Elle examina la grande chambre, avec sa décoration simple et sobre. Le mobilier était masculin, tout en lignes épurées et tons de noir. Le lit constituait le seul luxe : le *king size* à baldaquin dominait la pièce, ses draps de soie noire brillante aussi doux et lisses que les ailes d'un corbeau.

Tess trouva la même décoration dans le salon adjacent. Les appartements de Dante étaient confortables sans être tape-à-l'œil, comme l'homme lui-même. L'ensemble était accueillant mais ne donnait pas le sentiment d'être une maison. Les murs n'avaient pas de fenêtres et étaient uniquement ornés d'œuvres d'art contemporaines et de photographies encadrées d'apparence coûteuse. Il avait désigné cet endroit comme « le complexe », et Tess commençait à se demander où elle se trouvait précisément.

Elle sortit du salon, pour se retrouver dans une entrée carrelée. Curieuse, elle ouvrit la porte et jeta un coup d'œil dans un couloir de marbre blanc brillant.

Tess regarda d'un côté puis de l'autre. Il était vide ; un tunnel courbe de pierre polie. Sur le sol, incrustée dans le marbre étincelant, une série de symboles, des arcs géométriques et des arabesques en obsidienne, enchevêtrés. Inhabituels et intrigants, certains rappelaient les motifs des magnifiques tatouages multicolores que Dante avait sur le torse et les bras.

Tess se pencha pour mieux voir. Elle était si absorbée dans l'étude des symboles au sol qu'elle ne s'était pas rendu compte qu'Harvard l'avait suivie, jusqu'au moment où il se faufila par la porte et se mit à trottiner dans le couloir.

— Harvard, reviens ici !

Elle l'appela mais le chien fit la sourde oreille et disparut au détour du couloir.

Fichu cabot !

Tess se redressa, jeta un coup d'œil puis se lança après lui. La poursuite l'entraîna dans une longue portion du couloir, puis une autre. Chaque fois qu'elle s'apprêtait à capturer le terrier, celui-ci l'esquivait et repartait de plus belle dans le labyrinthe infini de couloirs comme s'il s'agissait d'un jeu.

— Harvard, espèce de petit vaurien, arrête-toi immédiatement, ordonna-t-elle d'un ton sec, sans succès.

Elle était impatiente et ne savait pas si elle devait se risquer seule dans ce lieu. Même si elle ne les voyait pas, elle était certaine que des caméras de surveillance suivaient le moindre de ses mouvements derrière les globes de verre opaques installés à intervalles réguliers dans le plafond du couloir.

Aucun panneau n'indiquait où elle se trouvait ni où conduisaient ces couloirs labyrinthiques. Ce que Dante considérait comme son chez-lui était aménagé comme une agence gouvernementale high-tech. Ce qui ajoutait plus de crédibilité encore aux propos outranciers de Dante relatifs à une guerre souterraine et à l'existence de dangereuses créatures de la nuit.

Tess suivit le chien, qui prit brusquement à droite pour se retrouver dans un couloir donnant sur une autre aile du complexe. Mais Harvard finit par rencontrer un obstacle. Deux portes battantes bloquaient son chemin au bout du couloir, équipées de petites fenêtres carrées en verre dépoli.

Tess s'approcha avec précaution, désireuse de ne pas laisser le petit chien s'échapper mais hésitante quant à ce qui pouvait se trouver de l'autre côté de ces portes. Tout était calme ici et, partout où elle posait les yeux, elle ne voyait que du marbre. Il flottait une vague odeur d'antiseptique dans l'air. Ses oreilles captèrent le faible « bip » électronique d'un équipement médical situé non loin de là, ainsi que des cliquetis métalliques rythmés auxquels elle n'associait de particulier.

Se trouvait-elle dans une sorte d'aile médicale ? L'endroit en avait l'atmosphère stérile, mais rien n'indiquait que des patients se trouvent à l'intérieur, pas de personnel affairé, personne, à ce qu'elle voyait.

— Viens ici, petit monstre, murmura-t-elle en se baissant pour récupérer Harvard près des portes.

Tenant l'animal contre sa poitrine d'un bras, Tess ouvrit lentement l'une des portes et jeta un coup d'œil prudent. Une faible lumière luisait à l'intérieur, une semi-obscurité apaisante. La pièce était flanquée de plusieurs portes fermées. Elle referma les portes battantes derrière elle et avança de quelques pas.

Immédiatement, elle trouva la source du signal sonore : un panneau numérique était installé sur un mur à sa gauche, et tous les voyants de contrôle étaient éteints à l'exception de quelques-uns dans une grille située en bas du tableau. Le panneau évoquait une sorte de moniteur d'électrocardiographie, même s'il ne ressemblait à rien de ce qu'elle avait vu auparavant. De la pièce au bout du couloir lui parvenait le martèlement répétitif et métallique de quelque chose de lourd.

— Bonjour ? appela Tess. Il y a quelqu'un ?

Au moment où ces mots quittèrent ses lèvres, tous les autres bruits autour d'elle cessèrent, y compris le « bip » du moniteur. Elle jeta un coup d'œil à la grille juste à temps pour voir les voyants s'éteindre. Comme si quelqu'un les avait déconnectés dans la pièce du bout.

Une sensation de malaise lui parcourut l'échine. Dans ses bras, Harvard commença à se tortiller et à gémir, si bien qu'il réussit à sauter à terre et à retourner dans le couloir. Tess était incapable de nommer l'effroi qu'elle ressentait à cet instant-là, mais elle n'avait nullement l'intention de rester pour l'analyser.

Elle se retourna vers les portes et pressa le pas, en tournant la tête pour surveiller un quelconque mouvement dans son dos. Elle sentit une baisse soudaine de température, une brise froide sur sa peau, le long de sa nuque.

—Merde, dit-elle, les nerfs à fleur de peau.

Elle tendit la main pour pousser la porte et sursauta quand sa paume entra en contact avec quelque chose de chaud et d'immobile. Tess s'immobilisa et tourna la tête, sous le choc. Son regard se posa sur le visage et le torse atrocement balafrés d'un homme immense et musclé.

Non, pas un homme.

Un monstre, avec des crocs immenses et des yeux couleur ambre animés d'une lueur féroce, comme ceux qui l'avaient attaquée dans la rue.

Un vampire.

Les souvenirs horribles et terrifiants de son agression lui revinrent en un éclair : les doigts durs qui s'enfonçaient dans ses bras et la maintenaient à terre ; les crocs affûtés qui lui lacéraient la peau, la succion enfiévrée et interminable sur ses veines ; les grognements des bêtes qui s'abreuvaient à elle. Elle revit le trottoir luisant sous la lune, l'allée obscure et la remise délabrée où elle avait cru mourir.

Puis lui vint l'image aussi curieuse que déplacée de la petite réserve à l'arrière de sa clinique. Un homme immense aux cheveux noirs gisait sur le sol ; il perdait son sang. Il était en train de mourir, criblé de balles et atteint de multiples autres blessures graves. Elle s'avança vers lui...

Non, cela n'appartenait pas à ses souvenirs. Cela ne s'était pas véritablement passé... À moins que ?

Elle n'eut pas l'occasion d'assembler les pièces du puzzle. Le vampire qui lui barrait le passage s'avança vers elle, tête baissée, sauvage et furieux, et retroussa les lèvres sur ses énormes crocs d'une blancheur mortelle, dont les pointes allaient la mettre en pièces.

Debout dans le bureau de Gideon et Savannah, Dante attendait le verdict sur la clé USB que Tess avait conservée dans la poche de son manteau.

—Tu crois que tu peux contourner le cryptage de ce truc, Gid?

—Je t'en prie! (Le vampire blond lui décocha un regard en coin.) Tu te fous de moi, ou quoi? ajouta-t-il en exagérant sa légère inflexion britannique.

Il avait déjà branché la clé sur son ordinateur et faisait voler ses doigts sur le clavier.

—J'ai piraté le FBI, la CIA, notre propre BD2I et à peu près toutes les bases de données prétendument sûres. Ça, c'est du gâteau.

—Ah ouais? Fais-moi signe si tu trouves quelque chose. Il faut que j'y aille. J'ai laissé Tess…

—Pas si vite, répliqua Gideon. J'y suis presque. Fais-moi confiance, ça ne sera pas long, cinq minutes. Lançons-nous un petit défi. Donne-moi deux minutes et trente secondes. Top chrono.

À côté de lui, en jean et en pull noirs, Savannah sourit, appuyée contre le bureau sculpté en acajou.

—Tu sais qu'il ne vit que pour t'impressionner.

—Ça serait beaucoup plus facile à croire si cette espèce de salaud n'avait pas toujours raison, répliqua Dante d'une voix traînante.

Savannah éclata de rire.

—Bienvenue dans mon monde.

—Dommage que tu ne puisses pas lire les fichiers informatiques par le toucher, lui dit-elle. On n'aurait pas à se farcir ce type.

—Hélas, soupira-t-elle d'un ton théâtral. La psychométrie ne fonctionne pas comme ça, en tout cas pas pour moi. Je peux te dire ce que Ben Sullivan portait quand il a utilisé cette clé, te décrire la pièce dans laquelle il se trouvait, son état d'esprit, mais je ne peux pas pénétrer les circuits électroniques. Gideon est notre meilleur atout pour ça.

Dante haussa les épaules.

—C'est bien notre chance, hein ?

Penché sur l'ordinateur, Gideon appuya sur une dernière séquence de touches puis se cala dans son siège, les mains croisées derrière la nuque.

—Mission accomplie. Et ça m'a pris quoi ? Une minute et quarante-neuf secondes en tout.

Dante s'approcha de l'écran.

—Qu'est-ce qu'on a ?

—Des fichiers de données : feuilles de calcul, diagrammes, tableaux pharmaceutiques… (Gideon fit défiler le contenu avec la souris et cliqua sur un fichier pour l'ouvrir.) On dirait une expérience de chimie. Quelqu'un a besoin de la formule de l'Écarlate ?

—Bordel de Dieu. C'est ça ?

— J'en mettrais ma main au feu. (Gideon se renfrogna tandis qu'il cliquait sur d'autres fichiers.) Il y a plusieurs formules stockées sur le lecteur. Impossible de savoir laquelle est la bonne tant qu'on n'aura pas retrouvé et testé tous les composants.

Dante se passa la main dans les cheveux et se mit à arpenter la pièce. Il était curieux d'en savoir plus sur les formules que Ben Sullivan avait stockées sur le lecteur, mais en même temps, il mourait d'impatience de retourner à ses quartiers. Il sentait l'agitation de Tess aussi, le lien qu'ils partageaient désormais par le sang les unissait comme s'ils ne faisaient qu'un.

— Comment va-t-elle? demanda Savannah, manifestement consciente que Dante avait l'esprit ailleurs.

— Mieux, répondit-il. Elle s'est réveillée et la guérison est en cours. Physiquement, elle va bien. Pour le reste, j'ai essayé de la mettre au courant, mais je sens bien qu'elle est encore un peu dépassée.

Savannah acquiesça.

— C'est compréhensible. J'ai cru que Gideon était complètement dingue la première fois où il m'a parlé de tout ça.

— Tu crois toujours que je suis complètement dingue, mon amour. Ça fait partie de mon charme.

Il se pencha vers elle et fit semblant de lui mordre la cuisse à travers son jean, sans que ses doigts quittent le clavier.

Savannah le repoussa joyeusement, se leva et s'approcha de l'endroit où Dante était en train de creuser un sillon dans le tapis à force de faire les cent pas.

— Tu penses que Tess a faim ? J'ai commencé à préparer le petit déjeuner dans la cuisine pour Gabrielle et moi. Je peux préparer un plateau pour Tess, si tu veux le lui porter.

— Oui, ce serait génial. Merci, Savannah.

Mon Dieu, il n'avait même pas pensé que Tess aurait besoin de manger. Quel compagnon il faisait ! Il arrivait à peine à prendre soin de lui-même et il devait désormais penser à sa Compagne de sang, avec des besoins et des désirs humains auxquels il ne connaissait pas grand-chose. Bizarrement, alors que cette pensée lui aurait donné la chair de poule dans un passé pas si lointain, il trouvait l'idée presque… agréable. Il voulait s'occuper de Tess, dans tous les sens du terme. Il voulait la protéger et la rendre heureuse, la gâter comme une princesse.

Pour la première fois de sa longue vie, il avait l'impression d'avoir trouvé son but véritable. Non l'honneur et le devoir qui l'animaient en tant que guerrier mais quelque chose de tout aussi légitime et juste. Quelque chose qui faisait appel à tout ce qu'il y avait de mâle en lui.

Il avait l'impression que ce lien – l'amour qu'il éprouvait pour Tess – pourrait en fait être assez fort pour lui faire oublier la mort et l'angoisse qui le pourchassaient. Une partie de lui osait espérer qu'avec Tess à ses côtés il pourrait peut-être trouver un moyen de lui échapper.

Dante n'avait pas même commencé à goûter ce mince espoir lorsqu'un cri le déchira comme la lame d'un couteau. Il le sentit dans sa chair, mais seuls ses sens étaient agressés, comme il s'en rendit compte quand ni

Savannah ni Gideon ne réagirent au cri terrifiant qui glaça le cœur de Dante dans sa poitrine.

Ce hurlement se répéta et le laissa frissonnant.

—Oh, mon Dieu, Tess !

—Qu'est-ce qui se passe ? demanda Savannah en s'arrêtant sur le chemin de la cuisine. Dante ?

—C'est Tess, répondit-il, focalisant son esprit sur elle, sur l'endroit où elle se trouvait dans le complexe. Elle est quelque part dans le complexe, à l'infirmerie, je crois.

—Je branche la vidéo. (Devant l'ordinateur, Gideon afficha rapidement les images renvoyées par l'une des caméras du couloir.) Je l'ai, D. Oh, bordel. Elle est tombée sur Rio. Il l'a acculée dans un coin…

Dante fila comme une fusée avant que Gideon finisse sa phrase. Il n'avait pas besoin de voir l'écran pour savoir où Tess se trouvait ni ce qui la terrifiait à ce point. Il se précipita hors des appartements de Savannah et de Gideon en direction du centre du complexe. Connaissant sur les doigts de la main tous les méandres du lieu, il prit le plus court chemin vers l'aile médicale, mettant à profit toute la vitesse surnaturelle qu'il possédait.

Dante entendit la voix de Rio avant même d'atteindre les portes battantes de l'infirmerie.

—Je t'ai posé une question, femme. Qu'est-ce que tu fous là ?

—Lâche-la ! hurla Dante en faisant irruption dans la pièce en espérant de toute son âme ne pas avoir à se battre contre l'un de son espèce. Recule, Rio. Maintenant.

—Dante, cria Tess, paniquée.

Son visage était blême, et son corps, saisi de tremblements incontrôlables derrière le mur massif que formait le corps de Rio. Le guerrier l'avait piégée contre le mur du couloir, et l'animosité irradia de lui en vagues de chaleur brûlante.

—Lâche-la, ordonna Dante à son frère d'armes.

—Dante, attention ! Il va te tuer.

—Non. Tout va bien, Tess.

—Cette femme n'a rien à faire ici, grogna Rio.

—Moi je dis que si. Maintenant recule et laisse-la passer.

Rio relâcha très légèrement la pression et tourna la tête vers Dante. Mon Dieu, comme il était difficile de voir en lui le guerrier qu'il avait été avant que l'embuscade le fasse partir en vrille, physiquement et émotionnellement. Le visage, autrefois beau, de l'Espagnol au sourire avenant et à l'esprit nonchalant n'était plus qu'un enchevêtrement de cicatrices rougeoyantes ; son humour avait depuis longtemps cédé la place à une fureur qui ne s'apaiserait peut-être jamais.

Dante se planta devant Rio et scruta, par-delà les cicatrices qui striaient les joues et le front du guerrier, ses yeux presque déments, si semblables à ceux d'un Renégat que Dante, l'espace d'une seconde, en fut décontenancé.

—Je t'ai dit de reculer, gronda-t-il. Cette femme est avec moi. Elle est mienne. Tu comprends ?

Une étincelle de raison s'alluma au fond des yeux couleur ambre de Rio, un semblant de conscience, de repentir et de remords. Il s'éloigna de Dante dans un grognement, le souffle haletant.

— Tess, tout va bien maintenant. Écarte-toi de lui et viens vers moi. (Elle laissa échapper un soupir brisé mais semblait incapable du moindre mouvement.) Viens, mon ange. Tout va bien. Je te le promets, tu es en sécurité.

Comme si elle rassemblait tout son courage pour le faire, Tess se glissa hors de portée de Rio et posa sa main dans la paume ouverte de Dante. Il l'attira vers elle et l'embrassa, soulagé de la voir près de lui.

Tandis que Rio s'effondrait contre le mur du couloir et se recroquevillait sur le sol, le pouls de Dante reprit un rythme presque normal. Tess était encore boule-versée, tremblante, et même s'il considérait que Rio ne constituait pas de danger pour elle – surtout une fois que Dante avait posé clairement les choses – il lui restait à gérer les lourdes conséquences de cette rencontre.

— Reste ici. Je vais ramener Rio dans son lit…

— T'es dingue ou quoi? Dante, on doit se tirer d'ici. Il va nous déchiqueter la gorge!

— Non, ne t'en fais pas. (Il soutint le regard angoissé de Tess tandis qu'il se rapprochait du corps prostré de Rio sur le sol.) Il ne me fera aucun mal, et à toi non plus. Il ne savait pas qui tu étais, et quelque chose de grave lui est arrivé qui l'a rendu très méfiant vis-à-vis des femmes. Crois-moi, ce n'est pas un monstre.

Tess regardait Dante comme s'il avait perdu la tête.

— Dante, ces crocs… ces yeux! C'est l'un de ceux qui m'ont attaquée…

413

— Non, répliqua Dante. Il en a seulement l'apparence parce qu'il est en colère et qu'il souffre énormément. Il s'appelle Rio. C'est un guerrier de la Lignée, comme moi.

— Vampire, lâcha-t-elle d'une voix entrecoupée. C'est un vampire…

Bordel, il n'avait pas voulu qu'elle apprenne la vérité comme cela. C'était peut-être naïf, mais il avait pensé l'introduire en douceur dans son monde – un monde qui était le leur, à tous les deux – une fois qu'elle aurait compris qu'elle n'avait rien à craindre de l'espèce des vampires, une fois qu'elle aurait compris qu'elle en faisait partie, en tant que Compagne de sang, la seule femme qu'il ait jamais souhaité avoir à ses côtés.

Mais tout se dénouait trop vite, écheveau de semi-vérités et de secrets qui tombait à ses pieds tandis qu'elle le regardait, paniquée, de ses yeux qui le suppliaient de donner du sens à une situation incompréhensible.

— Oui, admit Dante, réticent à lui mentir. Rio est un vampire, Tess. Comme moi.

Chapitre 33

Tess sentit son cœur se figer dans sa poitrine.

— Que… Qu'est-ce que tu dis ?

Dante la regardait de ses yeux couleur whisky, bien trop sérieux, son expression bien trop calme.

— J'appartiens à la Lignée. Je suis un vampire.

— Oh, mon Dieu, gémit-elle, sentant la chair de poule la gagner sous l'effet de la panique et du dégoût.

Elle ne voulait pas y croire ; il ne ressemblait pas aux créatures qui l'avaient agressée ni à celui qui gisait, boule d'angoisse recroquevillée sur le sol de l'infirmerie. Mais Dante s'était exprimé d'un ton si égal, si factuel, qu'elle sut qu'il lui disait la vérité. Peut-être pour la première fois depuis leur rencontre, il se montrait enfin honnête avec elle.

— Tu m'as menti. Tout ce temps, tu n'as fait que me mentir.

— Je voulais te le dire, Tess. J'ai cherché les mots pour te dire…

— Que tu es une sorte de monstre ? que tu m'as utilisée ? Pourquoi ? Pour te rapprocher de Ben afin que toi et tes potes suceurs de sang vous puissiez le tuer ?

—On n'a pas tué cet humain, je te le jure. Mais ça ne veut pas dire que je ne le ferai pas, si on en arrive là. Et oui, au début, j'ai cherché à savoir si tu étais impliquée dans ce trafic d'Écarlate et j'ai pensé que tu pourrais m'être utile pour en savoir plus sur ses activités. J'avais une mission, Tess. Mais j'avais aussi besoin que tu me fasses confiance pour que je puisse te protéger.

—Je n'ai pas besoin de ta protection.

—Si.

—Non, rétorqua-t-elle, comme engourdie par l'effroi qui la saisissait. Ce dont j'ai besoin, c'est d'être le plus loin possible de toi.

—Tess, l'endroit le plus sûr pour toi maintenant est ici, avec moi.

Lorsqu'il s'avança vers elle, les mains tendues dans un geste appelant à la confiance, elle recula.

—Ne t'approche pas de moi. Je suis sérieuse. Dante. Va-t'en !

—Je ne te ferai aucun mal. Je te le jure.

Une image s'imposa brusquement à sa conscience tandis qu'elle l'entendait prononcer ces mots. Mentalement, Tess fut subitement transportée dans la réserve de sa clinique, penchée au-dessus d'un homme grièvement blessé qui avait réussi à s'introduire à l'intérieur après un combat de rues féroce la nuit d'Halloween. Il était alors un étranger pour elle, mais ce n'était plus le cas.

C'était le visage de Dante qu'elle vit, ensanglanté et crasseux, ses cheveux trempés lui tombant devant

416

les yeux. Ses lèvres remuaient, prononçaient les mêmes paroles qu'à présent : « *Je ne te ferai aucun mal… je te le jure…* »

Elle eut un souvenir soudain mais distinct de mains puissantes qui l'agrippaient et l'immobilisaient, des lèvres de Dante qui se retroussaient… dévoilant d'énormes crocs qui plongeaient vers sa gorge.

— Je ne te connaissais pas, dit Dante, comme s'il pouvait suivre le cours de ses pensées. J'étais affaibli et grièvement blessé. Je ne voulais prendre que ce dont j'avais besoin et repartir. Sans souffrance pour toi, sans douleur. Je n'avais aucune idée de ce que j'avais fait jusqu'à ce que je voie ta marque…

— Tu m'as mordue… toi… Oh mon Dieu ! Tu as bu mon sang cette nuit-là ? Comment… ? Pourquoi est-ce que je ne m'en souviens que maintenant ?

Ses traits graves s'adoucirent quelque peu, comme s'il éprouvait du remords.

— J'ai effacé tes souvenirs. J'ai essayé de t'expliquer les choses, mais la situation était incontrôlable. Tu t'es débattue, et tu m'as injecté un tranquillisant. Au moment où je suis revenu à moi, l'aube pointait et je n'avais pas le temps de tout t'expliquer. J'ai pensé qu'il valait mieux pour toi que tu n'aies aucun souvenir de ces événements. Puis j'ai vu la marque sur ta main, et j'ai su qu'il n'y avait plus aucun moyen de revenir en arrière.

Tess n'avait pas besoin de regarder sa main droite pour savoir de quelle marque il parlait. Sa petite tache de naissance avait toujours constitué une source de curiosité pour elle, cette gouttelette au-dessus d'un croissant de lune. Mais cela n'avait pas plus de sens pour elle à présent que par le passé.

—Très peu de femmes ont cette tache, Tess. Elles sont rares. Tu es une Compagne de sang. Si un mâle de mon espèce boit de ton sang ou te donne le sien, un lien s'établit. Inaliénable.

—Et… tu m'as fait ça?

Un autre souvenir lui revenait à présent, aussi fait de sang et de ténèbres. Tess se rappelait sortir d'un rêve obscur, la bouche emplie d'une énergie incroyable, vitale. Elle mourait de faim et Dante l'avait nourrie. À son poignet et, plus tard, à une veine qu'il avait entaillée dans son cou.

—Oh mon Dieu, murmura-t-elle. Qu'est-ce que tu m'as fait?

—Je t'ai sauvé la vie en te donnant mon sang. Tout comme tu m'as sauvé avec le tien.

—Et tu ne m'as pas laissé le choix, les deux fois, haleta-t-elle. Que suis-je maintenant? Tu as fait de moi un monstre comme toi?

—Non, ça ne marche pas comme ça. Jamais tu ne deviendras un vampire. Mais si tu continues à te nourrir à moi, si tu deviens ma compagne, tu pourras vivre très, très longtemps. Peut-être autant que moi, peut-être même plus.

—Je ne te crois pas! Je refuse de croire ça.

Tess fit volte-face, se retrouva devant les portes de l'infirmerie et les poussa. Elles ne bougèrent pas. Elle poussa encore, y mettant toute sa force. Rien.

C'était comme si elles étaient scellées dans leurs gonds, complètement immobiles.

—Laisse-moi partir d'ici, ordonna-t-elle à Dante, soupçonnant que, de sa seule volonté, il bloquait les lourds battants. Bordel, Dante! Laisse-moi partir!

Dès que la porte céda un peu, Tess poussa pour l'ouvrir et prit ses jambes à son cou. Elle n'avait aucune idée de l'endroit où elle allait et s'en souciait peu, du moment qu'elle mettait de la distance entre elle et Dante, l'homme qu'elle pensait connaître. L'homme dont elle croyait être amoureuse. Le monstre qui l'avait trahie plus encore que quiconque dans son passé tourmenté.

Malade de peur et de colère, furieuse de sa bêtise, Tess ravala les larmes qui lui piquaient les yeux. Elle courut plus vite encore, sachant que Dante pouvait la rattraper. Il fallait qu'elle trouve un moyen de quitter cet endroit. Arrivée devant des ascenseurs, elle appuya sur le bouton d'appel et pria pour que les portes s'ouvrent. Des secondes s'écoulèrent… trop pour courir le risque d'attendre.

—Tess.

La voix grave de Dante la fit sursauter par sa proximité. Il se trouvait juste derrière elle, assez près pour la toucher, même si elle ne l'avait pas entendu s'approcher.

Elle hurla, recula et reprit sa course effrénée dans le couloir infini. Un passage voûté s'ouvrit devant elle. Peut-être qu'elle pourrait se cacher dans cette pièce, pensa-t-elle, prête à saisir la moindre occasion d'échapper au cauchemar qui la poursuivait. Elle se glissa à l'intérieur de l'espace sombre, une sorte de chapelle avec des murs en pierre sculptés éclairés par un unique cierge rouge allumé près d'un autel dépourvu d'ornements.

Il n'y avait nulle part où se cacher dans le petit sanctuaire, uniquement deux rangées de bancs et le socle de pierre à l'entrée de la pièce. De l'autre côté se trouvait un autre passage voûté ouvrant sur d'autres ténèbres ; impossible de savoir où il menait. Cela n'avait que peu d'importance, de toute façon. Dante se trouvait sur le seuil du couloir, son corps musclé plus imposant que jamais alors qu'il pénétrait dans la petite chapelle et s'avançait lentement vers elle.

— Tess, on n'est pas obligés d'en passer par là. Parlons.

Son pas puissant faiblit l'espace d'une seconde puis il fronça les sourcils, portant la main à sa tempe comme s'il souffrait. Quand il reprit la parole, sa voix avait baissé d'une octave et ressemblait à un grognement laborieux.

— Mon Dieu, est-ce qu'on ne peut pas… ? Soyons raisonnables, essayons de discuter calmement.

Tess recula et se rapprocha du mur du fond et de la voûte ménagée dans la pierre.

— Bon sang, Tess. Écoute-moi. Je t'aime.

— Tais-toi. Tu ne crois pas m'avoir déjà suffisamment menti ?

— Ce n'est pas un mensonge. J'aimerais que ce soit le cas, mais…

Dante s'avança d'un pas et, soudain, ses genoux cédèrent sous lui. Il émit un sifflement et se rattrapa à l'un des bancs, les doigts si fortement crispés sur le bois que Tess se demanda comment il parvint à ne pas le briser.

Quelque chose d'étrange arrivait à son visage. Même s'il avait la tête baissée, elle voyait que ses traits se faisaient plus acérés, ses joues se creusaient, devenaient plus anguleuses, sa peau mate se tendait sur ses os. Il lança un juron qu'elle ne reconnut pas plus que sa voix rocailleuse.

—Tess... tu dois me faire confiance.

Elle s'approcha de la voûte en se guidant d'une main le long du mur. Elle se retrouva devant l'ouverture, avec derrière elle une obscurité insondable et une brise froide dans son dos. Elle tourna la tête pour regarder dans l'obscurité...

—Tess.

Dante avait dû sentir son mouvement, car quand elle le regarda de nouveau, il leva la tête et croisa son regard. La couleur chaude de ses yeux s'était muée en une lueur féroce, ses pupilles s'étaient réduites à de simples fentes. Tess observa la transformation, pétrifiée d'horreur.

—Ne pars pas, la supplia-t-il d'une voix pâteuse, les mots entravés par l'allongement de crocs spectaculaires. Je ne vais pas te faire de mal.

—C'est trop tard, Dante. C'est déjà fait, répondit-elle.

Elle s'écarta plus encore de lui et recula sous la voûte. Dans l'obscurité, elle distingua un escalier de pierre qui montait vers la source d'air froid qu'elle avait sentie autour d'elle. Où qu'il mène, elle devait le prendre. Elle posa son pied sur la première marche…

— Tess !

Elle ne se retourna pas. Elle savait que, si elle faisait ça, elle ne trouverait peut-être pas le courage de le quitter. Elle grimpa les premières marches d'un pas hésitant puis continua quatre à quatre, aussi vite qu'elle le put.

En bas, le rugissement de douleur de Dante résonna entre les murs de pierre de la chapelle et dans l'escalier obscur, s'insinua jusque dans ses os. Tess ne s'arrêta pas. Elle monta plus vite encore ce qui semblait être des centaines de marches, jusqu'à atteindre en haut une porte en acier massif. Elle frappa contre elle du plat de la main et l'ouvrit.

La lumière du jour l'aveugla brusquement. Une brise fraîche de novembre faisait voleter les feuilles mortes. Tess laissa la porte se refermer derrière elle avec fracas. Elle croisa ses bras autour de son corps et s'éloigna en courant dans le froid mordant du matin.

Dante s'effondra sur le sol, pris dans l'étau de la vision cauchemardesque qui le privait de ses forces. La vision de mort l'avait saisi violemment et s'était intensifiée pendant sa dispute avec Tess.

Elle avait encore empiré depuis que Tess était partie. Dante entendit la porte du haut se refermer violemment et sut en apercevant le bref rai de lumière qui se répercuta le long du grand escalier que, même s'il était capable de se libérer des chaînes invisibles qui le gardaient prisonnier, les rayons brutaux du soleil l'empêcheraient de partir à sa recherche.

Il s'enfonça dans l'abîme de sa prémonition, où une fumée noire et épaisse grimpait comme une vigne le long de ses membres et de sa gorge, le privant d'air. Les restes brisés d'un détecteur de fumée pendaient du plafond au bout de fils mutilés et l'appareil restait silencieux tandis que la fumée s'épaississait autour de lui.

D'un autre endroit lui parvint le bruit violent d'objets qui tombaient, comme si meubles et appareils étaient mis à sac par une armée de maraudeurs. Tout autour de lui dans la petite cellule blanche où il était détenu, Dante aperçut des armoires et des dossiers suspendus au contenu renversé à la hâte.

Dans cette vision, il se déplaçait à travers les débris et se dirigeait vers la porte fermée à l'autre extrémité de la pièce. Oh, mon Dieu. Il connaissait cet endroit, il s'en rendait compte à présent.

Il se trouvait dans la clinique de Tess.

Mais elle, où était-elle ?

Dante nota qu'il avait mal partout, son corps était meurtri et épuisé, le moindre de ses pas lui pesait. Avant qu'il puisse atteindre la porte pour essayer de sortir, elle s'ouvrit de l'extérieur. Un visage familier le regardait à travers la fumée.

— Tiens donc, regardez-moi qui est là, déclara Ben Sullivan. (Il entra, un long câble de téléphone à la main.) Mourir brûlé est une manière atroce de partir. Naturellement, si on inhale assez de fumée, les flammes ne sont juste qu'un mauvais moment à passer.

Dante savait qu'il n'avait pas à avoir peur, mais la terreur s'empara de lui quand son futur bourreau entra dans la pièce et le saisit avec une force étonnante. Dante essaya de lutter, mais ses membres refusaient de lui obéir. Ses mouvements ne parvenaient qu'à ralentir Ben Sullivan. Puis l'humain lui attrapa le bras et le lui maintint dans le dos avant de le frapper à la mâchoire.

Sa vue commença à se troubler. Lorsqu'il rouvrit les yeux, il était à plat ventre sur une surface surélevée d'acier poli tandis que Ben Sullivan lui attachait les mains dans le dos au moyen du câble téléphonique. Dante aurait dû pouvoir s'en libérer facilement, mais ses liens tenaient bon. L'humain s'affaira ensuite à ses pieds et les attacha.

— Tu sais, je croyais que ce serait difficile de te tuer, murmura à son oreille le revendeur d'Écarlate, mot pour mot ce qu'il avait entendu la dernière fois qu'il avait eu cette vision. Mais tu m'as grandement facilité les choses.

Comme Dante s'y attendait, Ben Sullivan se plaça à l'avant de la plateforme et se pencha vers lui. Il le saisit par les cheveux et souleva sa tête du métal froid. Derrière Sullivan, Dante aperçut une horloge murale au-dessus de la porte, qui marquait 11 h 39. Il lutta pour collecter plus de détails, sachant qu'il aurait besoin de tous les éléments qu'il pourrait rassembler pour se confronter à cette éventualité et peut-être tourner les choses en sa faveur. Il ne savait pas s'il était possible de tromper le destin, mais il était sacrément déterminé à tenter le coup.

— Ça n'aurait pas dû se passer comme ça, poursuivit Sullivan. (L'humain était tout près de lui, si près que

Dante vit le regard vide d'un Laquais posé sur lui.) C'est toi qui l'as voulu. Et encore tu devrais me remercier : j'aurais pu te livrer à mon maître.

Sur ces mots, Ben Sullivan laissa retomber la tête de Dante. Alors que le Laquais sortait de la pièce et refermait la porte, Dante ouvrit les yeux et vit son reflet sur la surface d'acier poli de la table sur laquelle il était allongé.

Non, pas son reflet.

Celui de Tess.

Ce n'était pas son corps qui était attaché sur la table d'examen tandis que la clinique se consumait dans les flammes, mais celui de Tess.

Oh nom de Dieu !

Ce n'était pas sa propre mort qu'il vivait dans ses cauchemars horribles depuis toutes ces années. C'était la mort de sa Compagne de sang, de la femme qu'il aimait.

CHAPITRE 34

Tess regagna la ville dans un état de torpeur émotionnelle. Elle n'avait ni sac, ni manteau, ni téléphone portable – pas même la clé pour rentrer chez elle – et sa marge de manœuvre était réduite. À bout de souffle, confuse, épuisée par tout ce qui lui arrivait, elle se dirigea vers une cabine téléphonique en priant pour qu'elle fonctionne. Elle entendit la tonalité, composa le 0 et attendit la voix de l'opératrice.

— Je voudrais appeler en PCV, s'il vous plaît, haleta-t-elle dans le combiné, puis donna à l'opératrice le numéro de la clinique vétérinaire.

Le téléphone sonna, sonna. Pas de réponse.

Alors que la sonnerie basculait sur le répondeur, l'opératrice reprit la communication :

— Je suis désolée. Il n'y a personne à ce numéro pour prendre l'appel.

— Attendez, répondit Tess, saisie d'inquiétude. Vous voulez bien réessayer ?

— Un instant.

Tess attendit, angoissée, tandis que le téléphone recommençait à sonner à la clinique. Toujours dans le vide.

— Je suis désolée, répéta l'opératrice en interrompant l'appel.

— Je ne comprends pas, murmura Tess. Vous pouvez me donner l'heure, s'il vous plaît ?

— Dix heures et demie.

Nora ne prenait pas sa pause avant midi, et elle n'était jamais malade, alors pourquoi ne décrochait-elle pas ? Quelque chose clochait.

— Vous voulez essayer un autre numéro, peut-être ?

— Oui, s'il vous plaît.

Tess communiqua à l'opératrice le numéro de fixe de Nora puis, comme elle ne répondait pas, celui de son portable. À chaque appel qui restait sans réponse, le cœur de Tess se glaçait un peu plus dans sa poitrine. Elle avait un terrible pressentiment.

Saisie d'effroi, Tess raccrocha le combiné et se dirigea vers la station de métro la plus proche. Elle n'avait pas le dollar vingt-cinq que lui coûterait le billet pour rentrer chez elle, mais une charmante vieille dame dans la rue eut pitié d'elle et lui donna de la menue monnaie.

Le trajet lui sembla interminable, tous les voyageurs semblaient la dévisager comme s'ils savaient qu'elle n'était pas des leurs. Comme s'ils sentaient que quelque chose l'avait changée et qu'elle ne faisait plus partie du monde normal, de leur monde humain.

Et peut-être était-ce le cas, pensa Tess en songeant à ce que Dante lui avait dit, à tout ce qu'elle avait vu et ce dans quoi elle avait été impliquée ces dernières heures. Ces derniers jours, se reprit-elle, en repensant à la nuit d'Halloween, la véritable première fois où elle avait vu Dante.

Quand il avait planté ses crocs dans son cou et bouleversé son univers.

Mais peut-être n'était-elle pas totalement juste. Tess ne pouvait pas se rappeler une époque où elle avait eu le sentiment de faire vraiment partie de quoi que ce soit de normal. Elle avait toujours été… différente. Son aptitude inhabituelle, plus que son passé troublé, l'avait toujours tenue à l'écart des autres. Elle s'était toujours sentie marginale, étrangère, incapable de confier ses secrets à quiconque.

Jusqu'à Dante.

Il lui avait ouvert les yeux sur tant de choses, lui avait appris ce qu'étaient réellement les émotions, le désir. Il lui avait fait espérer des choses dont elle n'avait pu que rêver jusque-là. Il lui avait donné le sentiment d'être en sécurité, d'être comprise. Pire, il lui avait donné l'impression d'être aimée.

Mais tout ceci ne reposait que sur des mensonges. Et à présent qu'elle connaissait la vérité – aussi incroyable qu'elle soit – et elle aurait tout donné pour prétendre que tout cela n'était que folle fiction.

Les vampires et les liens de sang. Une guerre faisant rage entre des créatures qui n'auraient pas dû exister en dehors de l'imaginaire et des cauchemars.

Pourtant, tout cela était la vérité.

C'était bien réel.

Aussi réel que ses sentiments pour Dante, ce qui rendait sa trahison encore plus insupportable. Elle l'aimait, et n'avait jamais été aussi effrayée de toute sa vie. Elle était tombée amoureuse d'un justicier dangereux. D'un vampire.

Cet aveu lui pesait tandis qu'elle sortait du métro et remontait vers les rues animées de son quartier. Des clients matinaux se pressaient dans les commerces locaux et le marché jouissait d'un flux constant d'habitués. Tess dépassa un groupe de touristes arrêtés pour examiner les courges et les citrouilles, parcourue d'un frisson qui n'avait rien à voir avec le mordant de l'air automnal.

À mesure qu'elle s'approchait de chez elle, son angoisse s'intensifiait. Un des locataires sortait alors qu'elle atteignait le perron. Bien qu'elle ne connaisse pas le nom du vieil homme, il lui sourit et lui tint la porte. Tess entra et monta les escaliers menant à son appartement. Arrivée à trois mètres de sa porte, elle prit conscience qu'elle avait été cambriolée. Le montant avait été attaqué près de la poignée puis la porte avait été refermée pour donner l'apparence que tout était en ordre.

Tess se figea, submergée par une vague de panique. Elle recula, prête à s'enfuir. Son dos heurta une masse solide, quelqu'un qui se trouvait juste derrière elle. Un bras puissant la saisit par la taille et la déséquilibra tandis qu'une longue lame d'acier vint appuyer sous sa mâchoire.

— Salut, Doc. C'est pas trop tôt, j'ai failli attendre.

— Tu n'es pas sérieux, Dante.

Tous les guerriers, Chase y compris, étaient rassemblés dans le centre d'entraînement et le regardaient se préparer au combat, mais Gideon fut le premier à l'interpeller.

— Tu trouves que j'ai l'air de plaisanter ? (Dante sortit un pistolet de la réserve d'armes et prit une poignée de balles.) Je n'ai jamais été plus sérieux de ma vie.

— Bordel, D. Au cas où tu n'as pas remarqué, il est 10 heures du matin. Ce qui veut dire qu'il fait grand jour.

— Je sais ce que ça veut dire.

Gideon laissa échapper un juron.

— Tu vas cramer, mec.

— Pas si je peux l'éviter.

Né aux alentours du XVIIIe siècle, Dante était âgé selon les critères humains, mais comme vampire de la Lignée, il était encore jeune ; ses ascendants étaient éloignés des Anciens et de leur peau extraterrestre hypersensible de plusieurs générations. Il ne pouvait pas rester très longtemps à la surface en journée, mais il pouvait passer un peu de temps à la lumière et y survivre.

Pour Tess, il serait prêt à aller au centre du soleil si cela pouvait la sauver de la mort qui la guettait.

— Écoute-moi, reprit Gideon. (Il posa une main sur son bras pour attirer son attention.) Tu n'es peut-être pas aussi vulnérable qu'un Gen-1, mais tu appartiens à la Lignée. Si tu passes plus de trente minutes à la lumière du jour, tu crames.

— Je n'y vais pas pour faire du tourisme, rétorqua-t-il, refusant de se laisser influencer. (Il se dégagea du contact du guerrier et saisit une autre arme dans la réserve.) Je sais ce que je fais. Je n'ai pas le choix.

Il avait raconté aux autres ce qu'il avait vu, la vision qui lui déchirait le cœur chaque fois qu'il y repensait. Il était accablé de remords d'avoir laissé Tess quitter le complexe sans sa protection, de n'avoir pas pu l'arrêter. Il ne supportait pas l'idée qu'elle puisse être en danger à cet instant même, alors que ses gènes vampires le rendaient vulnérable et le forçaient à se cacher sous terre.

— Et si l'heure que tu as vue dans ta vision – 11 h 39 – signifiait minuit moins vingt et une minutes ? demanda Gideon. Tu n'as aucune certitude que la scène se déroulait le matin. Tu te mets peut-être en danger pour rien…

— Et si j'attends et qu'il s'avère que je me trompe ? Je ne peux pas courir ce risque.

Dante secoua la tête. Il avait essayé d'appeler Tess chez elle et à la clinique, sans y parvenir. Et une douleur cuisante dans sa poitrine lui disait que ce n'était pas uniquement parce qu'elle cherchait à l'éviter. Même sans son cauchemar prémonitoire, il savait que sa Compagne de sang était en danger.

— Il est hors de question que je coure le risque d'attendre la nuit. Dis-moi, Gideon : si Savannah avait besoin de toi, si c'était une question de vie ou de mort, est-ce que tu envisagerais même de prendre ce genre de pari ? Et toi Lucan, si Gabrielle était en danger dehors ?

Aucun des guerriers ne répliqua. Pas un seul mâle lié par le sang n'hésiterait à affronter les flammes pour sauver la femme qu'il aimait.

Lucan s'avança vers lui et lui tendit la main.

— Tu l'honores avec grâce.

Dante prit la main puissante du Gen-1, la main de son ami, et la serra fermement.

— Merci. Mais, pour être franc, je le fais autant pour moi que pour Tess. J'ai besoin d'elle dans ma vie. Elle est devenue… tout pour moi.

Lucan acquiesça avec sobriété.

— Alors va la chercher, mon frère. Et nous célébrerons votre union quand Tess et toi serez de nouveau en sécurité au complexe.

Dante soutint le regard souverain de Lucan et secoua lentement la tête.

— C'est quelque chose dont il faut que je te parle. À vous tous, en fait, dit-il en promenant son regard sur les autres guerriers. En supposant que je survive, si je suis capable de sauver Tess et si elle m'accepte comme compagnon, j'ai l'intention de m'installer au Havrobscur avec elle.

Il n'y eut qu'un long silence pour toute réponse, ses frères d'armes le regardaient avec un calme pondéré.

Dante se racla la gorge, sachant que sa décision devait constituer un choc pour les guerriers aux côtés desquels il combattait depuis plus d'un siècle.

— Elle a déjà tellement souffert, avant même que je la rencontre et que je la traîne dans notre monde contre son gré. Elle mérite d'être heureuse. Elle mérite bien plus que ce que je peux espérer lui donner. Je veux juste qu'elle soit en sécurité, maintenant, à l'abri de tout danger.

— Tu quitterais l'Ordre pour elle ? demanda Niko, le cadet après Dante et un guerrier qui prisait son devoir peut-être plus encore que lui.

— J'arrêterais de respirer, pour elle, si elle me le demandait, répondit-il, surpris lui-même par la profondeur de son dévouement. (Il regarda Chase, qui lui devait encore le second service évoqué la nuit précédente.) Qu'est-ce que tu en penses ? Tu as encore des contacts au Havrobscur de Boston pour me faire entrer à l'Agence ?

Chase sourit et haussa nonchalamment les épaules.

— Possible. (Il se dirigea vers la réserve d'armes et en sortit un SIG Sauer.) Mais chaque chose en son temps, pas vrai ? On doit d'abord ramener ta femme ici en un seul morceau pour qu'elle puisse décider si elle veut d'un pauvre type comme toi comme compagnon.

— « On » ? interrogea Dante, regardant l'ancien agent du Havrobscur s'emparer du SIG et d'un autre semi-automatique.

— Ouais, « on ». Je t'accompagne.

— Qu'est ce que… ?

— Moi aussi, ajouta Niko en prenant nonchalamment ses armes. (Le Russe sourit en désignant de la tête Lucan, Gideon et Tegan.) Tu ne crois quand même pas que tu vas me laisser tout seul avec cette bande de Gen-1 ?

— Non, j'y vais seul. Je ne demanderais ja…

— Pas besoin de demander, répondit Niko. Que ça te plaise ou non, D., Chase et moi, on est tout ce que tu as sur cette mission. Tu n'iras pas seul.

Dante jura, humble et reconnaissant à ses amis de le soutenir ainsi.

— Très bien. Alors c'est parti.

CHAPITRE 35

L e couteau toujours pressé contre sa gorge pour la contraindre au silence, Ben força Tess à sortir de son immeuble et à monter dans une voiture qui attendait dans la rue. Il empestait le sang aigre, la sueur et comme un relent de pourriture. Ses vêtements étaient crasseux et froissés, ses cheveux dorés lui tombaient sur le front, désormais hirsutes et d'un jaune sale. Tandis qu'il la poussait à l'arrière de la voiture, Tess aperçut ses yeux. Ils étaient ternes et vides, et l'examinaient avec un détachement froid qui lui donna la chair de poule.

Et Ben n'était pas seul.

Deux autres hommes attendaient dans la voiture, assis à l'avant, la même lueur vitreuse dans les yeux.

— Dis-moi, Tess, demanda Ben en claquant la portière. J'ai laissé un petit quelque chose à la clinique, l'autre jour, mais je ne l'y trouve plus. Qu'est-ce que tu en as fait ?

La clé USB qu'il avait dissimulée sous des prétextes fallacieux, qui désormais était en la possession de Dante. Elle avait beau douter de Dante après tout ce qu'elle avait appris sur lui, la méfiance qu'elle éprouvait à présent vis-à-vis de Ben était plus forte encore. Elle croisa son regard sans vie et secoua la tête.

— Je ne sais pas de quoi tu parles.

— Mauvaise réponse, Doc.

Tess n'avait pas du tout anticipé le coup de poing qui vint heurter sa tempe. Elle hurla, retomba durement contre le siège et porta les mains à l'endroit où la douleur explosait dans son visage.

— Peut-être que tu auras les idées plus claires à la clinique, ajouta Ben.

Fort de cette indication, le conducteur appuya sur l'accélérateur et la voiture fila dans la rue. La vue de Tess se troubla pendant le trajet du quartier nord à sa clinique de l'est de Boston. La fourgonnette de Ben était garée à l'arrière, juste à côté de la Coccinelle vintage de Nora.

— Oh, mon Dieu, murmura Tess, malade d'angoisse de voir la voiture de son assistante. Qu'est-ce que tu lui as fait, Ben ? Dis-moi que tu n'as pas fait de mal à Nora…

— Viens, Doc, dit-il sans répondre à sa question.

Il ouvrit la portière et la menaça de son couteau pour la faire descendre.

Tess obtempéra, suivie de Ben et des deux sbires qui l'accompagnaient. Ils la firent entrer par l'arrière de la clinique et traverser la réserve jusqu'au chenil vide. Ben la poussa en avant vers le bureau. La pièce avait été mise à sac, les armoires de classement retournées et vidées à terre, les produits chimiques et pharmaceutiques renversés sur le sol. Le saccage était total, mais ce n'est qu'en apercevant Nora que Tess laissa échapper un sanglot.

Nora gisait sur le sol derrière l'accueil et leva la tête quand Tess s'approcha. Ils lui avaient attaché les mains et les pieds au moyen d'un câble de téléphone et l'avaient bâillonnée avec de la gaze. Nora pleurait, le visage blême, les yeux gonflés et rougis par ce qui semblait avoir été des heures de supplice. Mais elle était vivante, et ce simple fait permit à Tess de ne pas s'effondrer complètement.

—Oh Nora! dit-elle d'une voix brisée. Je suis tellement désolée. Je vais te sortir de là, je te le promets.

À ses côtés, Ben gloussa.

—Je suis heureux de te l'entendre dire, Doc. Parce que le sort de la petite Nora dépend uniquement de toi maintenant.

—Comment ça? Qu'est-ce que tu veux dire?

—Tu vas nous aider à retrouver la clé USB, sinon tu seras aux premières loges pour me voir trancher la gorge de cette salope.

Derrière son bâillon, Nora hurla. Elle commença à se débattre furieusement pour se libérer de ses liens, en vain. L'un des colosses qui accompagnaient Ben se dirigea vers elle et la remit debout, la maintenant dans une prise douloureuse. Il l'approcha de Tess, jusqu'à ce que quelques mètres à peine séparent les deux femmes. Nora suppliait Tess des yeux, et la panique la faisait trembler comme une feuille entre les mains de son ravisseur.

—Laisse-la partir, Ben. Je t'en prie.

—Donne-moi la clé USB et je la laisserai partir, Tess.

Nora poussa un gémissement suppliant et désespéré. Tess ressentit une véritable terreur, un effroi qui lui glaça les os jusqu'à la moelle lorsqu'elle croisa le regard de son amie et prit conscience que Ben et les autres hommes ne plaisantaient aucunement. Ils allaient tuer Nora – et probablement Tess aussi – si elle ne leur donnait pas ce qu'ils voulaient. Et elle ne pouvait pas le leur donner, car elle ne l'avait pas.

—Ben, je t'en prie. Laisse partir Nora et sers-toi de moi. C'est moi qui ai pris la clé, pas elle. Elle n'a rien à voir là…

—Dis-moi où tu as mis la clé et peut-être que je la laisserai partir. Qu'est-ce que tu en dis, Doc ? Ça te paraît correct, comme marché ?

—Je ne l'ai pas, murmura-t-elle. Je l'ai trouvée sous la table d'examen où tu l'avais cachée, mais je ne l'ai plus.

Il la scruta d'un regard insensible, un muscle de sa mâchoire se contractant convulsivement.

—Qu'est-ce que tu en as fait ?

—Laisse-la partir, répliqua-t-elle. Laisse-la partir et je te dirai tout ce que tu veux savoir.

La bouche de Ben se releva aux commissures. Il regarda le couteau qu'il tenait, joua avec le fil de la lame. Puis, en un éclair, il fit volte-face et frappa avec Nora au ventre.

—Non, hurla Tess. Mon Dieu, non !

Ben se retourna vers elle, l'air le plus détaché du monde.

— C'est juste une petite blessure, Doc. Elle peut survivre si on lui donne des soins assez vite, mais tu ferais mieux de cracher le morceau fissa.

Tess sentit ses genoux faiblir sous elle. Nora saignait beaucoup, les yeux révulsés, en état de choc.

— Espèce de salaud. Je te déteste.

— Je n'en ai plus rien à foutre de ce que tu ressens pour moi, Tess. Tout ce qui m'importe, c'est de retrouver ma clé USB. Tu vas me dire où elle est, bordel de merde ?

— Je l'ai donnée à quelqu'un.

— À qui ?

— À Dante.

La réponse alluma une lueur d'animosité dans le regard morne de Ben.

— Tu parles de ce type, là, celui avec qui tu baises ? Est-ce que tu as la moindre idée de ce que tu as fait ? de ce qu'il est ?

Comme elle ne répondait pas, Ben secoua la tête en riant.

— T'as vraiment tout fait foirer, Tess. Ce n'est plus de mon ressort maintenant.

À ces mots, il détendit le bras d'un geste brusque et frappa Nora de son couteau, mettant sa menace à exécution. Tess hurla quand il relâcha son amie, sans vie, au sol. Ben et l'un de ses acolytes saisirent Tess avant qu'elle puisse se précipiter vers Nora, avant qu'elle ait même l'espoir ténu de la sauver par son toucher. Ils l'entraînèrent loin du massacre en maintenant fermement ses bras et ses jambes alors qu'elle se débattait dans un élan désespéré.

Toute lutte était vaine. En un instant, Tess se retrouva sur le sol d'une des salles d'examen puis entendit le cliquetis métallique de la serrure quand Ben l'enferma à l'intérieur, où elle resta prisonnière, à attendre d'être fixée sur son sort.

Nikolaï conduisait le 4 × 4 noir de la Lignée comme un bolide à travers la ville. Dante était tenté de regarder le spectacle des rues et des immeubles baignés de lumière à travers les vitres teintées – spectacle qu'il n'avait jamais vu et qu'il espérait sincèrement n'avoir jamais à revoir –, mais il garda la tête baissée, assis sur le siège passager, les pensées tournées vers Tess.

Lui et les autres étaient équipés de la tête au pied de vêtements de protection en nylon noir : treillis, gants, masques de ski leur couvrant le visage ainsi que lunettes panoramiques serrées pour protéger leurs yeux. Même ainsi, le court trajet du véhicule jusqu'à la porte de derrière de la clinique fut éprouvant.

Armes à la main, Dante ne perdit pas de temps. Il mena la charge, planta son pied botté au milieu de la porte de la réserve et fit sortir de ses gonds le lourd panneau d'acier. De la fumée s'élevait des incendies que Sullivan avait commencé à allumer à l'intérieur. Elle s'épaissit, attisée par l'afflux soudain d'air extérieur. Les guerriers n'allaient pas avoir beaucoup de temps.

—Bordel, qu'est-ce qui se passe ?

Alerté par le bruit métallique de l'explosion de la porte, un Laquais se précipita pour voir ce qui se passait. Niko le mit au parfum sans la moindre hésitation, d'une balle dans le crâne.

À présent qu'ils étaient à l'intérieur, Dante perçut l'odeur du sang et de la mort à travers la fumée – pas celle de la victime qui gisait à leurs pieds ni, Dieu merci, de Tess. Elle était encore en vie. Il ressentait sa peur comme si c'était la sienne, et l'inquiétude et la souffrance qu'elle éprouvait à cet instant le déchiraient comme de l'acier chauffé à blanc.

— Nettoyez l'endroit et éteignez les incendies, ordonna-t-il à Niko et à Chase. Tuez quiconque se met sur votre chemin.

Tess essaya de tirer sur les câbles qui lui liaient les mains et les pieds dans le dos sur la table d'examen. Sans résultat. Mais elle ne pouvait s'empêcher d'essayer, et ses efforts infructueux semblaient amuser son ravisseur.

— Ben, pourquoi tu fais ça ? Pour l'amour de Dieu, pourquoi tu as tué Nora ?

Ben fit claquer sa langue.

— C'est toi qui l'as tuée, Tess. Pas moi. Tu m'as forcé la main.

Le chagrin l'étouffait. Ben s'approcha de la table où il l'avait ligotée.

— Tu sais, je croyais que ce serait difficile de te tuer, murmura-t-il à son oreille, son haleine chaude et fétide agressant ses narines. Mais tu m'as grandement facilité les choses.

Elle le regarda, nerveuse, tandis qu'il venait se poster au bout de la table et se baissait vers elle. Il la saisit par les cheveux d'un geste rude et souleva son visage de la dalle de métal froid. Ses yeux étaient ceux d'un mort, la coquille vide d'un être qui n'était plus humain ; le Ben Sullivan qu'elle connaissait avait disparu.

— Ça n'aurait pas dû se passer comme ça, poursuivit-il d'un ton faussement doux. C'est toi qui l'as voulu. Et encore tu devrais me remercier : j'aurais pu te livrer à mon maître…

Il lui caressa la joue ; son contact était révoltant. Comme elle se détournait, il serra le poing plus fort dans ses cheveux et la força à le regarder. Il se pencha comme pour l'embrasser et Tess lui cracha au visage, ripostant par le seul moyen qui lui restait.

Tess se prépara à des représailles comme il levait sa main libre pour la frapper.

— Espèce de s…

Il n'eut pas l'occasion de terminer sa phrase, et encore moins de la toucher. Un souffle d'air arctique s'engouffra par la porte ouverte, une fraction de seconde avant que l'espace soit empli par la stature massive d'un homme vêtu de noir aux lunettes de soleil opaques. Des couteaux pendaient à sa ceinture et des pistolets étaient logés dans deux holsters de cuir épais croisés sur son torse musclé.

Dante.

Tess l'aurait reconnu entre mille, même intégralement vêtu de noir. Elle sentit l'espoir renaître en elle ainsi que la surprise. Elle sentait qu'il s'adressait à elle mentalement, lui assurait qu'il allait la sortir de là. Qu'elle était en sécurité, à présent.

En même temps, elle ressentait sa rage, un froid glacial qui émanait de lui et se focalisait sur Ben. Dante baissa la tête, la direction de son regard visible même à travers les verres sombres qui protégeaient ses yeux. Une lueur irradiait de derrière ces lunettes noires, lueur de braises mortelles.

En un clin d'œil, le corps de Ben fut soulevé du sol et projeté contre les armoires murales de la salle d'examen. Ben se débattit, agitant les jambes, mais Dante le maintenait en l'air par le seul pouvoir de sa volonté. Quand un autre guerrier vêtu de noir apparut dans l'embrasure de la porte, Dante gronda un ordre.

—Sors-la d'ici, Chase. Je ne veux pas qu'elle voie ça.

Le compagnon de Dante s'approcha et coupa les liens de Tess puis la prit délicatement dans ses bras et sortit de la clinique, pour se diriger vers un 4 × 4 garé derrière.

Après que Chase eut sorti Tess de la pièce, Dante relâcha son emprise mentale sur l'humain. Aussitôt, Sullivan s'effondra au sol comme un poids mort. Il tenta de se relever et d'attraper le couteau qu'il avait laissé sur le comptoir. D'une commande mentale, Dante envoya voler la lame dont la pointe d'acier alla se ficher dans le mur opposé.

Il s'avança dans la pièce, renonçant à ses armes pour achever Ben Sullivan à main nue. Il voulait se venger et il avait l'intention de faire souffrir ce salaud pour ce qu'il avait eu l'intention de faire à Tess. Pour ce qu'il lui avait fait avant que les guerriers arrivent.

—Lève-toi, ordonna-t-il à l'humain. La fête est finie.

Sullivan gloussa et se remit lentement sur ses pieds. Quand Dante croisa son regard, il aperçut la lueur terne de l'esclavage mental dans les yeux du revendeur d'Écarlate. Ben Sullivan avait été transformé en Laquais. Ce qui expliquait sa récente disparition. Le tuer serait lui rendre service.

—Où ton maître se cache-t-il ces temps-ci, Laquais ?

Sullivan se contenta de lui rendre son regard.

—Est-ce qu'il t'a raconté comment on lui a botté le cul l'été dernier ? Je suis sûr qu'il ne t'a pas dit qu'il avait préféré s'enfuir la queue entre les jambes plutôt que de se battre *mano a mano* contre l'Ordre. C'est un lâche et un poseur, et on va le faire tomber.

—Va te faire foutre, vampire.

—Non, je ne crois pas, répliqua Dante. (Il remarqua la contraction des muscles dans la jambe du Laquais, ce mouvement éloquent qui lui indiquait que Sullivan était sur le point de réagir.) C'est toi qui vas aller te faire foutre, espèce de Laquais de merde, toi et le fils de pute à qui tu appartiens.

Avec un cri aigu le Laquais se jeta sur Dante à travers la pièce. Sullivan le cribla de coups de poing rapides, mais pas assez pour empêcher Dante de les bloquer. Dans la bagarre, la combinaison de Dante se déchira sur la poitrine, exposant sa peau. Dans un rugissement, il frappa violemment le Laquais au visage, se délectant du craquement des os et de la chair qui cédaient sous son poing.

Ben Sullivan s'étala à terre.

— L'espèce n'a qu'un seul maître véritable, siffla-t-il à Dante. Bientôt, il régnera en souverain, conformément à son droit d'aînesse !

— Ça m'étonnerait, rétorqua Dante, soulevant d'une main la masse informe du Laquais et la projetant en l'air.

Sullivan fit un vol plané sur la surface polie de la table où il avait ligoté Tess et s'écrasa dans les baies vitrées du mur opposé. Il se releva immédiatement et sauta sur ses pieds mais tituba devant les stores qui se balançaient violemment. Instinctivement, Dante se protégea les yeux de la lumière intermittente, levant le bras pour bloquer les rayons.

— Qu'est-ce qui se passe ? Il y a trop de lumière pour toi, vampire ?

Il souriait de ses dents ensanglantées. Il tenait dans la main un morceau de tiroir cassé qu'il brandissait comme un gourdin.

Il balança son bras en arrière et fit voler en éclats la fenêtre, démontant les stores et projetant du verre tout autour de lui. La lumière du soleil pénétra et brûla les yeux de Dante derrière ses lunettes de soleil. Il rugit, la douleur déchirant ses cornées et, durant cette brève seconde d'inattention, Ben Sullivan fit une tentative pour s'esquiver.

Temporairement aveuglé, et tandis que sa peau s'échauffait à travers ses vêtements de protection et craquelait aux endroits où elle était exposée, Dante traqua le Laquais au moyen de ses autres sens, dont l'acuité s'était accrue sous l'action de la rage qui le transformait. Ses crocs s'allongèrent dans sa bouche, et ses pupilles se rétrécirent derrière ses lunettes noires.

Il s'élança à travers la pièce dans un mouvement fluide et bondit sur Sullivan qui s'éloignait. L'impact les envoya tous les deux à terre. Dante ne laissa au Laquais aucune chance de réagir. Il le saisit par le menton et le front, et se pencha pour approcher ses crocs acérés de l'oreille du salaud.

— *Hasta la vista, baby!*

D'un mouvement vigoureux, Dante rompit de ses mains le cou du Laquais.

Il laissa tomber le corps mou au sol, vaguement conscient de l'odeur âcre et du bourdonnement léger semblable à un essaim d'abeilles à ses oreilles. La douleur le submergea alors qu'il se levait et s'écartait de la fenêtre brisée. Il entendit le bruit de bottes lourdes à l'extérieur de la pièce, mais il avait peine à tourner les yeux vers la forme noire qui emplissait l'embrasure.

— Tout est en ordre… Bordel de merde! s'exclama Niko. (En une fraction de seconde, il était à côté de Dante, le tirant vivement de la pièce inondée de lumière.) Oh, mon Dieu, D. Combien de temps as-tu été exposé?

Dante secoua la tête.

— Pas tant que ça. Ce fils de pute a cassé la fenêtre.

— Ouais, répondit Niko d'une voix étrangement sinistre. Je le vois bien. Il faut qu'on te sorte d'ici fissa, mec.

Chapitre 36

— Putain de merde.

Le guerrier vêtu de noir assis à l'avant du 4 × 4 à côté de Tess – il répondait au nom de Chase – ouvrit la portière conducteur et bondit à l'extérieur au moment où Dante et un autre homme sortaient en courant de la clinique.

Sauf que Dante trébuchait plus qu'il ne courait, le corps soutenu par le guerrier qui l'aidait. Il avait la tête baissée contre sa poitrine découverte, et le devant de son treillis était déchiré, exposant la peau de son torse, qui était d'un rouge vif dans la lumière éclatante du matin.

Chase ouvrit la portière arrière du 4 × 4 et aida l'autre homme à y faire monter Dante. Les canines de Dante étaient allongées, et les pointes blanches acérées luisaient à chacune des respirations qu'il prenait. Son visage était déformé par la douleur, ses pupilles réduites à deux fentes minces au centre des iris ambre. Sa transformation était complète ; il était ce vampire que Tess aurait dû craindre, et pourtant elle ne le pouvait plus.

Ses amis s'activèrent dans un silence sinistre qui glaça le sang de Tess. Chase referma la portière arrière et courut vers le siège conducteur. Il sauta à l'intérieur, démarra le véhicule, et ils s'en allèrent.

—Qu'est-ce qui lui est arrivé ? demanda-t-elle d'une voix angoissée, sans voir la moindre trace de sang ou de blessure sur Dante. Il est blessé ?

—Il a été exposé, répondit l'homme dont elle ne connaissait pas le nom, une pointe d'urgence dans sa voix teintée d'un léger accent slave. Ce foutu dealer d'Écarlate a cassé une fenêtre. Dante a dû buter ce salaud en pleine lumière.

—Pourquoi ? demanda Tess. (Elle vit Dante remuer sur le siège arrière et sentit sa douleur ainsi que l'inquiétude qui émanait de ses deux compagnons.) Pourquoi a-t-il fait ça ? Pourquoi êtes-vous venus ?

Par des mouvements mesurés mais déterminés, Dante réussit à retirer l'un de ses gants. Il lui tendit la main depuis le siège arrière où il gisait.

—Tess...

Elle prit sa main dans la sienne, ses doigts puissants enveloppant les siens. L'émotion qui passa entre eux la toucha au plus profond avec une chaleur, un savoir, qui lui coupa le souffle.

C'était de l'amour, si profond et intense qu'il la rendit muette.

—Tess, murmura-t-il, sa voix à peine plus forte qu'un souffle. C'était toi. Pas ma mort..., la tienne.

—Quoi ?

Elle lui serra la main, les larmes aux yeux.

—Ces visions... elles ne parlaient pas de moi, mais de toi. Je ne pouvais pas... (Il s'interrompit, la

450

respiration laborieuse, sous le coup d'un supplice manifeste.) Il fallait que je l'en empêche. Je ne pouvais pas… quoi qu'il arrive.

Les larmes inondèrent le visage de Tess et coulèrent le long de ses joues comme elle soutenait le regard de Dante.

—Mon Dieu, Dante. Tu n'aurais pas dû prendre ce risque. Et si tu étais mort à ma place ?

Sa bouche se souleva légèrement à un coin, dévoilant la pointe d'un croc luisant et acéré.

—Ça valait le coup… Te voir ici. Ça valait la peine… de tout tenter.

Tess saisit la main de Dante dans les siennes, furieuse et reconnaissante à la fois, mais nullement terrifiée par son aspect, alors qu'il gisait à l'arrière du véhicule. Elle ne lâcha sa main que lorsqu'ils arrivèrent au complexe. Chase gara le 4 × 4 dans un garage immense rempli de dizaines d'autres véhicules. Ils descendirent tous, et Tess essaya de ne gêner personne tandis que les compagnons de Dante le tiraient hors du véhicule et le portaient vers des ascenseurs.

L'état de Dante semblait s'aggraver à chaque minute qui passait. Lorsqu'ils arrivèrent en bas et que les portes de l'ascenseur s'ouvrirent, il tenait à peine sur ses jambes. Un groupe composé de trois hommes et de deux femmes les attendait dans le couloir, et chacun se mit aussitôt en mouvement.

L'une des femmes s'avança vers Tess et posa doucement sa main sur son épaule.

— Je suis Gabrielle, la compagne de Lucan. Vous allez bien ?

Tess haussa les épaules puis acquiesça légèrement.

— Est-ce que Dante va se remettre ?

— Je pense qu'il s'en sortira mieux s'il vous sait toute proche.

Gabrielle indiqua à Tess de la suivre le long du couloir jusqu'à l'infirmerie, l'aile où elle avait fui Dante, plus tôt dans la journée. Elles pénétrèrent dans la pièce où Dante avait été amené et Tess regarda ses amis lui retirer ses armes puis lui enlever délicatement son treillis et ses bottes avant de le déposer sur un lit d'hôpital.

Tess était touchée par la sollicitude de tous ceux présents dans la pièce. Dante était aimé ici, accepté pour ce qu'il était. Il avait une famille, une maison, une vie, et pourtant, il n'avait pas hésité à tout risquer pour la sauver. Elle avait beau vouloir le craindre et lui en vouloir pour tout ce qui s'était passé entre eux, elle en était incapable. Elle regardait Dante qui souffrait le martyre pour elle, et tout ce qu'elle éprouvait était de l'amour.

— Laissez-moi faire, dit-elle d'une voix douce en avançant au chevet de Dante.

Elle vit les visages inquiets de tous ceux qui l'aimaient aussi, les guerriers rassemblés autour de lui et les deux femmes dont les regards tendres disaient qu'elles comprenaient ce qu'elle ressentait.

— Laissez-moi l'aider… s'il vous plaît.

Tess toucha la joue de Dante et caressa sa mâchoire forte. Elle se concentra sur les brûlures et laissa courir ses doigts sur sa poitrine nue, sur les magnifiques tatouages boursouflés et à vif qui avaient pris une vilaine couleur. Avec toutes les précautions possibles, Tess posa ses mains sur la chair brûlée et fit usage de son don pour faire disparaître l'irradiation et la douleur.

— Oh, mon Dieu, murmura l'un des guerriers. Elle est en train de le guérir.

Tess entendit les murmures stupéfaits, les paroles d'espoir qui circulaient parmi les amis de Dante, sa famille. Elle sentit une partie de cette affection affluer vers elle, mais si la chaleur de leur regard était plus que bienvenue, toute l'attention de Tess restait dirigée vers Dante. Vers sa guérison.

Elle se pencha sur lui et déposa un baiser sur sa bouche, sans se soucier du frottement de ses crocs contre ses lèvres. Elle l'aimait totalement, comme il était, et elle priait pour avoir une chance de le lui dire.

Dante allait vivre. Ses brûlures étaient graves et auraient pu lui coûter la vie, mais le don de guérison de sa Compagne de sang s'était finalement révélé plus puissant que la mort qui le pourchassait. Comme les autres du complexe, Chase était stupéfait par le pouvoir de Tess et son dévouement manifeste pour Dante. Elle était restée à ses côtés à chaque instant, à prendre soin de lui comme il l'avait fait pour elle après l'avoir sauvée des mains des Renégats.

Tout le monde s'accordait à dire que leur union semblait prometteuse. C'étaient deux individus à la forte personnalité ; ensemble, ils seraient invulnérables.

Avec le pire de la tempête passé et le complexe retrouvant une atmosphère de calme avec l'arrivée de la nuit, les pensées de Chase retournaient vers l'endroit qu'il considérait comme son chez-lui. Son propre voyage n'était pas terminé, et la route devant lui était trouble et incertaine. Autrefois, tout lui semblait si clair, ce à quoi devait ressembler son avenir, où était sa place… et auprès de qui.

Désormais, il n'était plus sûr de rien.

Il fit ses adieux aux guerriers et à leurs compagnes, puis s'en alla, quitta le monde de l'Ordre pour retourner dans le sien. Le trajet du retour se déroula sans encombre. Les roues du véhicule qu'il avait emprunté tournaient, avalaient la route, mais où allait-il, en définitive ?

Pouvait-il réellement encore considérer qu'il était chez lui au Havrobscur ? Il avait les sens aiguisés après son court passage chez les guerriers, le corps alourdi par tout le métal qu'il dissimulait sous son manteau – diverses lames ainsi que le Beretta 9 mm qui était devenu une présence réconfortante contre sa hanche. Comment pouvait-il espérer se réintégrer dans la vie ordinaire qu'il avait connue ?

Et qu'en était-il d'Élise ?

Il ne pouvait pas revenir à cette existence tourmentée dans laquelle il désirait une femme qu'il ne pourrait jamais avoir. Il devrait lui dire ce qu'il ressentait pour elle et laisser les choses suivre leur cours. Elle méritait de tout savoir. Chase ne se berçait nullement de l'espoir qu'elle accueillerait favorablement ses sentiments. En fait, il ne savait pas vraiment quoi espérer. Il savait seulement que le semblant de vie qu'il avait mené jusqu'à présent était révolu.

Chase engagea le véhicule dans l'allée du Havrobscur avec un sentiment de liberté. Les choses étaient sur le point de changer pour lui et, même s'il ne savait pas ce qui l'attendait, il se sentait plus léger de savoir qu'il était à un tournant de sa vie. Il remonta l'allée de gravier et se gara près de la résidence du Havrobscur.

La maison était éclairée de l'intérieur, la chambre et les appartements d'Élise baignés d'une douce lumière. Elle était debout, à attendre avec impatience sans doute son retour et les nouvelles du complexe.

Chase arrêta le moteur et ouvrit la portière du véhicule. Au moment où ses bottes touchèrent le sol, il eut la sensation de ne pas être seul. Il remit les clés dans sa poche et descendit, non sans déboutonner discrètement son caban. Ses yeux balayèrent les ombres de la nuit, fouillèrent l'obscurité à la recherche de l'ennemi qu'il savait être là. Son ouïe détectait les bruits les plus subtils de son environnement – le bruissement des branches nues ballottées par la brise, le bourdonnement de la stéréo dans la maison, le morceau de jazz préféré d'Élise en fond sonore…

Et puis, en contrepoint, le sifflement rauque de quelqu'un qui respirait non loin de là où il se trouvait. Le gravier crissa derrière lui. Les doigts de Chase étaient déjà crispés sur de la poignée du 9 mm quand il se retourna lentement pour faire face à la menace.

Camden.

L'impression de déjà-vu frappa Chase comme un boulet de canon en plein ventre. Mais l'état de son neveu semblait encore avoir empiré, si cela était possible. Recouvert de sang séché, preuve des récents carnages qui n'avaient pas étanché sa soif, Camden sortit de la haie où il s'était dissimulé et s'approcha. De la salive gouttait de ses énormes crocs tandis qu'il jaugeait Chase comme la prochaine victime destinée à assouvir la Soif sanguinaire qui avait pris possession de son corps et de son esprit. Il n'était déjà plus lucide quand Chase l'avait croisé dans l'appartement de Ben Sullivan. Désormais, il était carrément dangereux et imprévisible, comme un chien enragé livré à lui-même depuis trop longtemps.

Chase le regarda tristement, assailli du remords de n'avoir pas su le retrouver, le sauver, à temps pour empêcher sa transformation irrévocable en Renégat.

— Je suis tellement désolé, Cam. Ça n'aurait jamais dû t'arriver. (Sous les pans de son caban de laine noire, Chase ôta la sécurité du Beretta et tira l'arme de son holster.) Si ça avait pu être moi au lieu de toi, je te jure…

Derrière lui, dans la maison, Chase entendit le cliquetis métallique de la porte principale qui s'ouvrait puis le hoquet de surprise d'Élise. Le temps ralentit aussitôt. Tout s'étira, la réalité prit la consistance d'un rêve en apesanteur, d'un cauchemar qui commença au moment où Élise sortit.

— Camden ! (Sa voix semblait curieusement distante, freinée comme l'instant lui-même.) Oh… mon Dieu… Camden !

Chase tourna la tête vers elle. Il lui cria de rester en arrière, mais déjà elle courait, les bras grands ouverts, son vêtement blanc de veuve flottant autour d'elle comme les ailes délicates d'un papillon tandis qu'elle volait vers son fils. Et vers une mort aussi certaine que violente si Chase la laissait s'approcher suffisamment pour toucher le Renégat qui avait été son fils bien-aimé.

—Élise, ne t'approche pas !

Mais elle passa outre à son avertissement, ne s'arrêta pas, même quand ses yeux inondés de larmes se portèrent sur l'apparence effroyable et hideuse de Camden. Elle étouffa un sanglot, mais garda les bras ouverts, et ses pas continuaient à la porter sur la pelouse et dans l'allée.

Dans son champ de vision périphérique, Chase aperçut le regard ambre sauvage du Renégat se porter sur Élise. Il sembla jeter son dévolu sur elle, laissa échapper un grognement terrible et se fléchit sur ses jambes. Dante se retourna pour venir se camper entre la mère et le fils. Il sortit son arme et la braqua sur sa cible avant même de s'en rendre compte.

Une autre seconde passa.

Élise avançait toujours, et de plus en plus vite ; elle pleurait et prononçait le nom de Camden.

Chase évalua la distance de façon instinctive, sachant que seules quelques secondes séparaient cette confrontation de sa fin tragique. Il n'avait pas le choix, il lui fallait agir. Il ne pouvait rester là sans rien faire et risquer la vie d'Élise…

Le coup de feu claqua comme un coup de tonnerre dans la nuit.

Élise hurla.

— Non ! Oh, mon Dieu, non !

Debout, comme paralysé, Chase serrait encore la détente enfoncée. La balle de titane avait touché sa cible en pleine poitrine ; le Renégat s'était effondré au sol. Déjà, le grésillement morbide caractéristique avait commencé, confirmant qu'il ne restait plus d'espoir de sauver Camden de la Soif sanguinaire qui le possédait. L'Écarlate l'avait transformé en zombie ; désormais tout était fini. La souffrance de Camden avait cessé.

Celle d'Élise – et de Chase – ne faisait que commencer.

Elle se précipita vers lui et le frappa de ses poings, le toucha au visage, aux épaules, à la poitrine, partout où elle pouvait l'atteindre. Ses yeux lavande étaient inondés de larmes, son beau visage blême et dévasté, sa voix noyée par les sanglots et les pleurs.

Chase encaissa ses coups en silence. Que pouvait-il faire ? Que pouvait-il dire ?

Il la laissa retourner toute sa haine contre lui, et ce n'est que lorsqu'elle s'arrêta, se retourna et s'effondra au sol près de son fils que le titane s'occupait de réduire en cendres que Chase retrouva la volonté de bouger. Il regardait la forme recroquevillée et tremblante sur l'allée de gravier, et ses oreilles bourdonnaient des gémissements lugubres de son chagrin. Puis, dans un silence las, il laissa glisser le pistolet de sa main.

Il se détourna d'elle et du sanctuaire du Havrobscur qui avait longtemps été sa maison et s'éloigna, seul, dans la nuit.

Dante se réveilla en sursaut, le souffle court. Il avait été piégé par un mur de feu, aveuglé par les flammes et les cendres, incapable de rejoindre Tess. Il s'assit, haletant, la vision encore vive dans son esprit, lui écorchant le cœur.

Mon Dieu, s'il avait échoué…

S'il l'avait perdue…

—Dante ?

Un profond sentiment de soulagement l'inonda quand il entendit sa voix et prit conscience que Tess était bel et bien là avec lui, à son chevet. Il l'avait tirée de sa somnolence ; elle releva la tête de ses bras, les cheveux en désordre, ses yeux doux cernés par l'épuisement.

—Dante, tu es réveillé.

Son visage s'éclaira sur-le-champ. Elle s'approcha de lui et lui caressa le visage et les cheveux.

—J'étais si inquiète. Comment tu te sens ?

Il pensa qu'il aurait dû se sentir mille fois plus mal que ça. Mais il se sentait suffisamment bien pour prendre Tess dans ses bras. Suffisamment fort pour la faire asseoir sur ses genoux dans le lit et l'embrasser amoureusement.

Il se sentait suffisamment vivant pour savoir que ce dont il avait le plus besoin à présent était de sentir son corps nu contre le sien.

—Je suis désolé, murmura-t-il contre ses lèvres. Tess, je suis désolé pour tout ce que je t'ai infligé…

—Chut, on en reparlera plus tard. On réglera tout plus tard. Pour le moment, tu dois te reposer.

—Non, répondit-il, trop heureux d'être réveillé, d'être avec elle, pour songer à perdre plus de temps encore à dormir. Ce que j'ai besoin de te dire ne peut pas attendre. J'ai vu quelque chose de terrible aujourd'hui. J'ai vu ce que ce serait de te perdre. C'est une expérience que je ne veux surtout pas revivre. J'ai besoin de savoir que tu es protégée, en sécurité.

— Je suis bien là. Tu m'as sauvée, Dante.

Il caressa la peau veloutée de ses joues, tellement reconnaissant.

— C'est toi qui m'as sauvé, Tess.

Il ne pensait pas aux blessures causées par les rayons du soleil, dont il avait guéri grâce au don spectaculaire de Tess. Il ne pensait pas non plus à la première nuit où il l'avait vue, quand son sang l'avait fortifié dans ce moment de faiblesse extrême. Tess l'avait sauvé de tant d'autres façons. Cette femme le possédait, corps et âme, et il voulait qu'elle le sache.

— Tout devient évident quand je suis avec toi, Tess. Ma vie me paraît limpide, après tant d'années passées à m'enfuir dans le noir. Tu es ma lumière, ma raison de vivre. Je suis profondément lié à toi, mon amour. Pour moi, il n'y aura jamais personne d'autre.

— Nous sommes liés par le sang maintenant, dit-elle, mais son faible sourire disparut de ses lèvres. (Elle baissa les yeux, sourcils froncés.) Et si tu ne m'avais pas mordu cette nuit-là à la clinique ? Sans ce lien du sang, est-ce que tu… ?

— Est-ce que je t'aimerais quand même ? (Il finit sa question pour elle, et lui releva doucement le menton pour qu'elle puisse lire la vérité dans ses yeux.) Ça a toujours été toi, Tess. Seulement je l'ignorais jusqu'à cette nuit-là. Je t'ai cherchée toute ma vie, j'étais lié à toi par la vision de ce qui s'est passé aujourd'hui. (Il lissa ses cheveux décoiffés, enroulant l'une de ses boucles dorées autour de ses doigts.) Tu sais que ma mère ne jurait que par le destin. Elle y croyait, même si elle savait que le sien était porteur de souffrance et de perte. Je n'ai jamais voulu accepter cette croyance que tout était prédestiné. Je croyais que j'étais plus intelligent, au-dessus de tout ça. Mais c'est le destin qui nous a réunis, Tess. Je ne peux plus le nier désormais. Mon Dieu, Tess… as-tu la moindre idée du temps pendant lequel je t'ai attendue ?

— Oh, Dante, murmura-t-elle, chassant un sanglot. Je ne suis pas préparée à tout ça. J'ai tellement peur…

Il l'attira plus près, malade de tout ce qu'elle avait dû endurer à cause de lui. Il savait que le traumatisme de cette journée serait long à disparaître. Tant de mort et de destruction. Il ne voulait plus jamais qu'elle ressente une telle souffrance.

— J'ai besoin de te savoir en sécurité, Tess, dans un lieu où je pourrai mieux te protéger. Il y a des endroits où nous pouvons aller, des refuges qui appartiennent à la Lignée. J'ai déjà vu avec Chase s'il pouvait nous trouver une place dans l'un de ces Havrobscurs.

— Non.

Son cœur se serra tandis qu'elle se dégageait de son étreinte pour se placer, à genoux, à côté de lui sur le lit. Elle secoua lentement la tête.

— Dante, non…

Mon Dieu, il était incapable de prononcer le moindre mot. Il attendit dans un silence angoissant, sachant qu'il méritait amplement son rejet. De nombreuses raisons justifiaient son mépris ; pourtant, il avait senti ses sentiments pour lui. Il avait prié pour qu'elle en ait, ne serait-ce qu'un petit peu.

— Tess, si tu me dis que tu ne m'aimes pas…

— Si, je t'aime, finit-elle par dire. Je t'aime de tout mon cœur.

— Alors qu'est-ce que c'est ?

Elle scruta son visage, ses yeux aigue-marine humides mais déterminés.

— Je suis fatiguée de fuir. Tu m'as ouvert les yeux sur un monde que, même dans mes rêves les plus fous, je n'aurais jamais cru possible. C'est ton monde, Dante.

Il sourit à la beauté assise à côté de lui.

— Mon monde, c'est toi.

— Et c'est aussi tout cela. Cet endroit, ces gens, cet incroyable héritage qui est le tien. Ton univers est sombre et dangereux, Dante, mais il est aussi extraordinaire, comme toi. Comme la vie. Ne me demande pas de le fuir. Je veux être à tes côtés, mais si je dois vivre dans ton monde, alors je veux que ce soit ici, là où est ta place. Là où est ta famille.

— Ma famille ?

Elle acquiesça.

— Les autres guerriers et leurs compagnes. Ils t'aiment comme un frère. Je l'ai vu aujourd'hui. Peut-être qu'avec le temps ils m'aimeront aussi.

— Tess. (Dante l'attira à lui, l'embrassant de tout son cœur et avec une reconnaissance qui s'éleva de sa poitrine comme si elle avait des ailes.) Tu voudrais vivre ici avec moi, comme une compagne de guerrier ?

—Comme la compagne de mon guerrier, corrigea-t-elle avec un sourire, les yeux débordant d'amour. C'est ça ou rien.

Dante déglutit, la gorge sèche. Il ne la méritait pas. Après tout ce qu'ils avaient traversé, après cette fuite incessante, son cœur avait enfin trouvé où se poser. Avec Tess. Sa bien-aimée.

—Qu'est-ce que tu en penses? lui demanda-t-elle. Tu pourrais vivre comme ça?

—Pour l'éternité, jura Dante, avant de l'allonger sur le lit à ses côtés et de sceller leur pacte par un long baiser passionné.

EN AVANT-PREMIÈRE

Découvrez la suite des aventures
des guerriers de la Lignée

L'ALLIANCE DE MINUIT
(version non corrigée)

Traduit de l'anglais (États-Unis) par Éléonore Kempler

Bientôt disponible chez Milady

Chapitre premier

Elle avançait parmi eux, inaperçue. Elle n'était qu'une voyageuse parmi d'autres à l'heure de pointe du soir, marchant d'un pas lourd dans la neige de février fraîchement tombée. Personne ne prêtait la moindre attention à cette femme menue emmitouflée dans une parka à capuche surdimensionnée, le visage dissimulé par une écharpe remontée jusque sous ses yeux qui scrutaient la foule de piétons humains avec un vif intérêt. Trop vif, elle le savait, mais elle ne pouvait s'en empêcher.

Elle était très désireuse de se retrouver parmi eux et impatiente de trouver sa proie.

Sa tête résonnait du rock bruyant qui se déversait des petits écouteurs d'un lecteur mp3. Ce n'était pas le sien. Il avait appartenu à son fils adolescent… à Camden. Son cher Cam décédé à peine quatre mois auparavant, victime de la guerre souterraine à laquelle Élise elle-même avait décidé de se mêler. Il était la raison de sa présence ici, à rôder dans les rues bondées de Boston, une dague dans la poche de son manteau et une lame au tranchant de titane fixée à la cuisse.

Plus que jamais, Camden était sa raison de vivre.

Sa mort ne pouvait pas rester impunie.

Élise traversa à un feu rouge et remonta la rue en direction de la gare. Elle voyait les gens parler quand elle les dépassait, leurs lèvres bouger en silence, leurs mots – et plus important, leurs pensées – noyés par les paroles agressives, les guitares hurlantes et le rythme de basse qui lui emplissaient les oreilles et vibraient dans ses os. Elle ne savait pas exactement ce qu'elle écoutait, mais cela n'avait pas d'importance. Elle avait juste besoin du bruit, diffusé assez fort et assez longtemps, afin de se mettre en condition pour la chasse.

Elle entra dans le bâtiment, goutte d'eau dans ce flot d'humanité mouvante. Une lumière crue tombait des néons au plafond. La puanteur des rues crasseuses, de l'humidité et des corps trop nombreux assaillit son odorat à travers son écharpe. Élise s'avança jusqu'au centre de la gare, où elle marqua une courte pause. Forcée de se séparer autour d'elle, la foule mouvante passa de chaque côté. Beaucoup lui rentraient dedans, la bousculaient dans leur hâte d'attraper le prochain train. Plus d'un lui lança un regard furieux au passage, murmurant des obscénités à celle qui avait osé s'arrêter au milieu de leur chemin.

Seigneur ! Elle méprisait tous ces contacts, mais c'était un mal nécessaire. Elle prit une inspiration pour se calmer, puis mit la main dans sa poche et éteignit la musique. Le vacarme de la gare déferla sur elle comme une vague, l'engloutissant sous le raffut des voix, des pas traînants, de la circulation au dehors, du grincement métallique et du grondement des trains à l'arrivée. Mais ces bruits n'étaient rien en comparaison de ceux qui l'assaillirent ensuite.

Des pensées sinistres, de mauvaises intentions, des péchés secrets, des haines patentes… tout cela tourbillonnait autour d'elle comme une tempête noire. La corruption humaine qui la poursuivait martelait ses sens. Comme toujours, ce premier afflux de vent maléfique la fit vaciller, la submergea. Élise chancela sur ses pieds. Elle combattit la nausée qui montait en elle et tenta de son mieux d'enrayer l'attaque psychique.

Quelle pétasse, j'espère qu'ils vont la foutre à la porte…

Putain de touristes! Pourquoi vous ne rentrez pas chez vous, espèces de gros péquenauds…

Pauvre con! Dégage de mon chemin ou je t'en colle une…

Et alors, ça fait quoi si c'est la sœur de ma femme? C'est pas comme si elle m'avait pas fait de l'œil toutes ces années…

La respiration d'Élise s'accélérait à chaque seconde, tandis qu'une migraine s'insinuait sous son crâne. Les voix dans sa tête se mêlèrent en un bourdonnement incessant, presque impossible à distinguer, mais elle tint bon et se prépara alors qu'un train arrivait et que ses portes s'ouvraient pour laisser une nouvelle marée humaine se déverser sur le quai. Les passagers se répandirent autour d'elle, d'autres voix s'ajoutèrent à la cacophonie qui la déchirait.

— *Si seulement tous ces clodos déployaient la même énergie à trouver un boulot qu'à faire la manche…*

— *Je le jure, s'il pose encore une fois la main sur moi, je le bute, ce fils de pute…*

— *Fuis, bétail ! Retourne à ton étable ! Créatures pathétiques, mon Maître a raison, vous méritez d'être réduits en esclavage…*

Élise ouvrit les yeux d'un coup. Son sang se glaça dans ses veines au moment où ces mots s'imprimaient dans son esprit. C'était cette voix-là qu'elle attendait.

Celle qu'elle était venue chasser.

Elle ignorait le nom de sa proie, ou même à quoi il ressemblait, mais elle savait ce qu'il était : un Laquais. Comme ses semblables, il avait été humain autrefois, mais à présent il n'était plus qu'une coquille vide. Son humanité avait été saignée par celui qu'il appelait « Maître », un vampire puissant également chef des Renégats. C'était à cause d'eux, les Renégats, et de l'être maléfique qui les menait à une guerre violente au sein de la Lignée des vampires, que le fils unique d'Élise était mort.

Elle était veuve depuis cinq ans, et Camden était tout ce qui lui restait, tout ce qui importait dans sa vie. Sa mort lui avait ouvert une nouvelle voie, elle avait trouvé un nouveau but, une détermination inébranlable. C'est sur cette volonté de fer qu'elle s'appuyait désormais, en ordonnant à ses pieds d'avancer dans la foule compacte, à la recherche de celui qui paierait ce jour-là pour la mort de Camden.

Elle avait la tête qui tournait sous le feu continu de pensées douloureuses et hideuses, mais elle réussit enfin à repérer le Laquais. Il la devançait de plusieurs mètres, la tête couverte d'un bonnet noir, emmitouflé dans une veste de camouflage vert délavé en lambeaux.

L'hostilité se déversait de lui comme de l'acide. Sa corruption était si absolue qu'Élise sentit un goût de bile au fond de sa gorge. Malgré tout, elle n'avait d'autre choix que de rester près de lui en attendant le moment de passer à l'action.

Le Laquais sortit de la gare et remonta le trottoir d'un pas vif. Élise le suivit en serrant fermement les doigts autour de la dague dans sa poche. Dehors, il y avait moins de monde, et le vacarme psychique s'était atténué, mais la douleur due à la surcharge qu'elle avait subie dans la gare était toujours présente, lui transperçant les os comme une pointe d'acier. Élise garda les yeux rivés sur le Laquais, et hâta le pas tandis qu'il s'éclipsait dans une boutique. Elle arriva à la porte vitrée et regarda attentivement à travers le logo FedEx et vit sa proie faire la queue devant le comptoir.

— Excusez-moi, dit quelqu'un derrière elle. (Elle fut surprise d'entendre le son d'une voix véritable et non le bourdonnement confus qui emplissait toujours sa tête.) Vous y allez ou pas, ma petite dame ?

À ces mots, l'homme derrière elle poussa la porte et la tint ouverte d'un air interrogateur. Elle n'avait pas eu l'intention d'entrer, mais tout le monde la dévisageait à présent, y compris le Laquais. Elle aurait encore plus attiré l'attention sur elle en refusant. Élise avança donc à grands pas dans l'agence brillamment éclairée et feignit tout de suite d'être intéressée par un étalage de colis dans la vitrine.

Elle observa le Laquais du coin de l'œil. Celui-ci attendait son tour dans la file. Il était énervé, d'humeur violente, et insultait en pensée les clients devant lui. Il approcha enfin du comptoir, sans répondre au salut du vendeur.

— Le paquet pour Raines.

L'employé tapa quelque chose sur son clavier, puis hésita une seconde.

— Un instant. (Il se rendit dans l'arrière-boutique, puis revint en secouant la tête.) Il n'est pas encore arrivé. Désolé.

La fureur du Laquais devint presque palpable, et se referma comme un étau sur les tempes d'Élise.

— Comment ça «il n'est pas encore arrivé»?

— La majeure partie de New York a été touchée par une importante tempête de neige la nuit dernière, donc beaucoup de colis du jour ont été retardés…

— Cette merde est censée être sous garantie, gronda le Laquais.

— Oui, en effet. Vous pouvez exiger un remboursement, mais vous devrez remplir une demande…

— Va te faire foutre avec ta demande, abruti! Il me faut ce paquet. Tout de suite!

Mon Maître va me faire la peau si je ne reviens pas avec cette livraison et, si ça chauffe pour moi, je reviendrai ici et je t'arracherai les poumons, connard.

Élise sursauta sous le coup de la virulence de cette menace silencieuse. Elle savait que les Laquais ne vivaient que pour celui qui les avait créés, mais c'était toujours un choc d'entendre jusqu'où pouvait les mener leur allégeance. Rien n'était sacré à leurs yeux. Les vies n'avaient aucun sens, qu'elles soient humaines ou de la

Lignée. Les Laquais étaient presque aussi horribles que les Renégats, la faction criminelle, assoiffée de sang, de la nation vampire.

Le Laquais se pencha par-dessus le comptoir, les poings serrés de chaque côté de son corps.

— Il me faut ce paquet, enfoiré. Je ne partirai pas sans.

L'employé recula, soudain méfiant. Il saisit le téléphone.

— Écoutez, mon vieux, je vous ai expliqué que je ne pouvais rien faire de plus. Il faudra revenir demain. Maintenant, vous allez devoir partir avant que j'appelle la police.

Espèce de petit merdeux inutile, grogna le Laquais intérieurement. *Très bien, je reviendrai demain. Et tu vas voir : je vais bien m'occuper de toi !*

— Est-ce qu'il y a un problème, Joey ?

Un homme plus âgé était sorti de la pièce du fond, la mine intraitable.

— J'ai essayé de lui dire que son colis n'est pas encore arrivé à cause de la tempête, mais il ne veut pas laisser tomber. Comme si j'étais censé le sortir de mon c…

— Monsieur ? dit le responsable en interrompant son employé et en regardant sévèrement le Laquais. Je vais vous demander poliment de partir maintenant. Il faut y aller, ou nous allons devoir appeler la police pour vous escorter jusqu'à la sortie.

Le Laquais grogna quelque chose d'incompréhensible mais de très désagréable. Il tapa du poing sur le comptoir, puis tourna brusquement les talons. En approchant de la porte où se tenait Élise, il balaya un étalage, et des rouleaux de scotch et de papier bulle s'éparpillèrent au sol. Élise recula, mais le Laquais arrivait trop vite. Il lui jeta un regard furieux de ses yeux vides et inhumains.

—Dégage de mon chemin, grosse vache!

Avant qu'elle ait eu le temps de réagir, il la bouscula pour sortir, poussant si fort la porte que les panneaux de verre vibrèrent comme s'ils allaient se briser.

—Quel connard, murmura un des clients dans la file d'attente.

Élise sentit une vague de soulagement balayer l'assemblée quand le Laquais fut parti. Une partie d'elle-même était également apaisée, heureuse que personne n'ait été blessé. Elle aurait voulu attendre un moment dans le magasin où le calme était revenu, mais c'était un plaisir qu'elle ne pouvait pas s'accorder. Le Laquais traversait la rue comme une furie à présent et le crépuscule arrivait à toute allure.

Elle ne disposait au mieux que d'une demi-heure avant que la nuit tombe et que les Renégats sortent se nourrir. Si ce qu'elle faisait était dangereux de jour, la nuit, cela tenait du suicide. Elle pouvait massacrer un Laquais furtivement avec de l'acier – elle l'avait déjà fait, plus d'une fois – mais comme n'importe quel autre humain, femme ou non, elle n'avait pas la moindre chance face à un Renégat drogué, gorgé de sang.

S'armant de courage, Élise se glissa dans la rue et suivit le Laquais. Il était en colère et marchait d'un pas rageur, heurtant violemment les autres piétons et les abreuvant de malédictions sur son passage. Un déluge de douleur mentale emplit l'esprit d'Élise alors que d'autres voix se joignaient au vacarme qui retentissait déjà sous son crâne, mais elle allait aussi vite que sa cible. Elle restait quelques mètres en retrait, les yeux rivés sur la masse vert pâle de la veste du Laquais au travers du léger tourbillon de neige fraîche. Il tourna à gauche au coin d'un bâtiment, dans une allée étroite. Élise se dépêchait à présent, prête à tout pour ne pas le perdre.

À mi-chemin de la ruelle, il ouvrit une porte métallique abîmée et disparut. Elle s'approcha de la plaque de métal, les mains moites malgré la fraîcheur de l'air. Les pensées violentes du Laquais retentissaient dans sa tête ; des pensées meurtrières, toutes les choses effroyables qu'il accomplirait par déférence pour son Maître.

Élise mit la main dans sa poche et en sortit sa dague. Elle la tenait contre son flanc, prête à frapper mais dissimulée dans les longs pans de son manteau. De sa main libre, elle saisit la poignée et ouvrit la porte déverrouillée. Des flocons de neige tourbillonnèrent devant elle dans le vestibule lugubre qui puait la moisissure et la fumée de cigarette. Le Laquais se tenait près d'une rangée de boîtes à lettres, une épaule appuyée contre le mur, et allumait un téléphone portable semblable à ceux qu'ils avaient tous : la ligne directe des Laquais avec leur Maître vampire.

—Ferme cette putain de porte, pétasse ! dit-il d'un ton hargneux, les yeux étincelant d'une lueur sans âme. (Il fronça les sourcils en une expression renfrognée quand Élise fondit sur lui avec une résolution implacable.) Qu'est-ce que c'est que c…

Sans hésiter, elle enfonça la dague dans la poitrine du Laquais, sachant que l'élément de surprise était un de ses meilleurs atouts. La colère de sa victime la frappa comme un coup de poing, la repoussant en arrière. Sa corruption s'infiltrait dans son esprit comme de l'acide, lui brûlait les sens. Élise lutta contre la douleur psychique et revint pour le poignarder une deuxième fois, ignorant la brusque tiédeur du sang qui jaillit sur sa main.

Le Laquais postillonna, s'efforçant de l'attraper alors qu'il tombait sur elle. Sa blessure était mortelle. Il y avait tant de sang qu'elle faillit vomir lorsqu'elle le vit et en sentit l'odeur. Élise se débattit pour échapper à la lourde prise du Laquais et s'écarta d'un bond quand il tomba. Son souffle lui brûlait les poumons, son cœur battait à tout rompre, sa tête semblait devoir se briser sous le déluge mental de la colère ininterrompue du Laquais.

Il s'agita et poussa un sifflement quand la mort le surprit. Puis il finit par s'immobiliser.

Enfin, il y eut le silence.

Avec des doigts tremblants, Élise récupéra le téléphone portable à ses pieds et le glissa dans sa poche. Éliminer ce Laquais l'avait épuisée, l'effort physique et psychique combiné était presque trop dur à supporter. Chaque meurtre semblait peser plus lourdement sur ses épaules, lui demander plus de temps pour récupérer. Elle se demanda si un jour viendrait où elle glisserait si profondément dans l'abîme qu'elle serait incapable de remonter à la surface. *Probablement*, songea-t-elle, *mais pas aujourd'hui*. Elle continuerait à se battre aussi longtemps qu'elle aurait un souffle de vie dans le corps et la douleur du deuil dans le cœur.

— Pour Camden, murmura-t-elle, fixant le Laquais mort tout en enclenchant le lecteur mp3 en prévision de son retour à la maison.

La musique se déversa, réduisant au silence le don qui lui donnait le pouvoir d'entendre les secrets les plus noirs de l'âme humaine.

Elle en avait assez entendu pour l'instant.

L'importante mission de sa journée accomplie, Élise fit demi-tour et fuit le carnage dont elle était responsable.